A BRINCADEIRA

MILAN KUNDERA

A BRINCADEIRA

Tradução
Teresa Bulhões Carvalho da Fonseca
Anna Lucia Moojen de Andrada

2ª reimpressão

Copyright © 1967 by Milan Kundera
Todos os direitos reservados. Todas as adaptações da obra para cinema, teatro, televisão e rádio são estritamente proibidas.

Traduzido do tcheco por Marcel Aymonin. Versão definitiva, inteiramente revisada por Claude Courtot e pelo autor.

Grafia atualizada segundo o Acordo Ortográfico da Língua Portuguesa de 1990, que entrou em vigor no Brasil em 2009.

Título original
Zert

Título do original francês
La plaisanterie

Tradução dos poemas
Adalgisa Campos da Silva

Capa
Jeff Fisher

Preparação
Áurea Kanashiro

Revisão
Gabriela Morandini
Juliane Kaori

Atualização ortográfica
Verba Editorial

Dados Internacionais de Catalogação na Publicação (CIP)
(Câmara Brasileira do Livro, SP, Brasil)

Kundera, Milan
A brincadeira / Milan Kundera ; tradução Teresa Bulhões Carvalho da Fonseca, Anna Lucia Moojen de Andrada. — 1ª ed. — São Paulo : Companhia das Letras, 2012.

Título original: La plaisanterie
ISBN 978-85-359-2117-5

1. Romance tcheco I. Título.

12-05457   CDD-891.863

Índice para catálogo sistemático:
1. Romances : Literatura tcheca 891.863

2022
Todos os direitos desta edição reservados à
EDITORA SCHWARCZ S.A.
Rua Bandeira Paulista, 702, cj. 32
04532-002 — São Paulo — SP
Telefone: (11) 3707-3500
www.companhiadasletras.com.br
www.blogdacompanhia.com.br

SUMÁRIO

Primeira parte: Ludvik 7
Segunda parte: Helena *21*
Terceira parte: Ludvik *35*
Quarta parte: Jaroslav *145*
Quinta parte: Ludvik *189*
Sexta parte: Kostka *241*
Sétima parte: Ludvik — Helena — Jaroslav *277*

Sobre o autor *351*

Primeira parte
LUDVIK

Assim, depois de muitos anos, via-me em casa outra vez. De pé na grande praça (que criança, depois garoto, depois rapaz, atravessara mil vezes), não sentia nenhuma emoção; ao contrário, achava que aquele espaço, cuja torre (semelhante a um cavaleiro medieval sob o seu elmo) domina os telhados, lembrava o amplo pátio de exercícios de uma caserna, e que o passado militar desta cidade da Morávia, outrora baluarte contra os ataques dos magiares e dos turcos, havia imprimido em sua face a marca de uma feiura irrevogável.

Por muitos anos, nada me atraíra para minha cidade natal; dizia comigo mesmo que ela se tornara indiferente para mim, e isso me parecia natural: já fazia quinze anos que morava longe, aqui tinha apenas alguns conhecidos, amigos até (que, aliás, preferia evitar), minha mãe estava enterrada numa sepultura estranha de que eu não cuidava. Mas eu me enganava: aquilo que chamava indiferença era na verdade rancor; as razões disso me escapavam, pois tinham me acontecido coisas boas e ruins nesta cidade como em todas as outras, e em todo caso havia esse rancor; tomei consciência disso por ocasião de minha viagem: a tarefa que me trazia aqui, pensando bem, poderia ter sido cumprida da mesma forma em Praga, mas de repente tinha sido irresistivelmente atraído pela oportunidade oferecida de executá-la na minha cidade natal justamente porque se tratava de uma tarefa cínica e terra a terra, que, com ironia, me isentava da suspeita de voltar aqui sob o efeito de um enternecimento piegas em relação ao tempo perdido.

Uma vez mais percorri com um olhar malicioso a praça pouco atraente, antes de lhe dar as costas para entrar na rua do hotel em que tinha reservado um quarto para passar a noite. O porteiro me entregou uma chave com uma pera de madeira dizendo: "Segundo andar". O quarto não era muito convidativo: uma cama encostada na parede; no meio, uma pequena mesa com uma única cadeira; ao lado da cama, uma pretensiosa mesa de toalete de mogno com um espelho; perto da porta, uma pia descascada, absolutamente minúscula. Coloquei a pasta em cima da mesa e abri a janela: dava para um pátio e algumas casas que mostravam ao hotel suas costas nuas e sujas. Fechei a janela, baixei as cortinas e me aproximei da pia, que tinha duas torneiras, uma marcada de azul, outra de vermelho; experimentei-as — a água escorria igualmente fria de ambas. Examinei a mesa, que a rigor serviria a seu propósito, acomodaria muito bem uma garrafa e copos; infelizmente, apenas uma pessoa poderia usá-la, já que não havia uma segunda cadeira no quarto. Tendo empurrado a mesa em direção à cama, tentei me sentar nesta, só que ela era muito baixa e a mesa, muito alta; além disso, afundou tanto embaixo de mim que, ficou logo claro, ela mal serviria de assento e preencheria de maneira duvidosa sua função de cama. Apoiei-me nas mãos fechadas; em seguida me estendi, levantando com precaução os pés calçados, a fim de não sujar a coberta e o lençol. O colchão cedeu sob o meu peso e eu fiquei estendido como numa rede ou num túmulo estreito: não era possível imaginar alguém dividindo essa cama comigo.

Sentei-me na cadeira, o olhar perdido em direção às cortinas, cuja transparência deixava passar a claridade, e fiquei pensando. Nesse momento, ouvi passos e vozes no corredor; duas pessoas conversavam, um homem e uma mulher, e cada uma de suas palavras era inteligível: falavam de um tal Petr que tinha fugido de casa e de uma tia Klara que era idiota e estragava o menino; depois veio o som de uma chave virando na fechadura, uma porta se abriu e as vozes continuaram no quarto ao lado; ouvi os suspiros da mulher (é, mesmo os suspiros chegavam até mim!) e a decisão do homem de dizer, de uma vez por todas, umas verdades a Klara.

Levantei-me, minha decisão estava tomada; lavei mais uma vez as mãos na pia, enxuguei-as com a toalha e deixei o hotel sem saber direito aonde iria. Sabia apenas que, se não quisesse comprometer o sucesso de toda a minha viagem (viagem consideravelmente longa e cansativa) apenas por causa dos defeitos de um quarto de hotel, devia, ainda que não tivesse a menor vontade, fazer um apelo discreto a algum amigo daqui. Passei rapidamente em revista todos os rostos do meu tempo de mocidade, para logo em seguida afastá-los, porque o caráter confidencial do favor a ser pedido iria me impor a obrigação de criar uma laboriosa ponte sobre os muitos anos em que não os tinha visto — e isso me desagradava. Depois me lembrei de que aqui vivia sem dúvida um homem para quem, aqui mesmo, em outros tempos, eu arranjara um emprego e que ficaria muito feliz, se eu o conhecia bem, em ter a oportunidade de me fazer, por sua vez, um favor. Era um ser estranho, ao mesmo tempo de um moralismo severo e curiosamente inquieto e instável, do qual, segundo eu soubera, a mulher se divorciara havia muitos anos pela simples razão de que ele vivia em qualquer lugar, desde que não fosse com ela e com o filho deles. Tremia agora com a ideia de que ele pudesse ter se casado de novo, circunstância que iria complicar o atendimento de meu pedido, e apressei o passo em direção ao hospital.

Esse hospital é um conjunto de prédios e pavilhões espalhados numa vasta área de jardins; entrei na pequena guarita vizinha ao portão e pedi ao porteiro, sentado atrás de uma mesa, que me pusesse em contato com a virologia; ele empurrou o aparelho para a beirada da mesa do meu lado e disse: "Zero dois!". Disquei então zero dois para saber que o dr. Kostka tinha deixado a sala havia alguns segundos e devia estar chegando à saída. Sentei-me num banco perto da grande porta para ter certeza de que não ia deixá-lo escapar, olhei distraidamente para os homens que vagavam por ali com suas roupas de hospital de listras azuis e brancas e então o vi: ele vinha, sonhador, grande, magro, simpático na sua falta de elegância; sim, era ele mesmo. Levantei do banco e fui direto ao seu encontro, como se quisesse esbarrar nele; lançou-me um olhar aborrecido, mas logo me reconheceu e abriu os braços. Tive a impressão de que sua surpresa era quase feliz e a espontaneidade de sua acolhida me agradou.

Expliquei-lhe que tinha chegado havia menos de uma hora para um trabalho sem importância que me prenderia ali mais ou menos dois dias, e ele manifestou de imediato um espanto alegre por ter sido para ele minha primeira visita. De repente, pareceu-me desagradável não tê-lo encontrado desinteressadamente, só para encontrá-lo, e a pergunta que fiz (perguntei-lhe jovialmente se ele já se casara de novo) pareceu refletir uma atenção sincera, apesar de proceder, no fundo, de um cálculo vil. Ele me disse (para minha satisfação) que continuava sozinho. Comentei que tínhamos muitas coisas para conversar. Ele concordou e lamentou dispor, infelizmente, apenas de pouco mais de uma hora, visto que deveria voltar para o hospital e, à noite, tomar um ônibus para sair da cidade. "Você não mora aqui?", perguntei, assustado. Ele me garantiu que morava, sim, num conjugado de um prédio novo, mas que "é difícil viver sozinho". Fiquei sabendo que Kostka tinha numa outra cidade, a vinte quilômetros, uma noiva, professora primária, que dispunha de um sala e quarto. "Você pretende se instalar na casa dela mais tarde?", perguntei. Ele respondeu que não seria fácil achar em outro lugar trabalho tão interessante quanto o que eu lhe arranjara e que por outro lado sua noiva teria dificuldade em conseguir uma colocação aqui. Comecei a insultar (com prazer) a morosidade da burocracia, incapaz de facilitar as coisas para que um homem e uma mulher pudessem viver juntos. "Acalme-se, Ludvik", disse-me ele com uma indulgência serena, "afinal de contas não é tão insuportável assim! É claro que a viagem me custa dinheiro e tempo, mas minha solidão continua intacta e eu sou livre." "Por que é que você tem tamanha necessidade de liberdade?", perguntei. "E você?", disse ele. "Eu corro atrás das mulheres", respondi. "Não é para as mulheres, é para mim que preciso de liberdade", ele disse, e acrescentou: "Escute, venha um instante até minha casa, antes de eu ir embora". Era tudo o que eu queria.

Saindo da área do hospital, chegamos logo a um grupo de prédios novos que se elevavam sem harmonia, um ao lado do outro, num terreno poeirento, não aplainado (sem gramado, sem pavimentação, sem calçada), e que formavam um triste cenário no limite dos campos, vastos e planos, que se estendiam até o horizonte. Atravessamos uma porta, subimos uma escada muito estreita (o elevador não funcionava) e paramos no terceiro andar, onde reconheci o nome de Kostka no cartão de visita. Quando, depois de atravessar a entrada, entramos no cômodo, fiquei mais do que satisfeito: um largo e confortável divã ocupava um canto; além do divã, havia uma pequena mesa, uma poltrona, uma grande estante, um toca--discos e um rádio.

Elogiei o quarto de Kostka e lhe perguntei como era o banheiro. "Sem luxo", disse ele, contente com o interesse que eu revelava, e me levou até a entrada de onde se abria a porta do banheiro, pequeno mas muito agradável, com banheira, ducha e pia. "Vendo este magnífico apartamento, ocorre-me uma ideia", disse eu. "O que é que você vai fazer amanhã à tarde e amanhã à noite?" "Puxa", desculpou-se ele, encabulado, "amanhã tenho um longo dia de trabalho, só vou estar de volta lá pelas sete horas. À noite você não vai estar livre?" "Pode ser que eu tenha a noite livre", respondi, "mas antes você não poderia me emprestar seu apartamento durante a tarde?"

13

Minha pergunta o espantou, mas na mesma hora (como se temesse que eu o julgasse pouco solícito) ele me disse: "Claro, é seu". E continuou, empenhando-se em mostrar que não estava procurando saber o motivo do meu pedido: "Se você está com dificuldade de encontrar um lugar onde ficar, já pode ficar aqui hoje mesmo, pois só vou voltar amanhã de manhã. Nem isso, aliás, porque vou diretamente para o hospital". "Não, não é preciso. Estou no hotel. O problema é que o meu quarto é muito pouco acolhedor, e amanhã à tarde vou precisar de um ambiente agradável. Claro que não é para ficar sozinho." "Claro", disse Kostka, baixando um pouco a cabeça, "eu imagino." Depois de um instante, disse: "Estou contente de poder fazer algo de bom por você". E acrescentou ainda: "Suponho, evidentemente, que seja realmente uma coisa boa".

Depois disso sentamos à pequena mesa (Kostka tinha feito café) e conversamos um pouco (sentado no divã, constatei com prazer sua firmeza, ele não afundava nem rangia). Em seguida Kostka anunciou que tinha que voltar para o hospital; por isso, apressou-se em me iniciar em alguns segredos domésticos: é preciso apertar bastante a torneira da banheira para fechá-la, a água quente sai, ao contrário do que em geral acontece, da torneira marcada com a letra F, a tomada para o fio do toca-discos está escondida embaixo do divã e no armário pequeno há uma garrafa de vodca quase cheia. Em seguida, deu-me um chaveiro com duas chaves e me mostrou a da porta do prédio e a do apartamento. Como já dormi em muitas camas no decorrer da minha vida, desenvolvi um culto especial pelas chaves, e, portanto, guardei essas no bolso com uma alegria silenciosa.

Ao sair, Kostka fez votos de que seu apartamento me proporcionasse "realmente alguma coisa de bom". "É", disse eu, "ele vai me permitir efetuar uma bela destruição." "Você acha que as destruições podem ser belas?", disse Kostka, e eu sorri intimamente porque, nessa pergunta (proferida com delicadeza mas concebida com combatividade), eu o reconheci exatamente como ele era (simpático e cômico ao mesmo tempo) na época do nosso primeiro encontro, quinze anos antes. Retruquei: "Sei que você é um operário pacífico da eterna obra divina e que ouvir falar em destruição lhe desagrada, mas o que posso fazer? Eu pessoalmente não sou aprendiz de pedreiro de Deus. Além do mais, se os aprendizes de pedreiro de Deus construíssem aqui embaixo edifícios com paredes de verdade, haveria poucas chances de que nossas destruições pudessem abalá-las. Ora, parece-me que em vez de paredes o que vejo em todo lugar são apenas cenários. E a destruição de cenários é uma coisa inteiramente justa".

Nós nos encontrávamos no mesmo ponto em que nos tínhamos separado da última vez (talvez nove anos antes); nossa divergência se revestia agora de um caráter metafórico, porque nós a conhecíamos bem a fundo e não sentíamos necessidade de voltar atrás; tínhamos apenas necessidade de nos repetir que não havíamos mudado, que continuávamos os dois igualmente diferentes um do outro (a esse respeito, devo dizer que gostava dessa diferença em Kostka e que por isso tinha prazer em discutir com ele, porque assim sempre podia, de passagem, verificar quem de fato eu era e o que pensava). Portanto, a fim de eliminar qualquer dúvida que eu tivesse a seu respeito, ele me respondeu: "O que você acaba de dizer soa bem. Mas me diga: cético como é, de onde tira segurança para diferenciar o cenário da parede? Nunca lhe aconteceu duvidar de que as ilusões das quais zomba sejam de fato apenas ilusões? E se você estivesse enganado? E se fossem valores, e você, um destruidor de valores?". E disse em seguida: "Um valor degradado e uma ilusão desmascarada têm ambos o mesmo corpo deplorável, eles se parecem, e nada mais fácil do que confundi-los".

15

Enquanto acompanhava Kostka de volta ao hospital do outro lado da cidade, eu brincava com as chaves no fundo do bolso e me sentia bem ao lado do velho amigo que era capaz de tentar me convencer de sua verdade não importava quando nem onde, mesmo naquele momento em que atravessávamos o terreno esburacado dos quarteirões novos. Kostka sabia, é evidente, que teríamos para nós toda a noite do dia seguinte, por isso deixou logo de lado a filosofia e passou aos assuntos banais, certificando-se mais uma vez de que eu o esperaria amanhã na sua casa, quando voltasse às sete horas (ele não tinha outro molho de chaves), e me perguntando se eu realmente não precisava de mais nada. Apalpei o rosto e lhe disse que precisava passar num barbeiro, visto que estava com uma barba indesejável. "Bem na hora", disse Kostka, "vou lhe arranjar um barbeiro especial!"

Não recusei a gentileza de Kostka e me deixei levar para um pequeno salão em que diante de três espelhos estavam plantadas três grandes cadeiras giratórias, duas delas ocupadas por homens que tinham a cabeça inclinada e o rosto coberto de espuma. Duas mulheres de uniforme branco se debruçavam sobre eles. Kostka se aproximou de uma delas e lhe segredou alguma coisa; a moça enxugou a navalha com uma toalha e gritou para o fundo da loja: uma moça de uniforme branco saiu para atender o senhor abandonado numa cadeira, enquanto a mulher com quem Kostka falara dirigia-me uma leve inclinação de cabeça e me convidava com a mão a sentar na cadeira vazia. Kostka e eu nos despedimos com um aperto de mão e eu me instalei, descansando a cabeça na pequena almofada que servia de apoio; e, como fazia muitos anos não gostava de olhar meu rosto, evitei o espelho colocado diante de mim, levantei os olhos e os deixei vagar entre as manchas do teto caiado.

Mantive os olhos no teto mesmo depois de ter sentido no pescoço os dedos da cabeleireira que enfiavam sob o colarinho da minha camisa a ponta de um pano branco. Depois ela deu um passo para trás, e ouvi só o vaivém da lâmina no couro de afiar e fiquei paralisado, numa espécie de imobilidade tranquila, repleta de uma feliz indiferença. Pouco depois, senti no rosto os dedos úmidos me aplicando untuosamente o creme na pele e me dei conta desse fato singular e incongruente: uma desconhecida, alguém que não é nada para mim e para quem eu também nada sou, acaricia-me com suavidade. Depois, com um pincel a cabeleireira começou a espalhar o sabão e me pareceu que talvez eu não estivesse nem mesmo sentado, mas simplesmente flutuando no espaço branco semeado de manchas. Então imaginei (porque mesmo nos momentos de repouso as ideias não param seus jogos) que eu era uma vítima sem defesa, totalmente entregue à mulher que tinha afiado a navalha. E como meu corpo se dissolvia no espaço e eu sentia apenas o rosto tocado pelos dedos, imaginei sem dificuldade que aquelas mãos suaves seguravam (faziam girar, acariciavam) minha cabeça como se não a associassem de modo nenhum a um corpo, mas a considerassem apenas em si mesma, de tal maneira que nada restava à lâmina afiada que esperava na prateleira vizinha senão arrematar aquela bela autonomia da minha cabeça.

Depois as carícias cessaram e eu ouvi a cabeleireira se afastar, dessa vez para apanhar de fato a navalha, e pensei nesse momento (pois os pensamentos continuavam seus jogos) que era preciso ver que rosto tinha na verdade a dona (a manipuladora) da minha cabeça, minha terna assassina. Descolei os olhos do teto e olhei para o espelho. Fiquei estupefato: o jogo com o qual eu me divertia adquiriu de súbito contornos estranhamente reais; parecia-me que eu conhecia aquela mulher que se debruçava sobre mim no espelho.

Com uma das mãos ela segurava o lóbulo da minha orelha, com a outra raspava meticulosamente do meu rosto a espuma do creme de barbear; eu a observava, e sua identidade, percebida com espanto um minuto antes, desfazia-se lentamente e desaparecia. Depois ela se curvou sobre a pia, com dois dedos fez cair da navalha um amontoado de espuma, endireitou-se e girou um pouco a cadeira; nossos olhares então se cruzaram um segundo e mais uma vez me pareceu que era ela! Decerto o rosto estava um pouco diferente, como se fosse o de sua irmã mais velha, sombrio, cansado, meio encovado; mas fazia quinze anos que a vira pela última vez! Durante esse período, o tempo havia impresso uma máscara enganadora sobre seus traços autênticos; felizmente, porém, essa máscara tinha dois orifícios pelos quais mais uma vez seus olhos podiam me olhar, reais e verdadeiros, tais como eu os conhecera.

Mas depois surgiu um novo obstáculo no caminho: um outro cliente entrou no salão, sentou-se numa cadeira atrás de mim para esperar sua vez e logo começou a falar com a minha cabeleireira; discorria sobre o esplêndido verão e sobre a piscina em construção nos arredores da cidade; a cabeleireira respondia (eu registrava sua voz mais do que suas palavras, por sinal insignificantes), e constatei que não reconhecia aquela voz; o tom era desenvolto, desprovido de ansiedade, quase vulgar, era uma voz completamente estranha.

Agora ela me lavava o rosto apertando-o com a palma das mãos, e eu (apesar da voz) tornava a acreditar que era ela mesma, que eu sentia outra vez, depois de quinze anos, o contato de suas mãos em meu rosto, que ela me acariciava de novo, acariciava-me longamente, com ternura (eu esquecia por completo que não eram carícias, mas abluções); sua voz estranha, no entanto, não parava de responder banalidades à tagarelice crescente do sujeito, mas eu me recusava a acreditar na voz, preferia acreditar nas mãos; pelas mãos eu me obstinava em reconhecê-la; pela doçura de seu toque esforçava-me por descobrir se era ela e se tinha me reconhecido.

Depois ela pegou uma toalha e secou meu rosto. O tagarela começou a rir ruidosamente de uma piada que acabara de contar e notei que minha cabeleireira não riu, que sem dúvida, portanto, não prestava grande atenção ao que o sujeito dizia. Isso me perturbou porque via no fato a prova de que ela me reconhecera e que sentia uma agitação contida. Resolvi lhe falar assim que levantasse da cadeira. Ela me livrou da toalha que envolvia meu pescoço. Levantei-me. Tirei uma nota de cinco coroas do bolso de dentro do paletó. Esperava um novo encontro de nossos olhares para poder lhe dirigir a palavra chamando-a pelo nome (o sujeito continuava tagarelando), mas ela virou a cabeça com indiferença; pegou o dinheiro com um gesto tão curto e impessoal que fiquei de repente me sentindo um louco que acredita em suas próprias miragens e não tive coragem de lhe dizer uma só palavra.

Curiosamente insatisfeito, saí do salão; tudo o que sabia é que não sabia nada e que era uma enorme *grosseria* ter dúvida sobre a identidade de um rosto que outrora fora tão amado.

Naturalmente, não seria difícil saber a verdade. Dirigi-me às pressas ao hotel (no caminho percebi do outro lado da calçada o rosto de um amigo de infância, Jaroslav, maestro de um conjunto com címbalo, mas, como se fugisse da música lancinante e alta demais, desviei o olhar rapidamente) e de lá telefonei para Kostka, que ainda estava no hospital.

"Diga-me, aquela cabeleireira que você me indicou, o nome dela é Lucie Sebetkova?"

"Hoje ela tem outro nome, mas é ela mesma. Como é que você a conhece?", perguntou Kostka.

"Foi há muito tempo", respondi, e, sem nem mesmo pensar em jantar, deixei o hotel (a noite já caía) para voltar a perambular pelas ruas.

19

Segunda parte
HELENA

1

Esta noite vou me deitar cedo, não sei se vou conseguir dormir, mas vou me deitar cedo, Pavel partiu à tarde para Bratislava, amanhã cedo pego o avião até Brno e depois o ônibus, minha pequena Zdena vai ficar dois dias sozinha em casa, isso não vai perturbá-la, ela não faz questão da nossa companhia, pelo menos não da minha, ela adora Pavel, Pavel é seu primeiro ídolo masculino, é preciso reconhecer que ele sabe lidar com ela, como sempre soube lidar com todas as mulheres, inclusive comigo, e isso continua sendo verdade, essa semana ele começou a se comportar comigo do mesmo modo que antigamente, me deu tapinhas no rosto e prometeu que iria me buscar na Morávia quando voltasse de Bratislava, segundo ele precisamos recomeçar a conversar, talvez tenha reconhecido que as coisas não podem continuar assim, talvez queira que tudo entre nós volte a ser como antes, mas por que pensa isso tão tarde, agora que encontrei Ludvik? Estou muito angustiada, no entanto não devo ficar triste, não devo, *que a tristeza não seja jamais ligada a meu nome*, essa frase de Fucik é o meu lema, mesmo torturado, mesmo sob a forca, Fucik nunca ficava triste, e pouco importa que hoje a alegria tenha saído de moda, sou idiota, é possível, mas os outros não são menos idiotas com seu ceticismo mundano, não vejo por que deveria renunciar à minha tolice para adotar a deles, não quero cortar minha vida em duas, quero que minha vida seja uma do começo ao fim, foi por isso que Ludvik me agradou tanto, quando estou com ele não tenho necessidade de mudar de ideias nem de gostos, é um homem comum, simples, claro, e é disso que eu gosto, que sempre gostei.

Não tenho vergonha de ser como sou, não posso ser diferente daquela que sempre fui, até os dezoito anos conheci apenas o apartamento bem-comportado da burguesia provinciana bem-comportada, e o estudo, o estudo, a vida real se desenrolava além das sete muralhas, até que cheguei a Praga em 49, aí foi o milagre, uma felicidade tão violenta que jamais a esquecerei, e é por isso mesmo que continuo incapaz de apagar Pavel de minha alma, mesmo não o amando mais, mesmo tendo ele me machucado, não posso, Pavel é a minha juventude, Praga, a faculdade, a Cidade Universitária e principalmente o célebre Conjunto Fucik de cantos e danças, conjunto estudantil, agora ninguém mais sabe o que aquilo representava para nós, foi lá que conheci Pavel, ele era tenor e eu contralto, tomamos parte em centenas de concertos e sessões recreativas, cantando canções soviéticas, canções políticas de nossa terra e, claro, as canções populares, estas eram as nossas preferidas, eu estava então a tal ponto apaixonada pelas canções da Morávia que, sendo natural da Boêmia, me sentia morávia, fiz dessas canções o *leitmotiv* de minha vida, para mim elas se confundem com essa época, com meus anos de juventude, com Pavel, eu as ouço cada vez que o sol vai se levantar para mim, tenho ouvido esses dias.

Como foi que no começo me apeguei a Pavel, hoje eu não saberia dizer a ninguém, é uma espécie de má literatura, num dia de aniversário da Libertação havia um grande comício na praça da Cidade Velha, nosso conjunto também fazia parte da festa, íamos a toda parte em grupo, pequeno bando entre dezenas de milhares de pessoas, na tribuna nossos homens públicos e também alguns estrangeiros, muitos discursos e muitos aplausos, depois Togliatti, por sua vez, aproximou-se do microfone para um breve discurso em italiano e, como sempre, a praça respondeu gritando, batendo palmas, bradando ritmadamente palavras de ordem. Por acaso, Pavel estava perto de mim naquela imensa barafunda e o escutei gritar alguma coisa sozinho na tempestade, alguma coisa especial. Olhei para sua boca e compreendi que ele cantava, gritava mais do que cantava, queria que nós o ouvíssemos e que o acompanhássemos, entoava um canto revolucionário italiano que constava do nosso repertório e que era muito popular na época: *Avanti popolo, alla riscossa, bandiera rossa, bandiera rossa...*

Era ele tal e qual, não se contentava nunca em se dirigir à razão, queria atingir os sentimentos, achei que era maravilhoso saudar numa praça de Praga um dirigente operário italiano cantando para ele uma canção revolucionária de seu país, desejei que Togliatti ficasse comovido como eu ficara por antecipação, e assim, com todo o meu fôlego, juntei-me a Pavel, e outros, muitos outros, associaram-se a nós e por fim nosso conjunto inteiro gritou a canção, mas o clamor da praça era incrivelmente poderoso e nós éramos apenas um punhado de gente, éramos cinquenta e eles, no mínimo, cinquenta mil, esmagadora superioridade, luta desesperada, durante toda a primeira estrofe pensamos que iríamos sucumbir, que ninguém sequer perceberia o que estávamos cantando, quando aconteceu o milagre, pouco a pouco as vozes foram se juntando a nós, mais numerosas, as pessoas começavam a entender, e lentamente a canção se desprendeu da enorme algazarra da esplanada como uma borboleta de uma gigantesca e retumbante crisálida. Por fim, a borboleta, o canto, pelo menos seus últimos compassos, voaram até o palanque, e nós fixamos os olhos ávidos nos traços daquele italiano grisalho, muito satisfeitos quando nos pareceu que com um movimento da mão ele reagia à música, e eu fiquei quase certa de ter visto lágrimas em seus olhos.

E nesse entusiasmo e nessa emoção, não sei como, segurei Pavel pela mão e Pavel retribuiu meu aperto e quando a calma voltou à praça e um novo orador se pôs em frente ao microfone tive medo que ele largasse minha mão, mas ele a segurou, e continuamos de mãos dadas até o fim do comício e não nos separamos mais um do outro, mesmo depois da dispersão, e durante muitas horas passeamos por Praga em flor.

Sete anos depois, a pequena Zdena já tinha cinco anos, nunca vou esquecer, ele me disse que *nós não nos casamos por amor, mas por disciplina de partido*, sei muito bem que estávamos discutindo, que era mentira, que Pavel tinha se casado comigo por amor e que só mudou depois, mas de qualquer maneira é horrível que ele tenha me dito isso, logo ele, que nunca parou de demonstrar que o amor de hoje é diferente, que não é uma fuga para longe dos outros, mas um reconforto dentro do combate, aliás era assim que nós o vivíamos, ao meio-dia não tínhamos nem tempo de almoçar, engolíamos dois pãezinhos secos na secretaria da União da Juventude, depois ficávamos às vezes até o fim do dia sem nos ver, em geral eu esperava Pavel até mais ou menos meia-noite, quando ele voltava de suas intermináveis reuniões que duravam umas seis ou oito horas, nos meus momentos de folga recopiava para ele relatórios que apresentava em todos os tipos de conferências e estágios de formação, textos que tinham a seus olhos uma importância extrema, sou a única a saber o valor que ele atribuía ao sucesso de suas intervenções políticas, cem vezes ele repetia em seus discursos que o novo homem difere do antigo pelo fato de ter cortado de sua vida o divórcio entre o privado e o público, e agora ele me condena, depois de tantos anos, por os camaradas não terem, naquela época, respeitado sua vida particular.

Saíamos juntos havia quase dois anos e eu começava a sentir um pouco de impaciência, não é de espantar, nenhuma mulher espera se satisfazer com um simples namoro de estudante, e Pavel se contentava, acostumado àqueles confortos sem obrigação, todo homem é um pouco egoísta e compete à mulher se defender e preservar sua missão de mulher, isso, infelizmente, Pavel compreendia bem menos do que nossos camaradas do conjunto, que o convocaram diante do Comitê, ignoro o que lhe disseram ali, nunca falamos disso, é provável que o tenham apertado, pois eles eram nessa época muito rigorosos, está certo, exigia-se muito, mas moral demais é melhor do que de menos, como agora. Durante muito tempo Pavel me evitou, pensei que eu tinha estragado tudo, fiquei desesperada, quis pôr fim aos meus dias, mas depois ele veio me procurar, meus joelhos tremiam, ele pediu desculpas e me ofereceu de presente um berloque com a imagem do Kremlin, sua lembrança mais preciosa, nunca me separarei dela, não é apenas uma lembrança de Pavel, é muito mais, é uma lembrança de felicidade, eu me desmanchei em lágrimas e quinze dias depois houve o nosso casamento, ao qual o conjunto inteiro compareceu e que durou vinte e quatro horas, cantamos, dançamos, e eu repetia para Pavel que, se traíssemos um ao outro, trairíamos todos aqueles que comemoravam conosco aquele casamento, trairíamos também a manifestação na praça da Cidade Velha e Togliatti, tenho vontade de rir hoje em dia quando penso em todas as coisas que traímos depois...

2

Penso no que vou vestir amanhã, meu pulôver rosa e minha capa de chuva, por exemplo, é o que ainda fica melhor no meu corpo, não estou mais muito magra, mas e daí! Se tenho rugas, para compensar tenho outros encantos que uma moça nova não tem, o encanto da mulher que viveu, para Jindra sem dúvida tenho esse encanto, pobre garoto, vejo ainda seu desapontamento quando soube que eu pegaria o avião de manhã bem cedo e que ele faria a viagem sozinho, fica contente quando pode estar comigo, diante de mim gosta de se fazer valorizar do alto da sua virilidade de dezenove anos, comigo certamente faria cento e trinta quilômetros por hora para que eu o admirasse, esse feiosinho, e além disso absolutamente impecável como técnico e como motorista, os jornalistas adoram carregá-lo para todas as pequenas reportagens no exterior, e, afinal, que mal existe se acho agradável saber que alguém sente prazer em me ver, nesses últimos anos não tenho sido bem-vista no rádio, parece que sou uma peste, fanática, dogmática, cão de guarda do Partido e tudo o mais, só que o que acontece é que eu não vou me envergonhar nunca de amar o Partido, de sacrificar a ele todos os meus prazeres. Em primeiro lugar, o que me resta na vida? Pavel tem outras mulheres, não procuro mais saber quais são, a menina adora o pai, meu trabalho, sempre a mesma coisa já há dez anos, reportagens, entrevistas, programas de rádio sobre a realização do plano, sobre os estábulos-modelo, sobre as máquinas de ordenhar, e o meu lar igualmente sem esperança, só o Partido nunca me decepcionou, e eu sempre paguei na mesma moeda, mesmo nas horas em que todos tinham vontade de abandoná-lo, em 56, com a revelação dos crimes de Stálin, as pessoas ficaram loucas na ocasião, cuspiam em tudo, achavam que nossa imprensa mentia, as casas de comércio nacionalizadas não funcionavam, a cultura sufocava, as cooperativas rurais não deveriam ter existido, a União Soviética era um país sem liberdade e o pior era que mesmo os comunistas se exprimiam assim nas reuniões, Pavel também falava dessa maneira, e todo mundo o aplaudia, Pavel sempre foi aplaudido, desde a infância, filho único, sua mãe dorme com o retrato dele, menino-prodígio, mas homem apenas mediano, não fuma, não bebe, mas é incapaz de viver sem aplausos, é o seu álcool, sua nicotina, tanto que ele ficava radiante de poder empolgar o coração dos auditórios, para quem discursava sobre o horror dos processos stalinistas com um entusiasmo tal que mais um pouco e as pessoas explodiriam em soluços, eu sentia como ele ficava feliz na sua indignação e o detestava.

O Partido, felizmente, soube reprimir os histéricos, eles se calaram. Pavel, como outros, moderou-se, seu emprego de professor de marxismo na universidade era vantajoso demais para que ele o pusesse em risco, mas ainda assim havia qualquer coisa no ar, germes de apatia, de desconfiança, de descrença, germes fermentando em silêncio, em segredo, eu me perguntava o que poderia fazer contra aquilo, a não ser me ligar ao Partido mais estreitamente ainda do que antes, como se o Partido fosse uma criatura viva, a quem podia agora me entregar, agora que não tinha mais nada a dizer a ninguém, nem a Pavel, nem aos outros, eles também não gostam de mim, isso ficou claro quando foi preciso resolver aquela questão penosa, um de nossos redatores, um homem casado, tinha uma relação com uma técnica, uma jovem solteira, irresponsável e cínica, a esposa, em desespero, veio pedir ajuda ao nosso comitê e nós estudamos o caso durante horas, chamamos um a um a mulher, a técnica e as testemunhas que pertenciam ao serviço, esforçamo-nos para entender todos os aspectos da questão e para nos mostrarmos justos, o redator recebeu uma advertência do Partido, a técnica foi repreendida e os dois tiveram que prometer, diante do comitê, que iriam romper. Ora, palavras são apenas palavras, eles as disseram para nos acalmar, continuaram a se encontrar, mas, como mentira tem perna curta, não demoramos a descobrir a verdade, e fui então a favor da solução mais severa, propondo que o colega fosse expulso do Partido por ter conscientemente enganado o seu Partido, pois, afinal, que espécie de comunista é esse que mente para o seu Partido, detesto mentira, minha proposta apesar disso não foi aceita, o redator se livrou com mais uma repreensão e a técnica teve que sair da emissora de rádio.

Vingaram-se bem, fazendo-me passar por um monstro, por uma megera, uma campanha completa, passaram a espionar minha vida particular, era meu calcanhar de aquiles, uma mulher não pode abrir mão do sentimento ou deixa de ser mulher, para que negar, eu procurava o amor em outro lugar qualquer, já que não o tinha em casa, aliás procurava em vão, um belo dia me atacaram com isso numa reunião pública, eu era uma hipócrita, expunha as pessoas no pelourinho a pretexto de que eram destruidoras de lares, tivera a pretensão de expulsá-las, persegui-las, arrasá-las, enquanto eu mesma era infiel ao meu marido tanto quanto podia, falavam assim na reunião, mas nas minhas costas me arrastavam na lama, para a plateia eu era uma boa pessoa e, em particular, uma puta, como se eles não tivessem conseguido compreender que eu, justamente porque sabia o que era um casamento infeliz, era, por essa mesma razão, exigente em relação aos outros, não porque os detestasse, mas por amor, por amor ao amor, por amor aos seus lares e aos seus filhos, porque queria correr em seu socorro, eu também tenho filho e lar e temo por eles!

Bom, talvez eles tenham razão, talvez eu seja de fato uma megera, talvez se deva deixar às pessoas a sua liberdade, ninguém tem o direito de se meter em seus assuntos pessoais, talvez tenhamos realmente concebido mal esse mundo todo em que estamos, e talvez eu seja na verdade um polícia odioso que mete o nariz em coisas que absolutamente não lhe dizem respeito, só que eu sou assim, eu sou assim e ajo sempre como sinto que devo agir, e agora é tarde demais para mudar, sempre pensei que a criatura humana fosse indivisível, só o burguês na sua impostura se divide em um ser público e um homem particular, esse é meu credo, sempre me comportei segundo esse pensamento, dessa vez como das outras.

Que eu tenha sido má, concordo sem que ninguém tenha que me fazer essa pergunta, tenho horror dessas garotas, jovens vagabundinhas cruéis, desprovidas do menor traço de solidariedade para com a mulher um pouco mais velha, como se um dia elas não fossem ter também trinta, trinta e cinco e quarenta anos, e não me venham dizer que ela o amava, o que é que aquela mulher pode saber do amor, ela dorme com o primeiro que aparece, sem complexo, sem pudor, fico ofendida se alguém ousa me comparar a vagabundas assim, pelo único motivo de que, sendo casada, eu tenha tido vários relacionamentos. A diferença é que eu sempre procurei o amor, e se me enganava, se não o achava onde o procurava, eu dava as costas, horrorizada, e partia para outra, sabia no entanto como seria simples esquecer de uma vez por todas meu sonho de amor juvenil, atravessar a fronteira para me encontrar nas terras dessa estranha liberdade, onde não existe nem vergonha, nem decência, nem moral, no domínio dessa estranha e ignóbil liberdade onde tudo é permitido, onde basta ouvir dentro de si a pulsação do sexo, esse animal.

Sei também que, se atravessasse essa fronteira, deixaria de ser eu, viraria outra pessoa, não sei quem, e isso, essa terrível mutação me assusta, é por isso que procuro o amor, com a obstinação do desespero procuro um amor em que possa viver tal como sempre fui, tal como sou ainda, com meus velhos sonhos e meus ideais, pois não quero que minha vida se quebre ao meio, quero que ela continue sendo uma só de ponta a ponta, e foi por isso que fiquei a tal ponto sufocada quando te conheci, Ludvik, Ludvik...

3

No fundo foi realmente cômica a primeira vez em que entrei em seu escritório, ele não me agradou especialmente, sem o menor constrangimento eu disse quais eram as informações que esperava dele, que ideia tinha daquela reportagem radiofônica, mas, quando ele me dirigiu a palavra em seguida, percebi de repente que eu me atrapalhava, que dizia coisas incoerentes, que me explicava bobamente, e ele, diante do meu embaraço, desviou na mesma hora a conversa para mim, se era casada, se tinha filhos, onde costumava passar as férias, disse também que eu parecia moça e que era bonita, queria acalmar meu nervosismo, foi amável da parte dele, conheci tantos desses presunçosos que só servem para enganar os outros, mesmo sem saber a décima parte do que ele sabia, Pavel não teria parado de falar de si mesmo, mas o mais cômico foi que depois de uma hora de entrevista eu não sabia nada que já não soubesse sobre seu instituto, em casa me dediquei à minha matéria, não estava dando certo, mas por outro lado me convinha, tinha pelo menos um pretexto para lhe telefonar, será que ele aceitaria ler o que eu tinha escrito? Tornamos a nos encontrar num café, minha infeliz reportagem ocupava quatro páginas, ele leu galantemente e sorriu, considerou-a excelente, desde o primeiro instante tinha dado a entender que eu o interessava como mulher e não como jornalista, eu não sabia se isso deveria me agradar ou me ofender, mostrava-se em todo caso encantador, nós nos entendíamos, ele não é desses intelectuais de gabinete que me aborrecem, tem atrás de si uma vida rica, trabalhou até em minas, disse a ele que gostava de pessoas desse tipo, mas que estava sobretudo espantada de saber que ele era da Morávia e que tinha tocado num conjunto com címbalo, não podia acreditar nos meus ouvidos, ouvia o tema da minha vida, via ao longe minha juventude voltar e sentia que ia sucumbir a ele.

Ele me perguntou o que eu fazia todo santo dia, eu lhe contei e ele me disse, escuto ainda sua voz, meio zombeteira, meio penalizada, você vive mal, Helena, depois declarou que era preciso mudar isso, que eu devia me decidir a levar uma vida diferente, me dedicar um pouco mais *às alegrias da existência*. Eu respondi que não tinha nada contra, que sempre fora uma entusiasta da alegria, que irritava mais que todas aquelas melancolias e outras tristezas da moda, e ele retrucou que minha profissão de fé não queria dizer nada, que os partidários da alegria eram, em sua maioria, as pessoas mais tristes, ah, como você tem razão!, tive vontade de gritar, depois ele anunciou cruamente que viria me apanhar no dia seguinte às quatro horas em frente à emissora e que iríamos juntos passear em algum lugar no campo, nos arredores de Praga. Tentei protestar, convenhamos, sou casada, não posso ir passear assim na floresta em companhia de um homem, de um estranho, Ludvik respondeu brincando que ele não era um homem mas apenas um cientista, e ao mesmo tempo ficou triste, muito triste! Notei isso e senti uma onda de calor, prazer de constatar que me desejava, e que me desejava ainda mais porque eu lembrara a ele que era casada, assim me tornava mais inacessível, a gente deseja sempre, acima de tudo, o inacessível, com avidez, eu bebia aquela tristeza de seus traços e naquele momento compreendi que ele estava apaixonado por mim.

No dia seguinte, de um lado o Vltava, do outro o declive abrupto da floresta, foi romântico, gosto do que é romântico, meu comportamento devia ser um pouco louco, impróprio talvez para a mãe de uma garota de doze anos, eu ria, saltava, segurei-lhe a mão e o obriguei a correr comigo, paramos, meu coração batia com força, estávamos frente a frente, quase nos tocando, Ludvik se inclinou ligeiramente e me deu um beijo rápido, escapei logo dele para lhe segurar de novo a mão e recomeçamos a correr um pouco, ao menor esforço sinto palpitações, basta eu subir um andar, portanto diminuí logo o passo, minha respiração acalmou-se pouco a pouco e de repente me dei conta de que cantarolava baixinho os primeiros compassos de uma canção da Morávia, minha canção favorita, e quando me pareceu que ele me compreendia continuei em voz alta, não tinha vergonha, sentia se desprenderem de mim os anos, as preocupações, as tristezas, milhares de escamas cinzentas, e depois, instalados num pequeno café, comemos pão com salsicha, tudo era perfeitamente comum e simples, o garçom rabugento, a toalha manchada, mas a aventura era assim mesmo maravilhosa, eu disse a Ludvik, você nem sabe que daqui a três dias vou à Morávia fazer uma reportagem sobre a Cavalgada dos Reis. Ele me perguntou onde exatamente e, depois da minha resposta, disse que era lá que tinha nascido, nova coincidência que me perturbou, e Ludvik disse: vou me liberar para ir lá com você.

Senti medo, lembrei-me de Pavel, aquela pequena luz de esperança que ele tinha reacendido em mim, não sou cínica em relação ao meu casamento, estou pronta a fazer tudo para salvá-lo, quando mais não seja, pela pequena Zdena, mas por que mentir, principalmente por minha causa, por causa de tudo o que aconteceu, por causa da lembrança da minha juventude, mas não encontrei forças para dizer não a Ludvik, não tive essa coragem, e pronto, os dados agora estão lançados, a pequena Zdena dorme, eu sinto medo e Ludvik a esta hora já está na Morávia e vai estar me esperando amanhã quando eu chegar de ônibus.

Terceira parte
LUDVIK

1

Sim; fui perambular. Parei na ponte sobre o rio Morava e olhei a correnteza. Como é feio esse Morava (rio tão escuro que seu leito parece conter barro líquido e não água) e como é lúgubre a sua margem: uma rua com cinco casas burguesas de um andar, separadas umas das outras, órfãs ridículas; talvez elas constituíssem o embrião de um cais cuja ambição pretensiosa nunca se realizou; duas delas possuem, em cerâmica e em estuque, anjinhos e desenhos que já estão rachados: um dos anjos não tem mais asas e os desenhos, descascados até o tijolo em alguns lugares, tornaram-se ininteligíveis. Lá onde termina a rua das casas órfãs existem apenas os postes de ferro dos fios de eletricidade, capim com alguns gansos que ficaram para trás e, depois disso, campos, campos sem horizonte que não vão a parte alguma, campos entre os quais desaparece o barro líquido do Morava.

As cidades sabem se servir umas das outras como de um espelho, e eu, nesse panorama (eu o conhecera bem em criança, mas agora não me dizia nada), vi de repente Ostrava, essa cidade de mineiros semelhante a um gigantesco dormitório provisório, cheia de prédios abandonados e ruas sujas desembocando no vazio. Eu caíra numa armadilha; encontrava-me nessa ponte como um homem exposto ao tiro de uma metralhadora. Não queria olhar por mais tempo a rua abandonada e suas cinco casas perdidas, porque eu não me permitia pensar em Ostrava. Por isso, dei meia-volta para seguir o rio contra a corrente.

Por ali havia um pequeno caminho margeado de um lado por uma espessa fileira de álamos: uma alameda estreita de onde se tinha uma boa vista panorâmica. Do lado direito, a escarpa coberta de capim e de plantas selvagens descia até o nível da água; mais longe, além do rio, o olhar descobria armazéns, oficinas e pátios de fábricas medíocres; à esquerda do caminho, vinha primeiro um depósito de lixo interminável, seguido de vastos campos espetados pelos conjuntos metálicos dos postes com cabos de alta-tensão. Dominando tudo isso, eu seguia pela alameda estreita como se percorresse a passos largos uma longa passarela sobre as águas — e se comparo toda a paisagem a uma vasta extensão de água é porque sentia seu frio me penetrar, e porque caminhava por aquela alameda como se corresse o risco de despencar dela a qualquer momento. Ao mesmo tempo, eu me dava conta de que a estranha atmosfera da paisagem não era senão um decalque do que eu me proibira relembrar depois do encontro com Lucie, como se minhas lembranças reprimidas impregnassem tudo o que nesse momento via ao meu redor, o deserto dos campos, dos pátios e dos hangares, a opacidade do rio e a friagem onipresente que conferia unidade ao conjunto do cenário. Percebi que não escaparia às minhas lembranças; elas me cercavam.

2

Por qual itinerário cheguei ao primeiro naufrágio da minha vida (e, por sua mediação pouco amável, a Lucie), não seria difícil contar num tom leve e mesmo divertido: foi tudo culpa da minha funesta propensão para as brincadeiras sem graça, como também da funesta inaptidão de Marketa para entender uma brincadeira. Marketa era uma dessas mulheres que levam tudo a sério (identificando-se, assim, maravilhosamente bem, com o próprio espírito da época) e para as quais as fadas determinaram, desde o berço, que a capacidade de acreditar seria sua maior qualidade. Não quero insinuar com um eufemismo que ela talvez fosse simplória; não: era razoavelmente bem-dotada, sagaz e, além disso, tão moça (com seus dezenove anos) e tão bonita que sua credulidade ingênua se inseria mais na conta de seus encantos do que na de suas deficiências. Nós todos na faculdade gostávamos muito dela e tínhamos mais ou menos tentado conquistá-la, o que não nos impedia (pelo menos a alguns) de caçoar dela, de modo afetuoso e com toda a delicadeza.

Decididamente, o humor não combinava com Marketa, e menos ainda com o espírito da época. Era o primeiro ano depois de fevereiro de 48; uma vida nova havia começado, vida verdadeiramente diferente, cuja fisionomia, tal como se fixou na minha lembrança, era de uma seriedade rígida, com isto de espantoso: essa seriedade não tinha nada de sombrio, mas, ao contrário, tinha a aparência do sorriso; sim, esses anos se revelaram os mais alegres de todos, e quem não se alegrasse tornava-se logo suspeito de não estar satisfeito com a vitória da classe trabalhadora, ou então (falta não menos grave) de estar mergulhando de modo *individualista* nas profundezas de suas inquietações íntimas.

Eu não tinha, nessa época, muitas inquietações íntimas; ao contrário, tinha um considerável senso lúdico, e no entanto não se pode dizer que tenha conseguido realmente acompanhar o jeito alegre da época: faltava aos meus gracejos um pouco de seriedade, e a alegria contemporânea não suportava as pilhérias nem a ironia, sendo, repito, uma alegria grave que se intitulava com orgulho "otimismo histórico da classe vitoriosa", uma alegria ascética e solene; em poucas palavras, a Alegria.

Lembro-me de que na faculdade estávamos então organizados em "círculos de estudos" que se reuniam com frequência para proceder à crítica e à autocrítica públicas de todos os seus membros, a partir do que era estabelecida uma nota de avaliação para cada um. Como todos os comunistas, eu exercia muitas funções (ocupava um cargo importante na União dos Estudantes), e como, além disso, meus estudos não iam mal, essa nota de avaliação não podia me causar grandes problemas. No entanto, as fórmulas elogiosas que aprovavam minha atividade, minha diligência, minha atitude positiva em relação ao Estado, ao trabalho, e meu conhecimento do marxismo eram em geral acompanhadas de uma frase ressaltando que minha personalidade revelava "resíduos de individualismo". Tal ressalva não era necessariamente inquietante, pois era de praxe inserir uma observação crítica nas notas pessoais mais brilhantes: a um se censurava um "fraco interesse pela teoria revolucionária", a outro a "frieza em relação ao próximo", a um terceiro a falta de "vigilância e circunspecção", àquele outro, enfim, o "mau comportamento em relação às mulheres"; é claro que, a partir do momento em que uma restrição desse gênero não fosse mais isolada, em que uma outra viesse reforçá-la ou então se acontecesse de a pessoa se ver envolvida em algum conflito ou se fosse alvo de suspeita ou de difamação, os "resíduos de individualismo" ou o "mau comportamento em relação às mulheres" poderiam se tornar o germe da catástrofe. E, como uma estranha fatalidade, tal germe pairava sobre a ficha de informações de cada um, sim, de cada um de nós.

Às vezes (por esporte, mais do que por verdadeira apreensão) eu me rebelava contra as acusações de individualismo e exigia provas de meus companheiros de estudo. De concreto, particularmente, não tinham nada; diziam: "Por que você se comporta assim?". "Me comporto como?", perguntei. "Você tem o tempo todo um sorriso estranho." "E daí? Estou expressando minha alegria." "Não, você sorri como se pensasse em alguma coisa que não quer contar."

Quando meus companheiros julgaram que meu comportamento e meus sorrisos cheiravam a intelectualidade (outro termo pejorativo célebre da época), consegui afinal acreditar neles, incapaz que era de imaginar (estava acima da minha audácia) que todos os outros estivessem errados, que a própria Revolução, o espírito da época, pudesse se enganar, e eu, indivíduo, pudesse ter razão. Pus-me a vigiar um pouco meus sorrisos e não demorei a perceber dentro de mim uma fissura mínima, que se abria entre aquele que eu era e aquele que (segundo o espírito da época) eu deveria e queria ser.

Mas, afinal, quem era eu realmente? A essa pergunta quero responder com toda a honestidade: eu era aquele que tinha muitas caras.

E o número delas ia aumentando. Mais ou menos um mês antes das férias, comecei a me aproximar de Marketa (ela estava no primeiro ano e eu no segundo) e fazia o possível para impressioná-la, da mesma maneira tola que os rapazes de vinte anos de todos os tempos: punha uma máscara; fingia ser mais velho (mentalmente e por minhas experiências); fingia manter distância em relação a todas as coisas, observar o mundo do alto e vestir por cima da minha pele uma segunda epiderme, invisível e à prova de balas. Desconfiava (aliás com razão) que a brincadeira exprime claramente a distância, e, se sempre gostei de brincar, com Marketa eu o fazia de maneira especialmente cuidadosa, artificial e afetada.

Mas quem era eu de fato? Sou obrigado a repetir: eu era aquele que tinha muitas caras.

Durante as reuniões, era sério, entusiasta e convicto; desenvolto e provocador em companhia dos colegas; laboriosamente cínico e sofisticado com Marketa; e, quando estava só (quando pensava em Marketa), era humilde e encabulado como um colegial.

Essa última cara seria a verdadeira?

41

Não. Todas eram verdadeiras: eu não tinha, a exemplo dos hipócritas, uma cara autêntica e outras falsas. Tinha muitas caras porque era moço e porque não sabia eu mesmo quem era e quem queria ser. (No entanto, a desproporção existente entre todas essas caras me dava medo; a nenhuma delas eu aderia por completo e por trás delas evoluía desajeitado, às cegas.)

O mecanismo psíquico e fisiológico do amor é tão complicado que num certo período da vida o rapaz é obrigado a se concentrar quase que exclusivamente em dominá-lo, a tal ponto que lhe escapa o próprio objeto do amor: a mulher amada (da mesma maneira que um jovem violinista não pode se concentrar na melodia de um trecho musical enquanto não tiver conseguido dominar a técnica manual a ponto de não precisar mais pensar nela enquanto toca). Falei da minha emoção de colegial quando pensava em Marketa e devo acrescentar que ela não decorria tanto da minha condição de apaixonado quanto da inabilidade e da falta de segurança, das quais eu experimentava o peso que, infinitamente mais do que Marketa, comandava minhas sensações e meus pensamentos.

Para fazer frente a esse embaraço e a essa falta de jeito, eu assumia com Marketa ares de superioridade: esforçava-me em contradizê-la ou, francamente, em debochar de todas as suas opiniões, o que não era muito difícil, pois, apesar de seu talento (e de sua beleza, que — como toda beleza — sugeria àqueles que a cercavam uma inacessibilidade aparente), era uma moça inocentemente pura; sempre incapaz de enxergar *além* das coisas, via apenas a própria coisa; entendia muito de botânica, mas muitas vezes não compreendia uma história engraçada de seus companheiros de estudo; aderia a todos os ardores entusiásticos da época, mas, se testemunhava alguma prática política decorrente da máxima "o fim justifica os meios", seu intelecto, como que diante de uma história engraçada, na mesma hora empacava; por isso, aliás, seus companheiros acharam que ela precisava consolidar seu ardor com o conhecimento da estratégia e da tática do movimento revolucionário, e decidiram que deveria, nas férias, participar de um estágio de formação do Partido durante quinze dias.

Essa decisão de modo nenhum me convinha, já que havia projetado passar justamente essas duas semanas em Praga a sós com Marketa, para levar nosso relacionamento (que até então consistira em passeios, conversas e alguns beijos) um pouco mais longe; excetuando esses quinze dias, eu não tinha outra escolha (devendo dedicar um mês a uma brigada agrícola e as duas últimas semanas de férias a minha mãe, na Morávia); por isso, fiquei morto de ciúmes ao ver que Marketa não participava da minha aflição, não se irritava em absoluto com o estágio e, pior ainda, teve a coragem de me dizer que se alegrava antecipadamente!

Do estágio (organizado num castelo qualquer no interior da Boêmia), ela me enviou uma carta que era a sua cara: transbordando de aprovação sincera a tudo o que estava vivendo, tudo a encantava, inclusive os quinze minutos de ginástica matinal, os relatórios, as reuniões de discussão, as cantigas; escreveu que lá reinava um "espírito sadio"; e, por zelo, acrescentou ainda que a revolução no Ocidente não tardaria.

Pensando bem, eu, no fundo, concordava com cada uma das afirmações de Marketa; como ela, acreditava até na revolução na Europa Ocidental; só não aprovava uma coisa: que ela se sentisse feliz e satisfeita enquanto eu sentia sua falta. Então comprei um cartão-postal e (para feri-la, chocá--la, desnorteá-la) escrevi: O otimismo é o ópio do gênero humano! O espírito sadio fede a imbecilidade. Viva Trótski! Ludvik.

3

Ao meu cartão provocador, Marketa respondeu com um cartão tão breve quanto insosso e não reagiu às cartas que lhe enviei durante as férias. Em algum lugar nas montanhas, eu colhia feno com uma brigada de estudantes, e o mutismo de Marketa me acabrunhava com uma tristeza opressiva. De lá escrevia-lhe cartas quase que diárias, cheias de uma paixão suplicante e melancólica; implorava-lhe que desse um jeito de nos vermos ao menos nos últimos quinze dias das férias, estava pronto a não ir à Morávia, a renunciar a ir ver minha mãe abandonada, pronto a ir a qualquer lugar para poder estar com Marketa; isso tudo não só porque a amava, mas essencialmente porque ela era a única mulher em meu horizonte e porque minha condição de rapaz sem namorada era intolerável para mim. Mas Marketa não respondeu a minhas cartas.

Eu não compreendia o que estava acontecendo. Fui para Praga em agosto e consegui encontrá-la em casa. Fizemos juntos nosso passeio habitual à margem do Vltava e a uma ilha chamada Pradaria Imperial (aquele triste prado com fileiras de álamos e quadras de esporte desertas) e Marketa afirmou que nada mudara entre nós; na realidade, ela se comportava como antes, só que, justamente, aquela presença petrificada (beijo petrificado, conversa petrificada, sorriso petrificado) era deprimente. Quando pedi a Marketa para nos encontrarmos no dia seguinte, ela me disse que lhe telefonasse, que combinaríamos depois.

Telefonei; no telefone, uma voz feminina, não a dela, disse-me que Marketa deixara Praga.

Fiquei infeliz, como só pode ficar um rapaz de vinte anos quando não tem uma mulher; rapaz ainda bastante tímido, que só tinha conhecido o amor físico poucas vezes, às pressas e de modo imperfeito, e que no entanto não parava de se

44

atormentar com isso. Os dias arrastavam de maneira insuportável suas horas e sua inutilidade; eu não conseguia ler, não conseguia trabalhar, ia ao cinema três vezes ao dia, uma sessão depois da outra, à tarde, à noite, só para matar o tempo, para ensurdecer o contínuo ulular de coruja que o meu ser profundo emitia. Eu, de quem Marketa tivera (graças à minha arrogância cuidadosamente cultivada) a impressão de estar quase farto de mulheres, eu não ousava dirigir uma só palavra às jovens na rua, às jovens cujas pernas esplêndidas me perturbavam a alma.

Foi então com alegria que saudei o mês de setembro quando ele finalmente chegou e, com ele, o começo das aulas, precedido de dois ou três dias pela retomada do meu trabalho na União dos Estudantes, onde eu tinha um escritório só para mim e uma série de obrigações diversificadas. Já no dia seguinte um telefonema me chamou à secretaria do Partido. A partir desse instante, tudo, nos mínimos detalhes, ficou gravado em minha memória: o dia estava banhado de sol, saí do prédio da União dos Estudantes e senti que a tristeza que me envolvera durante as férias afastava-se de mim lentamente. Sentia uma agradável curiosidade encaminhando-me à secretaria. Toquei a campainha e a porta foi aberta pelo presidente do comitê, um rapaz alto, de rosto magro, cabelos claros e olhos de um azul polar. Eu disse: "Honra ao trabalho". Era como os comunistas se cumprimentavam na época. Ele não respondeu à minha saudação e disse: "Vá para os fundos, estão esperando você". Nos fundos, na última sala da secretaria, esperavam-me três membros do comitê dos estudantes do Partido. Disseram-me que sentasse. Sentei-me e compreendi que as coisas iam mal. Os três camaradas, que eu conhecia bem e com os quais costumava conversar alegremente, mostravam uma cara inacessível; é verdade que me tratavam por você (conforme a regra entre camaradas), só que de súbito não era mais um você *amigável*, mas oficial e *ameaçador*. (Confesso ter sentido depois uma aversão por esse tratamento; originalmente, deveria traduzir uma intimidade confiante, mas se as pessoas que se tratam por você não são íntimas, ele assume repentinamente um significado oposto, é a expressão da grosseria, de maneira que o mundo onde o tratamento íntimo é de uso comum deixa de ser um mundo de amizade geral para se tornar um mundo de desrespeito onipresente.)

Eu estava sentado diante de três estudantes que usavam um tratamento íntimo e que me fizeram uma primeira pergunta: se eu conhecia Marketa. Disse que a conhecia. Perguntaram se eu havia me correspondido com ela. Respondi que sim. Perguntaram se não me lembrava do que lhe havia escrito. Disse que não me lembrava mais, só que o cartão-postal com o texto provocador surgiu no mesmo instante diante dos meus olhos e comecei a farejar algo no ar. Você não consegue se lembrar?, eles me perguntavam. Não, eu respondia. E Marketa, o que ela escrevia para você? Encolhi os ombros, para dar a impressão de que as cartas tratavam de coisas íntimas que me seria impossível repetir ali. Sobre o estágio, ela não lhe contou nada?, perguntaram. Sim, respondi, claro. E o quê, então? Que ela estava gostando de lá, respondi. E o que mais? Que as palestras eram interessantes e que o grupo era bom, disse eu. Ela lhe escreveu dizendo que um espírito sadio animava o estágio? Sim, disse eu, deve ter escrito qualquer coisa assim. Ela escreveu a você que estava aprendendo a conhecer a força do otimismo?, perguntaram em seguida. Escreveu, respondi. E você, sobre o otimismo, o que pensa?, perguntaram eles. O otimismo? O que devo pensar sobre ele?, perguntei. Pessoalmente, você se considera um otimista?, perguntaram-me. Sem dúvida, respondi com timidez. Gosto de brincar, sou uma pessoa bastante alegre, disse eu, tentando dar um tom mais leve ao interrogatório. Mesmo um niilista pode ser alegre, observou um deles, pode zombar das pessoas que sofrem. E em seguida: Um cínico também pode ser alegre! Você acredita que o socialismo pode ser construído sem otimismo?, perguntou um outro. Não, respondi. Então, consequentemente, você não é partidário da construção do socialismo em nosso país, declarou um terceiro. Como assim?, protestei. Porque, para você, o otimismo é o ópio do gênero humano!, gritaram eles. Como? O ópio do gênero humano?, protestei mais uma vez. Não há escapatória, você escreveu isso! Marx qualificou a religião de ópio da humanidade, mas aos seus olhos o ópio é o nosso otimismo! Você escreveu isso para Marketa. Eu teria curiosidade em saber o que diriam nossos operários e nossos trabalhadores de primeira linha que superam as metas, se soubessem que o otimismo deles é ópio, emendou outro imediatamente. E o terceiro acrescentou: Para um trotskista, o otimismo edificante nada mais é do que ópio. E você, você é um trotskista! Céus, de onde tirou isso?, protestei. Você escreveu isso, sim ou não? É possível que eu tenha escrito coisa parecida, de brincadeira, mas, de qualquer maneira já faz mais de dois meses, não me lembro mais. Podemos refrescar sua memória, disseram, e leram para mim o meu cartão-postal: O otimismo é o ópio do gênero humano! O espírito sadio fede a imbecilidade! Viva Trótski! Ludvik. Na minúscula secretaria política, essas frases adquiriram uma ressonância tão forte que no momento me amedrontaram, senti que continham um poder devastador a que eu não resistiria. Camaradas, foi apenas para fazer troça, disse eu, e senti que ninguém poderia acreditar em mim. Vocês acham isso engraçado?, perguntou um dos camaradas, dirigindo-se aos outros dois. Estes sacudiram a cabeça. Vocês precisavam conhecer Marketa!, disse eu. Mas nós a conhecemos, replicaram-me. Pois então, eu disse. Marketa leva tudo a sério, nós sempre a levamos um pouco na conversa, só para deixá-la desconcertada. Interessante, disse um dos camaradas, de acordo com suas outras cartas, não nos parece que você não tenha levado Marketa a sério. O quê? Vocês leram todas as minhas cartas para Marketa? Então, sob o pretexto de que Marketa leva tudo a sério, interrompeu um outro, você a faz de boba. Mas explique um pouco melhor, o que é que ela leva a sério? O Partido, por exemplo, o otimismo, a disciplina, não é? E disso tudo o que ela leva a sério você acha graça. Vejam, camaradas, disse eu, nem me lembro como foi que escrevi aquilo, foi muito rápido, duas linhas, assim, para gracejar, nem pensei no que rabiscava, se tivesse tido alguma má intenção, não iria afinal mandar aquilo para um estágio do Partido! Como foi que escreveu não importa. Se escreveu rápido ou devagar, em cima da perna ou numa mesa, você só pode ter escrito o que estava dentro de você. Nada mais. Pode ser que, se tivesse pensado melhor, não teria escrito aquilo. Portanto, escreveu sem máscara. Assim, ao menos, sabemos quem você é. Sabemos que tem muitas caras, uma para o Partido e uma segunda para os outros. Tive a sensação de que minhas negações eram a partir desse momento desprovidas de toda eficácia. Tornei a expor as mesmas razões ainda muitas vezes: que se tratava de uma brincadeira, que eram apenas palavras sem significado, atrás das quais se escondia simplesmente um estado de espírito e assim por diante. Eles não quiseram saber de nada. Disseram que eu tinha escrito num cartão aberto, que qualquer um tinha podido ler, que aquelas palavras tinham um alcance *objetivo* e que não estavam acompanhadas de nenhuma explicação relativa ao meu estado de espírito. Depois, perguntaram tudo o que eu tinha lido de Trótski. Nada, respondi. Perguntaram quem tinha me emprestado aqueles livros. Ninguém, respondi. Perguntaram quais trotskistas que eu conhecia. Nenhum, disse. Anunciaram que naquele momento estavam me afastando das minhas funções na União dos Estudantes e me pediram para devolver a chave do escritório. Estava no meu bolso e eu a entreguei a eles. Em seguida disseram que, no plano do

Partido, minha organização de base na faculdade de ciências resolveria o meu caso. Levantaram-se sem olhar para mim. Eu disse "Honra ao trabalho" e saí.

Lembrei-me pouco depois de que havia coisas minhas na sala da União dos Estudantes. Nunca fui uma pessoa muito organizada, por isso tinha meias numa gaveta da mesa, além de diversos papéis pessoais, e, num armário cheio de pastas, um pedaço de brioche que mamãe me mandara de casa. Um minuto antes, é verdade, tinha devolvido minha chave ao secretariado do Partido, mas havia uma outra chave na portaria, no andar térreo, pendurada, no meio de muitas outras, num quadro de madeira; apanhei-a; lembro-me de todos os detalhes: a chave estava presa por uma resistente cordinha de cânhamo a uma minúscula placa de madeira, onde havia, pintado com tinta branca, o número da minha porta. Entrei, portanto, usando essa chave e sentei-me à minha mesa de trabalho; abri a gaveta e comecei a tirar dela tudo o que me pertencia, sem pressa e distraidamente, pois nesse curto momento de calma relativa tentava refletir sobre o que acabara de me acontecer e sobre o que eu deveria fazer.

Não demorou e a porta se abriu. Ali estavam de novo os três camaradas do secretariado. Dessa vez, seus rostos não estavam frios nem enigmáticos. Agora falavam com uma voz irritada e alta. Principalmente o mais baixo, responsável pelos funcionários do comitê. Perguntou-me com rudeza como eu tinha feito para entrar. Com que direito. Se eu não queria que ele chamasse um agente da Segurança para me levar dali. O que é que eu tinha que fuçar naquele escritório. Respondi que tinha vindo apenas buscar meu brioche e minhas meias. Ele me disse que eu não tinha o menor direito de entrar ali, nem que tivesse um armário cheio de meias. Depois foi até a gaveta e examinou um a um papéis e cadernos. Só havia realmente coisas pessoais minhas, tanto que ele acabou me autorizando a colocá-las, diante de seus olhos, numa maleta. Enfiei nela as meias, amassadas e sujas, e o brioche, que estava no armário, num papel engordurado e cheio de migalhas. Eles vigiavam cada movimento meu. Deixei a sala com a maleta na mão e o encarregado dos funcionários me disse, como despedida, que nunca mais aparecesse ali.

Assim que saí do alcance dos camaradas do distrito e da lógica invencível de seu interrogatório, pareceu-me que eu era inocente, que não havia afinal de contas nada de terrível nas minhas fórmulas e que devia procurar alguém que conhecesse Marketa e que compreendesse o grotesco de toda a história. Fui procurar um estudante da nossa faculdade, um comunista; depois que lhe contei tudo, ele declarou que na secretaria eram todos uns hipócritas, não entendiam nada de gracejos, mas que ele, que conhecia Marketa, imaginava perfeitamente do que se tratava. Enquanto isso, eu deveria, segundo ele, procurar Zemanek, que naquele ano seria presidente do Partido em nossa faculdade e que, afinal de contas, conhecia muito bem não só Marketa, mas também a mim.

4

Pareceu-me uma excelente notícia que Zemanek fosse o próximo presidente da organização, pois de fato eu o conhecia e até estava certo de gozar de toda a sua simpatia, no mínimo por eu ser da Morávia. Zemanek, na verdade, adorava cantar canções da Morávia; nessa época era moda cantar canções populares, e cantá-las com um toque rústico, o braço para cima, com ares de verdadeiro *homem do povo* que a mãe pôs no mundo ao som de um címbalo, durante algum baile.

Realmente, eu era o único morávio autêntico da faculdade de ciências, o que me dava vários privilégios; em todas as ocasiões solenes, em certas reuniões, nas festas ou no Primeiro de Maio, os camaradas me convidavam a pegar uma clarineta e imitar, com a ajuda de dois ou três amadores recrutados entre os colegas de estudo, uma autêntica música da Morávia. Assim (com uma clarineta, um violino e um contrabaixo), por dois anos seguidos, participamos do desfile do Primeiro de Maio, e Zemanek, por ser um rapaz bonito que gostava de aparecer, havia se juntado a nós; vestido com um traje regional emprestado, ele dançava enquanto andava, levantava os braços e cantava. Nascido em Praga, sem nunca ter estado na Morávia, representava com entusiasmo o papel de personalidade da nossa região, e eu o olhava com amizade, feliz por a música da minha pequena pátria, paraíso da arte popular desde tempos imemoriais, ser tão amada.

Além disso, Zemanek conhecia Marketa, o que era uma segunda vantagem. Circunstâncias diversas da nossa vida de estudante muitas vezes haviam reunido nós três; um dia (éramos todo um grupo), inventei que nas montanhas tchecas viviam tribos de anões, citando em apoio trechos de um trabalho científico dedicado a essa notável questão. Marketa se espantou de nunca ter ouvido falar naquilo. Disse-lhe que não era mesmo de espantar: a ciência burguesa, é claro, se calava propositadamente sobre a existência desses anões porque os capitalistas os traficavam como escravos.

Mas alguém tinha que escrever sobre isso!, exclamava Marketa. Por que não escrevem isso? Que argumento daria contra os capitalistas!

Talvez não o façam, disse eu com ar pensativo, por causa do caráter um pouco delicado e escabroso de todo o problema: os anões eram capazes de um desempenho amoroso excepcional, por isso eram muito procurados, e nossa República os exportava em segredo em troca de gordas divisas, sobretudo para a França, onde senhoras capitalistas um pouco maduras os contratavam como empregados domésticos, na realidade para abusar deles de uma maneira bem diferente.

Os colegas escondiam a vontade de rir provocada não tanto pela astúcia especial da minha elucubração, mas sobretudo pelo ar atento de Marketa, sempre pronta a se inflamar por (ou contra) alguma coisa; eles mordiam os lábios, com medo de estragar o prazer que Marketa sentia em se informar, e alguns deles (sobretudo Zemanek, precisamente) formaram um coro para reforçar, cada qual com mais ênfase, minha informação sobre os anões.

Como Marketa quisesse saber como eles eram fisicamente, lembro-me de que Zemanek lhe disse, com toda a seriedade, que o professor Cechura, que ela, com todos os seus colegas de estudo, tinha a honra de ver regularmente em sua cátedra universitária, era de ascendência anã, se não por parte de pai e mãe, pelo menos por parte de um dos dois. Parecia que Hule, o professor-assistente, havia contado a Zemanek que não sei em que férias ele se hospedara no mesmo hotel que o casal Cechura, o qual, sobreposto, não chegava a medir três metros de altura. Na certeza de que o casal ainda dormia, ele entrou uma manhã no quarto deles e ficou estupefato: estavam deitados na mesma cama, não lado a lado, mas pés com cabeça, Cechura encolhido ao pé da cama e sua mulher na cabeceira.

Sim, confirmei: nesse caso, naturalmente, não apenas Cechura mas também sua companheira são, sem nenhuma dúvida, quanto à origem, anões das montanhas tchecas, visto que dormir no prolongamento um do outro é um costume atávico de todos os anões dessa região, os quais, aliás, no passado, jamais construíam suas cabanas seguindo um plano circular ou quadrado, mas sempre em retângulo estendido ao comprido, porque não eram somente os casais, mas linhagens inteiras que tinham o hábito de dormir um atrás do outro, pés com cabeça.

Lembrando naquele dia negro nossas caraminholas de então, tive a impressão de que nelas brilhava uma débil centelha de esperança. Zemanek, a quem iria caber a tarefa de deslindar o caso, conhecia meu jeito galhofeiro; conhecendo também Marketa, compreenderia que o cartão que eu lhe escrevera não passava de uma simples molecagem com o intuito de implicar com uma moça que todos nós admirávamos e (sem dúvida por isso mesmo) com quem gostávamos de fazer hora. Assim, na primeira oportunidade, coloquei-o a par da minha desgraça; Zemanek escutou com atenção, franziu a testa e disse que ia ver.

Enquanto isso, eu ia vivendo ao sabor dos dias; assistia às aulas como antes e aguardava. Era chamado com frequência diante de diversas comissões do Partido, que se esforçavam mais especialmente em esclarecer se eu não estava filiado a algum grupo trotskista; por minha vez, eu fazia o possível para demonstrar que no fundo não sabia exatamente o que era o trotskismo; agarrava-me a cada olhar dos camaradas inquisidores, ávido por descobrir um pouco de confiança; tendo tido algumas vezes essa oportunidade, era capaz de carregar depois comigo esse olhar, guardá-lo por muito tempo em mim e dele fazer brotar com paciência uma parcela de esperança.

Marketa continuava a me evitar. Compreendendo que sua atitude tinha relação com o caso provocado por meu cartão-postal, recusei-me, por amor-próprio e por despeito, a lhe fazer qualquer pergunta. Um dia, no entanto, ela mesma me parou num corredor da faculdade: "Queria falar uma coisa com você".

Foi assim que depois de muitos meses saímos de novo juntos; o outono chegara e estávamos ambos enfiados em capas muito compridas, como se usava nessa época (época radicalmente deselegante); chuviscava um pouco, as árvores do cais estavam pretas e desnudas. Marketa me contou como tudo acontecera: quando estava no estágio de férias, os camaradas da direção subitamente a convocaram para perguntar se recebia correspondência; ela disse que sim. Perguntaram de onde vinha a correspondência. Ela disse que sua mãe lhe escrevia. E ninguém mais? De vez em quando um colega de estudos, respondeu. Você pode dizer qual?, indagaram. Ela disse meu nome. E o que foi que o camarada Jahn lhe escreveu? Ela fez um movimento de ombros, pois, na verdade, não queria mencionar os termos do meu cartão. E você também escreveu para ele?, perguntaram. Certamente, disse ela. Sobre que assunto?, insistiram. Nada especial, disse, sobre o estágio e coisas assim. E você está gostando do estágio?, perguntaram. Estou, sim, muito, respondeu ela. E escreveu isso para ele? Escrevi, claro, respondeu. E ele, o que disse? Ele?, retrucou Marketa, evasiva, sabem, ele é estranho, se vocês o conhecessem... É que nós o conhecemos, disseram, e gostaríamos de saber o que foi que ele lhe escreveu. Pode nos mostrar o cartão-postal?

"Não fique com raiva de mim", acrescentou Marketa, "fui obrigada a entregar o cartão a eles."

"Não se desculpe", disse eu a Marketa, "de qualquer maneira eles já o tinham visto antes de falar com você, senão não a teriam chamado."

"Não penso absolutamente em me desculpar. Não tenho vergonha de ter dado o cartão para que lessem, é bom que você não entenda errado. Você é membro do Partido e o Partido tem o direito de saber quem você é e como pensa", disse Marketa, indignando-se; depois me disse que tinha ficado horrorizada com o que eu havia escrito, pois, afinal de contas, todos sabemos que Trótski é o pior inimigo de tudo aquilo por que combatemos e vivemos.

Que podia eu explicar a Marketa? Pedi-lhe que continuasse a contar o que se seguira.

Marketa disse que eles leram o texto do cartão e demonstraram espanto. Perguntaram o que achava. Ela disse que era abominável. Perguntaram por que não fora mostrá-

-lo espontaneamente. Ela encolheu os ombros. Perguntaram se ignorava as regras da vigilância. Ela abaixou a cabeça. Perguntaram se não sabia que o Partido tinha muitos inimigos. Ela disse que sabia, mas que não pensava que o camarada Jahn pudesse... Perguntaram se me conhecia bem. Perguntaram que espécie de homem eu era. Ela disse que eu era estranho. Que, sem dúvida, ela me considerava um comunista convicto, mas que às vezes me acontecia sustentar opiniões de todo inadmissíveis por parte de um comunista. Perguntaram que opiniões, por exemplo. Ela disse que não lembrava exatamente quais, só que eu não respeitava nada. Eles disseram que aquele cartão-postal confirmava isso com clareza. Ela lhes disse que frequentemente brigava comigo por causa de muitas coisas. Disse-lhes ainda que eu me expressava de maneira diferente nas reuniões e com ela. Em reunião, eu era todo entusiasmo, enquanto em sua companhia só fazia brincar por qualquer motivo e ridicularizar tudo. Perguntaram se ela achava que um tal personagem podia ser membro do Partido. Ela respondeu encolhendo os ombros. Perguntaram se o Partido conseguiria construir o socialismo se seus membros acreditassem que o otimismo era o ópio do gênero humano. Ela disse que tal Partido não saberia construir o socialismo. Eles disseram que bastava. E que ela não deveria me dizer nada por enquanto, já que queriam vigiar a continuação de minha correspondência. Ela lhes disse que nunca mais queria me ver. Eles não concordaram. Aconselharam que continuasse a me escrever, pelo menos provisoriamente, a fim de fazer aparecer o que ainda havia dentro de mim.

"Depois disso você comunicou a eles a chegada das minhas cartas?", perguntei a Marketa, enrubescendo até o fundo da alma com a lembrança de minhas efusões sentimentais.

"O que eu podia fazer?", disse Marketa. "Mas, quanto a mim, depois de tudo isso não tinha mais condições de escrever a você. Afinal de contas, não vou me corresponder com uma pessoa só pelo prazer de servir de isca! Então mandei mais um cartão-postal e pronto. Não queria encontrá-lo porque tinham me proibido de contar qualquer coisa a você; por outro lado eu temia que você me fizesse perguntas, o que me forçaria a mentir, e eu minto sempre a contragosto."

Perguntei a Marketa o que, nessas condições, fizera com que me procurasse naquele dia.

Ela me disse que era coisa do camarada Zemanek. Ele a encontrara no dia seguinte ao início das aulas num corredor da faculdade e a levara para o pequeno escritório onde ficava a secretaria da organização do Partido na faculdade de ciências. Disse a ela que recebera um relatório informando que eu lhe mandara um cartão-postal no estágio redigido em termos hostis ao Partido. Perguntou-lhe quais eram as frases em questão. Ela as repetiu para ele. Ele perguntou sua opinião sobre elas. Ela disse que as condenava. Ele aprovou sua opinião e se interessou em saber se continuava me vendo. Atrapalhada, deu uma resposta evasiva. Ele disse que, do estágio, tinha chegado à faculdade um relatório muito favorável sobre ela e que a organização da faculdade contava chamá-la para participar. Ela respondeu que ficava feliz com isso. Ele disse que não tinha a intenção de se envolver nos seus assuntos particulares, mas que achava que cada ovelha busca seu par e que fixar a escolha justamente em mim não depunha nada a seu favor.

Segundo Marketa, aquilo não lhe saía da cabeça fazia várias semanas. Havia alguns meses que não nos víamos, de maneira que na realidade a exortação de Zemanek se mostrava supérflua; e, no entanto, essa mesma exortação a levara a refletir, a perguntar a si mesma se não era cruel e moralmente inaceitável pedir a alguém que rompesse com o namorado pelo único motivo de ter este cometido um erro e se, assim sendo, não fora igualmente injusto ela ter me deixado por vontade própria antes disso. Ela fora ver o camarada que dirigia o estágio durante as férias, perguntando se a proibição de me dizer o que quer que fosse sobre o assunto do cartão-postal continuava em vigor; sabendo então que não havia mais nada a esconder, ela me detivera para propor um encontro.

E agora ei-la em minha presença, confiando-me aquilo que a atormenta: é, ela agiu mal quando tomou a decisão de não me ver mais; afinal de contas, nenhum homem está perdido, mesmo que tenha se tornado culpado dos erros mais graves. Ela se lembrou do filme soviético *Tribunal de honra* (obra então muito cotada no Partido), no qual um médico-pesquisador soviético comunicava sua descoberta em primeira mão ao público estrangeiro, antes de com ela beneficiar seus compatriotas, o que cheirava a *cosmopolitismo* (mais um célebre termo pejorativo da época) e até a traição; Marketa, emocionada, referia-se sobretudo ao final do filme: o pesquisador via-se no fim condenado por um júri de honra formado por seus colegas, mas sua mulher, apaixonada, longe de se afastar do marido humilhado, empenhava-se em lhe infundir força para reparar seu grave erro.

"Então você decidiu não me abandonar", disse eu.

"Decidi", disse Marketa, segurando-me a mão.

"Mas, diga-me, Marketa, você acha que o que eu fiz foi um crime?"

"Acho", respondeu Marketa.

"O que você acha, tenho ou não tenho direito de permanecer no Partido?"

"Não, Ludvik, acho que não."

Eu sabia que se tivesse entrado no jogo em que Marketa se lançara e cujo lado político, pelo que parecia, ela vivia com toda a sua alma, eu teria obtido tudo o que em vão obstinara-me em conquistar nos meses anteriores: movida pela paixão salvadora como um navio pelo vapor, sem dúvida nenhuma ela agora se entregaria a mim. Com uma condição, é claro:

que sua paixão salvadora fosse plenamente saciada; e, para que fosse, era preciso que o objeto da salvação (infelizmente, eu em pessoa) consentisse reconhecer sua profundíssima culpa. Ora, isso me era impossível. Eu estava a ponto de possuir o corpo de Marketa, no entanto não podia possuí-lo a esse preço, já que era incapaz de reconhecer meu erro e ratificar um veredicto intolerável; ouvir uma pessoa (que deveria estar do meu lado) aceitar esse erro e esse veredicto, isso eu não podia.

Não estava de acordo com Marketa, recusei sua ajuda, e a perdi; mas será que eu era na realidade inocente? Claro, eu me persuadia cada vez mais do caráter bufo de todo o caso, mas ao mesmo tempo começava a ver as três frases do cartão-postal com os olhos de meus inquisidores; essas frases tornaram-se causa de medo para mim: sob sua máscara farsesca, elas talvez revelassem alguma coisa de fato muito grave, ou seja, que eu nunca me fundira realmente na carne do Partido, que nunca fora um autêntico revolucionário proletário, mas que havia me "juntado aos revolucionários" a partir de uma *simples* decisão (é que pertencer à revolução era sentido por nós, eu diria, não como um problema de *escolha*, mas de *substância*; ou bem se é um revolucionário e se forma um todo com o movimento, ou não se é, simplesmente se *deseja* ser; mas, nessa alternativa, nós nos consideramos permanentemente culpados por nossa alteridade).

Quando hoje em dia penso na minha situação naquela época, por analogia surge no meu pensamento o imenso poder do cristianismo, que lembra ao crente seu estado fundamental e permanente de pecador. Foi assim que me comportei (nós todos nos comportamos assim), a cabeça sempre baixa, diante da Revolução e de seu Partido, de maneira que pouco a pouco fui me acostumando com a ideia de que o texto do meu cartão, apesar de concebido como troça, não deixava de ser um delito, e o exame autocrítico começava na minha cabeça: dizia-me que aquelas três frases não haviam surgido no meu espírito por acaso; já antes disso (e sem dúvida com razão) os camaradas me censuravam pelos meus "resíduos de individualismo"; dizia comigo mesmo que me tornara muito vaidoso, satisfeito com meu saber, com minha condição de estudante, com meu futuro de intelectual, e que meu pai, operário, morto num campo de concentração durante a guerra, provavelmente não compreenderia meu cinismo; recriminava a mim mesmo por sua mentalidade operária ter desgraçadamente se extinguido em mim; acusando-me de inúmeras vilanias, acabei admitindo a necessidade de um castigo; meus esforços daí em diante se voltaram todos para um só fim: não ser expulso do Partido e, com isso, ser marcado como seu *inimigo*; viver como inimigo reconhecido daquilo que eu escolhera desde a adolescência, daquilo que realmente contava para mim, parecia-me desesperador.

Essa autocrítica, que era ao mesmo tempo um discurso suplicante, eu desenvolvi cem vezes em pensamento, dez vezes pelo menos diante de diversos comitês ou comissões e, por fim, em reunião plenária da nossa faculdade, na qual Zemanek apresentou, sobre minha pessoa e sobre meu erro, um relatório preliminar (eficaz, brilhante, inesquecível) antes de propor, em nome da organização, minha expulsão do Partido. A discussão aberta que se seguiu à minha intervenção autocrítica se desenvolveu de modo desvantajoso para mim; ninguém veio em meu socorro, tanto que, no fim, todos (uns cem, entre os quais meus professores e colegas mais próximos), é, todos, sem exceção, levantaram a mão para aprovar não apenas minha expulsão do Partido, mas além disso (o que eu não esperava em absoluto) a proibição de continuar os estudos.

Na noite seguinte à reunião, peguei o trem para voltar para casa, só que essa casa não podia me trazer nenhum reconforto, visto que durante muitos dias não tive a coragem de contar a desgraça a minha mãe, ela que tinha nos meus estudos motivo de verdadeira alegria. Por outro lado, logo no dia seguinte recebi a visita de Jaroslav, um colega de turma e do conjunto com címbalo em que eu tocava quando era colegial. Ele ficou exultante por me encontrar em casa: como ia se casar dois dias mais tarde, queria que eu fosse seu padrinho. Como decepcionar um velho amigo? Não me restava senão celebrar minha queda com uma festa nupcial.

O cúmulo foi que Jaroslav, patriota morávio e folclorista convicto, aproveitou o próprio casamento para satisfazer suas paixões etnográficas, organizando a festa sob a inspiração de antigos costumes populares: trajes regionais, conjunto com címbalo, "patriarca" declamando passagens de textos floreados, noiva carregada nos braços ao atravessar a soleira da porta, canções, enfim, todo o cerimonial de um dia inteiro que Jaroslav reconstituíra mais a partir de manuais de folclore do que da memória viva. Reparei, no entanto, numa coisa estranha: meu amigo Jaroslav, pouco tempo antes animador de um grupo de canto e dança muito próspero, embora respeitasse todos os velhos ritos possíveis, evitou entrar na igreja com o cortejo (aparentemente preocupado com sua carreira e dócil diante das palavras de ordem de ateísmo), por mais impensável que pudesse ser um casamento popular tradicional sem padre nem bênção divina; do mesmo modo, deixou o "patriarca" recitar todos os textos prescritos pela circunstância, porém os tinha expurgado cuidadosamente de todos os temas bíblicos, embora estes fossem a própria base das imagens dos discursos nupciais de antigamente. A tristeza que me impedia de me identificar com a embriaguez dessa quermesse matrimonial me fez sentir um gosto de clorofórmio na água pura desses ritos ancestrais. Tanto que, quando Jaroslav me pediu (enternecendo-se com a lembrança da minha participação ativa em nossas reuniões de outrora) para empunhar uma clarineta e me sentar com os outros músicos, recusei. Na realidade, eu acabava de me rever tocando assim no Primeiro de Maio dos dois últimos anos, Zemanek, o cidadão de Praga, saltando ao meu lado com traje típico, cantando, o braço levantado. Eu não conseguia pegar na clarineta e sentia o quanto toda aquela algazarra folclórica me enojava, me enojava, me enojava...

5

Privado do direito de continuar os estudos, perdi o benefício do adiamento do serviço militar e não tinha nada a fazer senão esperar a incorporação; dois longos períodos em brigadas iriam me ocupar até então: trabalhei primeiro na reparação de uma estrada, em algum lugar perto de Gottwaldov, no fim do verão fui contratado para trabalhos temporários numa fábrica de conservas e finalmente, numa manhã de outono, depois de uma noite em claro no trem, desembarquei na caserna de um subúrbio desconhecido e feio de Ostrava.

Vi-me assim no pátio de um quartel, em companhia de outros recrutas pertencentes ao mesmo batalhão; não nos conhecíamos; na penumbra desse primeiro anonimato mútuo, tudo o que é grosseiro e estranho se destaca com dureza nas pessoas; o único elo humano que nos unia era a incerteza de um futuro nebuloso sobre o qual trocávamos suposições lacônicas. Alguns achavam que fazíamos parte dos "negros", outros diziam que não, alguns ignoravam até o sentido dessa palavra. Eu, que a conhecia, escutava essas hipóteses com terror.

Um sargento veio nos buscar e nos levou para uma barraca; amontoamo-nos num corredor e depois fomos dali para uma espécie de grande sala onde se viam em toda a volta imensos murais enfeitados com palavras de ordem, fotografias e desenhos desajeitados; presa numa divisória do fundo, havia uma grande inscrição recortada em papel vermelho: NÓS EDIFICAMOS O SOCIALISMO, e embaixo dessa inscrição, uma cadeira perto da qual estava de pé um velhinho caquético. Com um gesto, o sargento designou um de nós e este teve que sentar. O velhinho amarrou-lhe um pano branco em volta do pescoço, remexeu numa sacola encostada num pé da cadeira e dela tirou uma tesoura que meteu na cabeleira do rapaz.

Pela cadeira do barbeiro começava a corrente, que deveria nos transformar em soldados: dessa cadeira na qual perdemos nossos cabelos fomos encaminhados à sala contígua, onde fomos obrigados a nos despir completamente e a colocar nossas roupas dentro de um saco de papel que devia ser amarrado com um barbante e entregue num guichê; tosados e nus, atravessamos o corredor para apanhar roupas de dormir numa outra sala; vestidos com roupas de dormir, atravessamos uma nova porta e recebemos as botinas regulamentares; com roupas de dormir e botinas, desfilamos pelo pátio até chegar a uma outra barraca, onde nos deram camisas, cuecas, meias de lã, cinto e uniforme (as insígnias das túnicas eram pretas!), e chegamos a uma terceira barraca, onde um suboficial leu em voz alta nossos nomes, dividiu-nos em grupos e nos designou dormitórios e camas.

Ainda nesse mesmo dia recebemos ordem para nos reunir na hora da sopa da noite e dormir em seguida; no dia seguinte de manhã, fomos acordados e levados para a mina; chegando ao pátio da mina fomos, por grupos, divididos em equipes de trabalho e equipados com ferramentas (martelete pneumático, pá, lampião de mineiro) das quais nenhum, ou quase nenhum de nós, conhecia o manuseio; depois, a gaiola de descida nos levou para debaixo da terra. Quando voltamos a subir, com o corpo dolorido, os suboficiais que nos esperavam nos puseram em fila e nos levaram para a caserna; almoçamos e à tarde houve exercício de ordem-unida, trabalhos de limpeza, educação política, canto obrigatório; à guisa de intimidade, o dormitório e seus vinte catres. E os dias se sucederam todos iguais.

A despersonalização que nos infligiam pareceu perfeitamente opaca nos primeiros dias; impessoais, impostas, as funções que exercíamos substituíam todas as nossas manifestações humanas; essa opacidade era, naturalmente, bem relativa, causada que era não apenas pelas circunstâncias reais mas também por um defeito de acomodação da vista (como quando se passa de um lugar iluminado para uma sala escura); com o tempo, ela deveria se dissipar lentamente, de tal sorte que mesmo nessa *penumbra de despersonalização* a humanidade nos homens se tornasse perceptível pouco a pouco. Devo confessar que fui um dos últimos a conseguir acostumar o olhar a essa mudança de luz.

Isso porque meu ser inteiro se recusava a aceitar seu destino. Os soldados com insígnias negras, entre os quais eu me encontrava, praticavam na realidade, sem armas, somente os exercícios de ordem-unida e trabalhavam no fundo das galerias das minas. Seu trabalho era remunerado (o que, nesse ponto, constituía uma vantagem sobre os outros soldados), mas isso era para mim um consolo pobre, se eu levasse em conta que nós éramos pessoas a quem a jovem República Socialista se recusava a confiar um fuzil porque as considerava inimigas. Como consequência, evidentemente, essas pessoas eram tratadas com requintes de crueldade, pesando sobre elas a ameaça de uma prorrogação de seu tempo de serviço além dos dois anos legais; contudo, o que mais me assombrava era o simples fato de estar entre aqueles que eu considerava meus inimigos declarados e de ter sido enviado para ali em virtude de uma decisão dos meus próprios camaradas. Por isso passei os primeiros tempos de minha existência no meio dos "negros" em teimosa solidão; não queria estar com meus inimigos. Nessa época era muito difícil obter folgas (os soldados não tinham nenhum *direito* a folga, elas eram concedidas como *recompensa*), mas, enquanto os soldados em bandos faziam a ronda dos botecos e das mulheres, eu preferia ficar só no meu canto; estirado no catre, tentava ler ou mesmo estudar (aliás, quando se é matemático, basta para isso um lápis e um pedaço de papel) e me atormentava na minha inadaptabilidade; acreditava-me então investido de uma única missão: prosseguir a luta pelo meu direito de "não ser um inimigo", pelo meu direito de sair dali.

Várias vezes fui procurar o comissário político da unidade e tentei convencê-lo de que minha presença entre os "negros" era resultado de um erro; que eu havia sido expulso do Partido por intelectualismo e por cinismo, mas não por ser inimigo do socialismo; expliquei sem descanso (quantas vezes!) a ridícula história do cartão-postal, que de resto já não era nada ridícula, mas, unida às minhas insígnias negras, revelava-se cada vez mais suspeita e parecia encobrir alguma coisa sobre a qual eu preferia me calar. Devo dizer, a bem da verdade, que o comissário me escutou pacientemente e se mostrou de uma compreensão quase inesperada para com minha sede de justificação; na realidade, acabou por se informar em algum lugar das altas esferas (que misteriosa topografia!); até que, por fim, chamou-me para dizer com sincera amargura: "Por que tentou me enganar? Agora sei que você é trotskista".

Comecei a compreender que não havia nenhum meio de retificar a imagem da minha pessoa, desqualificada por um tribunal supremo dos destinos humanos; compreendi que essa imagem (por menos que se parecesse comigo) era infinitamente mais real do que eu mesmo; que ela não era de maneira alguma minha sombra, mas que eu é que era a sombra da minha imagem; que não era possível acusá-la de não se parecer comigo, mas que era eu o culpado dessa falta de semelhança; e que essa falta de semelhança, enfim, era minha cruz, uma cruz que eu não poderia passar a ninguém e que estava condenado a carregar.

Não obstante, não quis capitular. Quis realmente *carregar* minha dessemelhança: continuar a ser aquele que haviam decidido que eu não era.

Foram necessários uns quinze dias para que me habituasse bem ou mal ao exaustivo trabalho na mina, as mãos crispadas sobre um pesado martelete cuja vibração eu sentia sacudir minha carcaça até o momento de recomeçar na manhã seguinte. Não importava, eu trabalhava com honestidade e com uma espécie de frenesi; estava decidido a ser remunerado como trabalhador de primeira linha e em pouco tempo praticamente consegui.

Só que ninguém via nisso uma manifestação da minha convicção: na realidade, todos nós éramos pagos pela tarefa cumprida (o valor da alimentação e da moradia era descontado, é verdade, mas mesmo assim recebíamos bastante dinheiro); dessa forma, qualquer que fosse a opinião que tivessem, muitos trabalhavam duro a fim de arrancar ao menos alguma coisa de útil daqueles anos perdidos.

Embora fôssemos unanimemente tidos como furiosos inimigos do regime, todas as formas de vida pública em uso nas coletividades socialistas eram mantidas na caserna; nós, inimigos do regime, organizávamos reuniões improvisadas de dez minutos sob controle do comissário político, participávamos de palestras cotidianas sobre assuntos políticos, tínhamos de nos ocupar dos jornais murais, colando neles fotografias de homens públicos socialistas e realçando, com pincel, palavras de ordem relativas ao futuro radioso. No começo era quase com ostentação que eu me oferecia como voluntário para todos esses trabalhos. Mas isso também não provava nada aos olhos de quem quer que fosse: outros também não se ofereciam para fazer as mesmas coisas, quando queriam ser notados pelo chefe, para que este lhes concedesse uma folga? Nenhum soldado considerava essa atitude política como tal, mas simplesmente como uma macaquice vazia de sentido que era preciso executar diante daqueles que nos mantinham debaixo dos seus calcanhares.

Acabei por compreender que minha revolta era ilusória, que minha dessemelhança não era percebida senão por mim, invisível que era para os demais.

Entre os suboficiais à mercê dos quais estávamos entregues havia um pequeno eslovaco de cabelos pretos, um cabo que se distinguia pela moderação e pela absoluta falta de sadismo. Ele era bem-visto entre nós, embora algumas más--línguas dissessem que aquela bonomia era apenas fruto da burrice. Ao contrário de nós, naturalmente, os suboficiais andavam armados e de vez em quando praticavam tiro ao alvo. Um dia o pequeno cabo voltou desse exercício com todas as honras, tendo, segundo nos contaram, totalizado o máximo de pontos. Muitos rapazes o cumprimentaram (metade por simpatia, metade por gozação); o pequeno cabo enrubescia de orgulho.

Nesse mesmo dia, por acaso, encontrei-o a sós. Apenas para conversar um pouco, perguntei-lhe: "Como você consegue atirar tão bem?". O pequeno cabo me examinou com atenção antes de responder: "Tenho um truque especial. Digo para mim mesmo: não é um alvo de ferro estanhado, é um imperialista. Então, furioso, acerto em cheio!".

Eu estava ansioso para saber que criatura humana ele podia imaginar sob o conceito bastante abstrato de imperialista quando, diante da pergunta, ele me disse com voz grave e pensativa: "Não sei por que vocês me aplaudiram tanto. Afinal, veja, se houvesse uma guerra, de qualquer maneira seria em vocês que eu atiraria!".

Quando ouvi isso da boca daquela criatura ingênua, que nunca soube levantar a voz para nos repreender — motivo por que mais tarde seria transferido —, percebi que o fio que me ligara ao Partido e aos camaradas acabara de me escapar pelos dedos irremediavelmente. Eu fora posto para fora do caminho da minha vida.

6

Sim. Todos os fios estavam partidos.

Cortados os estudos, a participação no movimento, o trabalho, as amizades, cortados o amor e a busca do amor, cortado, em resumo, tudo o que na vida fazia sentido. Não me restava senão o tempo. Este, em contrapartida, aprendi a conhecer com intimidade, como jamais conhecera. Não era mais aquele tempo que antes me era familiar, metamorfoseado em trabalho, em amor, em todas as formas de esforço possíveis, um tempo que eu aceitava distraidamente, pois ele mesmo era discreto, recolhendo-se com delicadeza por trás de todas as minhas atividades. Agora, apresentava-se nu diante de mim, tal como era, com seu aspecto original e verdadeiro, e me forçava a designá-lo por seu verdadeiro nome (pois eu vivia então o tempo puro, um tempo puramente vazio), para que eu não o esquecesse um só instante, para que pensasse nele eternamente, para que sentisse seu peso sem cessar.

Quando ouvimos uma música, registramos a melodia, esquecendo que ela não é senão uma das modalidades do tempo; se a orquestra para, ouvimos o tempo; o tempo em si. Eu vivia uma pausa. Certamente não uma pausa de orquestra (cuja duração é definida com precisão por um sinal convencional), mas uma pausa ilimitada. Não podíamos (como se fazia em todas as outras unidades) cortar gradativamente as divisões de uma fita métrica, a fim de constatar dia a dia a diminuição dos nossos dois anos de serviço militar; os "negros", na realidade, podiam ficar na corporação pelo tempo que fosse julgado conveniente. Ambroz, homem de quarenta anos, pertencente à segunda companhia, já estava ali havia quatro anos.

Fazer o serviço militar quando se tinha em casa uma esposa ou uma noiva era bem amargo; isso queria dizer espionar o tempo todo em pensamento a existência delas, impossível de controlar. Significava também alegrar-se constantemente com a ideia de suas visitas (tão raras!) e tremer sem parar, com medo de que o comandante recusasse a folga esperada para esse dia e de que a mulher se apresentasse em vão à porta do quartel. Os "negros" (com seu humor negro) entre si contavam que os oficiais esperavam essas mulheres de soldados insatisfeitas, abordando-as para em seguida colher os frutos do desejo que deveriam ter pertencido aos homens retidos no quartel.

E, no entanto, para aqueles que tinham uma mulher em casa, um fio atravessava a pausa, um fio talvez tênue, talvez de uma fragilidade angustiante, que corria o risco de se partir com facilidade, mas um fio, de qualquer forma. Eu não possuía um fio assim; rompera todas as minhas relações com Marketa, e se alguma carta chegava para mim, era de mamãe... O quê? E isso não era um fio?

Não; uma casa que é apenas a casa dos pais não é um fio; é apenas o passado: as cartas que chegam dos pais são mensagens de um continente do qual você se afasta; pior, essa espécie de carta não para de repetir que você se perdeu, lembrando-lhe o porto de onde você largou em condições tão honesta e laboriosamente reunidas; é, diz uma carta assim, o porto está sempre ali, imutável, firme e forte em seu antigo cenário, mas *o rumo, o rumo se perdeu*!

Assim, pouco a pouco me habituei ao fato de que minha vida perdera sua continuidade, que ela me escapara das mãos e que não me restava mais nada senão começar a existir, mesmo que fosse no íntimo, ali onde eu me encontrava realmente e sem apelação. Aos poucos minha vista se acostumou àquela *penumbra de despersonalização* e comecei a distinguir pessoas ao meu redor, com um certo atraso em relação aos outros, embora essa defasagem felizmente não fosse assim tão grande a ponto de eu me tornar um completo estranho para eles.

O primeiro a surgir dessa penumbra (da mesma maneira que hoje emerge em primeiro lugar da penumbra da minha memória) foi Honza, um sujeito de Brno (que falava a gíria suburbana quase ininteligível dessa cidade); foi jogado entre os "negros" por ter surrado um policial. Ele o espancara porque os dois, sendo antigos companheiros de turma no curso superior, tinham brigado; só que o tribunal não aceitara essa explicação; Honza pegara seis meses de prisão antes de vir direto para cá. Ajustador qualificado, estava claro que lhe era perfeitamente indiferente retornar um dia à sua profissão ou fazer qualquer outra coisa; não estava preso a nada e, em relação ao futuro, demonstrava uma indiferença cheia de liberdade.

Por seu raro sentimento de liberdade, Bedrich, o tipo mais estranho do nosso dormitório de vinte homens, era o único que podia se comparar a Honza; ele se juntara a nós dois meses depois da incorporação normal de setembro, tendo sido indicado em primeiro lugar para uma unidade de infantaria em que recusara obstinadamente pegar em armas, porque isso era contrário a seus rigorosos princípios religiosos; não se sabia o que fazer dele, sobretudo depois que foram interceptadas cartas que escrevera a Truman e a Stálin, nas quais, num tom patético, implorava aos dois estadistas que dissolvessem todos os exércitos em nome da fraternização socialista; embaraçados, os superiores a princípio chegaram a autorizá-lo a participar dos exercícios de ordem-unida; de maneira que, sendo o único sem arma no meio dos outros soldados, ele executava os comandos de "ombro, armas" e "baixar armas" com impecável perfeição, mas de mãos vazias.

Tinha tomado parte igualmente das primeiras reuniões de instrução política, apressando-se em pedir a palavra por ocasião do debate, quando brilhava contra os imperialistas promotores de guerras. No entanto, quando tomou a iniciativa de confeccionar e pendurar na caserna um cartaz em que fazia um apelo em favor da deposição de todas as armas, o procurador militar o processou por rebelião. Os juízes, entretanto, ficaram a tal ponto impressionados com seus discursos pela paz que ordenaram que ele fosse submetido a um exame psiquiátrico, hesitaram muito antes de absolvê-lo e mandá-lo para nossa companhia. Bedrich ficou contente: único voluntário para as insígnias pretas, ficou encantado em conquistá-las. Era por isso que ali se sentia livre — embora nele esse sentimento não se manifestasse sob a forma de insolência, como no caso de Honza, mas, exatamente ao contrário, sob a aparência de uma disciplina calma e de um sereno entusiasmo pelo trabalho.

Todos os outros eram muito mais angustiados: Varga, trinta anos, húngaro da Eslováquia, ignorando os preconceitos de nacionalidade, fizera a guerra como integrante de vários exércitos sucessivos e conhecera diversos campos de prisioneiros nos dois lados do front; Petran, um ruivo cujo irmão fugira para o estrangeiro, matando na fuga um guarda de fronteira; Josef, pobre de espírito, filho de um rico camponês do vale do Elba (habituado sempre ao vasto espaço da cotovia, agora sufocava de medo diante da perspectiva do interno dos poços e das galerias); Stana, vinte anos, almofadinha de um subúrbio operário de Praga, a quem o Comitê Nacional de seu bairro presenteara com um relatório arrasador, por ele ter se embriagado no desfile do Primeiro de Maio e urinado *de propósito* na beira da calçada ante os olhos dos cidadãos em júbilo; Petr Pekny, estudante de direito que durante as jornadas de fevereiro participara, com um punhado de colegas, de uma manifestação contra os comunistas (não demoraria a compreender que eu pertencia ao mesmo campo daqueles que o haviam expulsado da faculdade logo depois de fevereiro, e ele era o único a manifestar uma venenosa satisfação de me ver agora sofrendo o mesmo que ele).

Eu poderia evocar a lembrança de outros soldados que na época compartilharam a minha sorte, mas quero me limitar ao essencial: era de Honza que eu gostava mais. Lembro-me de uma de nossas primeiras conversas; quando de uma pequena pausa numa galeria da mina, encontrando-nos lado a lado (forrando o estômago), Honza me deu um tapa no joelho: "E você, surdo-mudo, quem é você exatamente?". Nesse tempo eu era de fato surdo-mudo (voltado para meus eternos discursos interiores) e, laboriosamente, tentei lhe explicar (em termos em que logo senti o tom artificial e a pretensão) como chegara ali e por que, no fundo, não tinha que estar ali. Ele me disse: "Ô, imbecil! E nós temos?". Tentei mais uma vez explicar-lhe meu ponto de vista (procurando palavras mais naturais) e Honza, engolindo seu último bocado, articulou pausadamente: "Se você fosse tão grande quanto a sua burrice, o sol torraria seus miolos". Com essa frase, o espírito plebeu dos subúrbios caçoava de mim e tive de repente vergonha de invocar sem parar, como uma criança mimada, meus privilégios perdidos, quando edificara minhas convicções, precisamente, sobre a rejeição dos privilégios.

Com o tempo, fiquei muito próximo de Honza (ele gostava de mim porque eu resolvia rápido, de cabeça, os problemas de cálculo relacionados com o pagamento do salário, tendo assim impedido várias vezes que fôssemos enganados); um dia ele debochou do meu hábito de ficar mofando no quartel feito um idiota em vez de aproveitar as folgas e me carregou com sua turma. Lembro-me muito bem dessa saída; éramos um bom grupo, talvez oito; havia Stana, Varga e também Cenek, um rapaz da área de artes decorativas afastado dos estudos (tinha ido parar entre os "negros" por ter insistido em pintar quadros cubistas quando estava na escola; agora, ao contrário, a fim de conseguir uma vantagem aqui e ali, enfeitava todos os locais da caserna com amplos desenhos a carvão de guerreiros hussitas empunhando maças e clavas). Não tínhamos muita possibilidade de escolher aonde ir: o centro da cidade de Ostrava era proibido; apenas alguns bairros nos eram permitidos e, nesses bairros, somente alguns cafés. Chegando ao bairro vizinho, a sorte nos favoreceu: havia uma reunião dançante na sala desativada de um ginásio que não estava sob nenhuma interdição. Pagando uma entrada insignificante, enfiamo-nos no estabelecimento. A grande sala abrigava um bom número de mesas e cadeiras, mas pouca gente: ao todo, uma dezena de moças e mais ou menos trinta homens, a metade deles militares vindos do quartel de artilharia do lugar; assim que nos viram, ficaram atentos e tivemos a sensação epidérmica de que eles nos examinavam e contavam quantos éramos. Instalamo-nos numa mesa comprida que estava livre e pedimos uma garrafa de vodca, mas a garçonete anunciou secamente que era proibido vender álcool, e então Honza pediu oito sodas limonadas; em seguida, cada um de nós lhe deu um tanto e em dez minutos ela voltou com três garrafas de rum que iriam melhorar, por baixo da mesa, nossos copos de soda limonada. Fazíamos isso com o máximo de discrição, pois os artilheiros nos vigiavam de perto e sabíamos que não hesitariam em denunciar nosso consumo clandestino de álcool. As tropas armadas, é preciso mencionar, eram profundamente hostis: por um lado, seus membros nos consideravam elementos suspeitos, assassinos, criminosos e inimigos prontos a massacrar traiçoeiramente suas pacíficas famílias a qualquer momento (segundo a literatura de espionagem corrente na época); por outro lado (e era sem dúvida isso o mais importante), eles nos invejavam por termos dinheiro e a possibilidade de gastar cinco vezes mais que eles em qualquer lugar.

Eis a singularidade da nossa situação: não conhecíamos senão cansaço e trabalho, de quinze em quinze dias nos raspavam o crânio, por medo de que, com os cabelos, tornasse a aparecer em nós uma segurança inoportuna; éramos os deserdados que não esperavam mais nada de bom da vida, mas dinheiro nós tínhamos. Não muito, mas, para um soldado com duas folgas mensais, era uma fortuna que fazia com que, por ocasião dessas poucas horas de liberdade (nos raros lugares autorizados), pudéssemos nos comportar como ricaços, compensando dessa maneira a impotência crônica dos outros dias intermináveis.

Enquanto num tablado uma medíocre orquestra de metais executava valsas e polcas para dois ou três casais que giravam na pista, nós, tranquilamente, olhávamos com cobiça as moças e bebericávamos a soda limonada, que com seu gostinho de rum nos tornava naquele momento superiores a todos os outros; estávamos de excelente humor; sentia me subir à cabeça uma alegre sociabilidade, um sentimento de fraternidade agradável entre colegas que ainda não tinha sentido desde as últimas reuniões com Jaroslav e sua orquestra com címbalo. No intervalo, Honza imaginara um plano para roubar dos artilheiros o maior número possível de garotas. O plano era tão simples e bom que imediatamente passamos a executá-lo. Cenek se mostrou o mais decidido a agir e, exibido e gaiato como era, para nos divertir cumpriu a missão com espalhafato: tirou para dançar uma morena muito maquilada e em seguida a levou para nossa mesa; serviu soda limonada com rum, tanto para ela como para ele, dizendo com ar cúmplice: "Então, está tudo certo!". A morena concordou e os dois fizeram um brinde. Um fedelho que passava, com seu duplo galão de cabo nos ombros do uniforme de artilharia, parou em frente à morena e, com a voz mais grosseira que conseguiu usar, disse a Cenek: "Dá licença?". "Vá em frente, meu chapa!", concordou Cenek. Enquanto a morena rebolava com o cabo apaixonado ao ritmo imbecil de uma polca, Honza foi rapidamente telefonar para chamar um táxi; em dez minutos, o táxi chegou e Cenek foi para a saída; a morena terminou a dança, desculpou-se dizendo ao cabo que ia ao toalete, e no minuto seguinte se ouviu o carro partir.

Depois do sucesso de Cenek, foi a vez do velho Ambroz, que encontrou uma mulher um pouco madura e de aparência lastimável (o que não havia impedido que quatro artilheiros a rondassem); no fim de dez minutos chegou um táxi e Ambroz sumiu com a moça, junto com Varga (que afirmou que nenhuma quis acompanhá-lo), para ir encontrar Cenek no café previamente combinado, do outro lado de Ostrava. Dois dos nossos também conseguiram levar uma moça, e ficamos apenas três no ginásio: Stana, Honza e eu. Os olhares dos artilheiros se tornavam cada vez mais feios, pois começavam a desconfiar que havia uma relação entre a diminuição do nosso efetivo e o desaparecimento das três mulheres de seu território de caça. Por mais que fizéssemos caras inocentes, sentíamos que havia confusão no ar. "E agora um último táxi para uma retirada honrosa", disse eu observando nostalgicamente uma loura com quem conseguira dançar uma vez no começo da noite, sem ter ousado lhe propor que partisse comigo; contava fazer isso na próxima dança, mas parecia que os artilheiros a cercavam tão bem que me foi impossível abordá-la. "É inútil insistir", disse Honza, e se levantou para telefonar. Mas, quando atravessou a sala, os artilheiros deixaram suas mesas e correram para cercá-lo. É, ia começar o tumulto, e Stana e eu não podíamos fazer nada, a não ser levantar da mesa para socorrer nosso amigo ameaçado. Um grupo de artilheiros cercava Honza, sem dizer uma palavra, quando de repente apareceu no meio deles um sargento meio bêbado (sem dúvida ele também tinha uma garrafa escondida embaixo da mesa) que rompeu o silêncio ameaçador: começou uma homilia, que seu pai ficara desempregado antes da guerra e que ele não podia ver aqueles burgueses sujos que se exibiam com seus galões pretos, que estava farto, enfim, e que os amigos tomassem conta dele porque ia quebrar a cara daquele sujeito ali. Honza aproveitou uma pequena pausa no discurso do sargento para perguntar polidamente o que os camaradas de artilharia desejavam dele. Que vocês saiam rápido daqui, disseram eles, ao que Honza respondeu que era justamente o que íamos fazer, mas que então nos deixassem chamar um táxi. Nesse instante, pareceu que o sargento ia ter uma síncope: Que merda, gritou com voz estridente, que merda mesmo, nós aqui nos arrebentando, nos matando, e não temos grana, enquanto eles, capitalistas, agentes da subversão, esses merdas andam de táxi, ah, isso não, prefiro mil vezes estrangulá-los com essas mãos aqui, mas eles não vão sair daqui de táxi!

Todos entraram na briga; aos sujeitos uniformizados se juntaram os civis e o pessoal do estabelecimento, que temia um incidente. Foi então que vi minha loura; sozinha na mesa (indiferente à desordem), levantou-se para ir ao toalete; afastei-me discretamente do ajuntamento e, na entrada, onde ficavam os vestiários e os toaletes (não havia ninguém lá, a não ser a referida moça), dirigi-lhe a palavra; estava me sentindo como quem se joga na água sem saber nadar, e, atrapalhado ou não, fui forçado a agir; remexendo num dos bolsos, tirei umas notas amassadas de cem coroas e disse: "Você não gostaria de vir conosco? Poderíamos nos divertir mais do que aqui!". Ela lançou um olhar para as notas e encolheu os ombros. Acrescentei que a esperaria do lado de fora, ela concordou, sumiu no toalete, de onde saiu pouco depois vestida com um casaco; sorriu para mim e disse que se via logo que eu não era como os outros. Esse comentário me agradou, enfiei o braço sob o dela e a levei para o outro lado da rua, para além de uma esquina de onde nos pusemos a observar atentamente a saída de Honza e de Stana do ginásio iluminado por um único poste de luz. A loura me perguntou se eu era estudante e, como eu dissesse que sim, contou-me que na véspera tinham roubado dinheiro dela no vestiário da fábrica, um dinheiro que não era dela mas da empresa, e que estava desesperada porque poderiam levá-la ao tribunal por causa disso: perguntou se eu não podia lhe emprestar, digamos, uma nota de cem; remexi no bolso e dei a ela duas notas de cem amassadas.

Não esperamos muito; os dois amigos apareceram de bibico e japona. Assoviei na direção deles, mas na mesma hora surgiram três outros soldados (sem bibico nem japona), que começaram a persegui-los. Percebi a entonação ameaçadora das perguntas; não podia distinguir as palavras, mas adivinhava o sentido; estavam procurando minha loura. Então um deles saltou sobre Honza e a briga começou. Corri para ajudá-los. Se Stana se via às voltas com um artilheiro, Honza lutava contra dois; estes já o estavam quase derrubando no chão quando, por sorte, cheguei a tempo de dar um soco num dos agressores. Eles contavam com a superioridade numérica; seu entusiasmo inicial diminuiu assim que as forças ficaram iguais; um deles caiu com um soco acertado por Stana e aproveitamos o espanto que isso lhes causou para cair fora.

Dócil, a loura nos esperava na esquina. Os rapazes deliraram quando a viram, declarando que eu era um craque, e quiseram me abraçar de qualquer maneira. Honza tirou de dentro da japona uma garrafa cheia de rum (não compreendo como ele tinha conseguido salvá-la durante o tumulto) e a brandiu bem alto. Nós estávamos na melhor das disposições, só que não sabíamos aonde ir: acabavam de nos expulsar de um café, o acesso aos outros nos era proibido, rivais loucos furiosos nos haviam impedido de tomar um táxi e, mesmo na rua, estávamos à mercê de uma possível expedição punitiva. Afastamo-nos rapidamente por uma ruazinha; primeiro havia casas dos dois lados, depois apenas um muro de um lado e tapumes do outro; perto de um tapume via-se uma charrete e, um pouco adiante, uma espécie de máquina agrícola com um assento de metal. "Um trono", disse eu, e Honza fez a loura se sentar nele, exatamente um metro acima do chão. A garrafa passava de mão em mão, bebíamos os quatro, a loura se tornou loquaz e fez um desafio a Honza: "Aposto que você não me empresta cem coroas!". Magnanimamente, Honza lhe deu uma nota de cem e, em dois tempos, a moça tirou o casaco e levantou a saia; um minuto depois ela mesma tirou a calcinha. Segurou-me pela mão e tentou me abraçar, mas eu, que estava com medo, me esquivei e no meu lugar empurrei Stana, que, sem a menor hesitação, colocou-se entre suas pernas. Mal ficaram vinte segundos juntos; eu quis logo ceder minha vez para Honza (queria me comportar como anfitrião e, por outro lado, o medo não me deixava), só que então a loura agiu com autoridade, apertou-me contra ela e quando, depois de contatos encorajadores, minha virilidade despertou, ela murmurou ternamente no meu ouvido: "É por sua causa que estou aqui, seu boboca". Em seguida começou a suspirar, e de repente tive de fato a impressão de que ela era uma mocinha apaixonada, que me amava e que eu amava, e ela suspirava, suspirava, e eu ia indo muito bem até o momento em que a voz de Honza proferiu uma obscenidade; tomei então consciência de que ela não era a moça que eu amava e me afastei dela tão bruscamente, e sem terminar, que a loura, quase com medo, perguntou: "O que foi que houve?". Mas Honza já estava junto dela, e os suspiros recomeçaram.

Naquela noite, só voltamos ao quartel por volta das duas horas. Às quatro e meia tivemos que levantar para o trabalho voluntário de domingo, que proporcionava uma gratificação ao nosso chefe e nos valia uma folga sábado sim, sábado não. Não tínhamos sono, nosso corpo estava embebido em álcool e, apesar da moleza fantasmagórica de nossos movimentos no claro-escuro da galeria da mina, lembrava-me com prazer da noite que passáramos.

Foi menos brilhante quinze dias mais tarde; por causa de um problema, Honza ficou sem a folga; saí então em companhia de dois sujeitos de uma outra seção que conhecia apenas vagamente. Fomos ver (com tudo já combinado ou quase) uma mulher cuja monstruosa altura lhe tinha valido o apelido de Poste. Ela era um horror, mas não havia nada a fazer: o círculo feminino do qual podíamos dispor era muito reduzido, sobretudo por causa das poucas folgas que tínhamos. A necessidade de aproveitar a qualquer preço os momentos de liberdade (tão curtos e concedidos tão raramente) levava os soldados a preferir o acessível ao suportável. Com o tempo e graças a pesquisas cujos resultados transmitíamos uns aos outros, uma rede (por mais medíocre que fosse) dessas mulheres mais ou menos acessíveis (e, é claro, apenas suportáveis) foi sendo constituída, visando a uma utilização em comum.

O Poste fazia parte dessa rede comum; isso não me incomodava nada; quando os dois colegas começaram a fazer piadas a respeito de sua altura anormal, repetindo umas cinquenta vezes que devíamos arranjar um tijolo para pôr embaixo dos pés quando chegasse a hora da coisa, achei essas brincadeiras estranhamente agradáveis: estimulavam meu violento desejo por mulher, por qualquer tipo de mulher; quanto menos individualizada fosse, quanto menos alma tivesse, melhor; tanto melhor se fosse uma mulher *qualquer*.

Embora eu tivesse bebido muito, meu apetite frenético se extinguiu quando vi a moça que chamavam de Poste. Tudo me pareceu repugnante e vazio, e, como nem Honza nem Stana estavam lá, ninguém de quem eu gostasse, afundei no dia seguinte numa abominável ressaca que envenenou retrospectivamente a aventura de quinze dias antes, e jurei a mim mesmo que nunca mais ia querer saber de nenhuma moça sentada no assento de uma máquina agrícola, nem de um Poste embriagado...

Algum princípio moral teria se reavivado em mim? Não; era apenas repugnância. Mas por que repugnância, se algumas horas antes eu sentira um desejo violento de mulher e se essa furiosa violência estava ligada, precisamente, ao fato de que me era indiferente saber quem seria essa mulher? Será que eu era mais delicado que os outros? Será que tinha horror a prostitutas? Não: fui tomado pela tristeza.

Tristeza por ter descoberto que as aventuras que acabara de viver nada tinham de excepcionais, que eu não as escolhera por luxo, por capricho, por aspiração inquieta de conhecer tudo, de viver tudo (o nobre e o abjeto), mas que elas tinham se tornado a condição fundamental e *usual* da minha vida presente. Que elas circunscreviam rigorosamente a área de minhas possibilidades, que desenhavam com um traço preciso o horizonte da vida amorosa que me era destinada daí em diante. Que expressavam não minha *liberdade* (tal como poderia tê-las imaginado se me tivessem acontecido, digamos, um ano antes), mas meu determinismo, meus limites, minha *condenação*. E fui dominado pelo medo. Medo desse lamentável horizonte, medo desse destino. Sentia minha alma se encolher sobre si mesma, sentia que ela recuava, e me atemorizava com a ideia de que, diante desse cerco, ela não tivesse para onde escapar.

7

Todos ou quase todos nós conhecíamos a tristeza que emanava do miserável horizonte de nossa vida amorosa. Bedrich (autor dos manifestos pela paz) tentava escapar nas profundezas meditativas de seu íntimo, onde aparentemente morava seu Deus místico; a essa interiorização devota correspondia, no domínio do erotismo, o vício solitário, que ele praticava com a regularidade de um ritual. Os outros haviam organizado uma defesa mais insidiosa: realizavam sua cínica caçada às prostitutas recorrendo ao mais sentimental dos romantismos; alguns tinham em casa um amor que, à força de reminiscências concentradas, iam polindo até que alcançasse o brilho mais resplandecente; outros acreditavam na Fidelidade duradoura e na Espera fiel; alguns se diziam em segredo que a moça bêbada que tinham apanhado num café qualquer ardia por eles com um fogo sagrado. Por duas vezes Stana recebera a visita de uma moça de Praga que conhecera antes do serviço militar (e que ele na época decerto não levara muito a sério); de repente, enternecido, decidiu se casar imediatamente com ela. Por mais que dissesse que fazia isso apenas por causa dos dois dias de licença concedidos nessa circunstância, eu sabia que eram afirmações que se pretendiam cínicas. Isso se passou nos primeiros dias de março, o comandante lhe concedeu realmente quarenta e oito horas e Stana foi passar o sábado e o domingo em Praga para se casar. Lembro-me muito bem disso, porque o dia do casamento de Stana foi, também para mim, uma data muito importante.

Tive permissão de sair e, como estava triste desde a última licença desperdiçada com o Poste, saí sozinho, evitando os companheiros. Tomei um velho bonde de bitola estreita que percorria um caminho cheio de curvas, ligando entre si os bairros distantes de Ostrava, e me deixei levar a esmo. Em seguida desci ao acaso e, também ao acaso, apanhei outra linha; toda a periferia interminável de Ostrava, em que se misturam estranhamente as fábricas e a natureza, os campos e os depósitos de lixo, os maciços de árvores e os entulhos, grandes prédios e casinhas campestres, atraía-me e me perturbava de maneira extraordinária; tendo deixado definitivamente o bonde, comecei um longo passeio a pé: contemplava quase com paixão a estranha paisagem e me esforçava por lhe decifrar o sentido; procurava o nome daquilo que confere unidade e ordem àquele quadro tão disparatado; passando perto de uma casa idílica coberta de hera, percebi que ali ela estava em seu verdadeiro lugar precisamente porque não combinava de maneira alguma com as altas fachadas repugnantes que se erguiam nas proximidades, nem tampouco com a silhueta dos escoramentos das minas, das chaminés e dos altos-fornos que lhe serviam de pano de fundo. Segui ao longo dos barracos de uma favela, um pouco adiante vi uma *villa* suja e cinzenta, é verdade, mas cercada por um jardim e por uma grade; no canto do jardim, um chorão parecia perdido na paisagem — e, no entanto, eu dizia comigo mesmo, é justamente *por isso* que ele tem aqui o seu verdadeiro lugar. Essas *incompatibilidades* me perturbavam, não apenas porque me apareciam como o denominador comum da paisagem, mas, sobretudo, porque eu enxergava nelas a imagem do meu próprio destino, do meu exílio ali; e, naturalmente, tal projeção da minha história pessoal na objetividade de uma cidade inteira me proporcionava uma espécie de consolo; eu compreendia que não pertencia a esse lugar, como a ele não pertenciam o chorão e a casinha coberta de hera, como a ele não pertenciam as ruas curtas levando a lugar nenhum, ruas compostas de construções disparatadas; eu não pertencia àquele lugar, outrora alegremente rural, como tampouco pertenciam aquelas horrendas quadras de barracos baixos, e me dava conta de que era *porque* eu não pertencia àquele lugar que meu verdadeiro lugar era ali, naquela consternadora metrópole de incompatibilidades, naquela cidade cujo abraço implacável envolvia tudo o que era estranho entre si.

Fui dar numa longa artéria de Petrkovice, outrora uma cidade, hoje um dos subúrbios de Ostrava. Parei nas proximidades de uma pesada construção térrea, no canto da qual se destacava, vertical, a inscrição: CINEMA. Veio-me uma dessas perguntas fúteis que só ocorrem a alguém que esteja perambulando: como é que pode esse cinema não ter nome? Olhei atentamente, mas nada mais estava escrito no prédio (que, aliás, não parecia um cinema). Entre este e a casa ao lado, um espaço de mais ou menos dois metros formava uma ruela; entrei nela e cheguei a um pátio; só ali se via que o prédio tinha, nos fundos, uma ala térrea; na parede havia vitrines com pequenos anúncios publicitários e fotos de filmes; aproximei-me, mas também ali não havia o nome do cinema; virei-me e, através de uma grade de separação, enxerguei uma menina no pátio vizinho. Perguntei-lhe como se chamava o cinema; a menina, com olhar espantado, respondeu que não sabia. Resignei-me portanto a admitir que ele era anônimo; que, nesse exílio de Ostrava, os cinemas não podiam nem mesmo se permitir ter um nome.

Voltei (sem nenhum propósito) às vitrines e só então percebi que o filme anunciado por um pequeno cartaz e duas fotografias era *Tribunal de honra*, filme soviético. Aquele mesmo cuja heroína Marketa invocou quando foi tomada pelo desejo de representar em minha vida seu grande papel de misericordiosa, aquele mesmo cujas severidades os camaradas tinham mencionado por ocasião do processo do Partido contra mim; tudo isso me fazia detestar o filme, a ponto de não querer mais ouvir falar dele; mas nem mesmo ali em Ostrava eu escapava de seu dedo acusador... Ora, se um dedo levantado nos desagrada, basta que lhe viremos as costas. Foi o que fiz: quis voltar para a rua.

Então, vi Lucie pela primeira vez.

Ela caminhava na minha direção; ia entrar no pátio do cinema; por que, ao cruzar com ela, não continuei meu caminho? Teria sido por conta da estranha ociosidade de minha perambulação? Teria sido a luz singular do pátio naquele fim de tarde que me fez retardar o passo e me impediu de voltar à rua? Ou teria sido o aspecto de Lucie? Aspecto em tudo comum, porém, embora precisamente esse *comum* é que, mais tarde, tivesse me tocado e atraído, como explicar o fato de ela ter me feito parar num primeiro momento? Eu já não encontrara tantas vezes garotas comuns como ela nas calçadas de Ostrava? Em que aquele comum era tão extraordinário? Não sei. De qualquer modo, fiquei parado no lugar, olhando a garota: com passos lentos, sem pressa, ela se dirigiu à vitrine com as fotos de *Tribunal de honra*; depois, ainda sem pressa, afastou-se e atravessou a porta aberta por onde se chegava à bilheteria. Sim, tinha sido sem dúvida a extraordinária lentidão de Lucie que havia me encantado tanto, uma lentidão que irradiava o sentimento resignado de não haver nenhum objetivo digno de nos precipitarmos e de ser inútil estender a mão impaciente para qualquer coisa. Sim, talvez, na verdade, tenha sido essa lentidão cheia de melancolia que me impeliu a seguir com os olhos a garota, enquanto ela se dirigia à bilheteria, tirava o dinheiro, apanhava uma nota, lançava um rápido olhar pela sala e depois voltava para o pátio.

Não tirei os olhos dela. Ela ficou de pé, com as costas viradas para mim, contemplando ao longe, além do pequeno pátio, os jardins e as casas campestres com pequenas cercas de madeira, até o contorno de uma pedreira escura que, lá no alto, quebrava a perspectiva. (Nunca vou esquecer esse pátio, nenhum de seus detalhes; lembro-me da grade que o separava do pátio vizinho, onde uma menina sonhava, sentada nos degraus da escada; lembro-me desses degraus, que eram orlados por uma mureta encimada por dois vasos de flor vazios e por uma bacia cinzenta; lembro-me do sol enfumaçado que se inclinava rente à pedreira.)

Eram dez para as seis, o que queria dizer que faltavam dez minutos para o começo do espetáculo. Lucie tinha se virado e, sem se apressar, deixava o pátio em direção à rua;

segui-a; atrás de mim desaparecia o quadro dos campos destroçados de Ostrava e aparecia de novo uma rua de cidade; a cinquenta passos estendia-se uma pequena praça, muito bem cuidada, com vários bancos, um minúsculo jardim gradeado e, reluzindo debilmente através dele, os tijolos de um edifício falsamente gótico. Eu observava Lucie: ela se sentara num banco; sua lentidão não a deixara um só momento, por pouco eu teria dito que *estava sentada lentamente*; não olhava em volta, não se mexia, sentada como se esperasse uma operação cirúrgica ou alguma coisa que nos cativa tanto que, ignorando o que nos cerca, concentramos nossa atenção dentro de nós; talvez essa circunstância é que tenha me permitido rondá-la e examiná-la sem ela perceber.

Fala-se muito de amor à primeira vista; sei muito bem que o amor tem tendência a gerar sua própria lenda, a mitificar posteriormente seus começos; por isso, não ouso afirmar que se tratava aqui de um *amor* tão instantâneo; mas dessa vez houve de fato uma espécie de visão: a essência de Lucie ou — se devo ser inteiramente preciso — a essência daquilo que Lucie se tornou depois para mim, eu a compreendera, sentira, vira imediatamente e de uma só vez: foi essa essência mesma que Lucie me trouxe, como se trazem *verdades reveladas*.

Eu a olhava, observava sua permanente de cidade do interior, que transformava o cabelo numa massa informe de cachinhos, observava seu casaquinho marrom, miserável, surrado e até um pouco curto demais; observava seu rosto discretamente belo, belamente discreto; sentia naquela moça tranquilidade, simplicidade e modéstia, e senti que eram valores dos quais eu precisava; pareceu-me, aliás, que estávamos muito próximos; pareceu-me que bastaria abordá-la, falar com ela, e, que no momento em que ela (finalmente) me olhasse nos olhos, iria sorrir como se visse de repente o irmão que havia muitos anos não via.

Lucie levantou então a cabeça; olhou a hora na torre (esse movimento está para sempre registrado na minha memória; movimento da moça que não usa relógio de pulso e que, por automatismo, senta-se sempre em frente a um relógio). Deixou o banco e foi em direção ao cinema; quis me aproximar dela; não me faltava audácia, mas as palavras de repente me falharam; claro que estava com o peito cheio de sentimentos, mas sem uma sílaba na cabeça; segui a moça até a entrada, de onde se via a sala deserta. Algumas pessoas entraram e se dirigiram à bilheteria; passando-lhes à frente, comprei uma entrada para o filme detestado.

Depois disso, a moça foi para a sala; fiz o mesmo; nesse local meio vazio, os números marcados nas entradas perdiam o sentido, cada um sentava onde queria; enfiei-me na mesma fileira de Lucie e me sentei ao seu lado. Em seguida, começou a tocar um disco velho com música estridente, ficou escuro e apareceram os anúncios na tela.

Lucie deve ter percebido que não era por acaso que um soldado de insígnias pretas tinha vindo se sentar exatamente a seu lado, é claro que ela havia percebido e sentido minha presença próxima, sobretudo por eu estar inteiramente concentrado nela; não registrava nada do que se passava na tela (que vingança irrisória: eu estava encantado porque o filme cuja autoridade meus pregadores de moral me haviam tantas vez alardeado se desenrolava à minha frente sem que prestasse atenção nele).

Terminada a sessão, as luzes se reacenderam, os raros espectadores deixaram suas cadeiras. Lucie levantou, apanhou o casaco marrom no colo e enfiou um braço na manga. Coloquei depressa o bibico para que ela não visse minha cabeça raspada e, sem dizer uma palavra, ajudei-a a enfiar a segunda manga. Ela me olhou um breve momento e não disse nada, talvez tenha no máximo inclinado a cabeça ligeiramente, mas não sei se foi uma maneira de agradecer ou um movimento involuntário. Depois, a passos curtos, saiu da fileira de cadeiras. Vestindo rapidamente a japona verde (que, comprida demais, devia me cair muito mal), segui-a de perto. Ainda não havíamos chegado ao lado de fora quando lhe dirigi a palavra.

Como se duas horas ao lado dela, pensando nela, tivessem me sintonizado com ela, de repente eu sabia lhe falar, como se a conhecesse bem; não comecei a conversa com uma brincadeira ou um paradoxo, como tinha o hábito de fazer; agi com toda a naturalidade — o que me surpreendeu, pois, na presença das moças, até então eu tinha sempre tropeçado sob o peso das máscaras que usava.

Perguntei-lhe onde morava, o que fazia, se ia muito ao cinema. Contei-lhe que trabalhava nas minas, que era extenuante, que tinha folga de quando em quando. Ela disse que tinha um emprego numa fábrica, que morava num alojamento de jovens operárias, onde tinha de estar de volta às onze horas, que ia sempre ao cinema porque os bailes não a divertiam. Disse-lhe que iria com ela com prazer ao cinema quando tivesse uma noite livre. Ela disse que tinha o hábito de ir sozinha. Perguntei se era porque se sentia triste na vida. Ela disse que sim. Disse-lhe que eu também não era alegre.

Nada aproxima mais as pessoas (mesmo que seja muitas vezes uma aproximação falsa) do que um entendimento triste, melancólico; essa atmosfera de entendimento pacífico, que adormece todos os temores e freios e que envolve tanto as almas sutis quanto as vulgares, representa a maneira de aproximação mais fácil e, no entanto, é tão rara: de fato, é preciso afastar essa "postura mental" que inventamos para nós, os gestos e as mímicas artificiais, e nos comportarmos com simplicidade; ignoro como consegui isso (de uma vez, sem me preparar), como pude chegar a isso, eu que tateava sempre como um cego por detrás das minhas caras falsas;

não sei como aconteceu, mas sentia aquilo como um dom inesperado, uma libertação miraculosa.

Dizíamos então sobre nós mesmos as coisas mais simples; fomos andando até o alojamento dela e, lá, demoramos um pouco; uma lâmpada inundava Lucie de claridade; eu olhava seu casaquinho marrom e acariciava não o seu rosto ou os seus cabelos, mas o tecido gasto daquela roupa comovente.

Lembro-me ainda de que a lâmpada balançava de lá para cá, que à nossa volta passaram moças que, dando risadas sonoras e desagradáveis, abriram a porta de entrada, vejo novamente a perspectiva vertical do imóvel, suas paredes cinzentas e nuas com janelas sem peitoril; recordo-me também do rosto de Lucie, que (comparado ao de outras moças que eu conhecera em circunstâncias semelhantes) estava absolutamente tranquilo, imperturbável, lembrando a expressão de uma aluna que vai ao quadro-negro e se limita à modesta exposição (sem teimosia amuada e sem astúcia) do que sabe, indiferente tanto à nota quanto ao elogio.

Combinamos que eu lhe enviaria um cartão avisando quando teria uma nova licença e quando poderíamos nos rever. Despedimo-nos (sem nos beijar, sem nos tocar) e eu parti. Depois de alguns passos, voltei-me e a vi na soleira da porta, segurando a chave, imóvel, olhando para mim; só agora que eu me encontrava a alguma distância ela tinha abandonado a reserva, e seus olhos (tímidos até então) fixavam-me longamente. Depois, ergueu a mão como alguém que nunca fez esse gesto, que não sabe como fazê-lo, que sabe apenas que para dizer adeus se agita a mão e que, por essa razão, resolve desajeitadamente arriscar o movimento. Eu me detive e lhe devolvi o aceno; nós nos olhamos de longe, voltei a me afastar, parei mais uma vez (Lucie prolongando sempre o movimento de sua mão) e assim, devagar, distanciei-me até a esquina da rua, que nos fez desaparecer um para o outro.

8

Dessa noite em diante, tudo em mim se transformou; tornei-me de novo habitado; de repente uma arrumação foi feita em mim, como num quarto, e alguém vivia ali. O relógio da parede, com os ponteiros parados havia muitos meses, repentinamente fazia ouvir de novo o seu tique-taque. Isso era importante: o tempo, que até então passara como uma corrente indiferente, do nada em direção a outro nada (já que eu estava numa pausa!), sem ponto de referência, sem medida, pouco a pouco readquiria sua aparência humanizada: recomeçava a se articular e a se contar regressivamente. Subitamente passei a dar valor às licenças para deixar o quartel, e os dias se tornaram degraus de uma escada que eu subia para encontrar Lucie.

Nunca mais dediquei a outra mulher tantos pensamentos, tanta atenção silenciosa (isso, aliás, porque nunca mais tive tanto tempo disponível). Nunca senti tanta gratidão por outra mulher.

Gratidão? Por quê? Lucie, para começar, tirou-me do círculo daquele lamentável horizonte amoroso que nos encerrava a todos. É claro: recém-casado, Stana também, à sua maneira, tinha rompido esse círculo; tinha agora em sua casa, em Praga, a mulher que amava, em quem podia pensar. No entanto, não havia por que invejá-lo. Com o casamento, tinha posto em movimento seu destino, mas, no momento em que subia no trem para voltar a Ostrava, perdia toda ascendência sobre ele.

Descobrindo Lucie, eu também pusera meu destino em movimento, mas não o perdera de vista; apesar de espaçados, meus encontros com Lucie se beneficiavam de uma frequência quase regular, e eu sabia que ela era capaz de me esperar quinze dias ou mais, acolhendo-me depois como se nossa última separação tivesse sido na véspera.

Mas Lucie não me libertara apenas da náusea geral provocada pelo desespero das aventuras amorosas de Ostrava. Eu já sabia, é verdade, que havia perdido o combate e que não conseguiria mudar nada em relação às minhas insígnias pretas, sabia que era absurdo tentar me fechar em mim mesmo diante de homens com os quais deveria passar dois anos ou mais, que era absurdo reclamar sem trégua o direito de manter meu próprio itinerário (cujo caráter privilegiado eu começava a compreender), mas essa mudança de atitude era decorrente apenas da razão e da vontade, portanto incapaz de estancar o pranto interior que eu derramava sobre meu *destino perdido*. Esse pranto interior, Lucie acalmou como que por um feitiço. Bastava senti-la a meu lado, com toda a sua vida em que não desempenhavam nenhum papel o cosmopolitismo, nem o internacionalismo, nem a vigilância, nem a luta de classes, nem as controvérsias sobre a definição da ditadura do proletariado, nem a política com sua estratégia e sua tática.

Foi por causa dessas preocupações (tão características da época que seu vocabulário logo se tornaria ininteligível) que eu naufragara; e era justamente a elas que eu me prendia. Chamado a comparecer diante de diversas comissões, consegui enumerar dezenas de motivos que haviam me levado ao comunismo, mas aquilo que, no movimento, havia acima de tudo me fascinado, enfeitiçado mesmo, tinha sido o *volante da História*, perto do qual eu me encontrava (ou pensava me encontrar). De fato, naquele tempo nós decidíamos realmente o destino das pessoas e das coisas; e isso exatamente nas universidades: como nesse tempo os membros do Partido nas assembleias dos professores eram contados nos dedos de uma só mão, os estudantes comunistas, no decorrer dos primeiros anos, assumiam quase sozinhos a direção das faculdades, decidindo sobre a nomeação de professores, a reforma do ensino e os programas. A embriaguez que sentíamos é chamada comumente embriaguez do poder, no entanto (com um pouco de boa vontade) eu poderia empregar palavras menos severas: estávamos seduzidos pela História; estávamos inebriados por termos montado o cavalo da História, inebriados por termos sentido seu corpo sob nossas nádegas; na maior parte dos casos, isso acabava se tornando uma sede de poder abominável, mas (como todos os problemas humanos são ambíguos) nisso existia ao mesmo tempo a bela ilusão de estarmos inaugurando a época em que o homem (cada um dos homens) não ficaria mais *fora* da História, nem *sob as botas* da História, mas seria capaz de conduzi-la e moldá-la.

Eu estava convencido de que, longe desse volante da História, a vida não era vida mas semimorte, tédio, exílio, Sibéria. E agora (depois de seis meses de Sibéria) eu vislumbrava de repente uma possibilidade de existir, nova e imprevista: diante de mim, se estendia, dissimulada sob a asa da História em pleno voo, a campina esquecida do cotidiano, onde uma mulher pobre e modesta, contudo digna de amor, esperava-me: Lucie.

Que poderia Lucie saber dessa grande asa da História? Seu ruído abafado mal lhe roçara os ouvidos um dia; ele ignorava tudo sobre a História; vivia *abaixo* dela; não tinha sede dela; nada sabia sobre as inquietações *grandes e temporais*, vivia para suas inquietações *pequenas e eternas*. E eu, de repente, estava livre; parecia que ela tinha vindo me procurar para me levar ao seu *paraíso cinzento*; e o passo que um momento antes me parecera perigoso, o passo que me levara "para fora da História", subitamente foi para mim o passo do alívio e da felicidade. Tímida, Lucie me segurava pelo cotovelo e eu me deixava conduzir...

Lucie era minha lanterninha cinzenta. Mas quem era Lucie, em termos mais concretos?

Tinha dezenove anos, mas na realidade muito mais, como acontece com muitas mulheres que tiveram uma vida difícil e foram bruscamente jogadas da infância para a idade adulta. Disse que nascera em Cheb, que frequentara a escola até os catorze anos antes de ir para os cursos de aprendiz. Não gostava de falar sobre a família, e se o fazia era só porque eu a forçava. Não tinha sido feliz em casa: "Minha família não gostava de mim", dizia, dando exemplos que confirmavam isso: a mãe casara novamente; o padrasto bebia e era mau para ela; uma vez suspeitaram que tivesse roubado dinheiro deles; e ainda por cima a espancavam. Quando o desentendimento chegou a um certo ponto, Lucie, aproveitando uma oportunidade, fugiu para Ostrava. Já morava ali havia mais de um ano; tinha amigas; mas preferia sair sozinha; as amigas iam dançar e levavam os namorados para o alojamento; e isso ela não queria; ela era séria: preferia ir ao cinema.

Sim, ela se julgava "séria", identificando essa qualidade com o seu prazer em ir ao cinema; gostava sobretudo dos filmes de guerra, muito exibidos então; sem dúvida gostava deles porque os achava fascinantes; mas era possível que fosse mais pelo fato de mostrarem sofrimentos terríveis, cujas imagens carregadas de dor e aflição Lucie sorvia, achando que esses sentimentos eram os mais apropriados para educá-la e apoiá-la nesse "sério" que ela tanto apreciava em si mesma.

Seria um erro, é claro, pensar que o que me atraía em Lucie era apenas o exotismo de sua simplicidade; sua ingenuidade e as lacunas de sua instrução não impediam nem um pouco que ela me compreendesse. Essa compreensão não repousava sobre uma soma de experiências ou de conhecimentos, sobre uma aptidão para debater um problema e para dar um conselho, mas sobre a receptividade intuitiva com que ela me escutava.

Lembro-me de um dia de verão: dessa vez pude deixar o quartel antes que Lucie saísse do trabalho; por isso, pegara um livro; sentado num pequeno muro, eu lia; quanto à leitura, esta não ia bem, eu tinha pouco tempo e pouco contato com meus amigos de Praga; mas na minha bagagem de prisioneiro trouxera três livros de poemas em que mergulhava constantemente, buscando neles consolo: os poemas de Frantisek Halas.

Esses livros representaram na minha vida um papel especial, tanto por eu não ser leitor de poesia, como por terem sido eles os únicos livros de versos de que gostei. Descobri-os depois de minha expulsão do Partido; justamente nessa época, o nome de Halas se tornara célebre *de novo*, pois o ideólogo-chefe daqueles anos acabara de acusar o poeta, morto recentemente, de morbidez, falta de fé, existencialismo e tudo o que na época soava como anátema político. (A obra em que ele reunira suas opiniões sobre a poesia tcheca e sobre Halas fora publicada então com uma enorme tiragem, e milhares de círculos de jovens a estudavam como texto obrigatório.)

Mesmo que isso possa parecer um pouco ridículo, confesso: a necessidade dos versos de Halas tinha vindo do meu desejo de conhecer um outro *excomungado*; queria saber se meu universo mental era de fato semelhante ao seu; queria tentar ver se a tristeza, da qual o influente ideólogo proclamava o aspecto patológico e pernicioso, não poderia, ao se identificar com a minha, proporcionar-me uma forma de alegria (porque, na minha situação, a alegria não podia ser procurada na alegria). Antes de tomar o caminho de Ostrava, pedira emprestado os três livrinhos a um velho colega entusiasta de literatura e obtivera, depois de muitas súplicas, a promessa de que ele não me exigiria devolução.

Quando Lucie naquele dia me encontrou no lugar combinado, com um livro na mão, perguntou-me o que eu estava lendo. Estendi-lhe o livro aberto. "Poesia?", disse, espantada. "Você acha estranho que eu leia poesia?" Esboçando um levantar de ombros, ela respondeu: "Por quê?". Mas acho que a surpresa era verdadeira, porque muito provavelmente para ela a poesia se confundia com a ideia de leituras infantis. Estávamos ali perambulando naquele estranho verão de Ostrava, cheio de fuligem, um verão negro em que corriam no alto, como nuvens de leite, cestas de carvão que deslizavam em longos cabos. Percebi que o livro que eu tinha nas mãos a atraía. Por isso, quando nos sentamos num bosquezinho raquítico, tornei a abri-lo perguntando-lhe: "Então isso lhe interessa?". Ela fez que sim com a cabeça.

Nem antes nem depois desse episódio li versos para quem quer que fosse; possuo um pequeno sistema que funciona bem, um fusível de pudor, que impede que eu me desnude demais diante das pessoas, revelando meus sentimentos; ora, ler versos, para mim, não é apenas como se falasse dos meus sentimentos, mas como se, ao fazê-lo, ficasse equilibrado num pé só, como se alguma coisa de compassado, no próprio princípio do ritmo e da rima, me embaraçasse tanto que para me entregar a eles eu precisasse estar a sós.

Mas Lucie possuía o poder mágico (que depois dela nunca mais ninguém teve) de fazer funcionar o fusível e desfazer meus escrúpulos. Diante dela, eu podia me permitir tudo: mesmo a sinceridade, o sentimento, o patético. E assim li:

> *Magra espiga o teu corpo*
> *de onde grão que cai não germina*
> *Qual espiga magra é teu corpo*
>
> *Novelo de seda o teu corpo*
> *gravado de desejo até o último sulco*
> *Qual novelo de seda é teu corpo*
>
> *Céu de cinzas o teu corpo*
> *Nas tuas fibras a Morte espreita e sonha*
> *Qual céu de cinzas é teu corpo*
>
> *Silêncio sem par o teu corpo*
> *Dos seus prantos tremem as minhas pálpebras*
> *Como teu corpo é silencioso*

Tinha passado um braço sobre seu ombro (coberto com o tecido leve de um vestidinho de flores), que eu sentia sob meus dedos; sucumbi à sugestão oferecida de que os versos que eu lia (uma lenta litania) falavam da tristeza do corpo de Lucie, corpo mudo, resignado, condenado a morrer. Depois li outros poemas, e mais este que ainda hoje me traz sua imagem de volta e que termina com este terceto:

> *Ó demência das palavras falsas. Eu creio no silêncio*
> *mais forte que a beleza mais forte que tudo*
> *Ó júbilo dos que se compreendem em silêncio*

Bruscamente, meus dedos me informaram que o ombro de Lucie sacudia-se; Lucie soluçava.

O que provocara o choro? O sentido dos versos? Ou quem sabe a indizível melancolia que emanava das palavras, do timbre da minha voz? Ou talvez o hermetismo grave dos poemas a teria elevado, e essa *elevação* a comovera até as lágrimas? Ou, simplesmente, os versos haviam feito com que se abrisse nela uma tranca secreta, liberando um peso acumulado havia muito tempo?

Não sei. Como uma criança, Lucie se agarrara ao meu pescoço, com a cabeça apertada contra a farda verde que cobria meu peito, e chorava, chorava, chorava.

9

Quantas vezes, nesses últimos anos, mulheres de toda espécie criticaram (apenas porque eu não sabia retribuir seus sentimentos) minha presunção. É um absurdo, não sou presunçoso, mas, para dizer a verdade, eu mesmo fico desolado por ser incapaz, na minha idade adulta, de estabelecer uma relação verdadeira com uma mulher, de não ter nunca, como se diz, amado ninguém. Não sei se conheço as razões desse fracasso, não sei se esses defeitos do coração são inatos ou se suas raízes se encontram na minha biografia; não quero cair no patético, mas é assim: nas minhas lembranças, muitas vezes surge uma sala onde cem pessoas, levantando o braço, decretam a destruição da minha vida; essa centena de pessoas não sabia que um dia as coisas começariam lentamente a mudar; elas supuseram que minha proscrição seria para sempre. Não pelo prazer de ruminar amarguras, mas por uma teimosia que é própria da reflexão, muitas vezes inventei variantes de minha história, imaginando assim o que poderia ter acontecido se tivessem proposto, em vez da minha expulsão, o meu enforcamento. Nunca cheguei a concluir outra coisa senão que, mesmo nessa eventualidade, todos teriam levantado a mão, principalmente se o relatório preliminar tivesse justificado em termos líricos a oportunidade benéfica do castigo. Depois disso, ao fazer novos conhecidos, homens e mulheres, amigos novos ou possíveis amantes, eu os transfiro em pensamento para essa época e para essa sala e me pergunto se eles levantariam a mão; ninguém resiste a esse exame: todos levantam a mão como fizeram naquela época (alguns apressadamente, alguns a contragosto, por convicção ou por temor) meus amigos e conhecidos. Vamos admitir então: é difícil viver com pessoas prontas a nos mandar para o exílio ou para a morte, é difícil fazê-las íntimas, é difícil amá-las.

Talvez fosse injusto de minha parte submeter as pessoas que eu conhecia a um exame imaginário tão cruel, já que o mais provável era que elas tivessem passado comigo uma vida mais ou menos calma, para além do bem e do mal, sem nunca atravessar a sala onde se erguem as mãos. Talvez alguém pudesse até mesmo dizer que meu comportamento tinha um único objetivo: alçar-me, numa autossatisfação moral, acima dos outros. Mas a acusação de presunção não seria justa; é verdade que eu nunca votara pela ruína de quem quer que fosse, mas sabia perfeitamente que esse mérito era hipotético, tendo sido muito cedo privado do direito de levantar a mão. Por muito tempo, é verdade, tentei me persuadir de que pelo menos numa circunstância semelhante eu não teria me comportado como os outros; não obstante, tinha probidade suficiente para zombar de mim: quer dizer que eu teria sido o único a não levantar a mão? Teria sido, no fim das contas, o único justo? Ah, não, não encontrava em mim a menor garantia de ser melhor que os outros; mas em que é que isso muda minha relação com o próximo? A consciência de minha própria miséria não me reconcilia em absoluto com a miséria dos meus semelhantes. Nada me repugna mais do que ver as pessoas confraternizando porque cada um vê no outro sua própria baixeza. Não me identifico com essa fraternidade asquerosa.

Como pude então amar Lucie? As reflexões que deixei escapar há pouco são, felizmente, mais recentes, e assim pude (nessa idade mais inclinada ao tormento do que à reflexão), com um coração ávido e sem dúvidas, aceitar Lucie como um dom; um dom dos céus (céus cinzentos e benevolentes). Foi uma época feliz para mim, a mais feliz, talvez; eu estava exausto, alquebrado, farto de tanta chateação, mas, no fundo de mim, cada novo dia espalhava uma paz cada vez mais azul. É engraçado: se as mulheres que me acusam de presunção e que desconfiam que considero todo mundo imbecil tivessem conhecido Lucie, teriam-na considerado uma idiota e não poderiam compreender como pude amá-la. E eu a amava tanto que não podia imaginar que jamais pudéssemos nos separar; é verdade que nunca disse isso a Lucie, mas estava convencido de que um dia nos casaríamos. E, se essa união me parecia desigual, a desigualdade me atraía mais do que me repugnava.

Eu deveria ser grato ao nosso comandante da época por

esses curtos meses de felicidade; os suboficiais nos perseguiam o máximo que podiam, examinando as pregas de nossos uniformes para encontrar nem que fosse um mínimo de sujeira, desarrumando nossas camas se as dobras dos cantos não estivessem impecáveis, mas o comandante, esse era correto. Não muito jovem, viera de um regimento de infantaria, e, por isso, fora rebaixado de posto, segundo diziam. Portanto, ele também tinha sido punido, e isso, talvez, tinha nos aproximado secretamente; é óbvio que exigia de nós ordem e disciplina, além de um dia de trabalho voluntário um domingo ou outro (a fim de poder comprovar sua atividade política junto aos superiores), mas ele não nos perseguia sem razão e concedia sem dificuldades licença um sábado sim, outro não; naquele verão, acho mesmo que pude ver Lucie até três vezes por mês.

Os dias em que ficava sem ela, escrevia-lhe inúmeras cartas e cartões-postais. Hoje em dia, não sei mais muito bem o que nem como lhe escrevia, mas o que foram essas cartas não importa tanto; queria mesmo era acentuar que eu escrevia muitas, e Lucie nenhuma.

Conseguir que ela me respondesse estava além de minhas possibilidades; talvez minhas cartas a tivessem assustado; talvez tivesse a impressão de que não sabia o que me escrever, que cometia erros de ortografia; talvez tivesse vergonha de sua letra desajeitada, da que eu não conhecia senão a assinatura na carteira de identidade. Não consegui persuadi-la de que gostava da sua falta de jeito e das suas ignorâncias, porque revelavam uma Lucie intacta, oferecendo-me assim a esperança de poder imprimir nela uma marca ainda mais profunda, ainda mais indelével.

Lucie primeiro apenas agradeceu timidamente as minhas cartas; depois teve vontade de me oferecer alguma coisa em troca e, como não queria escrever, decidiu-se por flores. Eis como aconteceu: passeávamos num bosque de árvores esparsas; Lucie de repente se inclinou para colher uma flor e a ofereceu a mim. Achei isso comovedor e nada surpreendente. Mas quando, no encontro seguinte, ela me esperou com um buquê inteiro, fiquei um pouco desconcertado.

Eu tinha vinte e dois anos, fugia de tudo que pudesse projetar em mim a menor sombra efeminada ou impúbere; na rua, tinha vergonha de carregar flores, desagradava-me comprá-las e mais ainda recebê-las. Constrangido, expliquei a Lucie que eram os homens que as ofereciam às mulheres e não o contrário, mas, vendo-a à beira das lágrimas, apressei-me em elogiá-las e aceitá-las.

Não houve nada a fazer. Desse dia em diante, em cada um dos nossos encontros um buquê me esperava, e acabei me acostumando, porque a espontaneidade do presente me desarmava e porque compreendi que Lucie gostava dessa forma de presentear; ela sofria talvez com a pobreza de sua eloquência e via nas flores uma maneira de falar; não segundo o simbolismo pesado da antiga linguagem das flores, mas num sentido ainda mais arcaico, mais nebuloso, mais instintivo, *pré-linguístico*; talvez, tendo sempre preferido se calar em vez de falar, Lucie sonhasse com o tempo em que, não existindo as palavras, as pessoas conversavam por meio de pequenos gestos: com o dedo mostravam uma árvore, riam, tocavam um no outro...

Tenha eu elucidado ou não o verdadeiro sentido dos presentes de Lucie, eles afinal tinham me comovido e despertado em mim o desejo de lhe dar também um presente. Lucie possuía só três vestidos, que mudava sempre na mesma ordem, de modo que nossos encontros se sucediam com a cadência de um compasso de três tempos. Eu gostava bastante desses vestidos, justamente porque eram usados, surrados, de um certo mau gosto; agradavam-me tanto quanto seu casaco marrom (puído na dobra das mangas), que eu aliás acariciara antes de acariciar o rosto de Lucie. E no entanto tinha decidido que ia lhe comprar um vestido, um belo vestido, muitos vestidos. Um dia, levei Lucie a uma grande loja.

Primeiro ela pensou que estávamos ali por curiosidade, para observar a multidão subir e descer as escadas. No segundo andar, parei diante de longos suportes onde estavam penduradas roupas de mulher numa densa procissão, e Lucie, notando que eu as examinava com interesse, aproximou-se e comentou algumas dessas roupas. "Este aqui é bonito", disse ela, mostrando um vestido de flores vermelhas reproduzidas minuciosamente. Havia ali de fato poucas coisas bonitas, mas por fim encontramos algo. Apanhei um vestido e chamei o vendedor: "A senhorita pode experimentar isto?". Lucie talvez quisesse protestar, só que, diante de um estranho, o encarregado da seção, ela não ousava, de maneira que se viu na cabine sem saber como.

Ao cabo de um momento, afastei um pouco a cortina para olhá-la; embora o vestido não tivesse nada de sensacional, eu não conseguia acreditar: seu modelo quase moderno tinha, como que por encanto, transformado Lucie numa outra criatura.

"Dá licença?", disse o vendedor por trás de mim, e elogiou prolixamente Lucie e o vestido. Depois me agradeceu com um olhar, a mim e às minhas insígnias, perguntando (se bem que a resposta fosse antecipadamente evidente) se eu fazia parte dos "políticos". Fiz que sim com a cabeça. Ele piscou um olho, sorriu e disse: "Tenho um artigo melhor; quer ver?". E no mesmo instante mostrou uma coleção de vestidos de verão e mais um vestido de noite preto. Lucie os experimentou um depois do outro, todos lhe ficavam maravilhosamente bem, cada um deles a transformava e, com o belo vestido preto, eu não a reconheci mais.

Os momentos decisivos na evolução do amor nem sempre procedem de acontecimentos dramáticos, muitas vezes decorrem de circunstâncias que são à primeira vista perfeitamente insignificantes. Assim foi nossa visita à loja de vestidos. Até então Lucie representava para mim todas as possibilidades: a criança, a fonte de ternura e consolo, o bálsamo e a evasão de mim mesmo, quase ao pé da letra ela era *tudo* para mim — exceto a mulher. Nosso amor, na concepção sensual da palavra, não tinha ultrapassado o limite dos beijos. Além disso, até a maneira que Lucie tinha de beijar era infantil (eu era fascinado pelos longos beijos castos de lábios fechados, secos, que no roçar da carícia faziam sentir de modo inefavelmente comovente suas finas estrias verticais).

Em resumo, até então eu sentia por ela ternura, mas não sensualidade; acostumara-me tanto com essa ausência que não lhe dava importância; minha ligação com Lucie me parecia tão bela que a própria ideia de que nela faltasse alguma coisa nem podia me passar pela cabeça. Que associação harmoniosa: Lucie; suas roupas cinza, monásticas; e, monasticamente casta, minha relação com ela. No momento em que Lucie vestira uma roupa nova, a equação inteira foi abalada: Lucie de repente abandonou minhas imagens de Lucie. Vi as pernas que se desenhavam sob a saia bem cortada, as proporções do corpo equilibradas com graça, uma mulher bonita cuja discrição apagada se dissolvera numa roupa de cor definida e de corte elegante. Essa súbita *descoberta de seu corpo* me deixava ofegante.

No alojamento, Lucie ocupava um quarto com outras três moças; as visitas só eram permitidas dois dias por semana, apenas durante três horas, das cinco às oito, e o visitante ainda tinha que inscrever o nome na portaria, no andar térreo, onde deveria deixar sua carteira de identidade e se apresentar novamente ao sair. Além disso, cada uma das três companheiras de Lucie tinha um ou mais amantes que era preciso receber na intimidade do quarto comum, de modo que elas brigavam, detestavam-se e reclamavam de cada minuto que se roubavam mutuamente. Tudo isso era tão penoso que eu nunca havia me arriscado a ver Lucie em sua casa. No entanto, eu sabia que essas três locatárias deviam partir dentro de um mês, para se juntar a uma brigada agrícola de três semanas. Disse a Lucie que queria aproveitar esse período para ir vê-la em casa. Ela ficou triste e disse que minha companhia lhe agradava mais fora de lá. Eu lhe disse que queria me encontrar com ela num lugar em que nada nem ninguém nos incomodasse, para que pudéssemos ficar inteiramente um com o outro; e que além disso queria ver como era o lugar onde ela morava. Lucie não sabia resistir a mim e ainda hoje me lembro da minha emoção quando ela acabou concordando com a proposta.

10

Eu já havia passado quase um ano em Ostrava, e o trabalho, insuportável a princípio, tornara-se uma coisa banal e rotineira; no meio de todos os aborrecimentos, eu conseguia sobreviver, tinha feito dois ou três amigos, estava feliz; era para mim um belo verão (as árvores estavam cheias de fuligem; no entanto, meus olhos, acostumados com a escuridão das galerias, enxergavam-nas extremamente verdes), só que, como se sabe, a semente da infelicidade se esconde no coração da felicidade: os tristes acontecimentos do outono foram concebidos durante esses meses de verão verde-negro.

Começou com Stana. Ele se casara em março e, alguns meses mais tarde, chegaram-lhe as primeiras notícias: sua mulher vivia nas boates; nervoso, ele lhe escreveu uma série de cartas, as respostas chegavam tranquilizadoras; nisso (com o tempo bom) sua mãe veio a Ostrava; eles ficaram juntos um sábado inteiro e ele voltou ao quartel pálido e taciturno; a princípio, envergonhado, não quis contar nada; no dia seguinte, no entanto, abriu-se com Honza, depois com alguns outros; e, quando viu que todo mundo estava a par, falou mais ainda, todos os dias, sem parar: que sua mulher tinha virado puta, que ia ter uma conversa com ela, que lhe torceria o pescoço. E logo em seguida foi procurar o comandante para pedir dois dias de licença, só que o comandante hesitou em concedê-los, porque justamente naqueles dias recebera muitas queixas (tanto do aquartelamento quanto das minas) contra Stana, constantemente distraído e irritado. Este suplicou que lhe concedessem ao menos vinte e quatro horas. Compadecido, o comandante concordou. Stana partiu e não o vimos nunca mais. O que aconteceu eu sei apenas por ouvir dizer:

Ele chegou em Praga, avançou na mulher (digo mulher, mas era uma garota de dezenove anos!) e ela, com despudor (e talvez com prazer), confessou tudo; ele começou batendo nela, ela se defendeu, ele tentou estrangulá-la e, para terminar, deu-lhe com uma garrafa na cabeça; a garota caiu no chão e não se mexeu. Stana, tomado de pânico, fugiu; sabe Deus como foi que descobriu um pequeno chalé no fundo das montanhas e lá ficou à espera de ser preso e mandado para a forca. Vieram realmente prendê-lo depois de dois longos meses, só que ele foi julgado não por assassinato, mas por deserção. Na realidade, pouco depois da partida de Stana, sua mulher recuperou os sentidos e, afora um galo na cabeça, saiu incólume. Enquanto ele estava na prisão militar, ela se divorciou e hoje é mulher de um conhecido ator de Praga que vou ver de vez em quando, para me lembrar do meu velho companheiro que acabaria de maneira triste: terminado o serviço militar, ele continuou nas minas; um acidente de trabalho o privou de uma perna, e uma amputação mal cicatrizada, da vida.

Essa mulher, que segundo dizem continua brilhando nos meios artísticos, não trouxe azar apenas para Stana, mas para todos nós. Essa era pelo menos a nossa impressão, apesar de não nos ter sido possível discernir com precisão se havia de fato (como todo mundo pensava) relação de causa e efeito entre o escândalo que envolveu o desaparecimento de Stana e a chegada pouco depois em nosso quartel de uma comissão de controle ministerial. Em todo caso, nosso comandante foi removido e substituído por um jovem oficial (tinha apenas vinte e cinco anos), cuja chegada mudou tudo.

Eu disse que ele tinha vinte e cinco anos, mas tinha um ar muito mais jovem, um ar de garoto, e por isso se esforçava ao máximo para impressionar. Não gostava de gritar, falava secamente, fazendo-nos compreender bem, com uma calma imperturbável, que nos tomava a todos por criminosos. "Sei que o que vocês mais gostariam seria me ver enforcado", declarou esse garoto logo no seu discurso de chegada. "O problema é que, se alguém tiver que ser enforcado, serão vocês e não eu."

Os primeiros conflitos não demoraram. A história de Cenek, em particular, ficou na minha memória, provavelmente porque a achamos muito divertida: desde que se incorporara, havia um ano, Cenek tinha feito muitos dos grandes murais que, sob o comando anterior, haviam tido sempre a felicidade de agradar. Seus assuntos preferidos, como mencionei anteriormente, eram Jan Zizka, o grande capitão das guerras hussitas, e seus guerreiros medievais; interessado em divertir a rapaziada, ele acrescentava a esses grupos a imagem de uma mulher nua, que apresentava ao comandante como um símbolo da liberdade ou da pátria. O novo comandante da unidade, tendo resolvido por sua vez recorrer aos serviços de Cenek, mandou chamá-lo a fim de lhe pedir que pintasse alguma coisa para enfeitar a sala destinada aos cursos de educação política. Disse-lhe então que dessa vez deixasse de lado a velha mania por Zizka para "se inspirar mais na atualidade"; o quadro deveria representar o Exército Vermelho e sua união com nossa classe operária, e também sua importância na vitória do socialismo em fevereiro. Cenek disse: "Muito bem, meu comandante!", e começou a trabalhar; ficou várias tardes trabalhando em cima de imensos papéis brancos, colocados no chão, que depois prendeu com pregos pequenos em toda a extensão da parede de fundo. Quando vimos o desenho terminado (um metro e meio de altura por oito de comprimento), o silêncio foi total: no meio, plantado numa pose de herói, um soldado russo bem agasalhado, de metralhadora a tiracolo, gorro de pele até as orelhas, rodeado por todos os lados por oito mulheres nuas. Duas, a seu lado, olhavam-no com ar insinuante, enquanto ele as segurava pelo ombro, a cara agitada por um riso obsceno; as outras mulheres o cercavam, estendiam-lhe os braços ou simplesmente estavam ali plantadas (havia também uma deitada), expondo suas belas formas.

Cenek se pôs diante do quadro (estávamos sozinhos na sala, esperando o comissário) e fez a seguinte conferência: "Bem, esta à direita do sargento é Alena, senhores, foi a primeira mulher da minha vida, eu tinha dezesseis anos quando ela teve um caso comigo, era amante de um oficial, por isso está muito bem colocada aqui. Desenhei-a com o porte que tinha naquela época, evidentemente hoje em dia não está a mesma, mas naquele tempo não era malfeita, como vocês podem verificar sobretudo pelos quadris (ele os mostrava com o dedo indicador). Como era muito mais bonita de costas, desenhei-a de novo ali (andou até um dos lados da composição, apontou o dedo na direção de uma mulher que, mostrando o traseiro nu para o público, parecia estar se dirigindo a algum lugar). Reparem nas suas ancas de rainha, é possível que as medidas excedam um pouco o normal, mas é por isso mesmo que gostamos dela. Olhem esta aqui (indicava a mulher à esquerda do sargento), é Lojzka; quando a possuí, eu já era maior de idade; ela tinha seios pequenos (ele os mostrou), pernas compridas (mostrou-as), um rosto incrivelmente bonito (mostrou-o também) e era da minha turma da escola. Quanto àquela ali, era nosso modelo nas artes decorativas, conheço-a de cor, e os vinte caras que estudavam comigo também a conheciam de cor, porque ela sempre posava no meio da classe, nós praticávamos desenhando o corpo humano, e ela nos servia de modelo; nunca ninguém encostou o dedo nela, sua mãe a esperava sempre na saída para levá-la imediatamente de volta para casa, que Deus perdoe essa moça, nós, rapazes, só a desenhávamos com a melhor das intenções. Em compensação, esta aqui, senhores, era puta (designou uma pessoa deitada num estranho sofá estilizado), aproximem-se, venham ver (o que fizemos), na barriga, bem aqui, estão vendo? Queimada a cigarro, supostamente por uma amante ciumenta, porque esta senhora, senhores, dava-se com os dois lados, ela tinha um sexo que era um verdadeiro coração de mãe, senhores, tinha lugar para todo mundo, poderíamos entrar todos ali, levando ainda nossas mulheres, nossas amantes, nossos filhos e nossos bisavós...".

Cenek ia certamente abordar a melhor parte de sua exposição quando o comissário entrou na sala do curso e tivemos que voltar para nossos bancos. Acostumado com os trabalhos de Cenek desde a época do antigo comandante, o comissário, perfeitamente indiferente ao novo quadro, começou a ler em voz alta um folheto que explicava as diferenças entre um exército socialista e um exército capitalista. O discurso de Cenek ressoava ainda dentro de nós; estávamos embalados num doce sonho quando o comandantezinho apareceu na sala. Viera sem dúvida assistir à sessão de estudo, mas, antes de poder receber o relatório regulamentar do comissário, teve um choque ao olhar o grande mural; sem nem deixar o comissário retomar a leitura, num tom glacial, perguntou a Cenek o que representava aquele quadro. Cenek deu um salto, plantou-se diante de sua obra e declamou: "Eis uma alegoria simbolizando a importância do Exército Vermelho na luta do nosso povo. Aqui (mostrou o sargento), o Exército Vermelho; de cada lado figuram os símbolos da classe operária (mostrou a amante do oficial) e as gloriosas jornadas de fevereiro (mostrou sua companheira de estudos). Eis aqui (mostrou outras mulheres) a alegoria da Liberdade, da Vitória e da Igualdade; e aqui (mostrou a amante do oficial com o traseiro de fora) identificamos a burguesia ao deixar o palco da História".

Cenek se calou e o comandante declarou que aquele quadro era um insulto ao Exército Vermelho, que era preciso retirá-lo imediatamente; quanto a Cenek, ia ver o que aconteceria com a ficha dele. Perguntei (entre os dentes) por quê. O comandante, que ouviu, perguntou-me se eu tinha objeções a fazer. Levantando-me, disse que o quadro me agradava. O comandante disse que não duvidava disso, visto que ele era bom exatamente para os masturbadores. Respondi que o sério Myslbek também tinha esculpido a Liberdade representando-a como uma mulher nua, e que o rio Jizera no célebre quadro de Ales está representado por três nus; que os pintores sempre fizeram isso em todas as épocas.

O comandantezinho me lançou um olhar perplexo e repetiu a ordem de retirar o desenho. No entanto, talvez tenhamos conseguido enrolá-lo, pois não puniu Cenek; mas começou a implicar com ele e comigo. Pouco tempo depois, Cenek foi punido com uma pena disciplinar, e logo depois eu também.

Aconteceu assim: um dia, a companhia trabalhava num lugar afastado do quartel, com picaretas e pás; um cabo preguiçoso nos vigiava com olhar displicente, tanto que a cada momento nos apoiávamos nas ferramentas para conversar, sem reparar no comandantezinho que se postara perto dali e nos observava. Só percebemos sua presença no fim de algum tempo, quando sua voz arrogante gritou: "Soldado

Jahn, apresente-se!". Peguei minha pá com ar resoluto e me plantei em posição de sentido diante dele. "É assim que você trabalha?", perguntou-me. Não sei realmente o que respondi, decerto não foi uma resposta arrogante, pois não tinha a menor vontade de complicar minha vida no quartel irritando à toa um tipo que tinha todo poder sobre mim. O que não impediu que, depois da minha resposta embaraçada e insignificante, seu olhar endurecesse e ele, aproximando-se de mim, como um relâmpago me pegasse o braço e, com um magistral golpe de judô, projetasse-me por cima dele. Depois se agachou contra mim e me imobilizou no chão (não esbocei nenhum gesto de defesa, apenas fiquei espantado). "Chega?", perguntou bem alto (a fim de que todos a alguma distância pudessem ouvi-lo). Respondi que chegava. Ele me ordenou que ficasse de novo em posição de sentido e, diante da companhia organizada em colunas, anunciou: "Determino dois dias de prisão para o soldado Jahn. Não por ter sido insolente comigo. Esse problema, vocês viram, resolvi num abrir e fechar de olhos. Os dois dias de prisão são porque ele estava vadiando. E tenho outro tanto para vocês". Deu meia-volta e foi embora, muito satisfeito consigo mesmo.

Na hora senti apenas raiva dele, e a raiva projeta uma luz muito forte, na qual o contorno dos objetos desaparece. Meu comandante me parecia simplesmente um rato vingativo e dissimulado. Eu o vejo hoje sobretudo como um homem que era jovem e que representava um papel. Afinal, se os jovens representam, não é culpa deles; inacabados, a vida os coloca num mundo acabado, onde se exige que eles se comportem como *homens feitos*. Eles se apressam, consequentemente, em se apropriar de formas e de modelos, aqueles que estão em voga, que combinam com eles, que lhes agradam — e representam um papel.

Nosso comandante também era inacabado, e uma bela manhã se viu frente a nossa tropa perfeitamente incapaz de compreendê-la; mas tinha conseguido se sair bem, pois aquilo que lera e ouvira oferecia-lhe uma máscara perfeita para situações análogas: o herói implacável das histórias em quadrinhos, o jovem macho com nervos de aço dominando um bando de desajustados, nada de grandes conversas, apenas a cabeça fria, um humor despojado que acerta bem no alvo, a confiança em si e no vigor de seus músculos. Quanto mais consciência tinha de seu aspecto de garoto, mais fanatismo ele punha no seu papel de super-homem.

Mas seria a primeira vez que eu encontrava um jovem ator como aquele? Na época do meu interrogatório na secretaria do Partido, sobre o cartão-postal, eu tinha pouco mais de vinte anos e meus interrogadores tinham apenas um ou dois anos mais. Eles também eram, antes de mais nada, garotos escondendo o rosto inacabado atrás da máscara que consideravam a melhor de todas: a do revolucionário ascético e inflexível. E Marketa? Não teria ela escolhido representar a salvadora, papel aliás repetido num insípido filme da temporada? E Zemanek, subitamente tomado pelo páthos sentimental da moral? Não seria isso representar um papel? E eu? Será que não estava representando vários papéis? Confuso, corria de um papel a outro até o momento em que, corredor embaraçado, fui apanhado.

A mocidade é horrível: é um palco em que, representando tragédias com altos coturnos e os mais variados figurinos, crianças se movimentam e proferem fórmulas decoradas que compreenderam pela metade e às quais se agarram fanaticamente. A História também é horrível, serve muitas vezes de área de jogos para os imaturos; para um jovem Nero, para um jovem Bonaparte, para as multidões de crianças eletrizadas, cujas paixões imitadas e cujos papéis simplistas se transfiguram numa realidade catastroficamente real.

Quando penso nisso, é toda uma escala de valores que balança na minha cabeça e sinto uma profunda raiva da juventude — e, inversamente, uma espécie de indulgência paradoxal para com os piratas da História, em cuja ação de repente não vejo mais do que uma assustadora agitação de imaturos.

Por falar em imaturos, lembro-me de Alexej; ele também representava um grande papel que ultrapassava sua razão e sua experiência. Tinha alguma coisa em comum com nosso comandante: parecia mais moço; no entanto, sua juventude (no que diferia do comandante) era desprovida de graça: um pequeno corpo magro, olhos de míope atrás de lentes grossas, uma pele semeada de pontos negros (restos de uma puberdade que se eternizava). A princípio, como recruta, aluno de uma escola de oficiais da infantaria, já que fora retirado da tropa, vira-se da noite para o dia sem essa prerrogativa e transferido para nossa companhia. Estávamos, na realidade, às vésperas dos famosos processos políticos, e em muitas salas (do Partido, da Justiça e da polícia) muitas mãos se levantavam sem cessar para tirar dos acusados a confiança, a honra, a liberdade; Alexej era filho de um comunista importante preso havia pouco.

Apareceu um dia em nosso grupo e destinaram-lhe a cama abandonada de Stana. Ele nos contemplava com o mesmo olhar com que eu no princípio contemplara meus novos companheiros; também era reservado, e os outros, quando souberam que era membro do Partido (sua expulsão ainda não fora efetivada), começaram a prestar atenção ao que diziam em sua presença.

Quando soube que eu pertencera ao Partido, Alexej se tornou um pouco mais comunicativo comigo; confiou-me que devia, a qualquer preço, enfrentar a grande prova que a vida lhe impusera e não trair o Partido. Em seguida me leu um poema que havia composto (embora antes nunca tivesse escrito versos) depois de saber que seria enviado para cá. Trazia este quarteto:

Vocês podem, meus camaradas,
fazer de mim um cão e cuspir em mim.
Sob a face do cão, sob os escarros, camaradas,
fielmente, com vocês, permanecerei nas fileiras.

Eu o compreendia, porque havia passado pela mesma experiência um ano antes. No entanto, agora estava bem menos magoado: minha lanterninha do cotidiano, Lucie, havia me desviado dessa zona onde os Alexej se atormentavam tão desesperadamente.

11

Enquanto o comandantezinho instaurava seu regime em nossa unidade, eu só estava interessado em saber se conseguiria permissão para sair; as colegas de Lucie já estavam havia muito na brigada agrícola, enquanto eu não saía do quartel fazia um mês; o comandante guardara bem a minha cara e o meu nome, a pior coisa que pode acontecer no regimento. Agora não perdia uma ocasião para me fazer compreender que cada hora da minha existência dependia do seu capricho. Com relação às licenças, a coisa ia mal; logo de saída ele avisara que só aqueles que participassem sempre das equipes voluntárias dos domingos teriam folgas; assim, todos fomos voluntários; só que era uma vida horrível, pois não passávamos um dia sem descer na mina, e, se algum de nós afinal gozava, um sábado, de uma folga completa até duas da manhã, domingo morria de sono no trabalho.

Como os outros, inscrevi-me para esse trabalho no domingo, o que não garantia absolutamente que eu teria uma licença, pois bastava uma cama malfeita ou qualquer outra pequena falta para anular o mérito do esforço dominical. No entanto, a vaidade do poder não se manifesta apenas pela crueldade, mas também (se bem que mais raramente) pela generosidade. Assim, decorridas algumas semanas, o comandantezinho teve o prazer de ser generoso e na última hora obtive uma noite livre, dois dias antes da volta das colegas de Lucie.

Fiquei perturbado quando a velha da portaria colocou meu nome no registro, autorizando-me em seguida a subir ao quarto andar, onde bati numa porta no fim de um longo corredor. A porta se abriu, mas Lucie ficou escondida atrás dela, e eu só tinha diante de mim o quarto, que à primeira vista nada tinha a ver com um quarto de alojamento; eu poderia achar que estava num ambiente preparado para não sei quais ritos religiosos: a mesa resplandecia com um buquê de dálias, dois grandes fícus se erguiam perto da janela, em todos os cantos (na mesa, na cama, no assoalho, atrás dos quadros) havia apanhados de talos verdes (que logo reconheci como aspargos-de-jardim), como se esperássemos a vinda de Jesus Cristo montado em seu burrinho.

Puxei Lucie para mim (ela continuava a se esconder atrás da porta aberta) e lhe dei um beijo. Usava um vestido de noite preto e sapatos de salto alto, presente que eu lhe dera no dia em que havíamos comprado os vestidos. Estava de pé, parecendo uma sacerdotisa no meio daquele verdor solene.

Fechamos a porta e só então tive a consciência de que estava num quarto banal de alojamento e de que a decoração vegetal recobria apenas quatro camas de ferro, quatro mesinhas de cabeceira arranhadas, uma mesa e três cadeiras. Mas isso não podia de maneira nenhuma diminuir a exaltação que me invadiu desde o momento em que Lucie abriu a porta: depois de um mês, tinham enfim me concedido algumas horas de liberdade; mais ainda: pela primeira vez, depois de um longo ano, eu estava de novo num *cantinho*; o sopro de uma intimidade me cercava com seus eflúvios inebriantes e seu vigor quase me derrubou.

Até então, em todos os passeios com Lucie, o espaço aberto me prendia à caserna e à minha condição nela; com um fio invisível, o ar flutuando à minha volta ligava-me ao portão encimado pela inscrição: "Estamos a serviço do povo". Parecia-me não existir um lugar onde eu pudesse, pelo menos por um momento, parar de "servir ao povo"; fazia um ano não me vira entre as quatro paredes de um quartinho particular.

Subitamente me encontrei numa situação inédita; durante três horas tive a impressão de total liberdade; podia, por exemplo, tirar sem apreensão (contra todos os regulamentos militares) não só o bibico e o cinturão mas também a jaqueta, a calça, a botina, tudo, e poderia até pisá-los, se quisesse, podia fazer qualquer coisa, sem que me observassem de nenhum lugar; além disso, o quarto estava agradavelmente aquecido, e esse calor e essa liberdade me subiam à cabeça. Abracei Lucie e a levei para a cama forrada de folhagens. Esses pequenos ramos sobre a cama (coberta por uma colcha cinzenta horrenda) me perturbaram. Não sabia interpretá-los senão como símbolos nupciais; veio-me a ideia (que me emocionou) de que na candura de Lucie ressoavam inconscientemente os costumes mais ancestrais, de modo que ela resolvera se despedir de sua virgindade com uma liturgia solene.

Demorei um pouco a perceber que Lucie, embora me beijasse e me abraçasse, fazia-o com evidente reserva. Seus lábios, embora ávidos, permaneciam fechados; apertava-se contra mim com todo o corpo, mas quando coloquei a mão por baixo de sua saia para poder sentir a pele de suas pernas sob os dedos, ela se afastou. Compreendi que a espontaneidade a que sonhava me abandonar com ela em vertigem cega permanecia solitária; lembro-me de ter sentido então (não havia nem cinco minutos que estava no quarto de Lucie), em meus olhos, lágrimas de decepção.

Sentamo-nos assim na cama um ao lado do outro (esmagando os pobres raminhos sob nossas nádegas) e começamos a conversar. Depois de um bom tempo (a conversa esmorecia), tentei de novo beijá-la, mas ela resistiu; comecei então a lutar com ela, no entanto logo percebi que aquela não era uma gostosa contenda de amor, mas muito ao contrário uma disputa que serviria apenas para degradar nossa união com alguma coisa de feio, já que Lucie se defendia de verdade, de maneira selvagem, quase com desespero. Só me restava parar.

Tentei persuadi-la com palavras; comecei a falar; disse, sem dúvida, que a amava e que amar significa se dar um ao outro, totalmente; apesar de pobre, a argumentação era irrefutável, tanto que Lucie não parecia absolutamente querer refutá-la. Em vez disso, ficava calada ou implorava: "Não, por favor, não!". Ou então: "Hoje não, hoje não!...", esforçando-se então (com tocante falta de jeito) em desviar a conversa para outro assunto.

Recomecei; será que você é como essas moças que excitam o parceiro para depois zombar dele? Será que você é tão insensível, tão má?... E abracei-a mais uma vez, e mais uma vez se travou uma luta curta e penosa que, áspera e sem um grama de amor, deixou-me mais uma vez com um gosto de feiura.

Parei; de repente achei que compreendia por que Lucie me repelia; como, meu Deus, eu não havia percebido isso antes? Lucie é uma criança, o amor deve assustá-la, ela é virgem, tem medo do desconhecido; na mesma hora decidi abolir do meu comportamento esses modos insistentes que serviam apenas para desencorajá-la, decidi me mostrar doce, delicado, para que o ato de amor não diferisse em nada das nossas ternuras, para que fosse apenas uma dessas ternuras. Portanto, não insisti mais e comecei a acariciá-la. Beijei-a (durante tanto tempo que não senti mais nenhum prazer), acariciei-a (sem sinceridade), procurando deitá-la ao comprido, sem deixar que percebesse minha intenção. Consegui lhe acariciar os seios (quanto a isso Lucie nunca se opusera); sussurrei-lhe ao ouvido que queria ser terno com todo o seu corpo, porque esse corpo era ela, e eu queria ser terno com ela toda; consegui mesmo levantar um pouco a saia dela, assim como beijá-la dez ou vinte centímetros acima do joelho, mas não consegui chegar mais longe; quando ia deslizar a cabeça até seu sexo, Lucie, aterrorizada, desvencilhou-se de mim e pulou da cama. Olhei-a, e vi em seu rosto não sei que esforço convulso, expressão que nunca vira nela antes.

"Lucie, Lucie, é por causa da claridade que você tem vergonha? Quer que eu escureça o quarto?", perguntei, e ela, agarrando-se à minha pergunta como a uma tábua de salvação, concordou: a claridade a constrangia. Fui até a janela para abaixar a veneziana, mas Lucie disse: "Não, isso não! Deixe!". "Por quê?", perguntei. "Tenho medo." "O que é que lhe dá medo, o escuro ou o claro?" Muda, ela se desmanchou em lágrimas.

Longe de ter pena, sua recusa me parecia sem sentido, preconceituosa, uma iniquidade; torturava-me, eu não podia compreender a situação. Perguntei se resistia por ser virgem, se tinha medo da dor física que ia sentir. A cada pergunta desse gênero, ela concordava docilmente, porque via ali um argumento a mais para a recusa. Disse-lhe que era bonito que fosse virgem, e que só comigo iria descobrir tudo, comigo que a amava. "Você não fica contente de ser minha mulher, totalmente?" Ela disse que sim, que se sentia contente com essa ideia. Mais uma vez abracei-a, e mais uma vez ela enrijeceu. Mal pude conter a raiva. "Afinal, o que é que você tem contra mim?" Ela respondeu: "Eu lhe suplico, deixe para a próxima vez, sim? Eu quero, mas não esta noite". "Mas por que não?" "Eu lhe suplico, agora não!" "Quando então? Como se você não soubesse que esta é a última ocasião que temos para ficarmos sozinhos, suas colegas voltam depois de amanhã! Onde, depois disso, poderemos nos encontrar a sós?" "Você vai encontrar um lugar", disse ela. "Está certo", respondi, "vou encontrar uma solução, mas prometa que irá, pois sei que tenho pouca chance de encontrar um lugarzinho tão simpático como o seu quarto." "Não tem nenhuma importância", disse, "nenhuma! Vai ser onde você quiser." "Muito bem, só que você vai me prometer que chegando lá vai ser minha mulher, vai parar de negar." "Está bem", disse ela. "Você jura?" "Juro."

Compreendi que dessa vez só poderia levar uma promessa. Era pouco, mas já era alguma coisa. Superei a decepção e passamos o resto do tempo conversando. Ao sair, sacudi a roupa semeada de talos de aspargos, acariciei o rosto de Lucie, dizendo que não pensaria em outra coisa que não o nosso próximo encontro (e não estava mentindo).

12

Alguns dias depois desse último encontro com Lucie (era um dia chuvoso de outono), nós marchávamos em fila da mina para o quartel, num caminho cheio de elevações que separavam charcos profundos; enlameados, exaustos, ensopados até os ossos, tínhamos fome de descanso. Já fazia um mês que a maioria de nós não tinha tido um só domingo livre. No entanto, mal tínhamos engolido o almoço e o comandantezinho apitou para reunir a tropa e anunciar que constatara diversas faltas durante a inspeção aos quartos. Feito isso, passou o comando para os suboficiais, determinando que prolongassem os exercícios por duas horas a título de punição.

Como não tínhamos armas, nossos exercícios militares eram singularmente absurdos; tinham como único objetivo desvalorizar o tempo da nossa vida. Lembro-me de uma vez, sob o jugo do comandantezinho, em que tivemos de transportar durante uma tarde inteira pesadas tábuas de um lado do quartel para outro, trazê-las de volta no dia seguinte e continuar nisso dez dias seguidos. Tudo o que fazíamos no pátio do quartel depois de voltar da mina se parecia, aliás, com esse deslocamento de tábuas. Naquele dia, entretanto, não eram tábuas mas nossos corpos que deslocávamos daquele modo; fazíamos com que eles marchassem, virassem à esquerda ou à direita, deitassem de barriga, corressem e subissem se arrastando pelo chão pedregoso. Tinham se passado três horas nesses exercícios quando surgiu o comandante; ele deu instruções aos suboficiais para que fôssemos levados para a educação física.

Bem no fundo, atrás das barracas, ficava uma espécie de estádio um tanto pequeno onde podíamos jogar futebol e também executar manobras ou correr. Os suboficiais haviam pensado em organizar uma corrida de revezamento; a companhia tinha nove grupos de dez homens: nove equipes concorrentes já formadas. Naturalmente, os suboficiais pretendiam nos arrasar, mas como, em sua maioria, tinham entre dezoito e vinte anos e as ambições próprias dessa idade, também quiseram participar da corrida, a fim de provar que não éramos melhores do que eles; portanto, formaram uma equipe contra nós, reunindo dez cabos ou soldados de primeira classe.

Foi preciso um certo tempo para nos explicar e nos fazer compreender o plano: os dez primeiros deveriam correr de uma ponta à outra do terreno; na linha de chegada, o grupo seguinte deveria se manter pronto para partir no sentido inverso; este mesmo grupo seria esperado por um terceiro grupo de corredores já preparados para a partida, e assim por diante. Os suboficiais fizeram a contagem dos participantes e nos repartiram nas duas extremidades da pista.

Depois da mina e da sessão de exercício, estávamos mortos de cansaço, e a perspectiva dessa corrida nos deixava loucos de raiva; então sugeri a dois ou três companheiros um pequeno truque: vamos todos correr bem devagar! A ideia, aceita instantaneamente, circulou à boca pequena, e logo uma onda de risos satisfeitos agitava, às escondidas, a massa de soldados exaustos.

Estávamos finalmente, cada um na sua marca, prontos para uma competição cujo objetivo geral era puro absurdo: apesar dos uniformes e das botinas pesadas, devíamos dar a largada em posição ajoelhada; tínhamos que passar o bastão de uma maneira inusitada (já que seu destinatário viria ao nosso encontro), um autêntico bastão de revezamento que apertávamos na mão, assim como autêntica era a pistola de largada com que foi dado o sinal de partida. Enquanto um cabo (primeiro corredor da equipe dos oficiais) já tinha tomado impulso para uma desenfreada corrida, nós por nossa vez nos levantamos (eu estava na primeira fila) para começar nossa corrida em câmara lenta; não tínhamos percorrido nem vinte metros e reprimíamos a grande custo a vontade de rir, pois o cabo já se aproximava da outra extremidade do terreno enquanto o nosso grupo, comicamente enfileirado, ainda próximo da linha de partida, parecia esfalfar-se num esforço excepcional; os rapazes que tinham se reunido nas duas extremidades do percurso nos incentivavam: "Vai, vai, vai!...". No meio do caminho, cruzamos o número dois dos suboficiais, que já alcançava a linha que acabávamos de deixar. Atingimos por fim o objetivo e, ao mesmo tempo que entregávamos o bastão, longe atrás de nós um terceiro suboficial, bastão em punho, já havia deixado a linha de partida.

Lembro-me dessa corrida de revezamento como o último grande desfile dos meus colegas "negros". Sua criatividade era sem limites: Honza corria mancando, todo mundo o encorajava freneticamente, e ele, de fato, chegou ao revezamento (sob uma explosão de vivas) como um herói, dois passos antes dos outros! Matlos, o cigano, levantou-se do chão oito vezes durante a corrida. Cenek levantava os joelhos à altura do queixo (o que decerto devia cansá-lo muito mais do que se levasse seu ritmo ao máximo). Ninguém estragou o jogo: nem o disciplinado e resignado redator de manifestos em favor da paz, Bedrich, que agora, grave e digno, seguia o ritmo lento de todos; nem Josef, o filho de fazendeiros; nem o Petr Pekny, que não gostava de mim; nem o velho Ambroz, que trotava empertigado, os braços cruzados atrás das costas; nem o ruivo Petran, que com sua voz de falsete guinchava alto; nem Varga, o magiar, que arrotava seu "hurra!" correndo na pista; nenhum deles estragou aquela admirável e simples encenação cujo espetáculo nos fazia rolar de rir.

E então percebemos, vindo do lado das barracas, o comandantezinho. Um cabo que o vira avançou a fim de lhe contar tudo. O comandante o ouviu, depois veio nos observar da beira do terreno. Súbito nervosos, os suboficiais (a equipe deles havia muito tempo já chegara ao final) gritavam em nossa direção: "Vamos, rápido! Mexam-se! Coragem!". Mas esses encorajamentos se perdiam no meio de nós. Desnorteados, nossos suboficiais não sabiam o que fazer, perguntavam-se uns aos outros se deviam parar a competição, iam de um lado para o outro combinando o que fazer, espiando de esguelha o comandante, que, sem um olhar na direção deles, limitava-se a observar a corrida com uma expressão glacial.

O último grupo deu a largada; Alexej estava nele; eu aguardava seu comportamento com curiosidade, e não me enganei: ele queria estragar o jogo. De saída, avançou com todo o ímpeto e, depois de uns vinte metros, estava à frente pelo menos uns cinco. Mas aconteceu uma coisa estranha: seu ritmo diminuiu e ele não ampliou a vantagem; compreendi subitamente que Alexej, mesmo se quisesse, não poderia estragar o jogo: era um rapaz fraco, a quem dois dias depois de sua chegada passamos a destinar por bem ou por mal os trabalhos mais leves, porque ele não tinha nem fôlego nem força! Pareceu-me então que sua corrida seria o ponto alto do nosso espetáculo; Alexej se esforçava ao máximo, mas parecia se confundir com a rapaziada que se arrastava cinco passos atrás dele, no mesmo aglomerado; o comandante e os suboficiais deviam estar pensando que a fulgurante partida de Alexej era parte da comédia, tanto quanto o claudicar simulado de Honza, as quedas de Matlos ou o vozerio dos que nos incentivavam. Alexej corria com os punhos cerrados, como todos atrás dele, que fingiam sofrer resfolegando com ostentação. Mas Alexej tinha *realmente* uma dor forte no lado, e era porque tentava dominá-la com o maior esforço que um suor *de verdade* escorria de seu rosto; no meio da pista, teve que reduzir o passo ainda mais e todos os outros o alcançaram sem se apressar; trinta metros antes da chegada, eles o ultrapassaram; quando ele estava apenas a vinte metros, parou de correr, cambaleando no final, uma mão comprimindo seu lado esquerdo.

O comandante ordenou que nos reuníssemos. Queria saber o motivo da nossa lentidão. "Estávamos exaustos, camarada capitão." Mandou que todos os que estivessem cansados levantassem a mão. Levantamos a mão. Olhei bem para Alexej (estava na fila à minha frente); só ele não levantou a mão. Mas o comandante não percebeu. Disse: "Perfeito: todos, portanto". "Não", disse alguém. "Quem não estava cansado?" Alexej respondeu: "Eu!". "Ora, você não?", espantou-se o comandante olhando para ele. "Por que você não estava cansado?" "Porque sou comunista", respondeu Alexej. Com essas palavras, a companhia murmurou uma zombaria surda. "Foi você quem chegou por último?", perguntou o comandante. "Fui", disse Alexej. "E você não estava cansado?", perguntou o comandante. "Não", respondeu Alexej. "Se você não estava cansado, então tentou sabotar a corrida de propósito. Por isso está condenado a quinze dias de prisão, por tentativa de motim. Vocês outros estavam cansados, o que é uma desculpa. Visto que o trabalho de vocês na mina não rende nada, vejo que esse cansaço se deve às folgas. No interesse da saúde de todos, a companhia não terá licenças durante dois meses."

Antes de ser preso, Alexej quis falar comigo. Repreendeu-me por não me comportar como um comunista; com o olhar severo, perguntou-me se eu era ou não a favor do socialismo. Respondi que era a favor do socialismo, mas que ali no quartel dos "negros" era absolutamente indiferente, pois existia uma linha demarcatória diversa daquela do exterior; de um lado os que perderam seu próprio destino e do outro os ladrões desse destino, que dispõem dele a seu bel-prazer. Alexej não me deu razão: segundo ele, o divisor de águas entre o socialismo e a reação passava em todos os lugares; nosso quartel não era, no final das contas, senão um meio de defesa contra os inimigos do socialismo. Perguntei-lhe como achava que o comandantezinho podia defender o socialismo contra os inimigos, mandando ele, Alexej, para a prisão por quinze dias e tratando as pessoas de maneira a transformá-las nos piores inimigos possíveis do socialismo. Alexej admitiu que o comandante não lhe agradava. Mas, quando eu lhe disse que, se o quartel era um meio de defesa contra os inimigos, ele, Alexej, não deveria ter sido mandado para lá, respondeu-me com veemência que se encontrava ali por uma razão justa: "Meu pai foi preso por espionagem. Você tem ideia do que isso significa? Como é que o Partido pode ter confiança em mim? O Partido tem o *dever* de não ter confiança em mim!".

Depois conversei com Honza; queixei-me (pensando em Lucie) dos dois meses sem licença que nos esperavam. "Seu idiota", disse ele. "Vamos sair mais do que antes!"

A alegre sabotagem da corrida de revezamento reforçara entre os meus camaradas o sentido de solidariedade e despertara seu espírito de iniciativa. Honza criou uma espécie de comitê restrito que rapidamente começou a estudar as possibilidades de fuga. Em quarenta e oito horas, tudo estava preparado; um fundo secreto foi constituído tendo em vista um eventual suborno; dois suboficiais responsáveis pelos dormitórios se deixaram comprar; encontramos o lugar mais propício para cortar discretamente o alambrado; era no fim do quartel, onde só havia a enfermaria; cinco míseros metros separavam o alambrado da primeira casinha da aglomeração, onde morava um mineiro que conhecíamos; os companheiros logo entraram em entendimento com ele: ele não fecharia à chave o portão do terreno; o soldado em fuga deveria alcançar o alambrado disfarçadamente; depois, num piscar de olhos, saltá-lo e correr os cinco metros; uma vez cruzado o portão do pátio, estaria salvo: atravessaria a casinha e sairia numa rua do bairro.

O caminho era, portanto, relativamente seguro, contanto que não abusássemos; se um número muito grande de pessoas deixasse o quartel no mesmo dia, a ausência seria facilmente percebida; por isso, o comitê de Honza era obrigado a controlar as saídas.

Mas, antes que chegasse a minha vez, todo o empreendimento de Honza desmoronou. Uma noite, o comandante em pessoa fez uma visita às barracas e notou que faltavam três homens. Imprensou o cabo (chefe do dormitório) que não avisara sobre as ausências, perguntando-lhe, como se tivesse conhecimento de tudo, quanto ele tinha recebido. O cabo, pensando que fora traído, nem tentou negar. O comandante chamou Honza para a acareação e o cabo confessou que tinha sido dele que recebera o dinheiro.

O comandante nos pegara, xeque-mate. Enviou o cabo, Honza e os três soldados que haviam tentado fugir clandestinamente aquela noite para o procurador militar. (Nem pude dizer adeus ao meu melhor amigo, tudo aconteceu muito rápido pela manhã, enquanto estávamos nas minas; só fiquei sabendo bem mais tarde que todos tinham sido condenados, Honza a um ano inteiro de prisão.) Anunciou à companhia reunida que seria proibido sair por um período suplementar de dois meses e, além disso, que seria implantado daí em diante o regime das unidades disciplinares. Solicitou a construção de dois mirantes estratégicos e a instalação de projetores, sem contar a vinda de dois homens com cães policiais para vigiar a caserna.

A intervenção do comandante fora tão fulminante e precisa que o mesmo sentimento nos assaltou a todos: alguém traíra a iniciativa de Honza. Não que se pudesse dizer que a delação florescesse especialmente entre os "negros"; todos nós a desprezávamos, mas sabíamos que, como possibilidade, ela estava sempre presente, já que se apresentava a nós como o meio mais eficaz de melhorar nossa condição, de atingir mais cedo o fim do serviço militar, com um bom atestado garantindo um futuro aceitável. Tínhamos conseguido (a maioria de nós) não cair nessa que é a pior das baixezas, mas não tínhamos conseguido deixar de desconfiar dos outros com facilidade.

Ainda dessa vez, esse tipo de suspeita firmou-se de imediato, logo se transformando em convicção coletiva (embora, evidentemente, a jogada do comandante pudesse ser explicada de outra maneira e não só como resultado de uma denúncia), visando Alexej com uma certeza incondicional. Ele cumpria então seus últimos dias de prisão; no entanto, descia conosco para as minas todos os dias, é claro; assim, todo mundo achava que ele podia muito bem ter ouvido ("com seus ouvidos de tira") algo sobre o empreendimento de Honza.

O infeliz estudante de óculos era massacrado de todos os lados: o chefe de equipe (um dos nossos) destinava-lhe os piores serviços; suas ferramentas desapareciam com regularidade, e ele era obrigado a reembolsar o preço delas com o próprio salário; alusões e insultos não lhe eram poupados, além das mil pequenas maldades que era obrigado a aturar; sobre a divisória de madeira ao pé da qual ficava a sua cama, alguém escreveu com graxa, em grandes letras negras: CUIDADO, CRÁPULA.

Poucos dias depois da partida, sob escolta, de Honza e dos outros quatro condenados, fui, no final da tarde, dar uma olhada no dormitório do nosso grupo; não havia ninguém, a não ser Alexej, curvado, arrumando sua cama. Perguntei por que estava refazendo a cama. Ele me disse que os rapazes a desarrumavam várias vezes por dia. Contei-lhe que todos estavam convencidos de que tinha sido ele que denunciara Honza. Ele protestou, quase chorando; não sabia de nada e jamais serviria de espião. "Por que você diz isso?", perguntei-lhe. "Você se considera um aliado do comandante. Então é lógico que pode ser um espião." "Não sou aliado do comandante! O comandante é um sabotador!", disse com voz entrecortada. Ele me expôs as conclusões a que chegara, a partir das reflexões que fizera na prisão: o Partido criara os contingentes de soldados "negros" para aqueles a quem não podia confiar uma arma, mas que pretendia reeducar. Só que o inimigo de classe não dorme, tenta impedir essa reeducação de qualquer maneira; o que ele pretendia era manter os soldados "negros" num ódio permanente ao comunismo, para que pudessem servir como contingente de reserva para a contrarrevolução. E se o comandantezinho agia com cada um deles de maneira a lhes provocar a cólera, era evidente que isso fazia parte do plano do inimigo! Eu, pelo visto, não tinha nenhuma ideia de todos os cantos onde os inimigos do Partido se enfiavam. O comandante era certamente um agente inimigo. Alexej sabia qual era o seu dever e escrevera um relatório detalhado sobre as manobras do comandante. Caí das nuvens: "O quê? O que foi que você escreveu? Para onde você mandou isso?". Ele me respondeu que enviara ao Partido uma queixa contra o comandante.

Nesse meio-tempo tínhamos saído da barraca. Ele perguntou se eu não tinha medo de aparecer com ele diante dos outros. Disse-lhe que era preciso ser idiota para fazer uma pergunta dessas, e mais idiota ainda para achar que a carta chegaria ao seu destino. Ao que ele respondeu que, como comunista, devia em qualquer circunstância agir de forma a não ter do que se envergonhar. Lembrou-me mais uma vez de que eu também era comunista (mesmo expulso do Partido) e que devia me comportar de maneira diferente de como me comportava: "Nós, comunistas, somos responsáveis por tudo o que se passa aqui". Achei graça daquilo; disse-lhe que a responsabilidade era impensável sem a liberdade. Ele respondeu que se sentia suficientemente livre para agir como um comunista; tinha que provar e provaria que era comunista. Dizendo isso, tinha o queixo trêmulo; quando, hoje em dia, depois de tantos anos, lembro-me desse instante, tenho mais do que nunca consciência de que Alexej tinha pouco mais de vinte anos, que era um rapaz, um garoto, e que seu destino flutuava sobre ele como uma roupa de gigante num corpo pequenino.

Lembro-me de que Cenek, pouco depois da minha conversa com Alexej, perguntou-me por que eu estava conversando com aquele crápula. Alexej é um idiota, respondi, mas não um crápula; e lhe contei o que Alexej me dissera sobre a queixa contra o comandante. Isso não impressionou Cenek: "Idiota, não sei, mas sem dúvida é um crápula. Porque para renegar publicamente o próprio pai tem que ser um crápula". Não compreendi; ele se espantou de que eu não soubesse; o comissário mesmo havia mostrado jornais antigos, de vários meses, onde havia uma declaração de Alexej: renegava o pai, que, segundo ele, traíra e caluniara aquilo que seu filho considerava mais sagrado.

No fim desse dia, do alto de um mirante (construído nos dias anteriores), os projetores iluminaram o quartel pela primeira vez; um guarda e seu cão percorriam o caminho ao longo do alambrado. Uma tristeza enorme se abateu sobre mim: eu estava sem Lucie, sabia que não a veria antes de dois intermináveis meses. Nessa mesma noite escrevi-lhe uma longa carta; disse que não poderia vê-la durante muito tempo, que não podíamos deixar o quartel, e o quanto sentia por ela ter me recusado o que eu desejava, pois tal recordação teria me ajudado a suportar aquelas semanas sombrias.

No dia seguinte a esse em que pus a carta no correio, fazíamos os eternos sentido, ordinário, marche, deitados. Eu executava automaticamente os movimentos prescritos e não via nem o cabo se esgoelando, nem meus companheiros marchando ou se atirando no chão; não via mais o que estava em volta: nos três lados do pátio, as barracas; no quarto lado, um alambrado margeando a estrada. Ao longe, de tempos em tempos transeuntes paravam (mais frequentemente crianças, sozinhas ou com os pais, que lhes explicavam que atrás do alambrado os soldadinhos faziam exercícios). Tudo aquilo se transformava para mim num cenário sem vida, numa tela pintada (tudo o que estava além dos fios de arame era apenas uma tela pintada); assim, eu não teria olhado naquela direção se alguém não tivesse dito: "Está sonhando, boneca?". Só então a vi. Era Lucie. Estava de pé, encostada na cerca, com seu velho casaquinho marrom surrado (por que eu me esquecera, no dia das compras, de que depois do verão chegaria o frio?) e com seus elegantes sapatos pretos de salto alto (presente meu). Ela nos observava, imóvel. Com crescente interesse, os soldados comentavam seu ar estranhamente calmo e punham nesses comentários todo o desespero sexual de homens mantidos num celibato forçado. Até o suboficial acabou percebendo a agitação distraída dos soldados e, rapidamente, a razão dela; enraiveceu-se com a própria impotência: não podia proibir a moça de ficar ali; para além dos fios de arame estendia-se uma área de liberdade relativa que escapava à sua alçada. Tendo portanto recomendado aos rapazes que guardassem para si os comentários, aumentou o tom das ordens e o ritmo dos exercícios.

Num determinado momento Lucie se deslocava alguns passos, em outro saía inteiramente do meu campo de visão, mas voltava por fim ao lugar de onde podíamos nos ver. Logo depois a sessão de ordem-unida terminou, mas não tive tempo de me aproximar de Lucie, pois tive que me dirigir voando à aula de educação política; escutamos frases sobre o tema da paz e sobre os imperialistas, e só ao fim de uma hora pude escapar (já ao anoitecer) para ver se Lucie ainda estava perto do alambrado; estava lá; corri para ela.

Disse-me para não lhe guardar rancor, ela me amava, lamentava saber que eu estava triste por sua causa. Eu lhe disse que não sabia quando teria a possibilidade de ir vê-la. Ela disse que isso não tinha importância, que voltaria ali muitas vezes. (Alguns rapazes passavam atrás de mim e gritavam obscenidades.) Perguntei se as grosserias dos soldados não a incomodavam. Ela me garantiu que não tinha importância, pois me amava. Entregou-me uma rosa por entre os fios de arame (a corneta soou; era o toque de reunir); nós nos beijamos por entre uma malha do alambrado.

13

Quase todos os dias Lucie vinha até o alambrado do quartel; nessa época eu ficava na mina na parte da manhã e à tarde no quartel; todos os dias eu recebia um pequeno buquê (o sargento jogou todos no chão durante uma revista que fez nas mochilas) e trocava com Lucie umas poucas frases

(frases estereotipadas, porque na realidade não tínhamos nada a nos dizer; não trocávamos ideias ou novidades, confirmávamos apenas uma só verdade muitas vezes repetida); ao mesmo tempo, escrevia-lhe quase todos os dias; esta foi a fase mais intensa do nosso amor. Os projetores do mirante, o curto latido dos cães ao anoitecer, o fedelho que reinava sobre tudo isso ocupavam um espaço mínimo do meu pensamento, todo dirigido para a vinda de Lucie.

Na realidade eu me sentia muito feliz nessa caserna vigiada por cães ou no fundo das minas, onde me apoiava ao martelete trepidante. Sentia-me feliz e orgulhoso porque, com Lucie, era dono de uma riqueza que nenhum dos meus companheiros, nem mesmo os oficiais, possuía: eu era amado, eu era amado diante de todos, ostensivamente. Ainda que Lucie não encarnasse o ideal feminino dos meus companheiros, ainda que sua ternura se manifestasse — segundo eles — de uma maneira um tanto estranha, era, apesar de tudo, o amor de uma mulher, e isso despertava espanto, nostalgia e inveja.

Quanto mais se prolongava nossa clausura longe do mundo e das mulheres, mais as mulheres apareciam em nossas conversas com riqueza de detalhes. Recordávamos as pintas do rosto, desenhávamos (a lápis no papel, com a picareta na argila, com o dedo na areia) os contornos de seus seios e de suas nádegas; discutíamos para saber qual das ancas ausentes tinha o melhor contorno; repetíamos com exatidão as palavras e os gemidos que acompanhavam as cópulas; tudo isso era discutido muitas e muitas vezes, sempre com novos detalhes. Eu também era interrogado, e meus companheiros ficavam ainda mais curiosos porque a jovem de quem eu falava aparecia todos os dias e, assim, eles podiam ligar sua aparência concreta à minha história. Eu não podia decepcionar meus companheiros, tinha que contar histórias; assim, falei sobre a nudez de Lucie, que eu nunca vira, de nossas noites de amor, que eu jamais vivera, e de repente foi se compondo diante de mim um quadro minucioso e preciso de sua tranquila paixão.

Como tinha sido a primeira vez em que nos amáramos?

Tinha sido na casa dela, em seu quarto; ela se despira diante de mim, dócil, devotada, contra a vontade, porque era uma moça do interior, e eu o primeiro homem a vê-la nua. Isso me deixava louco de excitação, esse devotamento misturado com pudor; quando me aproximei, ela se encolheu, as mãos cobrindo o púbis...

Por que ela estava sempre com aqueles sapatos pretos de salto alto?

Eu os comprara de propósito, pensando em fazê-la evoluir diante de mim, completamente nua, só com aqueles sapatos; ela tinha vergonha, mas fazia tudo o que eu queria; eu ficava vestido o máximo de tempo possível, e ela passeando nua com aqueles sapatinhos (isso me dava um prazer incrível, que ela estivesse nua e eu vestido!); nua, ela ia apanhar vinho no armário, e, nua, vinha encher meu copo...

Assim, quando Lucie chegava junto ao alambrado, não era só eu que a olhava, mas junto comigo uma dúzia de companheiros que sabiam exatamente como Lucie amava, o que dizia amando ou como suspirava, e cada vez constatavam com ares entendidos que ela estava novamente calçada com os sapatos pretos, e a imaginavam nua, passeando de um lado para o outro no pequeno quarto com aquelas pernas compridas e magras.

Cada um dos meus companheiros podia se lembrar de uma mulher e assim reparti-la com os demais, mas só eu havia podido oferecer a *visão* dessa mulher; só a minha era verdadeira, viva e presente. A solidariedade que me levara a pintar a nudez e o comportamento erótico de Lucie teve como efeito a concretização do meu desejo até o paroxismo da dor. Os comentários chulos dos companheiros sobre as vindas de Lucie não me indignavam: a maneira que eles tinham de possuir Lucie não podia tirá-la de mim (o alambrado e os cachorros a protegiam de todos, de mim inclusive); ao contrário, todos a ofereciam a mim: todos *preparavam* para mim uma imagem perturbadora dela, todos a modelavam junto comigo e a dotavam de uma sedução ilimitada; eu me entregara aos meus companheiros e, juntos, nós nos entregamos ao desejo de Lucie. Quando depois disso ia encontrá-la perto do alambrado, sentia arrepios; não podia falar, tamanho era o desejo que sentia por ela; não compreendia como tinha conseguido vê-la durante seis meses, tímido estudante, sem discernir nela a mulher; teria sacrificado tudo por um coito com ela.

Não quero dizer com isso que meu afeto tivesse embrutecido ou que tivesse diminuído em ternura. Diria que sentia então — a única vez em minha vida — *o desejo total de uma mulher*, em que todo o meu ser estava engajado: corpo e alma, concupiscência e ternura, tristeza e um furioso gosto de viver, uma fome violenta de vulgaridade e reconforto, sede de um segundo de prazer e também de uma posse eterna. Estava inteiramente envolvido, tenso, concentrado, e me lembro desses momentos como de um paraíso perdido (estranho paraíso guardado por cães e sentinelas).

Estava disposto a qualquer coisa, desde que pudesse encontrar Lucie fora do quartel; ela me dera sua palavra de que da próxima vez "não se defenderia mais" e iria até onde eu quisesse. Muitas vezes me repetira essa promessa por entre os fios de arame. Portanto, bastava ousar uma ação perigosa.

A coisa foi amadurecendo na minha cabeça. O essencial do plano de Honza continuava desconhecido do comandante. O alambrado do quartel continuava secretamente frouxo e o acordo feito com o mineiro que morava ao lado do quartel continuava de pé. A guarda era, sem dúvida, tão completa agora que era impossível fugir em pleno dia. De noite, os guardas e seus cães rondavam os arredores, os projetores eram acesos, mas, no fundo, tudo isso funcionava mais para o prazer do comandante do que em razão das nossas fugas, que haviam se tornado improváveis; ser apanhado significaria o tribunal militar e seria um risco grande demais. Por isso, justamente, eu dizia comigo mesmo que tinha uma pequena chance.

Tive portanto que descobrir para nós um esconderijo não muito distante do quartel. A maioria dos mineiros que morava na vizinhança descia na mesma gaiola que nós, de maneira que logo me entendi com um deles (um viúvo de cinquenta anos), que concordou (mediante trezentas coroas da época) em me emprestar sua moradia. Era uma casinha cinzenta de um andar, que se enxergava do quartel; mostrei para Lucie pelo alambrado, explicando-lhe meu projeto; ela não se alegrou com isso, tentou me dissuadir de correr um risco por causa dela e só acabou aceitando porque não sabia dizer não.

O dia combinado chegou. Começou de maneira muito estranha. Mal tínhamos chegado da mina, o comandantezinho nos reuniu para que escutássemos um de seus discursos. Em geral, ele agitava os espantalhos da guerra iminente e da crueldade com que os reacionários seriam atingidos (no seu pensamento, nós em primeiro lugar). Dessa vez, acrescentara ideias novas: o inimigo da classe se infiltrara no Partido Comunista, mas os espiões e os traidores que se cuidassem: os inimigos camuflados seriam tratados com muito mais severidade do que aqueles que não escondiam suas opiniões, pois o inimigo disfarçado é um cão sarnento. "E nós temos um aqui mesmo", disse o comandantezinho, e fez sair da fila o pirralho do Alexej. Depois tirou do bolso uma papelada que lhe esfregou no nariz: "Essa carta aqui, sabe o que é?". "Sei", respondeu Alexej. "Você é um cão sarnento; além do mais, um espião e um tira. Só que os latidos de um cachorro não chegam ao céu!" E, na frente dele, rasgou a carta. "Tenho outra carta para você", disse em seguida, estendendo a Alexej um envelope aberto. "Leia em voz alta!" Alexej tirou um papel do envelope, percorreu-o com o olhar e não disse nada. "Leia, vamos!", repetiu o comandante. Alexej continuou calado. "Não quer?", perguntou o comandante, e, diante do mutismo de Alexej, ordenou: "Deitado!". Alexej estendeu-se na lama. O comandantezinho se demorou olhando-o de cima, e todos nós sabíamos que só o que poderia acontecer agora seria: de pé! deitado! de pé! deitado!, e que Alexej teria que levantar, deitar, levantar, deitar. O comandante, no entanto, não prosseguiu com essas ordens, afastou-se de Alexej e percorreu lentamente a primeira fileira de homens; com os olhos, verificou o equipamento, chegou ao fim da fileira (isso levou vários minutos), girou nos calcanhares e, sem pressa, voltou para perto do soldado estendido de barriga na lama: "Agora, leia", disse-lhe. Alexej levantou o queixo sujo de lama, estendeu a mão direita, com a qual segurara a carta todo esse tempo, e, ainda deitado, leu: "Informamos que na data de 15 de setembro de 1951 você foi expulso do Partido Comunista da Tchecoslováquia. Pelo Comitê Regional...". O comandante deu a Alexej a ordem de retomar seu lugar na fileira, passou o comando a um oficial e nos fez continuar o exercício.

Depois da ordem-unida, houve instrução política e por volta das seis e meia (já era noite) Lucie esperava perto do alambrado; fui na sua direção, ela inclinou a cabeça, sinal de que estava tudo bem, e partiu. Veio depois a sopa da noite e o apagar das luzes, e nós fomos nos deitar; na cama, esperei que o cabo que chefiava o dormitório adormecesse. Enfiei então a botina e, tal como estava, com uma comprida ceroula branca e camisão de dormir, saí do dormitório. Transposto o corredor, estava no pátio; fazia frio. A abertura no alambrado tinha sido feita no fundo do quartel, atrás da enfermaria, o que era ótimo, pois caso encontrasse alguém eu poderia fingir que estava me sentindo mal e procurava um médico. No entanto, não encontrei ninguém; contornei a parede dos banheiros deslizando na sombra; um projetor iluminava preguiçosamente o mesmo lugar (o guarda do mirante visivelmente não levava seu trabalho a sério), e a parte do pátio que eu tinha que atravessar estava mergulhada na escuridão; eu só tinha uma preocupação: não topar com o guarda que durante toda a noite fazia a ronda com seu cachorro ao longo do alambrado; tudo estava quieto (silêncio perigoso que complicava minha espreita); fiquei lá por uns bons dez minutos, até que ouvi um latido; vinha do outro lado do quartel. Saindo do abrigo da parede, corri para o lugar onde, depois da intervenção de Honza, o alambrado tinha sido solto junto ao chão. De barriga, escorreguei por baixo dele; agora não podia mais hesitar; mais alguns passos e alcancei a cerca de madeira da casa do mineiro; estava tudo em ordem: a porta não estava fechada à chave, entrei no pequeno quintal da casa, cuja janela (com a cortina de enrolar abaixada) filtrava a luz do interior. Bati no vidro e segundos depois um gigante apareceu na entrada, convidando-me ruidosamente a segui-lo. (Essas demonstrações barulhentas me fizeram quase suar, pois não podia esquecer que estava perto do quartel.)

A porta se abriu direto para uma sala; fiquei em pé na soleira, um pouco idiotizado: no interior, muito à vontade ao redor de uma mesa (sobre a qual havia uma garrafa sem rolha), estavam sentados cinco sujeitos; eles me viram e começaram a rir do meu traje ridículo; disseram que eu devia estar morrendo de frio com aquele camisão de dormir e encheram um copo para mim; provei: era álcool de 90° diluído com um pouco d'água; eles me encorajaram e bebi de um só trago; tossi, o que mais uma vez os fez rir fraternalmente, e eles me ofereceram uma cadeira; interessaram-se em saber como eu conseguira "atravessar a fronteira", e novamente olharam para a minha vestimenta de palhaço e caíram na gargalhada, chamando-me de "ceroula fugitiva". Todos esses mineiros, entre trinta e quarenta anos, deviam ter aquele lugar como ponto de encontro; bebiam mas não estavam bêbados; depois da minha surpresa inicial, o ambiente descontraído me livrou da angústia. Não recusei outro copo daquele líquido forte e sufocante. Nesse meio-tempo, o mineiro foi até o quarto ao lado e voltou com um terno escuro na mão. "Será que vai servir?", perguntou.

Vi que o mineiro era uns dez centímetros mais alto que eu e muito mais gordo, mas respondi: "Vai ter que servir". Vesti a calça sobre a ceroula do uniforme, mas tive que segurá-la com a mão, senão cairia. "Ninguém tem um cinto?", perguntou o sujeito que me dera o terno. Ninguém tinha. "Ao menos um barbante", disse eu. Acharam um e graças a ele a calça ficou mais ou menos no lugar. Enfiei o paletó e os sujeitos decidiram (não sei bem por quê) que eu parecia o Charlie Chaplin, só me faltando o chapéu-coco e a bengala. Para agradá-los, juntei os calcanhares e virei para fora a ponta dos pés. Sobre a enorme gáspea das botinas, a calça caía como um acordeom; os sujeitos riam, jurando que naquela noite qualquer mulher se poria de quatro por mim. Fizeram-me beber um terceiro copo e me acompanharam até a calçada. O homem me garantiu que podia bater na sua janela a hora que quisesse voltar para trocar de roupa.

Saí na rua mal iluminada. Levei quase um quarto de hora para fazer um vasto círculo em torno da instalação militar antes de chegar à rua onde deveria me encontrar com Lucie. No caminho, fui obrigado de qualquer modo a passar diante do portão iluminado do quartel; uma pequena pontada de angústia revelou-se de todo supérflua: o disfarce civil me protegeu perfeitamente, e a sentinela me viu sem me reconhecer; cheguei são e salvo. Abri a porta da casa (iluminada por um poste solitário) e segui em frente de memória (guiando-me apenas pela descrição do mineiro): a escada à esquerda, primeiro andar, a porta em frente. Bati. A chave girou na fechadura e Lucie abriu a porta.

Beijei-a (ela me esperava ali havia seis horas, tendo vindo logo depois da saída do mineiro, que era do turno da noite); perguntou-me se tinha bebido; respondi que sim e lhe contei como tinha vindo. Ela disse que tremera aquele tempo todo, com medo de que me acontecesse alguma coisa. (Então eu me dei conta de que ela realmente tremia.) Contei-lhe com que imensa alegria vinha encontrá-la; nos meus braços sentia seus repetidos estremecimentos. "O que é que você tem?", perguntei, preocupado. "Nada", ela disse. "Mas por que está tremendo?" "Tive medo por você", respondeu e soltou-se com suavidade.

Dei uma olhada ao redor. O quarto era minúsculo, mobiliado com austeridade: mesa, cadeira, cama (estava feita, os lençóis não muito limpos), uma imagem de santo acima dela; na parede oposta, um armário cheio de potes de geleia (única coisa um pouco doce nesse quarto) e por cima de tudo isso, solitária no teto, uma lâmpada sem luminária, fazendo arder nossos olhos desagradavelmente e clareando com brutalidade toda a minha pessoa, cujo ar sinistramente cômico me incomodou na mesma hora: o paletó gigantesco, a calça amarrada por um barbante, o bico escuro da botina; para completar, minha cabeça, raspada havia pouco, sob a luz da lâmpada devia brilhar como uma lua pálida.

"Pelo amor de Deus, Lucie, me perdoe por estar assim!", implorei, explicando-lhe mais uma vez a necessidade do disfarce. Lucie me garantiu que não tinha importância, mas eu, movido pela espontaneidade provocada pelo álcool, declarei que era impossível continuar assim diante dela e tirei depressa o paletó e a calça; mas, por baixo, havia o camisão de dormir e a atroz ceroula da intendência (até o tornozelo), duas peças dez mil vezes mais cômicas que a roupa que as escondia um minuto antes. Girei o interruptor para apagar a luz, mas nenhuma escuridão veio me salvar, porque da rua até ali brilhava a luz do poste. Como a vergonha do ridículo suplantara a da nudez, desvencilhei-me do camisão e da ceroula e fiquei nu, de pé, diante de Lucie. Abracei-a. (Mais uma vez senti que ela tremia.) Disse-lhe que tirasse a roupa, que se desfizesse de tudo o que nos separava. Acariciei todo o seu corpo e lhe repeti várias vezes meu pedido, mas Lucie me disse que esperasse um pouco, que ela não podia, que não podia imediatamente, que não podia tão depressa.

Tomei-lhe a mão e nos sentamos na cama. Aninhei minha cabeça na sua barriga e fiquei imóvel por um momento; de repente enxerguei todo o absurdo da minha nudez (fracamente iluminada pela luz suja do poste); veio-me a impressão de que tudo acontecia do modo inverso ao que tinha sonhado: não havia uma moça nua junto a um homem vestido, mas um homem nu se encontrava aninhado na barriga de uma mulher vestida; eu tinha a impressão de ser Jesus tirado da cruz, nas mãos de Maria compadecida, e essa ideia logo me assustou, pois não tinha ido ali procurar a compaixão, mas uma coisa bem diferente — e mais uma vez comecei a beijar Lucie no rosto e no vestido, que tentei desabotoar discretamente.

Mas fracassei; Lucie se desvencilhou: perdi o ímpeto inicial, a impaciência confiante, esgotara-se minha reserva de palavras e carícias. Estendido, inerte, nu, eu continuava na cama. Lucie estava sentada atrás de mim e acariciava meu rosto com suas mãos rugosas. E durante esse tempo, pouco a pouco, amargura e cólera se destilaram em mim: em pensamento, lembrava a Lucie todos os riscos que tivera que correr a fim de encontrá-la naquele dia; lembrava-lhe (em pensamento) todas as punições que a excursão daquela noite podia me valer. Mas eram apenas reclamações superficiais (por isso — pelo menos em pensamento — podia confessá-las a Lucie). A verdadeira causa da minha indignação era infinitamente mais profunda (teria corado ao confessá-la): minha miséria me lancinava, desoladora miséria da minha juventude frustrada, miséria das longas semanas insatisfeitas, humilhação infinita do desejo não saciado; lembrava a vã conquista de Marketa, a vulgaridade da loura da máquina agrícola e mais uma vez a conquista inútil de Lucie. Tinha vontade de gritar minha queixa: por que em tudo era preciso que eu fosse adulto, como adulto julgado, expulso, declarado trotskista, como adulto mandado para as minas, enquanto no amor não tinha o direito de ser adulto e era obrigado a beber toda a vergonha da imaturidade? Detestava Lucie, mais ainda porque sabia de seu amor por mim, o que tornava sua resistência aberrante e incompreensível e me enfurecia ainda mais. Assim, depois de uma meia hora de mutismo obstinado, retomei o ataque.

Atirei-me sobre ela; usando toda a força, consegui levantar sua saia, rasgar seu sutiã, segurar seu seio nu, mas Lucie me opunha uma resistência cada vez mais veemente e (sob o domínio de uma violência tão cega quanto a minha) se livrou, pulou da cama, plantando-se contra o armário.

"Por que você está se defendendo?", gritei. Incapaz de uma resposta, ela gaguejou que eu não devia me aborrecer nem ter raiva dela, mas não disse nada de esclarecedor, nada de lógico. "Por que está se defendendo? Não sabe como gosto de você? Você é louca!", insultei. "Está bem, então me mande embora", disse, colada no armário. "É, vou mandar você embora, porque você não me ama, porque está zombando de mim." Gritei-lhe meu ultimato: ou ela seria minha, ou então não queria mais vê-la, nunca mais.

E fui outra vez em direção a ela e a beijei. Dessa vez ela não se defendeu, mas ficou nos meus braços sem nenhuma força, como se estivesse morta. "O que você acha que é com essa sua virgindade? Por que quer protegê-la?" Ela se manteve calada. "Por que você não fala?" "Você não me ama", disse ela. "Eu não amo você?" "Não! Pensei que me amasse..." E caiu em prantos.

Ajoelhei-me diante dela; beijei suas pernas, implorei. Ela repetia, soluçando, que eu não a amava.

De repente, a fúria tomou conta de mim. Uma espécie de força sobrenatural parecia atravessar o meu caminho, tirando-me continuamente das mãos as coisas pelas quais eu queria viver, aquilo que eu desejava, que me pertencia; essa força me parecia a mesma que tinha me roubado o Partido, os camaradas, a faculdade; a mesma que me tirava sempre tudo, pelo sim, pelo não, e sem nenhuma razão. Compreendi que essa força sobrenatural colocava Lucie contra mim e detestei Lucie por ter se tornado seu instrumento; bati no rosto dela — pensando em atingir, não Lucie, mas aquela força hostil; berrei que a detestava, que não queria mais vê-la, nunca mais na minha vida.

Atirei-lhe o casaco marrom (abandonado na cadeira) e gritei-lhe que partisse.

Ela vestiu o casaco e saiu.

Em seguida atirei-me na cama e senti um vazio na alma, e estive a ponto de chamá-la de volta porque já sentia sua falta no instante em que a expulsava, porque, eu sabia, era mil vezes melhor uma Lucie vestida e rebelde do que ficar sem Lucie.

Sabia disso e no entanto não fiz um movimento para fazê-la voltar.

Fiquei muito tempo nu na cama daquele quarto emprestado, pois, no estado em que me achava, não podia pensar em encontrar pessoas, reaparecer na casa em frente ao quartel, brincar com os mineiros e responder ao seu interrogatório maldoso.

Apesar disso (muito tarde da noite), acabei me vestindo e fui embora. Na calçada em frente, o poste de luz continuava iluminando a casa de onde eu saíra. Dei a volta no quartel, bati na janela (agora apagada), esperei três minutos, tirei a roupa na presença do mineiro, que bocejava, respondi vagamente quando ele perguntou sobre minha sorte, e (mais uma vez de camisão e ceroula) dirigi-me para o quartel. Tonto de desespero, tudo me era indiferente. Não prestava atenção para ver de que lado ficava o guarda com o cão pastor, nem tampouco na luz do projetor. Enfiei-me sob o alambrado, avancei tranquilamente para minha barraca. Percorria justamente junto à parede da enfermaria quando ouvi: "Pare!". Parei. Uma lanterna me clareou. "O que você está fazendo aí?"

"Estou vomitando, camarada sargento", expliquei, apoiando uma das mãos no muro.

"Continue! Continue!", replicou o sargento, e retornou à ronda com o seu animal.

14

Sem mais problemas (o cabo dormia profundamente), cheguei à minha cama; entretanto, não pude fechar os olhos, e fiquei aliviado quando a voz áspera do oficial da semana (arrotando: "Vocês aí dentro, de pé!") pôs fim àquela noite horrível. Enfiei o sapato e corri para o banheiro a fim de lavar o rosto com água fria. Na volta, percebi em torno da cama de Alexej um aglomerado de companheiros vestidos pela metade e rindo sem fazer ruído. Compreendi: Alexej (deitado de bruços sobre a colcha, a cabeça enfiada no travesseiro) dormia, imóvel. Isso logo me lembrou Franta Petrasek, que, uma manhã, furioso com seu chefe de seção, fingiu um sono tão profundo que três superiores tentaram sacudi-lo, um de cada vez, sem resultado: foi preciso, em desespero de causa, levá-lo com cama e tudo para o pátio, onde ele só despertou, esfregando os olhos preguiçosamente, quando apontaram para ele uma mangueira de incêndio. Não se podia, porém, suspeitar Alexej de rebelião, e seu sono profundo não tinha outra origem senão uma constituição frágil. Um cabo (chefe do nosso dormitório) veio do corredor carregando uma enorme panela cheia de água; atrás dele vinham vários dos nossos que, aparentemente, tinham lhe soprado esse antigo truque estúpido da água, tão conveniente aos cérebros dos suboficiais de todas as épocas.

Essa tocante conivência dos homens com o cabo (habitualmente menosprezado) irritou-me; fiquei indignado de ver todas as antigas diferenças entre eles apagadas de repente pelo ódio comum a Alexej. Todos, é evidente, haviam interpretado de acordo com suas próprias suspeitas as palavras do comandante falando na véspera sobre um Alexej traidor, e sentiram bruscamente uma onda ardente de aprovação à crueldade do suboficial. Um ódio cego me subiu à cabeça, ódio de todos à minha volta, por aquela rapidez em acreditar na primeira acusação, por sua crueldade sempre disponível — passei à frente do cabo e de sua turma. Na beirada da cama, disse em voz alta: "Levante-se, Alexej, não se faça de idiota!". Nesse momento, pelas costas, alguém me torceu o punho, obrigando-me a ajoelhar. Virei a cabeça e vi Petr Pekny. "Então, seu bolchevique, quer atrapalhar a festa?", sibilou. Livrei-me com um sacolejão e dei-lhe uma bofetada. Íamos começar uma briga mas os outros se apressaram em nos acalmar, com medo de que Alexej acordasse antes do tempo. Além disso, o cabo esperava com a panela de água. Postando-se ao lado de Alexej, gritou: "De pé!", e derrubou sobre ele uns bons dez litros de água.

Uma coisa estranha aconteceu: Alexej continuou deitado como antes. Alexej não mexeu um dedo. Estupefato por uns segundos, o cabo gritou: "Soldado! De pé!".

Mas o soldado não se mexeu. O cabo se debruçou e o

sacudiu (a colcha estava encharcada, a cama e o lençol também, pingavam gotas no chão). Conseguiu virar o corpo de Alexej e vimos seu rosto: cavo, pálido, imóvel.

O cabo gritou: "O médico!". Ninguém se mexeu, todos olhavam Alexej com seu camisão encharcado, e o cabo gritou outra vez: "O médico!", e designou um soldado que partiu imediatamente.

(Alexej estava deitado sem se mover, menor, mais raquítico do que nunca, mais jovem do que antes, como uma criança, só que tinha os lábios fechados numa linha estreita, o que as crianças não fazem; gotas caíam debaixo dele. Alguém disse: "Está chovendo...".)

O médico veio, tomou o pulso de Alexej e disse: "Bom...". Em seguida levantou a coberta molhada: nós o vimos em todo o seu (pequeno) comprimento, com sua ceroula branca comprida e úmida, a planta dos pobres pés descalços virada para cima. O médico olhou ao redor e apanhou dois tubos em cima da mesinha de cabeceira; examinou-os (estavam vazios) e disse: "O suficiente para liquidar duas pessoas". Depois pegou o lençol da cama ao lado e o estendeu sobre Alexej.

Tudo isso nos atrasou; tivemos que tomar café correndo e quarenta e cinco minutos mais tarde estávamos nas galerias. Depois veio o fim do trabalho, houve nova sessão de exercícios, educação política, canto obrigatório, trabalhos de limpeza; na hora de dormir comecei a pensar que Stana não estava mais lá, que Honza, meu melhor amigo, não estava mais lá (nunca mais o revi, tudo o que me contaram foi que, tendo terminado seu tempo de serviço, entrou na Áustria clandestinamente) e que Alexej também não estava mais lá; assumira seu louco papel cega e corajosamente, não foi sua culpa se de repente não pôde mais desempenhá-lo, se não soube mais *permanecer nas fileiras*, com sua *máscara de canalha*, se lhe faltaram forças; não era meu amigo, por causa da intensidade de sua fé era um estranho para mim, mas seu destino o tornava o mais próximo a mim; parecia-me que ocultara na sua morte uma censura a mim, como se quisesse me fazer compreender que, a partir do momento em que o Partido expulsa um homem, esse homem não tem mais razões para viver. De súbito me senti culpado por não ter gostado dele, pois agora estava morto, inapelavelmente morto, e eu nunca fizera nada por ele, mesmo sendo o único ali que podia ter feito.

Mas eu não perdera apenas Alexej e a ocasião única de salvar um homem; considerando as coisas com a distância de hoje, foi também nesse momento que perdi o caloroso sentimento de solidariedade por meus companheiros "negros" e, portanto, a última oportunidade de ressuscitar minha confiança nas pessoas. Passei a duvidar do valor da nossa solidariedade, fruto apenas da força das circunstâncias e do instinto de conservação que nos aglutinava num rebanho compacto. Comecei a achar que nossa coletividade de "negros" era capaz de perseguir um homem (mandá-lo para o exílio e para a morte) exatamente como a coletividade daquela sala do passado, e talvez como todas as coletividades.

Nesses tempos eu me sentia como que atravessado por um deserto: eu era um deserto dentro de um deserto e tinha vontade de chamar Lucie. De repente não podia compreender por que tinha desejado seu corpo com tanta loucura; parecia-me agora que talvez ela não fosse uma mulher de carne, mas uma coluna transparente de calor que atravessava o império do frio infinito, coluna transparente que se distanciava de mim, enxotada por mim mesmo.

Então veio um outro dia e, durante os exercícios no pátio, meus olhos não largaram o alambrado; esperava sua vinda. Mas durante todo esse tempo só apareceu uma velha, que parou e nos mostrou ao seu pirralho sujo. À noite lhe escrevi uma carta, longa e lânguida; implorava a Lucie que voltasse, tinha que vê-la, não lhe pedia mais nada, a não ser que existisse e que eu pudesse vê-la e saber que estava comigo, que estava...

Como que por zombaria, o tempo esquentou, o céu estava azul, era um mês de outubro maravilhoso. As árvores estavam coloridas e a natureza (a pobre natureza de Ostrava) festejava sua despedida do outono num êxtase desenfreado. Vi nisso um deboche porque minhas cartas desoladas ficaram sem resposta e junto ao alambrado só paravam (sob um sol provocante) pessoas terrivelmente estranhas. Uns quinze dias mais tarde o correio devolveu uma de minhas cartas; no envelope, o endereço estava riscado, e a lápis escreveram: Mudou-se sem deixar endereço.

Fui invadido pelo medo. Mil vezes depois do meu último encontro com Lucie lembrei-me de tudo o que havíamos dito um ao outro naquele dia, cem vezes me amaldiçoei e cem vezes me justifiquei diante de mim mesmo, cem vezes acreditei tê-la repudiado para sempre e cem vezes me assegurei de que, apesar de tudo, Lucie saberia me compreender e me perdoaria. Mas aquele rabisco a lápis do carteiro foi como um veredicto.

Presa de uma agitação que eu não conseguia controlar, no dia seguinte cometi nova loucura. Digo loucura, mas na realidade não chegou a ser mais perigosa do que minha última fuga do quartel, só me dei conta da insensatez dessa proeza retrospectivamente, e mais por seu insucesso do que por seus riscos. Sabia que, antes de mim, Honza já fizera aquilo mais de uma vez durante o verão, quando estava saindo com uma búlgara cujo marido trabalhava fora de manhã. Imitei seu método: apresentei-me junto com os outros para a equipe da manhã, retirei minha senha, minha lanterna, sujei o rosto com pó e desapareci discretamente; corri para a casa de Lucie e interroguei a zeladora. Soube que a moça partira já uns quinze dias antes com uma pequena valise onde tinha colocado tudo o que possuía; ninguém sabia para onde tinha ido, ela não tinha dito nada a ninguém. Tive medo: e se alguma coisa tivesse lhe acontecido? A zeladora me olhou e fez um gesto de descaso: "Que nada! Essas garotas chegam aos bandos e fazem sempre isso. Chegam e vão embora sem nunca dizer nada a ninguém".

Fui me informar até na fábrica onde ela trabalhava, no departamento pessoal, mas não consegui saber mais nada. Em seguida perambulei por Ostrava e voltei à mina um pouco antes do fim do trabalho, com a intenção de me juntar aos companheiros na hora em que subissem das galerias; só que devo ter esquecido alguma coisa do plano engendrado por Honza para esse gênero de passeios; fui apanhado. Duas semanas mais tarde compareci ao tribunal militar e fui condenado a dez meses de prisão por deserção.

Sim, foi ali, no momento em que perdi Lucie, que começou toda essa longa etapa de desespero e vazio que me voltou à memória quando contemplei a lamacenta paisagem suburbana da minha cidade natal, onde eu chegava para uma breve estada. Sim, foi só nesse momento que começou: durante os dez meses que passei atrás das grades, minha mãe morreu e eu nem pude ir ao enterro. Depois voltei a Ostrava, para junto dos "negros", e cumpri mais um ano de serviço. Nessa época assinei o compromisso de trabalhar três anos nas minas quando acabasse o serviço militar, porque tinha corrido o boato de que quem não fizesse isso ficaria no quartel por mais alguns anos ainda. Portanto, fiquei nas galerias ainda três anos como civil.

Não gosto de pensar nisso, não gosto de falar nisso e, diga-se de passagem, não gosto quando hoje em dia pessoas que, como eu, foram rejeitadas pelo movimento em que acreditavam se gabam de seu destino. Sim, é verdade, eu também glorifiquei meu destino de banido, mas era orgulho falso. Com o tempo, tive que lembrar a mim mesmo, sem indulgência, que eu não tinha ido para o meio dos "negros" por ter sido corajoso, por ter lutado, por ter feito com que minhas ideias entrassem em luta com outras ideias; não, minha queda não foi precedida por nenhum drama real, fui mais objeto do que sujeito da minha história, não tenho (não dando nenhum valor ao sofrimento, à angústia, à derrota) a menor razão de me sentir orgulhoso.

Lucie? Ah, sim: passei quinze anos sem vê-la e durante muito tempo não soube nada dela. Foi somente depois do serviço militar que ouvi dizer que ela talvez estivesse em algum lugar no oeste da Boêmia. Mas não a procurei mais.

Quarta parte
JAROSLAV

1

Vejo um caminho no campo. Vejo a terra desse caminho, riscada pelas rodas das carroças dos camponeses. E, ao longo do caminho, a relva tão verde que não posso deixar de acariciá-la.

Em volta, pequenas plantações, e não as vastas áreas reunidas das cooperativas. Como? Não é uma paisagem de nosso tempo que estou percorrendo? Que paisagem é essa então?

Vou mais longe e eis diante de mim, na beira de um campo, uma roseira. Cheia de pequenas rosas selvagens. Paro e me sinto feliz. Sento-me na relva perto do arbusto e em seguida me deito. Sinto minhas costas encostarem na terra felpuda. Apalpo a terra com minhas costas. Seguro-a com as costas, implorando-lhe que não tenha medo de pesar e descansar sobre mim com todo o seu peso.

E então ouço um martelar de cascos. Ao longe se levanta uma fina nuvem de poeira. À medida que se aproxima, torna-se translúcida. Dela emergem cavaleiros. Jovens montados, de uniforme branco. Mas, quanto mais se aproximam, melhor se vê a negligência de suas roupas. Alguns dólmãs estão ajustados com botões dourados, outros estão em desalinho e há homens em mangas de camisa. Uns usam quepe, outros estão com a cabeça descoberta. Ah, não, não é um destacamento normal, são desertores, fugitivos, bandidos! É a *nossa* cavalaria! Levanto-me, vejo-os chegar. O primeiro cavaleiro desembainha e ergue o sabre. A tropa estanca.

O homem com o sabre se inclina sobre o pescoço de seu animal para poder me enxergar.

"Sim, sou eu", digo-lhe.

"O rei!", diz o outro, surpreso. "Eu te reconheço."

Abaixo a cabeça, feliz. Há tantos séculos eles cavalgam aqui e me reconhecem.

"Como tens vivido, meu rei?", pergunta o homem.

"Tenho medo, amigo", respondo.

"Eles te perseguem?"

"Não, pior ainda. Há uma trama contra mim. Não reconheço as pessoas que me cercam. Volto para casa e o quarto é outro, minha mulher é outra, tudo está diferente. Digo a mim mesmo que devo ter me enganado, saio novamente, mas, vista de fora, é a minha casa mesmo! Minha por fora, estranha por dentro. E é assim em todos os lugares. Passam-se coisas que me dão medo, amigo."

O homem me pergunta: "Ainda sabes montar?". Percebo então que junto dele há um cavalo arreado, uma montaria sem cavaleiro. O homem me aponta o cavalo. Enfio um pé no estribo e subo na sela. O animal tropeça, mas meus joelhos já apertam seus flancos com prazer. O homem tira do bolso uma venda vermelha e a estende para mim: "Amarre-a sobre o teu rosto, para que não te reconheçam!". Com o rosto coberto, fico cego. Ouço a voz do homem: "O cavalo te conduzirá". Todo o pelotão se pôs a galope. Dos dois lados sinto meus vizinhos galoparem. Nossas panturrilhas se tocam e às vezes eu percebo o respirar entrecortado de seus cavalos. Cavalgamos talvez durante uma hora assim, corpo contra corpo. Depois paramos. A mesma voz de homem me diz: "Aqui estamos, meu rei!".

"E onde estamos?", pergunto.

"Não estás ouvindo murmurar o grande rio? Estamos à margem do Danúbio. Aqui, meu rei, estarás seguro."

"É verdade", digo, "sinto-me protegido. Gostaria de tirar a venda."

"Não deves, meu rei, ainda não. Para que precisas de teus olhos? Eles só poderão enganar-te."

"Mas eu quero ver o meu Danúbio, o meu rio, quero vê-lo!"

"Não precisas de teus olhos, meu rei! Vou contar-te tudo. É melhor assim. À nossa volta, há a planície a perder de vista. Pastagens. Um mato aqui e ali; aqui e ali, vertical, uma longa haste de madeira, trave de um poço. Mas nós estamos na ribanceira, na relva. A dois passos daqui, a relva se transforma em areia, porque nestas paragens o leito do Danúbio é arenoso. E agora, meu rei, desce do cavalo!"

Apeamos e sentamos no chão.

"Os rapazes acendem uma fogueira", retoma a voz do homem, "o sol se dissolve lá embaixo no horizonte e o ar fresco não deve tardar."

"Gostaria de ver Vlasta", digo subitamente.

"Tu a verás."

"Onde ela está?"

"Não está longe. Irás juntar-te a ela. Teu cavalo te conduzirá."

Levanto-me de um pulo e digo que quero ir imediatamente. Mas um pulso forte segura meu ombro. "Fica sentado, meu rei. Deves descansar e comer. Enquanto isso, falarei dela."

"Conta, onde ela está?"

"A uma hora daqui, há uma casinha de madeira com teto de palha. Em torno dela existe uma pequena cerca."

"Sim, sim", digo, o coração sufocado de felicidade, "tudo é de madeira. É bom que seja assim. Não quero nem um só prego de metal nessa casinha."

"Sim!", prossegue a voz, "a cerca é de ripas de madeira mal talhada, tanto que se pode reconhecer a forma primitiva dos galhos."

"Todos os objetos feitos de madeira lembram um gato ou

um cachorro", digo. "São mais seres do que coisas. Gosto do mundo de madeira. Só nele é que me sinto à vontade."

"Atrás da cerca crescem girassóis, lunárias e dálias, e há também uma velha macieira. Ah, lá está Vlasta, em pé na porta!"

"Como ela está vestida?"

"Está com uma saia de linho meio suja, pois volta do estábulo. Está carregando uma vasilha de madeira. Está descalça. Mas é bonita, porque é moça."

"Ela é pobre. É uma pobre criada."

"Sim, mas isso não impede que seja uma rainha! E porque é rainha é preciso que fique escondida. Nem mesmo tu podes te aproximar dela, para que não seja descoberta. Só podes ir se estiveres com os olhos vendados. O cavalo conhece o caminho."

A história do homem era tão bela que um suave torpor me invadiu. Deitado na relva, escutava a voz; depois a voz se calou, e se ouvia apenas o barulho da água e o crepitar do fogo. Era tão bonito que eu não ousava abrir os olhos. Mas não tinha jeito. Sabia que estava na hora e que era preciso abri-los.

2

Embaixo de mim, o colchão repousava sobre um estrado de madeira laqueada. Não gosto de madeira laqueada. Também não gosto dos pés metálicos curvos que sustentam o divã. Sobre mim, pendurado no teto, está um globo de vidro rosa com três listras brancas. Também não gosto desse globo. Nem do aparador em frente, cujo vidro mostra uma porção de outros objetos de vidro que não servem para nada. De madeira existe apenas um harmônio num canto. Só gosto disso neste quarto. Ficou como lembrança de meu pai. Meu pai morreu há um ano.

Levantei-me do divã. Continuava cansado. Era uma sexta-feira à tarde, dois dias antes do domingo da Cavalgada dos Reis. Tudo dependia de mim. Tudo o que em nosso distrito diz respeito ao folclore depende sempre de mim. Fazia quinze dias que não dormia o suficiente por causa das preocupações, das providências, das discussões.

Em seguida Vlasta entrou no quarto. Eu sempre me surpreendo pensando que ela deveria engordar. As mulheres gordas passam por bem-humoradas. Vlasta é magra, com rugas finas no rosto. Perguntou-me se ao voltar da escola eu me lembrara de passar na lavanderia, para apanhar a roupa. Eu tinha esquecido. "É o que eu desconfiava", disse ela, e quis saber se pelo menos naquele dia eu pretendia ficar em casa. Fui forçado a lhe responder que não. Dentro de poucos instantes teria uma reunião na cidade. No distrito. "Você tinha prometido ajudar Vladimir a fazer a lição de casa." Encolhi os ombros. "Quem vai estar nessa reunião?" Enquanto eu dizia os nomes, Vlasta me interrompeu: "A tal de Hanzlig também vai?". "Vai", respondi. Vlasta se zangou. Atrapalhou tudo. A sra. Hanzlig tinha má reputação. Sabia-se que ela tinha dormido com um e com outro. Vlasta não desconfiava de mim, tinha apenas desprezo pelas reuniões de trabalho das quais a Hanzlig participava. Não adiantava conversar com ela. Era melhor eu ir logo embora.

A reunião era dedicada aos últimos preparativos da Cavalgada dos Reis. Tudo estava indo mal. O Comitê Nacional começava a economizar conosco. Não fazia muitos anos, destinavam somas consideráveis às festas folclóricas. Agora, nós é que tínhamos que sustentar as finanças do Comitê Nacional. A União da Juventude não exerce mais nenhum atrativo sobre os jovens, agora vamos então confiar a ela a organização da Cavalgada, a fim de prestigiá-la! Antigamente se empregava a verba da Cavalgada dos Reis para subvencionar outras iniciativas folclóricas menos lucrativas; pois bem, dessa vez, que ela seja entregue à União da Juventude para que disponha da verba como quiser. Pedimos aos serviços da Segurança para suspender o tráfego da estrada durante a realização da Cavalgada. Ora, acabávamos de receber uma resposta negativa bem no dia da nossa reunião. Não era possível, disseram, perturbar o tráfego por causa de uma Cavalgada dos Reis. Mas vai ficar parecendo o quê, essa cavalgada, com os cavalos desembestados entre os carros? Problemas, só problemas.

A reunião tinha demorado e eram quase oito horas quando voltei. Na praça avistei Ludvik. Andava no sentido inverso, na outra calçada. Quase estremeci. O que o trazia aqui? Surpreendi o olhar que por um segundo ele havia pousado em mim, antes de desviá-lo rapidamente. Fingiu que não tinha me visto. Dois velhos amigos. Oito anos passados no mesmo banco de escola! E ele finge não me ver!

Ludvik tinha sido a primeira fissura na minha vida. Hoje estou acostumado. Minha vida é uma casa pouco sólida. A última vez que estive em Praga, fui a um desses pequenos teatros que abriram em profusão nos anos 60 e que se tornaram logo muito populares, graças a jovens animadores com espírito estudantil. Representavam uma farsa não muito interessante, mas nela havia canções alegres e um bom jazz. De repente os músicos puseram pequenos chapéus de feltro redondos com plumas, usados em nosso país com os trajes populares, e começaram a imitar um conjunto com címbalo. De maneira espalhafatosa, com todo o entusiasmo, eles parodiavam os movimentos das nossas danças, e esse gesto típico — o braço esticado, erguido para o céu. O público se torcia de rir. Eu não acreditava no que via. Cinco anos antes ninguém teria a audácia de caçoar assim de nós. Aliás, isso não teria feito ninguém rir. E agora estávamos ali feito palhaços. Por que, de repente, nós nos transformamos em palhaços?

E Vladimir. Quantas ele me aprontou nessas últimas semanas! O Comitê Nacional do distrito aconselhou a União da Juventude a escolhê-lo para rei este ano. Tal escolha significa sempre uma homenagem ao pai. Foi em mim que pensaram. Queriam, na pessoa do meu filho, recompensar-me por tudo o que fiz pela arte popular. Vladimir, no entanto, fazia-se de rogado. Tergiversava o melhor que podia. Disse que queria ir a Brno no domingo para assistir a uma corrida de motos. Inventou até que tinha medo de cavalos. No fim declarou que se recusava a representar o rei porque era uma escolha imposta do alto. Que ele não admitia pistolão.

Como me aborreci com isso! Como se ele quisesse apagar de sua vida tudo o que pudesse lembrar a minha. Ele jamais quis frequentar o grupo infantil de canto e dança que criei à margem do nosso conjunto. Nessa época já se esquivava. Dizia que não tinha jeito para música. No entanto, tocava violão bastante bem e sempre se encontrava com amigos para cantar sei lá que lenga-lengas americanas.

É bem verdade que Vladimir tem apenas quinze anos. E gosta muito de mim. Um dia desses tivemos uma conversa, talvez ele tenha me compreendido.

3

Lembro-me muito bem. Estava sentado no banco giratório e Vladimir no divã, à minha frente. Eu estava com o cotovelo apoiado sobre o tampo fechado do harmônio, esse instrumento de que tanto gosto. Escutava-o desde a infância. Meu pai o tocava todos os dias. Sobretudo canções populares com harmonias simples. Era como se eu ouvisse doces murmúrios de fontes longínquas. Ah, se Vladimir quisesse ouvi-las também! Se resolvesse compreender essas coisas!

Nos séculos XVII e XVIII, o povo tcheco, por assim dizer,

deixou de existir. No século XIX assistiu, na realidade, ao seu segundo nascimento. No círculo das antigas nações europeias, era uma criança. Tinha também, certamente, um grande passado, mas estava separado dele por um fosso de duzentos anos. Durante esse período, a língua tcheca fugiu das cidades para o campo, refugiando-se entre os iletrados. No entanto, mesmo entre eles ela continuava a criar sua cultura. Cultura modesta e escondida dos olhos da Europa. Cultura de canções, contos, ritos consuetudinários, provérbios e ditados. A única passarela unindo dois séculos.

Única passarela, única ponte. Único ramo de uma tradição jamais rompida. E foi nele precisamente que no começo do século XIX os iniciadores das novas letras tchecas enxertaram suas criações. É por isso que nossos primeiros poetas se dedicaram com frequência a recolher contos e cantigas. Suas primeiras poesias assemelhavam-se a cantigas populares.

Vladimir, meu querido, será que você não pode compreender? Seu pai não é apenas um apaixonado por folclore. Talvez haja um pouco disso também, só que, além dessa mania, ele pretende ir mais fundo. Por meio da arte popular, ele escuta subir a seiva sem a qual a cultura tcheca não seria mais do que uma árvore seca.

Compreendi tudo isso durante a guerra. Haviam tentado nos fazer acreditar que não tínhamos direito à existência, que éramos simplesmente alemães que falavam tcheco. Tivemos que nos assegurar de que tínhamos existido e existíamos. Na época todos nós fizemos uma peregrinação às raízes.

Nesse tempo, eu tocava contrabaixo num pequeno conjunto de jazz formado por estudantes. E eis que um belo dia as pessoas do Círculo Morávio vieram me procurar para que ressuscitássemos um conjunto com címbalo.

Naquele momento, quem poderia recusar? Lá fui eu tocar violino.

Arrancamos velhas canções de seu sono de morte. Quando no século XIX os patriotas reuniram a arte popular em antologias, chegaram no último momento. A civilização moderna já estava suplantando o folclore. Assim, no começo do nosso século, os círculos folclóricos nasceram para que a arte popular preservada nos livros entrasse de novo na vida. Primeiro, na vida da cidade. Depois, na vida do campo. Isso aconteceu sobretudo na Morávia. Organizaram-se festas populares, Cavalgadas dos Reis, encorajaram-se as orquestras populares. Esforço considerável, mas que corria o risco de se tornar estéril: os folcloristas não sabiam ressuscitar tão depressa quanto a civilização sabia enterrar.

A guerra veio nos insuflar uma força nova. No último ano da ocupação nazista, montamos uma Cavalgada dos Reis. Na cidade havia um quartel; e, no meio da multidão nas calçadas, os oficiais alemães se acotovelavam com as pessoas. Nossa Cavalgada se tornara manifestação. O esquadrão de rapazes com roupas coloridas, sabre em punho. Aparição do pano de fundo da História. Todos os tchecos da época pensavam assim e seus olhos brilhavam. Eu tinha quinze anos e fora eleito rei. Apertava com as pernas o meu cavalo, cercado por dois pajens, com o rosto coberto. Estava orgulhoso. Meu pai também. Sabia que tinham me escolhido rei para homenageá-lo. Professor da escola da cidade, patriota, todo mundo gostava dele.

Vladimir, meu filho, acredito que as coisas têm um sentido. Acredito que os destinos humanos estão unidos com um cimento de sabedoria. Parece-me um sinal que você tenha sido escolhido rei este ano. Estou orgulhoso como há vinte anos. Mais ainda. Porque, através de você, é a mim que querem homenagear. E, por que negar?, essa homenagem conta aos meus olhos. Quero passar a você a minha realeza. Quero que você a receba das minhas mãos.

Talvez ele tenha me compreendido. Prometeu aceitar ser escolhido rei.

155

4

Se ele quisesse compreender como é interessante! Não posso imaginar nada de mais interessante. Nada de mais cativante.

Isto, por exemplo: durante muito tempo os musicólogos de Praga sustentaram que os cantos populares da Europa eram derivados do barroco. Nas orquestras dos castelos, músicos camponeses cantavam e tocavam, transmitindo depois para a gente simples a cultura musical dos nobres. Assim, a música popular não representaria absolutamente uma forma artística sui generis. Ela derivaria da música erudita.

Mas, ainda que fosse assim no caso da Boêmia, as melodias que cantamos na Morávia não se enquadram nessa explicação. Até do ponto de vista tonal. A música erudita do período barroco era escrita em tom maior e tom menor. Nossas canções são cantadas em tons inconcebíveis para as orquestras de castelo!

Por exemplo, em tom lídio. É aquele que comporta uma quarta aumentada. Ele me lembra sempre a nostalgia dos idílios pastorais dos tempos de outrora. Vejo o deus Pã dos pagãos e ouço sua flauta:

A música barroca e a do período clássico devotavam um culto fanático à bela ordem da sétima maior. Não conheciam outro caminho para a tônica a não ser a disciplina da *nota sensível*. A sétima menor, subindo até a tônica pela segunda maior, assustava. O que me agrada nas nossas melodias populares é justamente essa sétima menor, pertença ela ao tom eólico, dórico ou mixolídio. Pela sua melancolia. Pela sua recusa em correr tolamente para o tom fundamental no qual tudo termina, o canto e a vida:

Mas existem canções de tonalidades tão estranhas que é impossível denominá-las a partir dos tons ditos de igreja. Fico estupefato diante delas:

Os cantos morávios apresentam uma inimaginável complexidade de tons. Seu pensamento harmônico é enigmático. Começando em tom menor, terminam em maior, parecendo hesitar entre diferentes tons. Muitas vezes, quando preciso harmonizá-los, não sei absolutamente como compreender o tom.

E muitas vezes eles possuem a mesma ambiguidade na ordem rítmica. Sobretudo as melodias lentas que Bartók caracterizou com o termo *parlando*. Não existe nenhum meio de transcrever o ritmo dessas melodias para o nosso sistema de notação. Em outras palavras, da perspectiva do nosso sistema de notação, todos os intérpretes populares cantam essas canções com um ritmo impreciso.

Como explicar isso? Leos Janacek afirmava que essa complexidade incompreensível do ritmo é resultante das variações momentâneas do humor do cantor. Pela maneira como canta, ele reage ao colorido das flores, ao tempo que está fazendo, à paisagem.

Mas não seria essa uma interpretação por demais poética? Desde o nosso primeiro ano na universidade, um professor nos transmitiu uma de suas experiências. Pediu a vários cantores populares que cantassem separadamente uma mesma canção, de ritmo refratário à notação. O registro obtido com a ajuda de aparelhos eletrônicos rigorosos permitiu-lhe verificar que todos cantavam de maneira idêntica.

A complexidade rítmica desses cantos não tem como causa, portanto, um defeito de precisão, ou o humor do cantor. Ela obedece a leis secretas. É assim que, num certo tipo de música morávia para dançar, por exemplo, o segundo meio compasso é sempre uma fração de segundo mais longo do que o primeiro. Mas como identificar essa complexidade na partitura? A métrica da música erudita repousa na simetria. A semibreve vale duas mínimas, uma mínima vale duas semínimas, o compasso se divide em dois, três ou quatro tempos de igual valor. Mas como tratar um compasso de dois tempos desigualmente longos? Para nós, hoje, o pior quebra-cabeça é a maneira de anotar o ritmo original das canções morávias.

Uma coisa no entanto é certa. As nossas canções não podem ter nascido da música barroca. As da Boêmia, talvez. Na Boêmia, o nível de civilização era superior, mais próximo também o contato das cidades com o campo, dos camponeses com o castelo. Na Morávia havia igualmente castelos. Mas o mundo camponês, mais primitivo, ficava muito mais isolado. Aqui não havia o hábito de músicos rurais fazerem parte de uma orquestra de castelo. Nessas condições, as cantigas populares, mesmo nos tempos mais remotos, puderam ser conservadas em nossa terra. É essa a explicação para a sua diversidade. Elas datam de fases diferentes de sua longa e lenta história.

Quando você se encontra frente a frente com toda a nossa música popular, é como se diante dos seus olhos dançasse a mulher das *Mil e uma noites*, que tira sucessivamente véu após véu.

Olhe! O primeiro véu. O tecido é estampado com motivos triviais. Trata-se das canções mais recentes dos últimos cinquenta, setenta anos. Elas vieram do oeste, da Boêmia. Os professores as ensinavam às crianças nas escolas. A maior parte delas é em tom maior, só que ligeiramente adaptadas aos nossos hábitos rítmicos.

Mas eis o segundo véu. Ele já tem um colorido nitidamente mais vivo. Esses cantos são de origem húngara. Eles acompanham a expansão da língua magiar. As orquestras ciganas os espalharam no século XIX. São as czardas e os refrões militares.

Quando a dançarina se despoja desse véu, o véu seguinte aparece. As canções dos eslavos autóctones, séculos XVII e XVIII.

Mas o quarto véu é ainda mais belo. São os cantos que remontam ao século XIV. Naquele tempo peregrinavam em nosso país, pelas escarpas dos Cárpatos, valáquios vindos do sudoeste. Pastores. Suas pastorelas e os cantos dos salteadores ignoravam totalmente os acordes e as harmonias. Eram concebidos de uma maneira puramente melódica. Tonalidades arcaicas determinadas pelos instrumentos, flauta de Pã e charamelas.

Tendo por fim caído esse véu, não há mais nada. A mulher dança toda nua. As músicas mais antigas. Nascidas no tempo do paganismo. Elas repousam no mais antigo sistema do pensamento musical. No sistema de quatro notas, o tetracórdio. Cantos da colheita do feno. Cantos da colheita de cereais. Cantos ligados aos ritos dos povoados patriarcais.

Canção ou cerimonial popular, trata-se de um túnel sob a História no qual se salvou uma boa parte de tudo aquilo que em cima, ao longo do tempo, foi destruído pelas guerras e revoluções, pela civilização. Um túnel através do qual posso ver bem longe no passado. Vejo Rostilav e Svatopluk, os primeiros príncipes morávios. Vejo o mundo eslavo antigo.

Mas por que falar apenas do mundo eslavo? Nós nos perdíamos em conjecturas diante do enigma do texto de uma canção. Nela se canta o lúpulo em não sei que obscura relação com uma carruagem e uma cabra. Alguém dá voltas sobre uma cabra, alguém rola numa carruagem. Louva-se o lúpulo que transformaria as virgens em noivas. Os próprios cantores populares que cantavam essa música não compreendiam o significado das palavras. Sozinha, a força da inércia de uma tradição imemorial manteve na canção uma associação de palavras que depois de inúmeras luas se tornou ininteligível. No final apareceu a única explicação possível: as Dionisíacas da Grécia antiga. Um sátiro sobre o dorso de um bode e o deus brandindo um tirso coberto de lúpulo.

A Antiguidade! Isso me parecera inacreditável! No entanto, mais tarde eu estudaria na universidade a história do pensamento musical. A estrutura das nossas mais antigas canções populares de fato coincide com a estrutura da música antiga. O tetracórdio lídio, frígio ou dórico. Concepção descendente da escala que tem como fundamental o tom alto e não o inferior, o que sucederá apenas quando a música começar a pensar em termos harmônicos. Assim, nossas canções populares mais antigas pertencem à mesma época do pensamento musical daquelas que eram cantadas na Grécia antiga. Elas nos conservam os tempos da Antiguidade.

5

Naquela noite, durante o jantar, eu não parava de pensar no olhar de Ludvik se desviando do meu. Sentia também como eu estava mais ligado a Vladimir. Subitamente tive medo de tê-lo negligenciado. De nunca conseguir trazê-lo para dentro do meu próprio universo. Terminada a refeição, Vlasta ficou na cozinha, Vladimir e eu passamos para a sala de estar. Tentei lhe falar outra vez sobre as canções. Mas a conversa não funcionava. Eu parecia um mestre-escola. Tinha medo de aborrecê-lo. Ele, naturalmente, continuava sentado, mudo, como se estivesse me escutando. Sempre foi gentil comigo. Mas como poderia eu saber o que de fato se passava dentro de sua cabeça?

Já fazia bastante tempo que eu o aborrecia com minha falação quando Vlasta apareceu e disse que era hora de ir dormir. O que fazer? Ela era a alma da casa, seu calendário, seu pêndulo.

Não íamos discutir. Vá, filhote, boa noite.

Deixei-o no cômodo do harmônio. É lá que ele dorme, no divã de tubos cromados. Eu durmo no quarto ao lado, na cama que divido com Vlasta. Não vou me deitar logo. Iria ficar virando de um lado para outro e temeria acordá-la. Vou ficar um pouco lá fora. A noite está quente. Atrás da velha casa de um andar onde moramos, o jardim está repleto de antigos perfumes do campo. Debaixo da pereira, há um banco de madeira.

Maldito Ludvik! Por que veio justamente hoje? Tenho receio de que seja um mau presságio. Meu amigo mais antigo! Quantas vezes ficamos debaixo dessa pereira quando éramos meninos! Gostava muito dele. Desde o primeiro ginasial, quando o conheci. Acumulava mais conhecimentos na ponta de um dedo do que nós em toda a carcaça, embora nunca o demonstrasse. Ele nem ligava para a escola, para os professores. O que o divertia era fazer tudo o que era contrário ao regulamento.

Por que nos unimos, os dois? Um golpe do destino, provavelmente. Eu e ele éramos órfãos de um de nossos pais.

Minha mãe morreu no parto. Quando Ludvik tinha treze anos, os alemães levaram seu pai, um pedreiro, para um campo de concentração e ele nunca mais voltou.

Ludvik era o filho mais velho. E nessa época filho único, depois da morte do irmão mais novo. Com o pai preso, mãe e filho não tinham mais ninguém. A miséria dos dois era grande. O colégio custava caro. Parecia que Ludvik teria que deixá-lo.

No entanto, a salvação chegou na última hora.

O pai de Ludvik tinha uma irmã que se casara com um empresário rico muito antes da guerra. Desde então, quase não via o irmão maçom. Quando ele foi preso, porém, seu coração de patriota bruscamente se inflamou. Ela ofereceu à cunhada tomar conta de Ludvik. Ela própria só tinha uma filha, um pouco retardada, e por isso o sobrinho, menino tão dotado, despertava nela um sentimento de inveja. Eles não se limitaram a ajudá-lo materialmente, mas passaram a convidá-lo todos os dias. Apresentaram-no à alta sociedade que sempre frequentava a casa deles. Ludvik era obrigado a manifestar gratidão, já que seus estudos dependiam dos dois. Gostava deles quase tanto como o diabo da cruz. Koutecky era o nome deles, e desde então passamos a designar por esse nome todos os pretensiosos.

A sra. Koutecky não via a cunhada com bons olhos. Do irmão tinha raiva por não ter escolhido a mulher certa. E mesmo quando ele foi preso ela não mudou de atitude em relação à sua mulher. Os canhões de sua caridade ela apontou somente para Ludvik. Via nele o herdeiro de seu sangue e desejava fazer dele seu filho. A existência da cunhada, para ela, não passava de um erro deplorável. Nunca a convidou para ir à casa deles. Ludvik, que percebia tudo isso, rangia os dentes de raiva. Muitas vezes quis se revoltar. Mas a mãe, com pedidos e lágrimas, conseguia sempre que fosse sensato.

Por isso, ele se sentia mais feliz em nossa casa. Éramos como gêmeos. Por pouco meu pai não gostava mais dele do que de mim. Encantado por Ludvik devorar sua biblioteca, da qual conhecia todos os livros. Quando comecei com o nosso jazz de colegiais, Ludvik quis entrar comigo para o conjunto. Comprou, numa loja de objetos de segunda mão, uma clarineta barata e logo aprendeu a tocar razoavelmente bem. Depois disso, juntos, dedicamo-nos ao jazz e, juntos, fizemos parte do conjunto com címbalo.

A jovem Koutecky se casou no fim da guerra. A mãe planejou um casamento maravilhoso, com cinco casais de pajens e damas de honra atrás dos noivos. Obrigou Ludvik a fazer um desses papéis, arranjando-lhe como par para a ocasião a filha (de onze anos) do farmacêutico da cidade. Ludvik ficou aterrado. Enrubescia com a ideia de fazer tal papel naquela palhaçada nupcial de esnobes de subúrbio. Gostava de passar por adulto e teve vergonha de oferecer o braço a uma fedelha de onze anos. Enfurecia-o ter que beijar um crucifixo babado durante a cerimônia. Quando a noite chegou, fugiu do banquete para se encontrar conosco na sala dos fundos do albergue. Estávamos em torno do címbalo, bebíamos e zombávamos dele. Ele explodiu e declarou seu ódio aos burgueses. Depois amaldiçoou as pompas do casamento religioso, declarou que escarrava na Igreja e que faria com que riscassem seu nome do registro dos fiéis.

Não levamos suas palavras a sério, mas alguns dias depois do fim da guerra Ludvik fez o que anunciara. Com isso escandalizou ao máximo os Koutecky. Isso não o aborreceu. Foi com prazer que brigou com eles. Passou a frequentar as reuniões dos comunistas. Comprava os folhetos publicados por eles. Nossa região era muito católica, e nosso liceu, mais católico ainda. Apesar disso, estávamos dispostos a perdoar Ludvik por sua excentricidade comunista. Concedíamos-lhe privilégios.

Em 47 fizemos os exames de conclusão do secundário. Já no outono Ludvik foi estudar em Praga, eu em Brno. Não o vi mais o ano todo.

6

Estávamos em 48. Toda a nossa vida acabara de ser virada de cabeça para baixo. Quando Ludvik veio nos visitar durante as férias, nossa acolhida foi um tanto sem graça. O golpe de Estado dos comunistas em fevereiro nos pareceu o advento do terror. Ludvik trouxera a clarineta, mas não teve a oportunidade de usá-la. Passamos a noite em discussões.

Terá sido nessa data que começou a discórdia entre nós? Acho que não. Ainda naquela noite, Ludvik me impressionou. Evitando da melhor maneira possível as discussões políticas, falou do nosso conjunto. Será que não deveríamos compreender o sentido do nosso trabalho numa perspectiva mais ampla do que até então? De que valeria nos contentarmos em reanimar um passado perdido? Quem olha para trás acaba como a mulher de Lot.

Perguntamos então: Mas o que devemos fazer?

É claro, respondeu ele, que devemos gerir o patrimônio da arte popular, mas isso não basta. Vivemos uma nova época. Grandes horizontes se abrem à nossa ação. Compete a nós depurar a cultura musical comum, a cultura de todos os dias, depurá-la das banalidades, dos refrões sem valor com que os burgueses empanturravam as pessoas, e substituí-los pela arte original do povo.

Curioso. O que Ludvik estava dizendo era a velha utopia dos patriotas morávios mais conservadores. Eles sempre haviam protestado contra a corrupção de uma cultura urbana e sem Deus. As melodias de charleston eram, para seus ouvidos, a flauta de Satã! Afinal, isso pouco importava. As opiniões de Ludvik cada vez nos pareciam mais claras.

No entanto, seu pensamento seguinte foi mais original. Ele falou sobre o jazz. O jazz se originou da música popular negra e subjugou todo o Ocidente. Para nós, ele pode servir como prova encorajadora de que a música popular possui um maravilhoso poder. De que ela pode ser a origem do estilo musical geral de uma época.

Escutando Ludvik, sentíamos uma mistura de admiração e antipatia. Sua segurança nos irritava. Ele tinha o ar que ostentavam então todos os comunistas. Como se tivesse com o próprio futuro algum pacto secreto que o autorizasse a agir em seu nome. Se nos irritava, era sem dúvida também porque se transformara de repente num rapaz diferente daquele que conhecêramos. Para nós, ele sempre fora um bom sujeito, um gozador. Ei-lo agora mergulhado sem nenhum pudor na pompa e na grandiloquência. Depois, é claro, contrariava-nos aquela sua maneira de associar com desembaraço e rapidez a sorte do nosso conjunto aos destinos do Partido Comunista, quando nenhum de nós era comunista. Mas, por outro lado, seu discurso nos atraía. Suas ideias correspondiam aos nossos sonhos mais secretos. Elas nos alçavam de repente ao nível da grandeza histórica.

Em pensamento, eu o chamo de Flautista de Hamelin. Isso mesmo. Bastava um trinado de sua flauta e nós corríamos atrás dele. Quando suas ideias ficavam inacabadas, voávamos em seu socorro. Lembro-me do meu próprio raciocínio. Eu falava da evolução da música europeia desde a época barroca. Depois do período do impressionismo, ela se viu cansada de si mesma. Já esgotara quase que inteiramente sua seiva, tanto para as sonatas e sinfonias quanto para as banalidades musicais. Foi por isso que o jazz operou nela uma espécie de milagre. Ele não conquistou apenas as boates e os *dancings* da Europa. Fascinou igualmente Stravinski, Honegger, Milhaud, que abriram suas composições àqueles ritmos. Mas, atenção. Ao mesmo tempo ou, digamos, uns dez anos antes, a música europeia havia feito uma bela provisão de sangue novo do folclore antigo do Velho Continente, que em nenhuma outra parte permaneceu tão vivo como aqui na Europa Central. Janacek, Bartók. Assim, a própria história da música fazia um paralelo entre os velhos estratos da música popular europeia e o jazz. Ambos contribuíram igualmente para a gênese da música moderna séria do século XX. Só que, no caso da música das grandes massas, as coisas se passaram de outra maneira. As músicas antigas dos povos da Europa não deixaram nela nenhuma marca. Nela o jazz se instalou como senhor. E aqui começa a nossa tarefa.

Sim, era essa a nossa convicção: nas raízes da nossa música popular encontramos a mesma força que nas raízes do jazz. Este tem um sistema melódico próprio, em que constantemente aparece o hexacórdio primitivo das velhas canções negras. Mas nossa música popular também possui seu sistema melódico, muito mais diversificado do ponto de vista tonal. O jazz dispõe de uma originalidade rítmica cuja prodigiosa complexidade se formou ao longo dos vários séculos de cultura dos tocadores de tambor e tantã africanos. Mas, da mesma maneira, os ritmos da nossa música só pertencem a ela. Por fim, o jazz se baseia na improvisação. Mas o espantoso desempenho dos rabequistas que nunca leram notas musicais repousa também na improvisação.

Só uma coisa nos separa do jazz, acrescentou Ludvik. Ele evolui e muda rapidamente. Seu estilo está em movimento. O caminho sobe, íngreme, da polifonia de New Orleans, passando pela orquestra de swing, em direção ao bop, e além dele. Nem em sonho New Orleans poderia conceber as harmonias que o jazz dos nossos dias conhece. Nossa música popular é uma Bela Adormecida dos séculos passados. Temos que acordá-la. Ela deve entrar na vida de hoje e se desenvolver com ela. A exemplo do jazz. Sem deixar de ser ela mesma, sem nada perder de sua linha melódica nem dos seus ritmos, ela precisa descobrir as fases sempre novas de seu estilo. É difícil. É uma tarefa grandiosa. Que só pode ser realizada no socialismo.

O que tem o socialismo a ver com isso?, protestávamos.

Ele nos explicou. O campo de antigamente vivia em comunidade. Os ritos balizavam o ano dos vilarejos de janeiro a dezembro. A arte popular vivia apenas no interior desses ritos. Na época do romantismo, imaginava-se que uma camponesa tinha uma súbita inspiração e imediatamente uma canção brotava de seus lábios como a água da rocha. Mas a canção popular nasce de uma maneira diferente da de um poema erudito. O poeta cria a fim de se expressar, de dizer aquilo que nele existe de único. Pela canção popular, ninguém procurava se destacar, mas unir-se aos outros. Ela foi se formando como as estalactites. Envolvendo-se gota a gota de novos motivos, de novas variantes. Era transmitida de geração em geração, cada cantor acrescentando algum elemento novo. Cada uma dessas canções teve portanto muitos criadores que modestamente se esconderam, todos eles, atrás de suas próprias contribuições. Nenhuma canção popular existiu por si mesma. A canção tinha uma função precisa. Existiam canções para os casamentos, outras para a festa das colheitas, para o Carnaval, o Natal, para a colheita do feno, havia canções para dançar e para enterrar. Mesmo as canções de amor não existiam fora de certos costumes. Passeios vespertinos, serenatas, pedidos de casamento, tudo isso eram ritos coletivos, e neles as canções tinham seu lugar estabelecido.

O capitalismo destruiu essa vida coletiva. A arte popular perdeu assim seu lugar, sua razão de ser, sua função. Seria inútil tentar ressuscitá-la numa sociedade em que o homem vive separado do próximo, vive para si próprio. Mas o socialismo vai libertar as pessoas do jugo da solidão. Elas viverão numa nova coletividade. Unidas por um interesse comum. Sua vida particular vai incorporar-se à vida pública. Elas serão ligadas por uma série de rituais. Alguns serão emprestados do passado: festas de colheita, festas de dança, costumes ligados ao trabalho. Outros serão inovações: comemoração do Primeiro de Maio, comícios, aniversário da Libertação, reuniões. Em toda parte a arte do povo vai encontrar seu lugar. Em toda parte irá se desenvolver, transformar-se, renovar-se. Será que afinal nós o compreendíamos?

Realmente, logo iria parecer que o inacreditável se tornava realidade. Ninguém fez tanto por nossa arte popular quanto o governo comunista. Destinou quantias colossais à criação de novos conjuntos. A música popular, violino e címbalo, estava presente todos os dias nos programas de rádio. Os cantos morávios invadiram as universidades, as festas do Primeiro de Maio, as festas dos jovens, os bailes oficiais. O jazz não apenas desapareceu completamente do nosso país, como também passou a simbolizar o capitalismo ocidental e seus gostos decadentes. A juventude abandonou o tango e também o boogie-woogie, e preferia dançar em círculo, cantando em coro, as mãos colocadas no ombro dos vizinhos. O Partido Comunista se empenhava em criar um novo estilo de vida. Apoiava-se na famosa definição que Stálin dera da arte nova: um conteúdo socialista numa forma nacional. Nada senão a arte popular poderia conferir essa forma nacional a nossa música, nossa dança, nossa poesia.

Nosso conjunto começou a navegar nas grandes ondas dessa política. Logo se tornou conhecido no país inteiro. Seu efetivo aumentou em cantores e dançarinos, tornou-se um conjunto grande que se apresentava em centenas de palcos e todo ano excursionava no exterior. E nós cantávamos não só, como antigamente, a canção do bandido que matara sua amada, mas também músicas que nós mesmos compúnhamos. Por exemplo, uma canção sobre Stálin ou sobre as colheitas em cooperativa. Nossa música não era mais uma simples evocação dos tempos antigos. Ela fazia parte da história mais contemporânea. Acompanhava-a.

O Partido Comunista nos apoiava. Desse modo, nossas reticências políticas se dissiparam rapidamente. Entrei para o Partido logo no começo de 49. Os colegas do conjunto me acompanharam, um após o outro.

7

Mas continuávamos sempre amigos. Quando ocorreu então a primeira sombra entre nós?

É claro que sei quando foi. Sei perfeitamente. Foi no dia do meu casamento.

Em Brno eu era aluno da Escola de Altos Estudos Musicais e fazia ao mesmo tempo o curso de musicologia na universidade. No terceiro ano, comecei a me sentir angustiado. Em casa, meu pai ia de mal a pior. Tinha tido uma congestão cerebral. Salvou-se, mas devia tomar muito cuidado. A ideia de sua solidão me obcecava. Se lhe acontecesse alguma coisa, ele nem poderia me mandar um telegrama. Era tremendo que eu voltava para perto dele todos os sábados, e a cada segunda-feira o deixava sentindo-me tomado de uma nova angústia. Um dia essa angústia foi mais forte do que eu. Ela tinha me torturado na segunda-feira, na terça mais ainda; na quarta, amontoei todas as minhas coisas numa mala e acertei as contas com a senhoria, dizendo-lhe que partia definitivamente.

Vejo-me de novo no caminho entre a estação e nossa casa. Para chegar ao meu vilarejo, próximo à cidade, era preciso passar pelo campo. Era outono, antes do crepúsculo. O vento soprava; pelo caminho, garotos soltavam papagaios de papel que ziguezagueavam na ponta de fios intermináveis. Em outros tempos, meu pai também me fizera um. Ele me acompanhava aos campos, soltava-o e corria para que o ar impulsionasse o pássaro de papel, levando-o para bem alto. Isso não me divertia muito. Papai se divertia mais. Essa lembrança me enterneceu e eu apressei o passo. Veio-me a ideia de que papai mandava esses papagaios para mamãe.

Sempre imagino minha mãe no céu. Não, não creio mais em Deus, na vida eterna, nem em coisas semelhantes. Não se trata de fé. Trata-se do imaginário. Não sei por que deveria abandoná-lo. Sem isso, eu me sentiria órfão. Vlasta me censura por ser sonhador. Parece que não vejo as coisas como elas são. Absolutamente; eu as vejo como elas são, mas, além das coisas visíveis, vejo outras coisas. Não é à toa que existe o imaginário. É dele que é tecido o nosso mundo interior.

Jamais conheci minha mãe. Portanto, nunca chorei por ela. Alegrava-me até que estivesse no céu, jovem e bela. Os outros meninos não tinham mães tão jovens quanto a minha.

Gosto de imaginar são Pedro sentado num tamborete, em sua pequena janela de onde se vê a Terra. Muitas vezes mamãe vai se encontrar com ele nessa janela. Por ela, Pedro faz qualquer coisa, porque é bonita. Deixa que ela olhe. E mamãe nos vê. A mim e a papai.

O rosto de mamãe nunca estava triste. Ao contrário. Quando nos olhava pela pequena janela da salinha de são Pedro, muitas vezes ela ria. Quem vive na eternidade não conhece a tristeza. Sabe que a vida dos homens dura apenas um segundo e que os reencontros estão próximos. Mas, quando eu estava em Brno, tendo deixado papai sozinho, os traços de mamãe me pareciam tristes e pesados de censura. E eu pretendia viver em paz com mamãe.

Portanto, ia depressa para casa e olhava os papagaios suspensos no céu. Estava feliz. Não lamentava nada do que deixara. Evidentemente, estava ligado ao meu violino e à musicologia. Mas não me entusiasmava fazer carreira. Nem mesmo o maior sucesso poderia igualar a alegria de voltar para casa.

Quando anunciei a papai que não voltaria mais a Brno, ele ficou vermelho de raiva. Não admitia que eu pudesse estragar minha vida por sua causa. Então, contei-lhe que fora obrigado a deixar a escola por causa das minhas notas medíocres. Ele acabou acreditando em mim, e ficou com mais raiva ainda. Mas isso não me preocupava tanto, já que eu não voltara para ficar sem fazer nada. Retomei meu lugar de primeiro violinista no nosso conjunto. Além disso, conseguira um lugar de professor de violino na escola municipal de música. Assim, podia me dedicar àquilo de que gostava.

O que quer dizer: também a Vlasta. Ela morava num lugarejo vizinho que, como o meu, hoje é um dos subúrbios da cidade. Dançava no nosso conjunto. Tendo-a conhecido por ocasião da temporada de estudos em Brno, gostei de revê-la quase que diariamente depois de voltar. O verdadeiro amor deveria, no entanto, desabrochar um pouco mais tarde — inesperadamente, durante um ensaio em que ela caiu de maneira tão infeliz que quebrou a perna. Carreguei-a nos braços até a ambulância que tínhamos chamado com urgência. Senti nos braços seu corpo pequeno, frágil, fluido. Subitamente, com espanto, dei-me conta de que media um metro e noventa, de que pesava cem quilos, de que poderia derrubar carvalhos e de que ela era frágil, bem frágil.

Foi um minuto de luz. Em Vlasta, pequena criatura ferida, vi de repente um outro personagem muito mais conhecido. Como não percebera isso antes? Vlasta era a *pobre serva*, personagem de inúmeras canções populares! A pobre serva que nada possui além de sua honestidade, a pobre serva que é humilhada, a pobre serva de roupas surradas, a pobre serva órfã!

É claro que não era exatamente assim. Ela tinha os pais, que não eram nada pobres. Mas justamente pelo fato de serem grandes cultivadores, a nova época apertava suas tenazes em torno deles. Não era raro Vlasta chegar aos prantos nos ensaios. Eram obrigados a ceder partes consideráveis das colheitas. Seu pai fora declarado um rico proprietário. Requisitaram seu trator e suas máquinas. Ameaçavam-no de prisão. Eu tinha pena dela. Acalentava a ideia de tomar conta dela. Da pobre serva.

Depois que a vi iluminada assim por uma letra das canções populares, era como se eu imitasse um amor vivido mil vezes. Era como se o tocasse com uma partitura imemorial. Como se essas cantigas me cantassem. Abandonado a esse rio sonoro, sonhava em casar.

Dois dias antes do acontecimento, Ludvik apareceu sem avisar. Acolhi-o com alegria. Logo lhe participei a grande novidade, acrescentando que, como era meu melhor amigo, queria que ele fosse padrinho. Ele prometeu ir. E foi.

Meus amigos do conjunto queriam me organizar um autêntico casamento morávio. Logo cedo chegaram preparados à minha casa, com música e trajes típicos. Um homem de cinquenta anos, músico, virtuose no címbalo, era o pajem mais velho. A ele competiam os deveres do "patriarca". Para começar, meu pai ofereceu a cada um aguardente de ameixa, pão e toucinho. Depois disso, tendo conseguido silêncio com um gesto, o patriarca recitou com voz sonora:

> *Muito honrados donzéis e donzelas também,*
> *Senhores e senhoras!*
> *Aqui vos convoquei*
> *pois o donzel dessa casa nos suplicou*
> *que o acompanhássemos à morada do pai daquela*
> *que escolheu como noiva, nobre donzela...*

O patriarca é o chefe, a alma, a mola mestra de todo o cerimonial. Sempre foi assim. Durante dez séculos. O futuro marido nunca foi sujeito de seu próprio casamento. Ele não se casava. Casavam-no. O casamento tomava conta dele e o conduzia como uma grande onda. Não competia a ele agir, falar. Em seu lugar agia e falava o patriarca. E nem mesmo o patriarca. Falava a tradição ancestral, que passava pelos homens, um a um, carregando-os em sua macia correnteza.

Sob as ordens do patriarca, partimos para o lugarejo onde morava minha noiva. Íamos pelos campos e meus amigos tocavam enquanto caminhávamos. Em frente à casa de Vlasta, os amigos dela, com suas roupas típicas, já nos esperavam. O patriarca declarou:

Somos viajantes cansados.
Generosos que sois,
abri-nos a entrada
de vossa honesta casa.

Um homem velho do grupo que estava na frente da casa avançou: "Se sois homens de bem, sejai bem-vindos!". E nos convidou a entrar. Sem dizer nada, entramos. Como o patriarca nos tinha apresentado como simples viajantes cansados, nós não devíamos revelar logo nosso verdadeiro propósito. O velho, porta-voz da futura esposa, encorajou-nos: "Se alguma coisa vos perturba o coração, falai!".

Então o patriarca começou a falar, a princípio de maneira obscura, por enigmas, e seu interlocutor respondia do mesmo modo. Depois de muitos desvios, acabou revelando a razão de nossa visita.

O velho lhe fez então esta pergunta:

Dizei-me, caro compadre,
por que este honesto pretendente quer esta honesta
moça desposar.
Será pela flor ou pelo fruto?

O patriarca respondeu:

Todos sabem, abre-se a flor, beleza e esplendor,
e nos encanta.
Mas a flor não dura,
o fruto madura.
Nossa noiva então não é pela flor, mas pelo
fruto, pois o fruto alimenta.

Por um momento ainda respostas foram trocadas, até a conclusão do velho: "Nessas condições, façamos aparecer a futura esposa, para que diga se consente ou não". Ele foi até a sala ao lado, de onde voltou um instante depois trazendo pela mão uma mulher vestida com roupa típica. Magra, alta, toda ossos, o rosto envolto por um lenço: "Eis a sua prometida!".

Só que o patriarca sacudia a cabeça e nós mesmos, com grande estardalhaço, manifestávamos nosso desagrado. O velho, depois de tentar protelar um pouco, finalmente se decidiu a levar de volta a mulher de rosto coberto. Só depois disso mandou que Vlasta viesse. Ela estava de botas pretas, avental vermelho e bolero de cores vivas. Na cabeça, tinha uma coroa trançada. Achei-a bonita. O velho segurou-lhe a mão e colocou-a na minha.

Depois, virado em direção à mãe da noiva, o velho lamentou com voz chorosa: "Oh, mãezinha!".

Diante dessas palavras, minha futura esposa retirou sua mão da minha, prosternou-se diante da mãe e abaixou a cabeça. O velho continuou:

Mãezinha querida, perdoa o mal que eu te fiz!
Mãezinha amada, pelo amor de Deus, perdoa
o mal que eu te fiz!
Mãezinha tão adorada, pelas cinco chagas de Cristo,
perdoa o mal que eu te fiz!

Estávamos ali como mímicos mudos de um texto imemorial. E o texto era belo, envolvente, e tudo aquilo era verdade. Em seguida, a música recomeçou a tocar e nós tomamos o caminho da cidade. A cerimônia ocorreu na prefeitura, sempre com música. Depois almoçamos. À tarde, todos dançaram.

À noite, as damas de honra de Vlasta tiraram sua coroa de rosmaninho e a entregaram a mim solenemente. De seus cabelos soltos fizeram uma trança enrolada em torno da cabeça, colocando por cima uma touca ajustada. Esse rito representava a passagem do estado de virgem ao de mulher. É claro que Vlasta havia muito tempo não era mais virgem. Não tinha, portanto, direito ao símbolo da coroa. Mas isso não me parecia importante. Num nível superior, muito mais importante, era só agora que ela perdia a virgindade, no momento em que as damas de honra me ofereciam sua coroa.

Meu Deus, como pode a lembrança dessa pequena coroa me emocionar mais do que nosso primeiro abraço, do que o verdadeiro sangue de Vlasta? Não sei por que, mas é assim. As mulheres cantavam e, nas canções, a pequena coroa flutuava na água e a correnteza soltava suas fitas vermelhas. Eu tinha vontade de chorar. Estava bêbado. Via a coroa que flutuava, e o fio de água a entregava ao riacho, o riacho ao rio, o rio ao Danúbio, o Danúbio ao mar. Eu via a coroa da virgindade ir embora sem volta. Sim, sem volta. Todas as situações capitais da vida acontecem uma vez, são sem retorno. Para que um homem seja homem, é preciso que esteja plenamente consciente desse não retorno. Que não trapaceie. Que não faça de conta que não sabe de nada. O homem moderno trapaceia. Esforça-se por contornar todos os grandes momentos que são sem retorno e por passar assim sem sofrer do nascimento até a morte. O homem do povo é mais honesto, desce cantando ao fundo de cada situação capital. Quando Vlasta ensanguentou a toalha que eu estendera embaixo dela, eu estava longe de

175

desconfiar que me deparava com a grande situação sem volta. No entanto, nesse momento da cerimônia e dos cantos, o não retorno estava ali. As mulheres cantavam despedidas. Espere, espere, meu doce amor, que eu me despeça de minha mãezinha. Espere, espere, retenha o cavalo, minha irmãzinha chora, deixá-la é difícil. Adeus, adeus, minhas amadas companheiras, parto para sempre, parto para sempre.

Depois a noite caiu e o cortejo nos seguiu até nossa casa.

Abri a porta da entrada. Vlasta, na soleira, virou-se uma última vez em direção aos seus amigos reunidos em frente à casa. Um deles então cantou uma última música:

> *Ela estava na soleira,*
> *como parecia bela,*
> *rosa, minha rosinha.*
> *A soleira ela passou,*
> *o encanto se apagou,*
> *murcha, minha rosinha.*

Depois a porta se fechou atrás de nós. Ficamos sós. Vlasta tinha vinte anos, eu não muito mais. Mas eu me dizia que ela acabara de atravessar a soleira e que, a partir daquele minuto mágico, seu encanto ia cair como as folhas caem da árvore. Via nela a iminente queda das folhas. A queda que já começara. Eu me dizia que ela não era apenas uma flor, que naquele momento o momento futuro do fruto já estava presente nela. Sentia em tudo isso a ordem inexorável com a qual me confundia, na qual consentia. Sonhava com Vladimir, que naquela época eu não conhecia e do qual nem mesmo adivinhava o aspecto. No entanto sonhava com ele e, através dele, olhava o infinito de sua posteridade. Depois Vlasta e eu deitamos na cama e tive a impressão de que era a sábia eternidade da espécie humana que nos tomava em seus braços macios.

8

O que me fez Ludvik no dia do meu casamento? Nada, na realidade. Estava calado, estranho. À tarde, enquanto dançávamos, os rapazes vieram lhe propor que tocasse clarineta. Queriam que tocasse com eles. Ele recusou. Pouco depois, sumiu. Eu, que estava um tanto embriagado, não prestei atenção. No entanto, no dia seguinte notei que seu desaparecimento tinha deixado como que uma pequena mancha no dia anterior. O álcool que se diluía no meu sangue aumentava essa mancha. E Vlasta ainda mais que o álcool. Ela jamais gostara de Ludvik.

Quando lhe disse que ele seria meu padrinho, ela não se mostrou entusiasmada. Tanto que achou bom já no dia seguinte ao casamento poder me lembrar do comportamento dele. Com a cara contrariada o tempo todo, como se todos o aborrecessem! Que sujeito orgulhoso!

Na mesma noite, Ludvik veio nos visitar. Com presentinhos para Vlasta e desculpas. Pediu que o perdoássemos, porque na véspera não estava bem. Contou-nos o que lhe acontecera. Expulso do Partido e da faculdade. Ignorando o que iria lhe acontecer.

Eu não podia acreditar no que ouvia e não sabia o que dizer. Não admitindo que tivéssemos pena dele, Ludvik se apressou em mudar de assunto. Nosso conjunto deveria partir dentro de quinze dias para uma grande excursão pelo exterior. Nós, provincianos, não podíamos estar mais contentes. Ludvik começou a fazer perguntas sobre essa viagem. Lembrei-me de repente de que desde criança ele sonhara em viajar para o exterior, e agora não poderia mais fazê-lo. As pessoas marcadas politicamente não podiam cruzar a fronteira. Eu via com clareza que a minha situação e a dele, daquele momento em diante, seriam de todo diferentes. Por isso, agora não podia falar à vontade sobre nossa excursão, tinha medo de iluminar o precipício que subitamente se abrira entre nossos destinos. Desejando ocultar esse abismo, tinha medo de que cada palavra corresse o risco de iluminá-lo. Mas não encontrei nenhuma que não o iluminasse. A menor frase, mesmo que fosse referente a uma pequena parcela de nossa vida, mostrava que estávamos longe um do outro. Que nossas perspectivas, nosso futuro, bifurcavam-se. Que estávamos sendo levados em direções opostas. Tentei então falar de banalidades. Mas foi ainda pior. A insignificância forçada da conversa de súbito transpareceu, e mantê-la tornou-se insuportável.

Ludvik despediu-se e partiu. Apresentou-se como voluntário para um trabalho em algum lugar fora da cidade, enquanto eu levava nosso conjunto para o estrangeiro. Depois não o revi durante muitos anos. Enviei-lhe uma ou duas cartas, para o exército, para Ostrava. Cada vez sentia a mesma insatisfação que ficara depois de nossa última conversa. Eu não podia encarar a queda de Ludvik. Tinha vergonha do meu sucesso. Era-me intolerável dirigir ao meu amigo, do alto desse sucesso, palavras de estímulo ou compaixão. Tentava fingir que entre nós nada mudara. Minhas cartas detalhavam o que fazíamos, o que havia de novo no conjunto, como estava se comportando nosso novo tocador de címbalo. Eu lhe descrevia esse meu mundo como se ele tivesse permanecido comum a nós dois.

Um dia papai recebeu uma participação. A mãe de Ludvik morrera. Ninguém lá em casa imaginara que ela estivesse doente. Quando Ludvik sumiu de minha vista, parei de me preocupar com ela. Segurando o papel tarjado de preto, descobri a minha indiferença pelas pessoas que, por pouco que fosse, tinham se afastado do caminho da minha vida. Da minha vida de sucesso. Senti-me culpado. Em seguida, percebi uma coisa que me perturbou. Embaixo da participação, assinando como sendo toda a família, figurava o nome do casal Koutecky. De Ludvik, nenhuma palavra.

Veio o dia do enterro. Aquela manhã, fiquei apavorado, pensando no reencontro com Ludvik. Mas ele não estava lá. Somente algumas pessoas acompanhando o caixão. Perguntei aos Koutecky onde estava Ludvik. Encolhendo os ombros, disseram que não sabiam. O pequeno grupo e o caixão pararam perto de uma sepultura suntuosa, com uma pesada laje de mármore e uma estátua branca de anjo.

Como haviam confiscado todos os bens do rico empresário e de toda a sua família, eles viviam agora de uma pensão magra. Só lhes restava esse imponente jazigo de família com um anjo em cima. Isso eu sabia, mas não conseguia entender por que levavam o caixão justamente para lá.

Só mais tarde soube que nessa época Ludvik estava preso. Em nossa cidade, apenas sua mãe sabia. Quando ela morreu, os Koutecky se apoderaram do cadáver da cunhada malquista. Enfim puderam se vingar do sobrinho ingrato. Roubaram-lhe a mãe. Eles a esconderam debaixo da laje de mármore encimada por um anjo. Esse anjo de cabelos encaracolados com um ramo na mão nunca mais parou de me aparecer. Ele pairava sobre a vida saqueada do meu amigo, a quem haviam roubado até os corpos de seus pais mortos. O anjo do saque.

9

Vlasta não gosta de extravagâncias. Espichar-se num banco de jardim, à noite, é uma extravagância. Ouvi batidas enérgicas no vidro. A sombra severa de uma silhueta feminina de camisola aparecia atrás da janela. Obedeci. Sou incapaz de resistir aos mais fracos. E, como tenho um metro e noventa de altura e levanto com uma só mão um saco de cem quilos, nunca me aconteceu encontrar alguém a quem pudesse resistir.

Portanto, entrei e me deitei ao lado de Vlasta. Só por

falar, deixei escapar que tinha cruzado com Ludvik. "E daí?", disse com desinteresse proposital. Decididamente ela não o suportava. Até hoje, não pode ouvir falar dele. Aliás, não tem do que se queixar. Só o viu uma vez depois do nosso casamento. Em 56. Na ocasião, não pude disfarçar o abismo que nos separava.

Ludvik já tinha atrás de si o serviço militar, a prisão e muitos anos de trabalho na mina. Tinha conseguido retomar os estudos em Praga e, se reaparecia em nossa cidade, era simplesmente para regularizar algumas formalidades na polícia. A ideia de me encontrar novamente em sua companhia me deu medo. Mas o homem que reencontrei não tinha nada de uma pessoa lamurienta e alquebrada. Ao contrário. Esse Ludvik era diferente daquele que eu conhecera antes. Havia nele uma aspereza, uma solidez e talvez uma calma maior. Nada que inspirasse piedade. Parecia-me que iríamos atravessar sem dificuldade o abismo que me assustava. Impaciente em reatar a amizade, convidei-o para um ensaio do nosso conjunto. Achava que continuava sendo o conjunto dele também. Que importância tinha que um outro estivesse no címbalo, um outro no segundo violino, que mesmo o clarinetista tivesse mudado, só restando eu da velha guarda?

Ludvik sentou numa cadeira bem perto do címbalo. Primeiro tocamos nossas canções favoritas, aquelas que cultivávamos ainda no liceu. Depois as novas, que tínhamos descoberto nos vilarejos perdidos ao pé das montanhas. Finalmente vieram aquelas de que mais nos orgulhamos. Dessa vez, não as autênticas canções tradicionais, mas canções inventadas por nós, à maneira da arte popular. Assim, cantávamos a respeito da imensidão dos campos cooperativos ou sobre os pobres, hoje senhores de seu país, ou sobre o tratorista, a quem a cooperativa não deixa faltar nada. A música dessas canções era semelhante às verdadeiras melodias populares, mas as letras eram mais atuais do que os textos dos jornais. Nesse repertório, gostávamos sobretudo da canção dedicada a Fucik, herói torturado pelos nazistas durante a Ocupação.

Sentado em sua pequena cadeira, Ludvik acompanhava com os olhos o movimento das baquetas do tocador de címbalo. Serviu-se de vinho várias vezes. Eu o observava por cima do violino. Ele estava pensativo e não levantou a cabeça na minha direção uma só vez.

Depois, as mulheres foram entrando na sala, uma depois da outra. Sinal de que o ensaio chegava ao fim. Convidei Ludvik para ir comigo a minha casa. Vlasta nos preparou alguma coisa para o jantar e, deixando-nos a sós, foi dormir. Ludvik falou de uma coisa e outra. Senti porém que, se ele falava tanto, era para poder se calar sobre o que eu queria conversar. Mas como não conversar com meu melhor amigo sobre aquilo que constituía a mais preciosa riqueza para nós dois? Assim sendo, interrompi Ludvik na sua tagarelice. O que acha de nossas canções? Ludvik respondeu que tinha gostado. Não deixei que ele parasse nessa gentileza. Perguntei mais. O que achava daquelas músicas novas que nós mesmos havíamos composto?

Ludvik evitava a discussão. No entanto, pouco a pouco eu a impus, e ele acabou falando. Essas velhas canções populares são da maior beleza. Quanto ao resto, nosso repertório o deixa frio. Seguimos demais o gosto da época. Nada de espantoso. Como nos apresentamos diante do grande público, procuramos agradar. Por isso, destituímos nossas canções de todos os traços peculiares. Tiramos delas o ritmo inimitável adaptando-as a uma métrica convencional. Usamos a camada cronológica menos profunda, porque passa mais facilmente ao público.

Protestei. Estamos no começo. O que queremos é promover ao máximo a difusão da canção popular. É por isso que devemos nos acomodar um pouco aos hábitos da maioria. O importante é que na verdade já criamos um folclore *contemporâneo*, canções populares novas que contam nossa vida de hoje.

Ele não estava de acordo. Justamente essas novas canções feriam seus ouvidos. Que lamentáveis sucedâneos! Que coisa falsa!

Anda me dói pensar nisso. Quem nos tinha dito que acabaríamos como a mulher de Lot se insistíssemos em olhar para trás? Quem nos dissera que da música do povo iria sair o novo estilo da época? E quem nos havia exortado a dar uma sacudida nessa música popular para forçá-la a caminhar ao lado da história de seu tempo?

Tudo isso era utopia, disse Ludvik.

Como utopia? Essas canções estão aí! Elas existem!

Ele riu na minha cara. São cantadas apenas pelo seu conjunto. Mas, fora o conjunto, quem as canta? Procure um só cooperado que cantarole por prazer esses versos de vocês que exaltam as cooperativas! São tão artificiais que eles torceriam o nariz! Esse texto de propaganda nessa música pseudopopular fica fora de lugar como um colarinho mal ajustado. Uma canção pseudomorávia sobre Fucik! Que desafio ao bom senso! Um jornalista de Praga! O que tem ele em comum com a Morávia?

Fucik, objetei eu, pertence a todos, e nós também temos direito de cantá-lo à nossa maneira.

Você disse à nossa maneira? Você canta à maneira da agitação e da propaganda política, e não à nossa maneira! Lembre-se da letra! E por que agora uma canção sobre Fucik? Só havia ele na Resistência? Outros não foram torturados?

Mas ele é o mais conhecido!

Naturalmente! O aparelho encarregado da propaganda preserva a ordem conveniente na galeria dos grandes mortos. Entre todos os heróis, faz-se necessário um herói-chefe.

Por que esses sarcasmos? Cada época não tem os seus símbolos?

Que seja, mas é interessante saber quem foi escolhido como símbolo! Centenas também foram corajosos e são esquecidos. Muitas vezes eram pessoas extraordinárias. Políticos, escritores, cientistas, artistas. Não os transformamos em símbolos. Suas fotos não enfeitam as paredes das secretarias nem das escolas. No entanto, muitas vezes eles deixaram alguma obra. Mas é precisamente esta que incomoda. Temos dificuldade em ajeitá-la, em podá-la, em meter-lhe a tesoura. É a obra que incomoda na galeria de propaganda dos heróis.

Nenhum deles é o autor de *Reportagem escrita sob a forca*!

É esta a questão! O que fazer com um herói que se cala? Que se abstém de utilizar seus últimos momentos para um espetáculo? Para uma lição pedagógica? Fucik, ainda que não tivesse nenhuma obra atrás de si, tinha achado essencial comunicar ao universo aquilo que na prisão pensava, sentia, vivia, aquilo que ele sugeria e recomendava à humanidade. Essas coisas, ele anotava em bilhetes minúsculos, fazendo com que corresse risco de vida quem, escondido, os levasse para lugar seguro. Que grande valor devia atribuir a seus próprios pensamentos e impressões! Que grande valor atribuía a si próprio!

Isso era mais do que eu podia tolerar. Fucik teria sido apenas um pretensioso?

Ludvik parecia um cavalo desembestado. Não, não era tanto a pretensão que o estimulava a escrever. Era a fraqueza. Pois ser corajoso no isolamento, sem testemunhas, sem aprovação dos outros, frente a frente consigo mesmo, requer um grande orgulho e muita força. Fucik tinha necessidade da ajuda do público. Na solidão de sua cela, imaginava pelo menos um público fictício. Precisava ser visto! Fortificar-se com aplausos! Mesmo imaginários! Metamorfosear sua cela num palco e tornar o seu destino suportável expondo-o, exibindo-o.

Eu estava preparado para o abatimento de Ludvik. Para sua amargura. Mas essa fúria, essa ironia envenenada, apanhavam-me de surpresa. Que mal lhe tinha feito o pobre Fucik? Vejo quanto vale um homem por sua fidelidade. Sei que Ludvik sofreu um castigo muito injusto. O que torna as coisas ainda mais graves! Porque nesse caso os motivos de sua mudança de opinião são demasiado transparentes. Será que se pode mudar toda uma atitude diante da vida pela única razão de se ter sido injustiçado?

Não foi por um intermediário que eu disse tudo isso a Ludvik. Então aconteceu uma coisa inesperada. Ludvik não respondeu. Como se aquele surto de cólera tivesse desaparecido subitamente. Ele me sondava com o olhar intrigado, depois disse em voz baixa e calma que eu não me zangasse. Ele podia estar enganado. Disse isso de maneira tão estranha, com tal frieza, que sua insinceridade me pareceu flagrante. Eu não queria que nossa conversa terminasse com aquela insinceridade. Qualquer que fosse a minha amargura, continuava dominado pela minha primeira intenção. Queria me explicar com Ludvik e restaurar nossa amizade. Por mais duro que tivesse sido o nosso choque, eu esperava encontrar em algum lugar, depois de uma longa discussão, um pedaço da terra comum, outrora tão belo, onde pudéssemos morar juntos novamente. No entanto, o esforço que fiz para continuar a conversa foi vão. Ludvik se desfazia em desculpas: mais uma vez tinha cedido à sua mania de exagerar. Pediu-me que esquecesse as afirmações que fizera.

Esquecer? E por que diabo era preciso esquecer uma conversa tão séria? Não seria melhor continuá-la? Só no dia seguinte percebi o sentido oculto do pedido de Ludvik. Ele passou a noite lá em casa e pela manhã tomou café conosco. Depois disso, tivemos ainda meia hora para conversar. Ele me contou as dificuldades que estava tendo para obter a permissão de terminar nos próximos dois anos seus estudos na faculdade. Que marca na sua vida representava a expulsão do Partido! A desconfiança que lhe testemunhavam em todos os lugares. Só graças à ajuda de um pequeno número de amigos que o haviam conhecido antes da expulsão do Partido é que talvez conseguisse recuperar um lugar nas salas de aula. Em seguida, falou de alguns conhecidos cuja situação era semelhante à sua. Assegurou-me que eles eram seguidos e que suas conversas eram cuidadosamente gravadas. Que aqueles que os cercavam eram interrogados, podendo esse ou aquele testemunho cuidadoso ou mal-intencionado significar alguns anos suplementares de aborrecimento. Depois desviou novamente a conversa para futilidades e, na hora da despedida, declarou que ficara contente em me ver. Reiterou o pedido para que eu não pensasse mais no que ele dissera na véspera.

A vinculação desse pedido com a alusão à experiência vivida por seus amigos era muito clara. Eu estava estupefato. Ludvik parara de conversar comigo porque tivera medo! Medo de que nossa conversa pudesse ser divulgada! Medo de ser denunciado! Medo de mim! Era horrível! E — mais uma vez — inteiramente inesperado. O abismo entre nós era mais profundo do que eu pensava, tão profundo que nem mesmo nos permitia concluir uma conversa.

10

Vlasta já está dormindo. Pobrezinha. De vez em quando ronca ligeiramente. Tudo está adormecido em nossa casa. Eu estou deitado, largo, longo, grande, e penso em como me falta força. Tive essa sensação cruel daquela vez. Antes, crédulo, supunha que tudo estava nas minhas mãos. Ludvik e eu nunca brigáramos. Com um pouco de boa vontade, o que me impediria de voltar a ser amigo dele?

Ficou provado que isso não estava nas minhas mãos. Nem nossa ruptura, nem nossa reaproximação estavam nas minhas mãos. Assim sendo, coloquei-as nas mãos do tempo. O tempo passou. Transcorreram nove anos depois de nosso último encontro. Ludvik terminou a faculdade e arranjou um excelente emprego como trabalhador científico num setor que o interessa. De longe, acompanho seu destino. Acompanho com afeto. Jamais pude considerar Ludvik como meu inimigo ou como um estranho. É meu amigo, porém enfeitiçado. Como numa nova versão do conto em que a noiva do príncipe foi transformada em serpente ou em sapo. Nos contos, a fiel paciência do príncipe sempre salvou tudo.

Mas, no meu caso, o tempo não libertou meu amigo de seu feitiço. Nesses anos, muitas vezes soube que havia passado por nossa cidade. Nem uma só vez parou em minha casa. Encontrei-o hoje, e ele me evitou. Maldito Ludvik.

Tudo começou depois que conversamos pela última vez. De um ano ao outro, senti o deserto aumentar à minha volta e uma ansiedade germinar no meu coração. Havia cada vez mais cansaço e cada vez menos alegrias e sucessos. Antigamente o conjunto partia todo ano em excursão pelo exterior, depois os convites foram se espaçando e agora raramente somos convidados. Trabalhamos o tempo todo, redobramos os esforços, mas o silêncio nos cerca. Fiquei numa sala vazia. E me parece que foi Ludvik quem ordenou que eu ficasse sozinho. Pois não são os inimigos, e sim os amigos que condenam o homem à solidão.

Desde então, cada vez com mais frequência, comecei a fugir por esse caminho de terra margeado por pequenos campos. Por esse caminho no campo onde uma roseira selvagem cresce sozinha num declive. Lá encontro os últimos fiéis. Há o desertar com seus companheiros. Há um músico errante. E, além do horizonte, há uma casa de madeira e dentro dela Vlasta — a pobre serva.

O desertor me chama de rei e jura que posso, em qualquer época, refugiar-me sob sua guarda. Basta eu ir para junto da roseira selvagem. Ele estará lá para me encontrar.

Como seria simples encontrar a paz num mundo imaginário! Mas sempre tentei viver nos dois mundos ao mesmo tempo, sem abandonar um pelo outro. Não, tenho o direito de renunciar ao mundo real, embora nele perca tudo. Talvez, no fim dos fins, baste que eu consiga uma única coisa. A última.

Entregar minha vida, como uma mensagem clara e inteligível, ao único indivíduo que a compreenderá e que poderá levá-la adiante. Até lá, não tenho o direito de partir com o desertar em direção ao Danúbio.

Esse homem único em quem penso, minha última esperança depois de tantas derrotas, está separado de mim por uma parede, e dorme. Depois de amanhã montará um cavalo. Terá o rosto coberto. Será tratado de rei. Venha, meu pequenino. Sinto sono. Eles lhe darão meu título. Vou dormir. No meu sonho, quero vê-lo cavalgando.

Quinta parte
LUDVIK

1

Dormi muito tempo e muito bem. Acordei depois das oito horas, não me lembrava de nenhum sonho, nem bom nem ruim, não sentia dor de cabeça, simplesmente não tinha vontade de levantar; portanto, fiquei deitado; o sono tinha criado uma espécie de cortina entre mim e meu encontro da véspera; não que Lucie, essa manhã, tivesse desaparecido da minha consciência, mas ela voltara a ser uma abstração.

Abstração? É: depois de seu desaparecimento tão enigmático e doloroso em Ostrava, a princípio não tive nenhum meio prático de descobrir seu paradeiro. E como (depois do serviço militar) os anos foram passando, pouco a pouco perdi o desejo dessa busca. Achava que Lucie, por mais que eu a amasse, por mais perfeitamente *única* que ela fosse, era inseparável da *situação* em que nos conhecemos e nos apaixonamos. Parecia-me que era cometer um erro de raciocínio abstrair a mulher amada do conjunto das circunstâncias nas quais você a tinha encontrado e com ela convivido, tentar, à custa de uma obstinada concentração mental, despojá-la de tudo o que não fosse *ela mesma* e, portanto, da *história* que você vivia com ela e que dava forma ao amor.

Realmente, amo na mulher não aquilo que ela é por si mesma, mas a maneira como se aproxima de mim, aquilo que ela representa *para mim*. Eu a amo como uma personagem da nossa história a dois. Quem seria Hamlet, privado do castelo de Elsinore, de Ofélia, de todas as situações concretas que atravessa, do *texto* de seu papel? O que sobraria, além de uma essência vazia e ilusória? Da mesma forma, Lucie, sem os subúrbios de Ostrava, sem as rosas entregues através do alambrado, sem suas roupas surradas, sem minhas longas semanas de expectativa sem esperança, sem dúvida não seria mais a Lucie que eu amava.

Assim eu concebia, assim eu me explicava as coisas, e à medida que os anos passavam, já sentia quase medo de revê--la, pois sabia que nos encontraríamos num lugar em que Lucie não seria mais Lucie e que eu não teria mais como reatar o fio. Não quero dizer com isso que havia deixado de amá-la, que a esquecera, que sua imagem desbotara; ao contrário; ela morava em mim dia e noite, como uma silenciosa nostalgia; eu a desejava como se desejam as coisas perdidas para sempre.

E como Lucie se tornara para mim um passado definitivo (que na condição de passado vive sempre e como presente está morto), lentamente ela perdia para mim sua aparência carnal, material, concreta, para cada vez mais se desfazer em lenda, em mito escrito sobre pergaminho e escondido numa caixa de metal depositada no fundo da minha vida.

Talvez por isso mesmo o impensável se tornara possível: minha incerteza diante de seu rosto, na cadeira do cabeleireiro. Por isso ainda, nessa manhã tive a impressão de que o encontro não fora *real*; que ele também deveria ter se desenrolado no nível de lenda, de oráculo ou de adivinhação. Se ontem à noite a presença real de Lucie me perturbou, transportando-me subitamente para o tempo distante em que ela reinava, nesta manhã de sábado eu apenas me perguntei, com o coração tranquilo (repousado pelo sono): *por que* a reencontrei? O que significa esse acaso? O que ele tem a me *dizer*?

As histórias pessoais, além de acontecerem, também significam alguma coisa? Apesar de todo o meu ceticismo, sobrou-me um pouco de superstição irracional, como a curiosa convicção de que todo acontecimento que me sucede comporta também um sentido, que ele *significa* alguma coisa; que por sua própria aventura a vida nos fala, nos revela gradualmente um segredo, que se oferece como um enigma a ser decifrado, que as histórias que vivemos formam ao mesmo tempo a mitologia de nossa vida e que essa mitologia detém a chave da verdade e do mistério. É uma ilusão? É possível, é mesmo verossímil, mas não posso reprimir essa necessidade de *decifrar* continuamente minha própria vida.

Ainda deitado na cama rangente do hotel, pensava em Lucie de novo transformada em simples ideia, em simples ponto de interrogação. A cama rangia, e essa particularidade, aflorando mais uma vez à minha consciência, provocou um desvio (brusco, discordante) de pensamento em direção a Helena. Como se essa cama rangente fosse uma voz me chamando para o dever, soltei um suspiro, pus os pés para fora da cama, sentei na beirada, espreguicei-me, passei os dedos no cabelo, olhei o céu pela janela e então me levantei. O encontro de ontem com Lucie tinha, afinal de contas, apagado e sufocado meu interesse por Helena, que fora tão intenso poucos dias antes. Esse interesse, agora, era apenas a lembrança de um interesse; apenas um sentimento de dever em relação a um interesse perdido.

Aproximei-me da pia, tirei a camisa do pijama e abri a torneira até o fim; coloquei as mãos em concha sob o jato e com gestos precipitados molhei bastante o pescoço, os ombros, o corpo antes de me enxugar com a toalha. Queria estimular meu sangue. De repente tive medo do meu desinteresse pela chegada de Helena; tive receio de que essa indiferença estragasse uma ocasião excepcional que tinha poucas chances de se repetir. Prometi a mim mesmo um substancioso café da manhã, pontuado por uma vodca.

Desci para a sala de café, mas só encontrei um desolador cortejo de cadeiras arrumadas com os pés para cima sobre mesinhas sem toalha, entre as quais se arrastava uma velhinha com um avental imundo.

Na recepção, perguntei ao porteiro, que estava atrás do balcão, afundado numa poltrona tão profunda quanto a indolência dele, se haveria uma forma de tomar o café da manhã no hotel. Sem fazer um só movimento, ele disse que hoje era o dia em que o café fechava. Saí para a rua. O dia se anunciava lindo, nuvens pequenas passeavam no céu e um vento ligeiro levantava a poeira da calçada. Apressei-me em direção à praça. Diante de um açougue havia uma fila; com cesta ou sacola no braço, as mulheres esperavam pacientemente a vez. Entre os transeuntes, reparei logo em alguns que seguravam, como uma tocha em miniatura, uma casquinha de sorvete encimada por um capuz rosa que eles lambiam. No mesmo instante cheguei à praça principal. Havia uma casa de um andar só — um self-service.

Entrei. A sala era espaçosa, o chão ladrilhado; de pé, diante de mesas altas, pessoas mordiam pequenos sanduíches e tomavam café ou cerveja.

Não tive vontade de comer ali. Desde que acordara, estava obcecado com a ideia de uma refeição substancial com ovos e bacon e um copo de bebida alcoólica, para me revigorar. Lembrei-me de um restaurante que ficava um pouco mais adiante, numa outra praça com um jardim e um monumento barroco. Sem dúvida alguma não tinha nada de realmente atraente, mas serviria, desde que nele encontrasse uma mesa, uma cadeira e um garçom disposto a me servir.

Passei ao lado do monumento: o pedestal sustentava um santo, o santo sustentava uma nuvem, a nuvem um anjo, o anjo outra nuvem, sobre a qual estava sentado um anjo, o último; percorri com o olhar o monumento, uma pungente pirâmide de santos, nuvens e anjos na qual um pesado pedaço de pedra imitava os céus e suas profundezas, enquanto o céu real, azul-pálido, permanecia desesperadamente longe desse empoeirado pedaço de terra.

Atravessei a praça, com seus gramados e bancos (contudo, nua o bastante para não alterar uma atmosfera de vazio poeirento), e empurrei a porta do restaurante. Estava fechada. Comecei a compreender que o pequeno festim tão desejado continuaria sendo um sonho e me assustei, pois o tinha, com uma teimosia infantil, como condição decisiva para o sucesso daquele dia. Compreendi que as cidades pequenas não se importavam com os excêntricos que faziam questão de tomar o café da manhã sentados, já que os restaurantes abriam muito mais tarde. Desisti portanto de procurar um, dei meia-volta e tornei a atravessar a praça em sentido inverso.

Mais uma vez encontrei pessoas com casquinhas encimadas por capuzes rosa e mais uma vez repeti para mim mesmo que aquelas casquinhas pareciam tochas e que essa aparência talvez tivesse uma certa significação, visto que as tochas mencionadas não eram tochas, mas apenas *paródias de tochas*, e o que elas carregavam solenemente, aquele fugitivo vestígio de prazer cor-de-rosa, não era uma volúpia, mas uma *paródia de volúpia*, o que, pelo que tudo indica, expressava o inevitável caráter de paródia de todas as tochas e volúpias dessa cidade poeirenta. Então imaginei que, se subisse a corrente dos porta-tochas lambedores, teria uma chance de chegar a uma confeitaria onde encontraria um canto de mesa e uma cadeira, certamente também um café e até um pedaço de bolo.

De fato, cheguei a uma leiteria; havia uma fila para conseguir chocolate ou leite com croissants e novamente mesas de perna comprida, com os fregueses bebendo e comendo de pé; no fundo da sala havia algumas mesinhas com cadeiras, mas estavam todas ocupadas. Entrei na fila que andava devagarzinho; depois de dez minutos de espera, consegui um chocolate e dois croissants; carreguei-os para uma mesa alta

195

onde havia uma meia dúzia de canecas de cerveja vazias, e ali, num pequeno canto seco, coloquei meu copo.

Comi numa rapidez deprimente: nem três minutos depois estava de volta à rua; batiam nove horas; tinha ainda duas horas pela frente: Helena tomara em Praga o primeiro avião da manhã para Brno, a fim de poder pegar o ônibus que chega aqui um pouco antes das onze. Eu sabia que seriam duas horas inteiramente vazias.

Podia, é claro, rever os lugares da minha infância, parar perto da casa onde nasci, onde minha mãe viveu até seus últimos dias. Penso muito nela, mas aqui, na cidade em que seu pequeno esqueleto repousa sob um mármore estranho, minhas lembranças estão envenenadas: a sensação amarga da minha impotência naquela época as envenena — e é disso que me defendo.

Não tinha mais nada a fazer senão sentar num banco da praça para me levantar logo depois, ir ver as vitrines, olhar as capas dos livros nos balcões das livrarias e acabar comprando o *Rude Pravo* numa tabacaria, sentar de novo no banco, dar uma olhada nas manchetes insípidas, ler duas informações de algum interesse na seção de notícias internacionais, levantar-me outra vez do banco, dobrar o jornal e jogá-lo, intacto, numa lata de lixo, depois me aproximar lentamente da igreja, parar diante dela, olhar os dois sinos, subir os grandes degraus, passar pelo pórtico e entrar na nave timidamente, para que as pessoas não se ofendessem com o fato de que o recém-chegado não tivesse feito o sinal da cruz e tivesse vindo aqui como iria a um parque, apenas para passear.

Quando chegou mais gente, fiquei parecendo um intruso que não sabia que atitude tomar naquele lugar, e por isso fui embora. Olhei o relógio e constatei que meu tempo livre tinha vida longa. Para aproveitar esse tempo ocioso, esforcei-me por me lembrar de Helena, por pensar nela, mas esse pensamento se recusava a evoluir, permanecia estático, e eu mal conseguia evocar a imagem visual dela. Aliás, é sabido: quando um homem espera uma mulher, com grande esforço consegue refletir sobre ela; tudo o que consegue fazer é andar de um lado para o outro sob sua imagem congelada.

Fiquei andando de um lado para o outro. Em frente à igreja, enxerguei uma dezena de carrinhos de neném parados, vazios, diante do prédio da prefeitura (agora, Comitê Nacional local). Não consegui entender do que se tratava. Em seguida, um rapaz ofegante veio colocar um carrinho ao lado dos outros, sua companheira (um pouco agitada) tirou dele um embrulho de tecidos e rendas brancas (contendo sem nenhuma dúvida um bebê) e o casal desapareceu rapidamente no interior da prefeitura. Lembrando que tinha uma hora e meia pela frente, eu os segui.

Já na escadaria havia uma razoável concentração de curiosos, que se tornava mais compacta à medida que eu subia. O corredor do primeiro andar parecia repleto, ao passo que a escada que levava ao andar de cima estava vazia. O acontecimento que atraíra toda essa gente deveria portanto, ao que tudo indica, desenrolar-se no primeiro andar, provavelmente no salão cuja porta, escancarada para o corredor, estava obstruída por uma multidão considerável. Fui para lá; as dimensões da sala eram modestas, havia mais ou menos sete fileiras de cadeiras já ocupadas por pessoas que aparentavam estar esperando um espetáculo. Na frente havia um estrado, em cima dele uma longa mesa coberta com um pano vermelho e sobre ela um vaso com um grande buquê de flores; atrás, na parede, as pregas de uma bandeira com as cores do Estado dispostas com arte; embaixo do estrado e em frente a ele (a três metros da primeira fila da plateia), oito cadeiras estavam dispostas em semicírculo; na outra extremidade da sala, no fundo, havia um harmônio; um velho senhor de óculos, sentado, inclinava sua calvície sobre o teclado descoberto.

Muitas cadeiras ainda estavam livres; ocupei uma delas. Por muito tempo nada aconteceu, mas o público não mostrava nenhum aborrecimento, as pessoas conversavam umas com as outras a meia voz. Nesse meio-tempo os pequenos grupos que ainda estavam no corredor haviam terminado de encher a sala, sentando nos últimos lugares vagos ou ficando em pé.

Finalmente aconteceu alguma coisa: abriu-se uma porta atrás do estrado; apareceu uma senhora de vestido marrom, com um par de óculos sobre um nariz magro e comprido; passeou o olhar pela assistência e levantou a mão direita. O silêncio me cercou. Em seguida, a mulher se virou para o lado da sala de onde surgira, como que para dirigir um sinal ou uma palavra a alguém, mas logo depois voltou e se encostou na parede, e na mesma hora apareceu em seu rosto um sorriso solene e fixo. Tudo estava bem sincronizado, pois, atrás de mim, o som do harmônio começou ao mesmo tempo que o sorriso.

Alguns segundos depois, apareceu na porta atrás do estrado uma moça corada, com cabelos amarelos, magnificamente penteada e maquilada, com ar espantado, carregando nos braços uma sacola branca com um bebê. A mulher de marrom, para lhe facilitar a passagem, encostou-se ainda mais contra a parede, enquanto seu sorriso procurava encorajar a portadora do bebê, e esta avançava, com passo hesitante, segurando a criança; uma segunda surgiu com a mesma sacola branca e atrás dela (em fila indiana) um pequeno cortejo. Eu continuava observando a primeira: seus olhos, tendo primeiro vagueado pelo teto, haviam baixado e certamente encontraram o olhar de alguém na sala, já que, perdendo a segurança, ela de súbito tentara olhar em outra direção e começara a sorrir, só que esse sorriso (esse esforço para sorrir) rapidamente se desfez numa contração dos lábios paralisados. Tudo isso se passou em seu rosto num intervalo de alguns segundos (o tempo de atravessar seis metros de distância da porta); como ela foi andando direto para a frente sem virar a tempo diante da meia-lua de cadeiras, a mulher de marrom se afastou da parede com um pulo (a cara meio contrariada) e se aproximou dela a fim de lhe indicar com um sinal da mão a direção certa. Corrigindo na mesma hora seu desvio, a mulher fez um movimento de curva, seguida das outras mulheres que também carregavam crianças. Havia um total de oito. Tendo terminado o percurso indicado, elas pararam, de costas para o público, cada uma em pé diante de uma cadeira. A senhora de marrom fez um sinal do alto para baixo; lentamente, uma depois da outra, as mulheres (sempre com as costas viradas para o público) compreenderam e (com os bebês embrulhados) sentaram-se.

A mulher de marrom sorriu de novo e foi para a porta que ficara entreaberta. Parou um instante na soleira, depois deu três ou quatro passos rápidos e voltou recuando para a sala, onde tornou a se encostar na parede. Apareceu então um homem de uns vinte anos, vestido de preto e com uma camisa branca cujo colarinho, grudado ao pescoço, estava enfeitado com uma gravata estampada. Tinha a cabeça baixa e o andar pesado. Atrás dele vinham outros sete homens de idades diferentes, mas todos usando roupas escuras e camisa domingueira. Contornaram as mulheres com os bebês e pararam. Nesse momento, dois ou três mostraram certa inquietude, olhando à volta como se procurassem alguma coisa. A senhora de marrom (cujo rosto imediatamente se anuviou) acudiu e aprovou com um movimento de cabeça o que um dos homens perplexos lhe segredara ao ouvido; em seguida os homens trocaram de lugar rapidamente.

Mais uma vez sorridente, a senhora de marrom se dirigiu à porta atrás do estrado. Dessa vez não foi preciso nem esboçar qualquer sinal. Um novo destacamento entrava, e devo dizer que era disciplinado, e soberanamente senhor da situação, andando sem constrangimento, com o desembaraço de profissionais; era composto de crianças de uns dez anos; avançavam em fila indiana, meninas e meninos alternados; os meninos vestiam calça azul-marinho e camisa branca com um lenço triangular vermelho, uma ponta deste caindo entre as omoplatas, as duas outras em nó debaixo do queixo; as meninas usavam uma pequena saia azul-marinho, uma blusa branca e, em volta do pescoço, um lenço igual ao dos meninos; todos seguravam um pequeno buquê de rosas na mão. Andavam, como eu disse antes, não só com segurança mas com elegância também, de modo diferente dos dois destacamentos anteriores: não seguiram o semicírculo de cadeiras, percorreram a frente do estrado; pararam aí e deram um quarto de volta, de maneira que a fila formada por eles ocupava todo o comprimento do estrado em frente às mulheres sentadas e à sala.

Alguns segundos se passaram até que um novo personagem apareceu na porta; não era seguido por ninguém e se dirigiu diretamente ao estrado e à longa mesa coberta com tecido vermelho. Era um homem calvo, de meia-idade. Seu andar era digno, seu porte rígido, estava de terno preto e levava na mão uma grande pasta púrpura; parou a meia distância da mesa, de frente para o público, que saudou com uma inclinação. Via-se seu rosto balofo e, pendurada no pescoço como um colar, uma fita larga, vermelha, azul e branca, onde estava presa uma medalha dourada que pendia na altura do estômago e que balançara muitas vezes acima da tribuna quando ele se inclinara.

De repente, um dos garotos enfileirados diante do estrado se pôs a discursar em voz alta. Dizia que a primavera chegara, que os papais e mamães estavam exultantes e que toda a terra se alegrava. Continuou um pouco nesse espírito, e depois uma das meninas o interrompeu para dizer coisas semelhantes cujo sentido não era muito claro, mas em que voltavam as mesmas palavras: mamãe, papai e também primavera, e algumas vezes a palavra rosa. Depois disso, um outro garoto, por sua vez, cortou-lhe a palavra, sendo interrompido em seguida por uma outra menina; não se podia dizer, no entanto, que eles brigavam, visto que todos afirmavam mais ou menos a mesma coisa. Um dos meninos declarou, por exemplo, que a criança era a paz. A menina que veio depois retrucou que a criança era uma flor. Fez-se, aliás, unanimidade em torno dessa última ideia, que o coro das crianças retomou em uníssono, avançando com o braço estendido e carregando um buquê. Como eram oito, justamente o número de mulheres sentadas em semicírculo, cada uma delas recebeu um buquê. As crianças voltaram para perto do estrado e se calaram.

Em compensação, o homem de pé no estrado abriu sua grande pasta púrpura e começou a ler em voz alta. Também falou da primavera, das flores, das mamães e dos papais; falou também do amor, que, segundo ele, dava frutos, mas seu vocabulário revelou em seguida uma metamorfose, não dizia mais o papai e a mamãe, mas o pai e a mãe, enumerava tudo aquilo que o Estado proporcionava (aos pais e às mães), assinalando que deviam, em retribuição, para o bem do Estado, educar seus filhos como cidadãos-modelo. Depois disso, declarou que todos os pais ali presentes iriam selar tal compromisso solene com sua assinatura, e apontou o canto da mesa, onde havia um grande livro encadernado em couro.

Nesse momento, a senhora de marrom veio se colocar atrás da mãe sentada na ponta do semicírculo, tocou-lhe o ombro, a mãe se virou e a senhora lhe tomou o bebê das mãos. Em seguida a mãe se levantou e andou em direção à mesa. O homem com a fita abriu o livro e estendeu uma caneta para a mãe. Ela assinou, voltou para a cadeira e a senhora de marrom lhe entregou o bebê. O pai, por sua vez, também foi assinar; depois a senhora de marrom apanhou o bebê da mãe seguinte e a encaminhou para o estrado; depois dela, seu marido assinou; depois dele, uma outra mãe, um outro marido e assim por diante, até o fim. Depois o harmônio emitiu uma nova série de sons enquanto meus vizinhos se apressavam em ir apertar a mão das mães e dos pais. Eu seguia o movimento (como se também quisesse dar um aperto de mão), quando de repente escutei meu nome ser chamado: era o homem da fita que me perguntava se eu não o estava reconhecendo.

Claro que eu não o reconhecera, apesar de tê-lo observado durante todo o seu discurso. Para não dar uma resposta negativa a uma pergunta um tanto embaraçosa, perguntei-lhe como estava passando. Ele disse que ia bem, e eu o reconheci; Kovalik, um colega de colégio. Como que esmaecidos pela adiposidade de sua fisionomia, seus traços só agora me voltavam à lembrança; aliás, entre meus colegas, Kovalik sempre fora uma figura apagada, nem bom nem canalha, nem sociável nem solitário, e medíocre nos estudos; naquela época tinha um topete no alto da testa, hoje desaparecido — eu tinha portanto algumas desculpas para não tê-lo reconhecido de imediato.

Ele perguntou o que eu estava fazendo ali, se tinha alguma parenta entre as mães. Respondi que não, que não tinha, que tinha vindo apenas por curiosidade. Sorrindo de contentamento, começou a me explicar que o Comitê Nacional local fizera os maiores esforços para que aquele fosse um acontecimento realmente digno das cerimônias cívicas, e, com um orgulho tímido, acrescentou que ele, encarregado dos assuntos civis, tivera certa participação nos preparos para a cerimônia e que por causa disso recebera até alguns elogios de seus superiores. Perguntei-lhe se o que acabara de acontecer fora um batismo. Ele respondeu que não era um batismo, mas as *boas-vindas à vida aos novos cidadãos*. Estava visivelmente encantado de poder conversar. Segundo ele, duas grandes instituições se opunham: a Igreja católica, com seus ritos de tradição milenar, e as instituições civis, cujo cerimonial novo deve substituir esses ritos imemoriais. Disse que as pessoas não desistiriam de celebrar batismos e casamentos na igreja enquanto as cerimônias cívicas não tivessem a mesma grandeza e beleza que as cerimônias religiosas.

Eu lhe disse que, ao que parecia, não era assim tão fácil. Ele concordou e disse que estava feliz com o fato de eles mesmos, encarregados dos assuntos civis, estarem encontrando finalmente um pouco de apoio junto aos nossos artistas, que tinham (esperemos!) compreendido que era uma grande honra dar ao nosso povo enterros, casamentos e batismos (lapso que emendou depressa dizendo: boas-vindas aos novos cidadãos) realmente socialistas. Quanto aos versos que os pequenos pioneiros recitaram naquele dia, acrescentou, eram muito bonitos. Concordei e perguntei-lhe se não seria mais eficaz, para desacostumar as pessoas das cerimônias eclesiásticas, dar-lhes, ao contrário, a possibilidade plena de evitar *toda e qualquer cerimônia*.

Ele disse que as pessoas nunca abririam mão de casamentos e enterros. Sem contar que, do nosso ponto de vista (acentuou a palavra nosso, como que para me fazer compreender que ele também tinha entrado para o Partido Comunista), seria uma pena não utilizar tais cerimônias para aproximar as pessoas da nossa ideologia e do nosso Estado.

Perguntei ao meu velho colega de classe como é que fazia com os recalcitrantes, supondo que houvesse algum. Ele disse que de fato havia esse tipo de gente, porque nem todo mundo assimilou a nova mentalidade, mas, se se mostram refratários, enviamos um convite atrás do outro, de modo que a maioria acaba vindo, oito ou quinze dias depois. Perguntei se o comparecimento a esse tipo de cerimônia era obrigatório. Não, respondeu com um sorriso, mas é por meio dele que o Comitê Nacional julga o nível de consciência dos cidadãos, assim como sua atitude em relação ao Estado, e, ao se darem conta disso, todos acabam vindo.

Eu disse a Kovalik que o Comitê Nacional tratava seus fiéis com mais rigor do que a Igreja católica. Kovalik riu e disse que não havia nada a fazer. Depois me convidou para ir um instante a seu escritório. Eu lhe disse que infelizmente não tinha tempo, pois precisava esperar alguém na rodoviária. Ele me perguntou ainda se tinha encontrado algum dos "meninos" (queria dizer: colegas de colégio). Respondi-lhe que não, mas que estava contente por tê-lo encontrado, porque, quando tivesse um filho para batizar, não deixaria de fazer a viagem até aqui e de procurar por ele. Rindo às gargalhadas, ele me deu um tapa amigável no ombro. Depois de um aperto de mão, voltei para a praça, pensando que faltavam quinze minutos para a chegada do ônibus.

Quinze minutos não era muito. Atravessada a praça, tornei a passar perto do cabeleireiro, dei mais uma olhada através do vidro (apesar de saber que Lucie não estava, só estaria à tarde); depois fui andando para a rodoviária imaginando Helena: seu rosto bronzeado, o cabelo ruivo evidentemente descolorido, a silhueta, longe de ser esbelta mas guardando, apesar disso, a relação elementar de proporções que permite distinguir uma mulher como mulher; imaginava tudo aquilo que a colocava na excitante fronteira entre o feio e o atraente, sua voz, mais forte do que agradável, e a gesticulação excessiva que deixava perceber, contra sua vontade, uma impaciente ambição de *ainda* agradar.

Tinha visto Helena três vezes na vida, isto é, muito pouco para que minha memória guardasse dela uma imagem exata. Cada vez que tentava recordá-la, um traço qualquer dessa imagem sobressaía de tal maneira que Helena se metamorfoseava constantemente para mim em sua própria caricatura. No entanto, por mais inexata que fosse minha imaginação, creio que foi precisamente por essas deformações que captei em Helena alguma coisa de essencial que se escondia sob sua aparência.

Dessa vez, o que me era difícil descartar era sobretudo a imagem de inconsistência corporal de Helena, seu amolecimento, sinais não apenas da idade, da maternidade, mas antes de tudo de seu psiquismo (erotismo) desarmado, de sua incapacidade de resistir (em vão dissimulada pela arrogância de sua atitude), de sua vocação para presa sexual. Essa imagem refletiria na verdade a essência de Helena ou apenas minha relação com ela? Quem pode dizer? O ônibus chegaria a qualquer momento e eu queria que Helena aparecesse como minha fantasia a tinha moldado. Escondi-me na entrada de um dos prédios da praça que cercam a rodoviária para olhá-la um instante, vê-la arregalar os olhos, olhar em volta, *impotente*, assaltada pela ideia de que viajara em vão e de que não me encontraria ali.

Um ônibus parou na esplanada e Helena foi uma das primeiras a descer. Usava uma capa azul que (com a gola levantada, cintura apertada com um cinto) lhe dava um ar jovem e esportivo. Olhou de um lado e de outro e, longe de ficar perplexa, deu meia-volta e se dirigiu sem hesitar ao meu hotel, onde um quarto lhe fora reservado.

Mais uma vez verifiquei que minha imaginação tinha me fornecido uma imagem deformada de Helena. Felizmente, a Helena da realidade se revelava sempre mais bonita do que a das minhas ficções, como uma vez mais constatei ao vê-la de costas, de salto alto, tomar o caminho do hotel. Segui-a.

Ela já estava na recepção, inclinada sobre o balcão, onde um porteiro indiferente escrevia seu nome no registro. Ela soletrava o nome: "Zemanek, Ze-ma-nek...". Em pé atrás dela, eu escutava. Quando o porteiro pousou a caneta sobre o balcão, Helena perguntou: "O camarada Jahn está hospedado aqui, não está?". Aproximei-me por trás e coloquei minha mão em seu ombro.

2

Tudo o que acontecera entre mim e Helena fora consequência de um cálculo minuciosamente estabelecido. Sem dúvida, a partir do nosso primeiro encontro Helena também alimentou algum propósito, mas é pouco provável que suas intenções fossem além de um vago desejo de mulher que quer preservar a espontaneidade, a poesia sentimental, e que, por isso, está pouco preocupada em dirigir e governar de antemão o curso dos acontecimentos. Eu, em compensação, agira desde o começo ao mesmo tempo como autor e como diretor da aventura que iria viver, e não abandonara ao capricho da inspiração nem a escolha dos meus propósitos, nem a escolha do quarto onde queria ficar a sós com ela. Receava qualquer risco de perder aquela oportunidade que se apresentava e que eu tanto desejava; não que Helena fosse especialmente jovem, agradável ou bonita, mas apenas porque ela possuía aquele nome; porque era casada com o homem que eu odiava.

Quando em nosso instituto me anunciaram um dia a visita de uma camarada Zemanek, da rádio, a quem eu deveria informar sobre o tema das nossas pesquisas, lembrei-me, é verdade, imediatamente do meu antigo companheiro de estudos, mas a semelhança do nome parecera-me simples acaso, e, se a perspectiva de receber aquela pessoa me contrariava, era por razões de outra natureza.

Não gosto de jornalistas. Eles são na maioria das vezes superficiais, faladores e de uma arrogância sem igual. Que Helena representasse uma rádio, e não um jornal, desagradava-me ainda mais. É que os jornais podem, a meu ver, valer-se de uma circunstância atenuante e importante: não são barulhentos. Sua futilidade é silenciosa; eles não se impõem; é possível jogá-los na lixeira. Igualmente fútil, o rádio não goza dessa circunstância atenuante; ele nos persegue no bar, no restaurante, até mesmo durante nossas visitas à casa de pessoas que se tornaram incapazes de viver sem o alimento ininterrupto dos ouvidos.

Em Helena, até a maneira de falar me desagradava. Compreendi de imediato que suas opiniões sobre nosso instituto e nossas pesquisas já estavam formadas, de maneira que agora se tratava apenas de tentar obter de mim alguns exemplos concretos que pudessem dar consistência aos clichês habituais. Fiz o possível para dificultar sua tarefa, empregando uma linguagem difícil, impossível de ser compreendida, e me esforçando por abalar todas as suas opiniões preconcebidas. Quando percebi que havia o risco de ela começar a entender, apesar de tudo, minhas explicações, resolvi lhe escapar passando às confidências: disse-lhe que ela ficava muito bem com aqueles cabelos ruivos (achava exatamente o contrário), perguntei sobre seu trabalho na rádio, sobre suas leituras preferidas. E, numa reflexão silenciosa paralela à nossa conversa, veio-me a ideia de que a homonímia não era necessariamente fortuita. Aquela jornalista faladora, inquieta, ambiciosa, parecia ter alguma semelhança com aquele personagem que eu conhecera igualmente falador, inquieto e ambicioso. Assim, adotando o tom frívolo do flerte, indaguei sobre seu marido. A pista foi boa, duas ou três perguntas e identifiquei com certeza Pavel Zemanek. Devo dizer que nesse momento não pensei em me aproximar dela da maneira como aconteceu mais tarde. Ao contrário: a antipatia que senti por ela desde o primeiro momento se intensificou depois da minha descoberta. Imediatamente procurei um pretexto que me permitisse interromper a entrevista com a jornalista importuna, passando-a para um colega, pensei até na alegria que teria em botar porta afora aquela mulher que sorria sem parar, e lamentei que fosse impossível.

Mas no momento exato em que eu estava mais cansado, Helena, em resposta ao tom íntimo das minhas perguntas e observações (cuja função puramente investigativa ela não podia perceber), manifestou-se por alguns gestos tão naturalmente feminina que meu rancor de súbito se revestiu de um novo aspecto: debaixo do véu das afetações profissionais de Helena, percebi uma *mulher* apta a funcionar como mulher. Rindo por dentro, persuadi-me em primeiro lugar de que Zemanek bem merecia tal companheira, que decerto já lhe era um castigo suficiente, mas tive de voltar atrás quase que imediatamente: essa apreciação altiva era subjetiva demais, forçada demais; aquela mulher, sem dúvida alguma, tinha sido muito bonita, e nada autorizava a pensar que Pavel Zemanek, hoje, não gostasse mais de usá-la como mulher. Complacentemente, prolonguei o jogo sem trair aquilo que pensava. Um não sei quê me compelia a levar o mais longe possível minha descoberta dos traços *femininos* da jornalista sentada à minha frente e essa busca determinava o rumo da conversa.

A mediação de uma mulher pode comunicar ao ódio certos aspectos característicos da simpatia — por exemplo, a curiosidade, o interesse carnal, o desejo de transpor o limite da intimidade. Atingi uma espécie de êxtase: imaginava Zemanek, Helena, todo o mundo dos dois (mundo que me era tão estranho), e, com uma volúpia singular, acariciava meu rancor (rancor atencioso, quase terno) pela aparência de Helena, rancor por seu cabelo ruivo, pelos olhos azuis, pelos cílios curtos, rancor por seu rosto redondo, por suas narinas sensuais, rancor pelo leve afastamento dos incisivos, rancor pelas formas cheias do corpo maduro. Observei-a como se observa a mulher amada, reparei em cada detalhe como que para encaixá-la em minha lembrança, e, a fim de dissimular meu interesse rancoroso, escolhi palavras cada vez mais amáveis, tanto assim que Helena foi se tornando cada vez mais feminina. Eu não podia deixar de pensar que sua boca, seus seios, seus olhos, seu cabelo pertenciam a Zemanek, e, no meu pensamento, eu agarrava tudo isso, apalpava, avaliava, tentava determinar se seria possível amassá-lo na palma das mãos ou esmagá-lo contra uma parede, depois observei tudo mais uma vez atentamente e tentei vê-la com os olhos de Zemanek e, de novo, com os meus.

Veio-me a ideia, impraticável e de todo platônica, de que poderia acuar aquela mulher do território exíguo de nossa conversa sedutora até a cama. Mas foi uma dessas ideias que nos passam pela cabeça e depois desaparecem. Helena declarou que me agradecia pelas preciosas informações e que não queria me prender mais tempo. Despedimo-nos um do outro e fiquei contente com sua partida. A curiosa exaltação tinha desaparecido; não sentia mais nada pela mulher além da antipatia de antes e achava desagradável ter lhe demonstrado de maneira tão direta atenção e amabilidade (mesmo fingidas).

As coisas teriam sem dúvida ficado assim se Helena, alguns dias mais tarde, não tivesse me telefonado para marcar um encontro. É possível que ela precisasse de fato me submeter o texto de seu programa, no entanto tive instantaneamente a impressão de que isso era apenas um pretexto e de que o tom com que me falava tendia mais para o tom frívolo e familiar da nossa recente entrevista do que para o lado sério e profissional. Prontamente e sem refletir, adotei esse tom e não o mudei mais. Voltamos a nos encontrar num bar; fiquei ostensivamente indiferente a tudo o que dizia respeito à sua matéria; desprezei sem pudor tudo aquilo por que ela se interessava como jornalista. Minha atitude a desconcertava, mas ao mesmo tempo constatei que eu começava a dominá-la. Propus-lhe um passeio fora de Praga. Ela protestou me lembrando que era casada. Nada podia me agradar mais do que essa maneira de resistir. Demorei-me na sua objeção, que me era tão cara; eu me divertia; voltava ao assunto; gracejava com ele. Ela ficou contente, no fim, em poder fugir desse assunto aceitando o convite. Depois disso, tudo ia evoluir passo a passo segundo o meu plano. Eu o imaginara com a força de quinze anos de rancor, e tinha uma certeza incompreensível de que daria certo e de que iria se realizar.

É, o plano estava se realizando. Peguei a pequena valise de Helena perto do balcão da recepção e, acompanhando-a, subi até seu quarto, que, diga-se de passagem, era tão feio quanto o meu. Apesar de sua tendência engraçada de qualificar todas as coisas como melhores do que são na realidade, a própria Helena teve que concordar comigo. Eu lhe disse que não se incomodasse, que nós saberíamos nos arranjar. Ela me dirigiu um olhar cheio de significação. Em seguida, disse que queria fazer uma rápida toalete. Respondi que era uma boa ideia e que eu a esperaria no saguão do hotel.

Quando ela desceu (embaixo da capa desabotoada, usava uma saia preta e um pulôver cor-de-rosa), pude mais uma vez me convencer de sua elegância. Disse-lhe que iríamos almoçar num restaurante medíocre, mas que apesar disso era o melhor do lugar. Ela me disse que, como eu nascera aqui, ela se entregaria a mim e me obedeceria em tudo. (Dava a impressão de escolher um vocabulário com duplo sentido, prática tão ridícula quanto animadora.) Refizemos meu caminho matinal quando da minha vã procura por um bom café da manhã e várias vezes Helena voltou a afirmar sua alegria em conhecer minha cidade natal, mas, apesar de se encontrar ali realmente pela primeira vez, não olhava ao redor, não se interessava pelo que este ou aquele edifício abrigava, como deveria acontecer com o visitante de uma cidade desconhecida. Eu me perguntava se essa indiferença vinha de um certo endurecimento de uma alma que não sabia mais sentir a curiosidade habitual ou se Helena, concentrada inteiramente em mim, não tinha cabeça para mais nada; eu preferia acreditar na segunda hipótese.

Passamos perto do monumento barroco; o santo sustentava a nuvem, a nuvem o anjo, o anjo uma outra nuvem, esta um outro anjo; o azul do céu estava mais vivo do que de manhã; Helena tirou a capa, colocou-a no braço dizendo que fazia calor; esse calor reforçava mais a obsessiva impressão de vazio poeirento; o monumento se erguia no meio da praça, tal qual um fragmento do céu que não pudesse voltar a seu lugar; disse comigo mesmo que nós dois também tínhamos sido *jogados* nessa praça estranhamente deserta com seu jardim cercado e seu restaurante, jogados de forma irremediável; que por mais que nossos pensamentos e nossas palavras escalassem as alturas, nossos atos eram tão baixos quanto a própria terra.

Sim, de repente fui duramente assaltado pela consciência de minha baixeza; fiquei surpreso, mas fiquei ainda mais surpreso de não estar horrorizado e de aceitar essa baixeza com prazer, e até com alegria e alívio; prazer aumentado pela certeza de que a mulher que caminhava a meu lado se deixava levar em direção às horas duvidosas da tarde por motivos apenas um pouco mais elevados do que os meus.

O restaurante já abrira as portas, mas a sala estava vazia; eram apenas quinze para o meio-dia. As mesas estavam postas; diante de cada cadeira, um prato de sopa coberto com um guardanapo de papel em cima do qual se cruzavam colher, garfo e faca. Não havia ninguém. Sentamos a uma mesa, apanhamos os talheres e o guardanapo, arrumando-os de um lado e do outro do prato, e ficamos esperando. Alguns minutos depois apareceu um garçom na porta da cozinha. Seu olho cansado vagou um momento pela sala e ele já se preparava para ir embora. Chamei-o: "Garçom!".

Girando nos calcanhares, deu alguns passos em direção à nossa mesa. "Desejam alguma coisa?", perguntou ele a uns cinco ou seis metros de nós. "Gostaríamos de comer", disse eu. Ele respondeu: "Só a partir do meio-dia!", e, dando meia-volta outra vez, retornou ao seu refúgio. "Garçom!", chamei de novo. Ele se virou. "Por favor", tive que gritar por causa da distância, "tem vodca?" "Não, não há vodca." "Então o que pode nos servir?" "Genebra", respondeu de longe. "Essa não!", gritei. "Está bem, traga duas genebras então!"

"Nem perguntei a você se quer tomar genebra", disse me dirigindo a Helena.

Ela começou a rir: "Não, não estou acostumada!". "Não tem importância", disse eu. "Você vai gostar. Aqui você está na Morávia, e a genebra é a bebida favorita do povo morávio."

"Está ótimo!", exclamou Helena, toda contente. "Para mim, não há nada melhor do que um pequeno restaurante simples como este, ponto de encontro de motoristas e de mecânicos, em que as pessoas comem e bebem coisas inteiramente banais."

"Você não têm o hábito de despejar um copo de rum na sua cerveja?"

"Também não vamos exagerar!", disse Helena.

"Mas você gosta de ambiente popular."

"É verdade", disse ela. "Detesto os restaurantes chiques, com aquele bando de lacaios com a sua infinidade de pratos..."

"Concordo inteiramente, nada melhor do que um café em que o garçom nos ignora, um lugar enfumaçado, que cheira mal! E sobretudo não existe nada melhor do que a genebra. Quando eu era estudante, não bebia outra coisa."

"Eu também gosto das comidas mais simples. Por exemplo, bolinho de batata ou salsicha com cebola. Não conheço nada melhor..."

Minha incredulidade é tão inveterada que, se alguém me conta aquilo de que gosta ou de que não gosta, eu não levo nem um pouco a sério, ou, para ser mais exato, não vejo nisso senão um simples testemunho da imagem que essa pessoa quer transmitir de si mesma. Nem por um segundo acreditei que Helena respirasse mais satisfeita nos botecos sórdidos com ar viciado do que nas salas de restaurante limpas e arejadas, ou que preferisse uma bebida vulgar a um bom vinho. O que não impedia que sua profissão de fé tivesse valor aos meus olhos, revelando na realidade seu gosto por uma certa afetação, havia muito tempo fora de moda, que florescera nos anos de entusiasmo revolucionário em que se desmaiava de admiração diante de tudo o que fosse "comum", "popular", "simples", "rústico", e em que todos se mostravam prontos a subestimar toda espécie de "requinte" e de "elegância". Nessa afetação eu reconhecia a época da minha juventude, e, em Helena, antes de tudo a mulher de Zemanek. Minha ociosidade distraída da manhã desaparecia rapidamente e eu começava a me concentrar.

O garçom reapareceu segurando uma pequena bandeja com dois copos de genebra, que colocou na mesa junto com uma folha de papel batido à máquina em que se decifrava (com dificuldade, era a enésima cópia) o cardápio.

Levantei o copo dizendo: "Vamos fazer um brinde à genebra, uma bebida plebeia!".

Ela riu, bateu o copo no meu e declarou: "Sempre tive vontade de encontrar um ser simples e correto. Nada sofisticado. Límpido".

Demos um gole e eu disse: "Essas pessoas são raras".

"Mas ainda existem", disse Helena. "Você é uma delas."

"Imagine!", disse eu.

"É sim."

Fiquei estupefato com a incrível capacidade humana de remodelar o real à imagem do seu ideal, mas não hesitei em aceitar a interpretação que Helena fez da minha própria pessoa.

"Quem sabe. Talvez", disse eu. "Correto e límpido. Mas o que quer dizer isso? O importante é ser como se é, não se envergonhar de querer aquilo que se quer, de desejar aquilo que se deseja. Os homens são escravos das normas. Alguém lhes disse que era preciso ser desse jeito ou daquele, então eles se esforçam para ser assim e não saberão nunca como eram nem como são. Consequentemente não são ninguém. Mais do que tudo, é preciso ousar ser você mesmo. Eu lhe digo, Helena, desde o começo você me agradou, e desejo você, por mais casada que seja. Não posso dizer isso de outra maneira e não posso deixar de dizer."

O que eu dizia era constrangedor, mas necessário. O manejo do pensamento feminino tem regras inflexíveis; aquele que resolve persuadir uma mulher, fazê-la mudar de ponto de vista utilizando a razão, tem pouca chance de ser bem-sucedido. É muito mais sábio retomar a imagem que ela quer projetar de si mesma (seus princípios, seus ideais, suas convicções) e depois tentar estabelecer (com sofismas) uma relação harmoniosa entre a referida imagem e o comportamento que queremos que ela tenha. Por exemplo, Helena se consumia em sonhos de "simplicidade", de "natural", de "limpidez". Esses ideais provinham do antigo puritanismo revolucionário e se aliavam à ideia do homem "puro", "sem mácula", moralmente firme e rigoroso. Só que, como o mundo dos princípios de Helena não repousava sobre uma reflexão, mas (como é o caso da maioria das pessoas) sobre alguns imperativos sem ligação lógica, não havia nada mais fácil do que associar a imagem de um "personagem límpido" a um comportamento inteiramente imoral, e assim impedir que a conduta desejada de Helena (o adultério) entrasse num conflito traumatizante com seus ideais. O homem tem o direito de desejar qualquer coisa de uma mulher, mas, se não quiser se comportar como um bruto, deve fazer com que ela possa agir em harmonia com suas ilusões mais profundas.

Enquanto isso, um depois do outro, os fregueses chegaram, ocupando logo quase todas as mesas. O garçom, que havia reaparecido, circulava entre elas perguntando o que devia servir. Passei o cardápio para Helena. Ela o devolveu dizendo que eu conhecia melhor do que ela a cozinha morávia.

É claro que ali era inútil conhecer a cozinha morávia, já que o cardápio era exatamente igual ao dos outros restaurantes daquela categoria e consistia numa lista sumária de pratos comuns, sendo difícil decidir qual escolher. Examinei (com melancolia) a lista, mas o garçom, já impaciente, esperava o pedido.

"Um instante", disse eu.

"Há quinze minutos atrás o senhor queria almoçar e até agora ainda não decidiu o que vai comer!", disse-me ele em tom de acusação, e foi embora.

Felizmente, voltou logo, e fomos autorizados a pedir dois enroladinhos de carne e mais uma rodada de genebra com soda.

Helena (mastigando seu enroladinho) declarou que era maravilhoso (ela adorava esse adjetivo) estarmos de repente os dois sentados numa cidade que ela não conhecia e com a qual sempre sonhara quando fazia parte do Conjunto Fucik, em que se cantavam músicas dessa região. Disse também que sem dúvida aquilo não era correto, mas que não podia fazer nada, que se sentia bem comigo, que estava além das suas forças. Respondi que ter vergonha de seus sentimentos era uma hipocrisia ignóbil. E chamei o garçom para pagar a conta.

Do lado de fora, o monumento barroco se erguia à nossa frente. Pareceu-me ridículo. Apontei-o com o dedo: "Olhe, Helena, esses santos acrobatas! Olhe como trepam! Como têm vontade de subir ao céu! E o céu não liga a mínima para eles! O céu nem sabe que eles existem, esses pobres camponeses alados!".

"É verdade", concordou Helena, em quem o ar livre intensificava o efeito do álcool. "O que fazem aí essas estátuas de santos? Por que não construir no lugar uma coisa em honra da vida e não da religião?" Devia ter ainda um mínimo de controle, pois acrescentou: "Estou dizendo bobagens? Diga que não estou!".

"Não, não está, Helena. Você tem toda razão, a vida é bela e nunca a festejaremos o bastante."

"É", disse ela, "as pessoas podem falar o que quiserem, a vida é maravilhosa, e eu tenho horror dos profetas da infelicidade; se eu quisesse me queixar, teria mais motivos do que qualquer pessoa, só que me controlo; por que se queixar, quando pode acontecer um dia como o de hoje? É tão maravilhoso: uma cidade onde nunca estive antes, e eu estou com você..."

Helena continuou e logo depois chegamos diante de uma fachada nova.

"Onde estamos?", perguntou.

"Escute", eu disse, "esses botecos são muito chatos. Proponho a você uma pequena taberna particular que tenho nesse edifício. Venha!"

"Para onde você está me levando?", protestou Helena me seguindo pela entrada do edifício.

"À verdadeira taberna particular, estilo morávio. Você não conhece?"

"Não", disse Helena.

No terceiro andar, abri a porta com a chave e entramos.

3

Helena não se importou absolutamente com o fato de ser levada a um apartamento emprestado e não pediu nenhuma explicação. Ao contrário, uma vez atravessada a soleira da porta, parecia resolvida a passar de imediato do jogo dúbio da sedução para um comportamento que tem apenas um significado e que não pretende ser um jogo mas sim a própria vida. Parou no centro da peça, meio voltada para mim, e seu olhar mostrava que ela não esperava nada além da minha aproximação, meu beijo, meu abraço. Nesse instante preciso, era exatamente a Helena dos meus sonhos: desarmada e à minha mercê!

Dirigi-me a ela; ela levantou o rosto para mim; em vez do beijo (tão esperado), sorri e segurei com os dedos os ombros de sua capa azul. Ela compreendeu e a desabotoou. Levei-a para a entrada e a pendurei no cabide. Não, agora que tudo estava no ponto (meu apetite e o abandono dela), não iria me precipitar e me arriscar a perder, por pressa, um elemento do *todo* do qual queria me apropriar. Comecei a conversar sobre um assunto qualquer; fazendo com que ela se sentasse, mostrei-lhe vários detalhes domésticos: abri o armário da vodca, para o qual na véspera Kostka me chamara a atenção; destampei a garrafa, coloquei-a na mesa com dois copos e os enchi:

"Vou ficar bêbada", ela disse.

"Vamos ficar bêbados os dois", retruquei (embora soubesse que não ficaria bêbado, pois decidira guardar intacta a minha memória).

Ela não sorriu; séria, bebeu e disse: "Sabe, Ludvik, eu ficaria muito triste se você me tomasse por uma dessas mulherzinhas que, por se aborrecerem, vivem com aventuras na cabeça. Não sou ingênua e sei que você conheceu muitas mulheres, e que elas lhe ensinaram a tratá-las com cavalheirismo. Só que eu ficaria triste...".

"Eu também ficaria triste", eu disse, "se você fosse apenas uma mulherzinha como as outras, aceitando levianamente qualquer aventura que a afaste do seu marido. Se você fosse uma dessas, nosso encontro perderia todo o sentido."

"Verdade?"

"É verdade, Helena. Você tem razão, conheci muitas mulheres, e elas me ensinaram a não hesitar em trocar uma pela outra sem nenhum escrúpulo, mas o nosso encontro é diferente."

"Você não está dizendo isso só por dizer?"

"Não. A primeira vez que a vi, percebi logo que fazia muitos anos estava esperando exatamente você."

"Você não pode ser dado a lábias! Não estaria dizendo tudo isso se não fosse o que está sentindo."

"Isso é verdade, não sei fingir o que não estou sentindo, é a única coisa que as mulheres jamais conseguiram me ensinar. Assim, Helena, não estou mentindo para você, por mais incrível que pareça: ao encontrar você, compreendi que era você que eu esperava fazia muito tempo. Que eu esperava sem conhecer. E agora quero você para mim. Isso é tão inelutável quanto o destino."

"Meu Deus", disse Helena, abaixando as pálpebras; ela tinha placas vermelhas no rosto e era cada vez mais a Helena dos meus sonhos: desarmada e entregue. "Ludvik, se você soubesse! Aconteceu o mesmo comigo! Assim que o vi pela primeira vez compreendi que não era um flerte e foi exatamente isso que me assustou, pois sou casada, e sabia que tudo o que existia entre nós era a verdade, que você era a minha verdade e que eu não podia fazer nada."

"Você também, Helena, você é a minha verdade", eu lhe disse.

Sentada no divã, ela abria para mim seus grandes olhos, enquanto da cadeira, de frente para ela, eu a observava com avidez. Coloquei minhas mãos sobre seus joelhos e depois, lentamente, levantei sua saia até descobrir a beirada das meias e as ligas de elástico, que, nas coxas já um pouco gordas de Helena, evocavam algo de triste e de pobre. Imóvel ao meu contato, Helena continuava parada, sem um gesto, sem um olhar.

"Ah, se você soubesse de tudo..."

"Se soubesse o quê?"

"Como eu vivo."

"Como é que você vive?"

Ela deu um sorriso amargo.

De repente tive medo de que me viesse com o expediente banal das mulheres infiéis, caluniando seu casamento e aviltando-o no mesmo momento em que este se tornava minha presa: "Por favor, não me venha explicar que você é infeliz no casamento, que seu marido não a compreende!".

"Não quis dizer isso", defendeu-se Helena, um pouco desconcertada pelo meu ataque, "se bem que..."

"Se bem que é nisso que está pensando nesse instante. Isso vem à cabeça de toda mulher que se vê com um outro homem, mas é aí justamente que começa a mentira; ora, você, Helena, pretende continuar verdadeira, não é? Você sem dúvida amou seu marido e não teria se entregado a ele sem amor."

"É", reconheceu ela docemente.

"No fundo, que tipo de homem é seu marido?"

Ela encolheu os ombros e sorriu: "Um homem".

"Faz muito tempo que vocês se conhecem?"

"Treze anos de casamento, e já nos conhecíamos antes."

"Você ainda estava na faculdade?"

"Estava. No primeiro ano."

Ela quis abaixar a saia. Peguei sua mão e não deixei. Continuei a interrogá-la. "E ele? Onde você o conheceu?"

"Nos ensaios do conjunto."

"Do conjunto? Ele cantava no coral, seu marido?"

"Cantava. Como todos nós."

"Então foi num conjunto de canto que vocês se conheceram... Um belo cenário para um amor que começa."

"Ah, é!"

"Aliás, toda aquela época foi bonita."

"Você também gosta de se lembrar daquela época?"

"O melhor período da minha vida. Mas, me diga, seu marido foi seu primeiro amor?"

Ela hesitou: "Não tenho vontade nenhuma de pensar nele!".

"Helena, quero conhecer você. De agora em diante, quero saber tudo sobre você. Quanto mais eu a conhecer, mais você será minha. Então, antes dele você teve alguém?"

Ela balançou a cabeça: "Tive".

Que Helena quando jovem tivesse pertencido a um homem e que, por causa disso, a importância de sua união com Pavel Zemanek fosse diminuída, eis aí uma coisa que quase me desapontava: "Um amor verdadeiro?".

Ela sacudiu a cabeça: "Uma curiosidade boba".

"Então, seu primeiro amor foi mesmo seu marido."

"Foi", concordou ela, "mas isso já tem muito tempo..."

"Como era ele?", insisti a meia-voz.

"Mas por que você faz tanta questão de saber?"

"Porque quero você inteira, com tudo o que está dentro dessa cabeça!" E acariciei-lhe os cabelos.

Se alguma coisa impede uma mulher de falar de seu marido a seu amante, raramente é a nobreza, a delicadeza ou o pudor autêntico, mas apenas o medo de aborrecer o amante. Quando este dissipa a apreensão, a amante lhe fica grata, sente-se mais à vontade, mas sobretudo: isso a faz ter assunto, pois a soma dos temas possíveis de conversa não é ilimitada, e, para a mulher casada, o marido é o assunto ideal, o único em que ela se sente segura de si, o único em que é *perita*, e cada ser humano, afinal de contas, fica feliz de poder falar como perito e de se vangloriar disso. Assim, quando lhe assegurei que esse assunto não me aborrecia, Helena começou a falar de Zemanek com a maior descontração, deixou-se levar a tal ponto pelas recordações que não colocou nenhuma mancha negra em seu retrato; contou-me como se apaixonou por ele (por aquele rapaz louro, empertigado), o respeito que lhe inspirou quando foi nomeado responsável político do conjunto, como ela e suas amigas o admiravam (ele falava tão bem!), como a história de amor dos dois se harmonizava com toda aquela época, época que ela defendeu com duas ou três frases (como poderíamos desconfiar que Stálin havia mandado fuzilar comunistas fiéis?), certamente não com a intenção de fazer uma *digressão* sobre um tema político, mas porque se sentia pessoalmente inserida nesse tema. A maneira como defendia a época de sua juventude, e como se identificava com ela (falava como que de um lar perdido) lembrava até uma pequena manifestação, como se Helena quisesse me avisar: possua-me sem restrições, exceto uma: você permitirá que eu seja tal como sou, você me possuirá com minhas *convicções*. Tamanha manifestação de convicções numa circunstância em que não se tratava de convicções, mas de corpos, tem qualquer coisa de anormal, revelando que as convicções de certa maneira traumatizam a mulher a que concernem: ou ela teme que achemos que ela não tem nenhuma e trata de exibi-las rapidamente, ou então (o que, no caso de Helena, era o mais provável) duvida em segredo do valor dessas convicções e, a fim de revalorizá-las, põe em perigo o que a seus olhos tem um valor fora de qualquer dúvida: o próprio ato de amor (talvez ela tenha a astuta certeza de que, para o amante, o ato de amor é mais importante do que discutir sobre uma convicção). Da parte de Helena, essa manifestação não me contrariava, pois me reaproximava do nó da minha paixão.

"Olhe, está vendo?" Mostrou-me uma minúscula plaquinha de prata, presa ao seu relógio de pulso por uma correntinha. Inclinei-me para olhar enquanto Helena explicava: o desenho gravado representava o Kremlin. "Foi um presente de Pavel." Contou-me então a história daquele berloque, que no passado uma jovem russa dera de presente a um compatriota seu, Sacha, por quem se apaixonara. Sacha estava de partida para a longa guerra cujo último ato o levou até Praga, cidade que ele salvou do desastre, mas onde foi morto. No andar da *villa* onde Pavel Zemanek morava com os pais, o exército russo instalara uma enfermaria; lá, gravemente ferido, o tenente Sacha viveu seus últimos dias em companhia de Pavel, com quem fizera amizade. Agonizante, Sacha dera a Pavel, como lembrança, aquele Kremlin em miniatura que durante toda a guerra levara ao redor do pescoço, preso por um cordão. Pavel guardara aquele presente como sua mais preciosa relíquia. Um dia — estavam noivos ainda — Helena e Pavel brigaram, tendo pensado até em romper; foi então que Pavel levou para ela, como sinal de reconciliação, aquela joia barata (e lembrança tão valiosa); depois disso, Helena não se separou mais do pequeno objeto, para ela uma espécie de mensagem ("que mensagem?", perguntei; ela respondeu: "uma mensagem de alegria") que usará até o fim de seus dias.

O rosto vermelho, ela continuava sentada diante de mim (a saia levantada deixava aparecer as ligas presas a uma calcinha de lastex preta, na moda nessa época), mas, nesse momento, ela desapareceu atrás da imagem de uma outra pessoa: brutalmente a história do berloque que fora dado de presente três vezes fizera surgir diante de mim a pessoa de Pavel Zemanek.

Nem por um momento acreditei em Sacha, o soldado vermelho. Mesmo que tivesse existido, sua vida real desaparecera por trás do gesto enfático com que Pavel Zemanek o transformou em personagem lendário de sua própria vida, em estátua sagrada, em instrumento de enternecimento, em argumento sentimental e objeto de adoração que sua mulher (por certo mais constante do que ele) veneraria (por zelo ou como desafio) até a morte. Parecia-me que o coração de Pavel Zemanek (coração descaradamente exibicionista) estava ali, presente; e eu me revi de súbito no centro daquele cenário que já tinha quinze anos: o grande anfiteatro da faculdade de ciências; sobre o estrado, no centro da grande mesa, Zemanek; a seu lado, uma moça gorda e bochechuda, com os cabelos em trança, usando um pulôver feio, e, do outro lado, um rapaz, delegado do distrito. Atrás do estrado, o grande retângulo do quadro-negro, e à esquerda, pendurado na parede, um retrato de Fucik. Como todo mundo, sentei-me nos bancos em frente ao estrado, eu, que agora, recuando quinze anos, olho com meus olhos de então Zemanek anunciando que vai se proceder ao exame do "caso do camarada Jahn", vejo-o enquanto ele declara: "Quero ler as cartas de dois comunistas". Uma breve pausa pontuou suas palavras, ele segurou uma espécie de livrete fino, passou a mão nos longos cabelos ondulados e, com uma voz insinuante, quase doce, começou a leitura:

"A senhora demorou a chegar, dona Morte! No entanto, eu não esperava conhecê-la senão daqui a muitos anos, esperava viver ainda a existência de um homem livre, ainda trabalhar muito, amar muito, cantar muito ainda, e andar pelo mundo...". Reconheci a *Reportagem escrita sob a forca*, de Fucik: "Eu amava a vida e foi por sua beleza que parti para a guerra. Homens, eu vos amava e ficava feliz quando esse amor era retribuído, e sofria quando não era compreendido...". Escrito em segredo numa cela de prisão, esse texto, com uma tiragem de milhões de exemplares, difundido pelo rádio, estudado obrigatoriamente nas escolas, era o livro sagrado da época; Zemanek nos lia os trechos mais célebres, que qualquer um conhecia de cor. "Que a tristeza nunca seja ligada a meu nome. É a última vontade que exprimo, a você, pai; a você, mãe; a vocês, minhas duas irmãs; a você, minha Gustina; a vocês, meus camaradas; a todos vocês que eu amava..." Na parede estava pendurado o retrato de Fucik, reprodução do famoso desenho de Max Svabinsky, velho pintor da Belle Époque, virtuose de alegorias, de mulheres roliças, de borboletas, de belezas; dizem que, logo depois da guerra, os camaradas tinham ido à sua casa para encomendar um retrato de Fucik e pediram que fosse copiado de uma fotografia, e Svabinsky o representara a traço (de perfil) com a inefável finura ditada por seu gosto: por pouco não se veria nele uma expressão de mocinha, o resto iluminado de fervor e de aspirações, como que transparente, e tão bonito que as pessoas que conheceram o modelo preferiam esse desenho à lembrança que tinham da fisionomia viva. Zemanek continuava a ler, enquanto na sala muda todos escutavam, tensos, e na tribuna a moça gorda não despregava do orador os olhos cheios de admiração; e esse mudou subitamente o registro da voz, a entonação se tornou quase ameaçadora; falava sobre Mirek, aquele traidor: "E dizer que tinha sido um homem corajoso, que não fugia diante das balas quando combatia no front da Espanha, que não se dobrara diante da penosa prova campo de concentração na França! E agora a chibata de um agente da Gestapo o fazia empalidecer e trair para salvar a própria pele. Como era superficial essa coragem que alguns golpes tinham conseguido apagar! Tão pouco profunda quanto suas convicções... Ele perdeu tudo a partir do momento em que começou a pensar em si. Para salvar sua carcaça, sacrificou os companheiros. Abandonou-se à covardia e por covardia traiu...". Na parede o belo rosto de Fucik sonhava, como sonhava na parede de milhares de outras salas públicas do país, tão belo, com aquela expressão radiosa de mocinha apaixonada, que, ao contemplá-lo, eu sentia vergonha não apenas por meu erro mas também por meu rosto. E Zemanek terminava: "Eles bem podem nos tirar a vida, não é verdade, Gustina? Mas nossa honra e nosso, amor, isso eles não podem nos arrebatar. Ah, caros amigos, vocês podem imaginar o que seria a nossa existência se nos encontrássemos depois de todo esse calvário? Para retomar uma vida livre que um trabalho criador iria embelezar? Quando será realizado aquilo a que aspiramos, aquilo para que dirigimos nossas forças e por que vamos agora morrer?".

Depois de pronunciadas de maneira patética as últimas frases, Zemanek se calou. Em seguida disse: "Era uma carta de um comunista, escrita à sombra da forca. Agora vou ler uma outra carta". Então pronunciou as três frases lapidares, ridículas, abomináveis, do meu cartão-postal. Depois ficou em silêncio, o anfiteatro também, e eu senti que estava perdido. O silêncio foi longo e Zemanek, encenador prodigioso, teve o cuidado de não encurtá-lo. Finalmente, convidou-me a falar. Eu sabia que não podia salvar mais nada; se por dez vezes minha defesa impressionara tão pouco, que efeito poderia produzir naquele dia, quando Zemanek acabava de passar minhas três pequenas frases pelo crivo absoluto do sofrimento de Fucik? Eu não tinha mais nada a fazer senão me levantar e falar. Expliquei mais uma vez que escrevera o cartão por simples brincadeira; denunciei no entanto as palavras impróprias, a incongruência e a grosseria da brincadeira, e falei do meu individualismo, das minhas pretensões de "intelectual", do meu distanciamento do povo, e descobri em mim até vaidade, tendências céticas, cinismo, mas jurei que, mesmo com tudo isso, eu era devotado ao Partido e de maneira nenhuma seu inimigo. A discussão começou, dando aos camaradas a oportunidade de recusar meu ponto de vista como contraditório; perguntaram-me de que maneira um homem que se declara cínico pode ser devotado ao Partido; uma companheira de estudos me lembrou de certas palavras obscenas e quis saber se, na minha opinião, tais palavras eram toleráveis na boca de um comunista; outros se estendiam em considerações abstratas sobre o espírito pequeno-burguês para que eu pudesse figurar como um exemplo concreto deste; de um modo geral, julgou-se que minha autocrítica não fora profunda e que pecava por falta de sinceridade. Depois disso, a moça gorda que estava sentada ao lado de Zemanek me perguntou: "Na sua opinião, o que diriam das suas palavras os camaradas que a Gestapo torturou e que não sobreviveram?". (Lembrei-me de meu pai e disse a mim mesmo que ali todos fingiam ignorar como ele havia morrido.) Eu não disse nada. Ela repetiu a pergunta. Eu disse: "Não sei". "Vamos, pense um pouco", insistiu, "você acabará descobrindo!"

Ela queria que eu pronunciasse pela boca imaginária dos camaradas mortos um julgamento severo sobre mim mesmo; mas uma onda de fúria me inundou nesse momento, imprevista, inesperada, de tal modo que, atormentado por todas aquelas semanas passadas a me autocriticar, eu disse: "Esses olharam a morte de frente. Esses certamente não eram mesquinhos. Se tivessem lido meu cartão, talvez tivessem achado graça!".

No fundo, a moça gorda acabara de me oferecer uma chance de salvar ao menos alguma coisa. Era a última oportunidade para *compreender* a dura crítica dos camaradas, para aderir a ela, para me identificar com ela e, mediante essa identificação, poder mendigar em troca uma certa compreensão da parte deles. Mas, com minha resposta brusca, de um golpe me cortei da esfera de pensamento deles, recusei-me a fazer o papel que se representava comumente por ocasião de centenas de reuniões, de centenas de procedimentos disciplinares e mesmo de centenas de audiências judiciárias: o papel do acusado que, ao se acusar com ardor (identificando-se assim com seus acusadores), tenta implorar perdão.

Fez-se um novo silêncio. Zemanek acabou com ele. Declarou-se incapaz de imaginar o que havia de engraçado nas minhas formulações antipartidárias. Invocou mais uma vez as palavras de Fucik e afirmou que, nas situações críticas, a ambiguidade e o ceticismo se transformam infalivelmente em traições e que o Partido é uma fortaleza que não tolera traidores dentro de suas muralhas. Minha intervenção, acrescentou ele, provava que eu não tinha compreendido nada e que não apenas meu lugar não era no Partido, como também eu nem mesmo merecia que a classe trabalhadora me fornecesse os meios de garantir meus estudos. Propôs minha expulsão do Partido e da faculdade. As pessoas na sala levantaram a mão e Zemanek me disse que eu tinha que devolver meu cartão do Partido e ir embora.

Levantei-me para colocar o cartão na mesa, em frente a Zemanek. Ele não me dirigiu um só olhar; já tinha deixado de me enxergar. Só que eu, agora, estou vendo sua mulher sentada à minha frente, bêbada, com o rosto em fogo, a saia enrolada até a cintura. Suas pernas fortes estão limitadas em cima pelo preto da calcinha de lastex; abrindo e fechando, o ritmo destas pernas marcou as pulsões de uma dezena de anos da vida de Zemanek. Minhas mãos se pousam sobre elas e acho que abrigam a própria vida de Zemanek. Olhei o rosto de Helena, seus olhos, semicerrados sob o meu toque.

4

"Tire a roupa, Helena", eu disse a meia-voz.

Ela se levantou do divã, a bainha da saia desceu à altura de seus joelhos. Olhava-me nos olhos e então, sem dizer uma palavra (sem parar de me olhar), correu lentamente o fecho da saia. Aberta, esta caiu pelas pernas; ela tirou o pé esquerdo; ajudando com o pé direito, pegou-a com a mão e a colocou sobre uma cadeira. Agora estava de pulôver e combinação. Tirou em seguida o pulôver pela cabeça e o jogou para junto da sala.

"Não olhe", disse.

"Quero ver você", eu disse.

"Não, enquanto tiro a roupa, não."

Fui para perto dela. Segurando-a de cada lado, debaixo dos braços, escorreguei minha mão até seus quadris; embaixo da seda da combinação, um pouco úmida de suor, sentia a curva mole de seu corpo. Ela estendia o rosto, os lábios se entreabriam com o velho hábito (com o tique) do beijo. Mas eu não queria beijá-la, o que queria mesmo era olhá-la por muito tempo, o maior tempo possível.

"Tire a roupa, Helena", repeti, afastando-me alguns passos para tirar o paletó.

"Está muito claro aqui", disse ela.

"Está bom assim", disse eu, colocando o paletó nas costas de uma cadeira.

Ela tirou a combinação e a jogou perto do pulôver e da saia; soltou e tirou as meias uma de cada vez; não as atirou, mas foi até a cadeira arrumá-las com cuidado; depois estufou o peito e levou as mãos às costas; muitos segundos se passaram até que os ombros esticados se inclinassem para a frente no mesmo movimento do sutiã, que escorregou dos seios; estes, comprimidos entre os ombros e os braços, juntaram-se, volumosos, cheios, pálidos e, evidentemente, um pouco pesados.

"Tire a roupa, Helena", disse eu uma última vez.

Ela me olhou nos olhos e depois tirou a calcinha de lastex preto que lhe modelava o corpo, jogando-a ao lado do par de meias e do pulôver. Estava nua.

Eu registrava os menores detalhes dessa cena com atenção: não queria atingir um prazer apressado com uma mulher (*qualquer que fosse*), queria tomar posse de um universo íntimo estranho e totalmente *preciso* e tinha que me apossar dele em uma só tarde, através de um único ato de amor em que eu deveria ser não apenas aquele que se entrega ao prazer, mas aquele que caça uma presa fugitiva e que deve portanto manter-se em vigilância total.

Até então eu me apossara de Helena apenas com o olhar.

Ainda agora me mantinha a uma certa distância, ao passo que ela, ao contrário, já desejava o calor dos contatos que cobririam seu corpo exposto à frieza do olhar. Mesmo à distância desses poucos passos, já sentia a umidade de sua boca e a impaciência sensual de sua língua. Um segundo mais, dois, e estava colado a ela. Entre as duas cadeiras cheias com nossas roupas, nós nos abraçamos, de pé, no meio do quarto.

Ela murmurava: "Ludvik, Ludvik, Ludvik...". Conduzi-a até o divã. Deitei-a. "Venha, venha!", ela dizia. "Perto de mim, bem perto..."

É extremamente raro que o amor físico se confunda com o amor da alma. O que faz exatamente a alma, enquanto o corpo se une (com esse movimento tão imemorial, universal e invariável) a outro corpo? Quanta coisa ela consegue inventar durante esse tempo, reafirmando assim sua superioridade sobre a monotonia da vida corporal! De quanto desprezo ela é capaz em relação a seu corpo, que lhe serve apenas (assim como o corpo do outro) de pretexto para a imaginação mil vezes mais carnal do que os dois corpos unidos! Ou inversamente: como é hábil em rebaixá-la abandonando-o a seu vaivém pendular, enquanto ela se afasta com seus pensamentos (já cansados dos caprichos do corpo) para bem longe dali: para uma partida de xadrez, para a lembrança de um almoço ou para uma leitura.

Que dois corpos estranhos se confundam, não é raro. Mesmo a união das almas pode acontecer algumas vezes. Mas é mil vezes mais raro que um corpo se una à sua alma e se entenda com ela para compartilhar uma paixão...

O que fazia então minha alma enquanto meu corpo fazia amor com Helena?

Minha alma viu o corpo de uma mulher. Ficou indiferente a esse corpo. Sabia que esse corpo só tinha significado para ela porque normalmente era visto e amado da mesma maneira por alguém que não estava ali; por isso procurava olhar esse corpo com os olhos do terceiro que estava ausente; por isso se aplicava em se tornar intermediária desse terceiro; ela via a nudez de um corpo feminino, a perna dobrada, a prega do ventre e o seio, mas tudo isso só adquiria sentido nos instantes em que meus olhos se tornavam aqueles do terceiro ausente; então minha alma entrava subitamente no olhar desse outro e se confundia com ele; apossava-se da perna dobrada, da prega do ventre, do seio, tais como eram vistos pelo terceiro ausente.

Não apenas minha alma se tornava intermediária desse terceiro, mas mandava meu corpo substituir o dele; depois disso, afastava-se para observar o enlace dos corpos dos dois esposos; depois de repente, mandava meu corpo retomar sua identidade, entrar nessa cópula conjugal e desmanchá-la brutalmente.

Uma veia se tornou azul no pescoço de Helena, sacudida pelo espasmo; sua cabeça virou, dentes fincados numa almofada.

Ela disse meu nome num sopro e seus olhos suplicaram um momento de descanso.

Mas minha alma ordenou que eu prosseguisse; que eu a perseguisse de volúpia em volúpia; que forçasse seu corpo em todas as posições, a fim de arrancar da sombra e do segredo todos os ângulos sob os quais aquele terceiro ausente a observava; sobretudo, nenhuma trégua; repetir de novo e de novo essa convulsão em que ela é verdadeira e autêntica, em que não finge nada, convulsão em que ela está gravada na memória desse terceiro que não está presente, gravada como uma tatuagem, como um selo, um código, um emblema. Roubar então esse código secreto! O selo real! Arrombar o gabinete secreto de Pavel Zemanek, vasculhar todos os cantos e revirar tudo!

Olhei o rosto vermelho de Helena, desfigurado pela contração; coloquei minha mão sobre ele como quem a coloca sobre um objeto que se pode virar e revirar, amassar e sovar, e sentia que o rosto aceitava bem a mão: estava ávido por ser amassado e sovado; virei sua cabeça para a direita; depois para a esquerda; muitas vezes seguidas; depois o movimento se transformou numa bofetada; e noutra; e numa terceira. Helena começou a soluçar, a gritar, mas não de dor, gritava de prazer, o queixo erguido para mim, e eu batia, batia, batia; depois vi que não era só o queixo, mas também o peito que se levantava para mim, e sem hesitar (deitado em cima dela) lhe fustiguei os braços, os quadris, os seios...

Tudo tem um fim; esse esplêndido saque também teve. Ela estava deitada de barriga para baixo, atravessada no divã, cansada, exausta. Nas suas costas via-se um sinal e mais embaixo, como as listras de uma zebra, as marcas vermelhas das pancadas nas nádegas.

Levantei-me e atravessei o quarto cambaleando; abri a porta do banheiro, abri a torneira, com muita água fria lavei o rosto, as mãos, o corpo inteiro. Levantei a cabeça e me olhei no espelho; meu rosto sorria; quando o surpreendi assim (sorrindo), o sorriso me pareceu engraçado e dei uma gargalhada. Depois me enxuguei e sentei na beira da banheira. Tive vontade de ficar sozinho ao menos alguns segundos para me alegrar com meu súbito isolamento, para me alegrar com minha alegria.

Sim, eu estava contente; talvez até feliz. Sentia-me vencedor, e os minutos e horas seguintes me pareciam inúteis e sem interesse.

Então voltei.

Helena não estava mais de barriga para baixo, mas virada de lado, olhava-me. "Querido, venha para junto de mim", disse ela.

Muitas pessoas, depois de terem unido seus corpos, acham que também uniram suas almas e se sentem automaticamente autorizadas, por essa crença errônea, a se tratarem com intimidade. Como jamais acreditei na harmonia sincronizada do corpo e da alma, essa intimidade de Helena me deixava perplexo e irritado. Indócil ao convite, dirigi-me à cadeira onde estavam minhas coisas, para vestir a camisa.

"Não se vista", pediu Helena, e, com a mão estendida na minha direção, repetiu: "Vamos, venha!".

Eu só tinha um desejo: que os instantes seguintes não acontecessem, e, se meu desejo era impossível de ser realizado, que esses momentos se perdessem na insignificância, que fossem sem peso, mais leves que a poeira; eu não queria mais nenhum contato com Helena, a ideia de sua ternura me apavorava, mas também me apavorava a possibilidade de uma tensão ou de um drama qualquer; assim, contra a vontade, deixei de lado a camisa para finalmente me sentar no divã, perto de Helena. Foi horrível: ela se arrastou até mim, o rosto encostado na minha perna, que ela beijava; num instante minha perna ficou molhada; mas não eram os beijos: quando ela levantou o rosto, vi que estava banhado em lágrimas. Ela as enxugou dizendo: "Não fique zangado, meu amor, não fique zangado porque estou chorando". Grudando-se com mais força ainda a mim, envolveu-me pela cintura sem poder mais conter os soluços.

"O que aconteceu?", perguntei.

Sacudindo a cabeça, ela disse: "Nada, nada, seu bobinho". E começou a cobrir meu rosto e todo o meu corpo de beijos febris. "Estou louca de amor", acrescentou em seguida, e, como eu não respondesse nada, continuou: "Você vai rir de mim, mas não me importo, estou louca de amor, louca de amor!". E, como eu continuasse sem falar nada, disse: "E me sinto feliz...". Depois me mostrou a mesinha e a garrafa de vodca inacabada: "Vamos, sirva-me!".

Eu não tinha a menor vontade de servir um drinque nem para Helena nem para mim; tinha medo de que novos copos de vodca resultassem num perigoso prolongamento daquela sessão (que era maravilhosa, mas com a condição de já ter acabado, de já estar no meu passado).

"Querido, por favor!" Ela continuava mostrando a mesinha, e acrescentou como desculpa: "Não fique zangado, eu estou feliz. Eu quero ser feliz...".

"Você não precisa de vodca para isso", eu disse.

"Mas estou com vontade, você deixa?"

Não havia nada a fazer; enchi o copo. "Você não quer mais?", perguntou. Respondi que não com a cabeça. Ela bebeu de um só trago, depois disse: "Deixe aqui!". Coloquei a garrafa e o copo no chão, perto do divã.

Ela se recuperava do cansaço anterior com surpreendente rapidez; de repente virava uma garota, queria se regozijar, ficar alegre e manifestar sua felicidade. Pelo visto, sentia-se muito livre e natural em sua nudez (não tinha nada mais sobre si, além do relógio de pulso onde tilintava a miniatura do Kremlin pendurada na correntinha); experimentava uma variedade de posições para se sentir o mais confortável possível; pernas cruzadas debaixo dela, à turca; depois desprendeu os tornozelos e se apoiou nos cotovelos; em seguida se deitou de barriga novamente, o rosto enfiado nas minhas coxas. Disse-me repetidas vezes como estava feliz; ao mesmo tempo tentava me beijar, o que eu suportei com muita abnegação, sobretudo porque sua boca era muito molhada, e, meus ombros e meu rosto não lhe bastando, ainda por cima procurava meus lábios (e eu não gosto de beijo molhado, a não ser na cegueira do desejo).

Ela me disse ainda que até então não vivera nada de comparável; eu respondi (por responder) que estava exagerando. Ela começou a jurar que em amor nunca mentia e que eu não tinha nenhuma razão para não acreditar nela. Desenvolvendo seu pensamento, afirmou que pressentira tudo, que pressentira tudo desde o nosso primeiro encontro; que o corpo tem instinto, que não se engana; que evidentemente ela havia sido subjugada pela minha inteligência e meu entusiasmo (é, entusiasmo! de onde teria tirado isso?), mas que sabia também, ainda que não tivesse tido coragem de falar nisso antes, que entre nós existira de imediato um acordo secreto, do tipo que os corpos só assinam uma vez na vida. "É por isso que estou tão feliz, sabe?" Inclinou-se para apanhar a garrafa e se serviu de mais uma dose. Depois de esvaziar o copo, riu: "Tenho que beber sozinha, já que você não quer mais!".

Embora a aventura estivesse encerrada para mim, devo confessar que as palavras de Helena não tinham me desagradado: elas confirmavam o sucesso da minha iniciativa e a legitimidade da minha satisfação. Pela simples razão de que não sabia o que dizer e de que não queria ficar com ar taciturno, objetei que certamente ela exagerava ao falar de uma experiência que só acontecia uma vez na vida; não teria ela vivido com seu marido um grande amor?

Essas palavras mergulharam Helena numa meditação séria (estava sentada no divã, os pés no chão, um pouco separados, os cotovelos apoiados nos joelhos, o copo vazio na mão direita) e ela concluiu dizendo em voz baixa: "É".

Ela sem dúvida julgava que o patético da experiência que acabara de viver a obrigava a uma sinceridade não menos patética. Repetiu "é" e disse que provavelmente não seria bom denegrir o que acontecera em outros tempos em nome do milagre de agora. Bebeu mais um copo; depois, loquaz, desenvolveu a ideia de que as experiências mais fortes são incomparáveis entre si; para a mulher, amar aos vinte e amar aos trinta são duas coisas inteiramente diferentes. E que eu compreendesse bem: do ponto de vista não só psíquico mas também físico.

Depois (de maneira não muito lógica e sem coerência) garantiu que eu tinha certa semelhança com seu marido!

Não sabia bem como; claro que eu não tinha absolutamente o mesmo porte, mas ela não se enganava, tinha um instinto infalível que a fazia ver *além* da aparência exterior.

"Gostaria muito de saber em que pareço com seu marido", disse eu.

Ela pediu desculpas, dizendo no entanto que eu é que lhe perguntara sobre seu marido, que quisera que ela falasse sobre ele e que só por isso ousava falar dele. Mas, se eu queria tanto ouvir a verdade verdadeira, tinha que me dizer: apenas duas vezes na vida se sentira atraída com uma violência tão incondicional: pelo marido e por mim. Segundo ela, o que nos aproximava era uma espécie de impulso vital; a alegria que irradiava de nós; uma eterna juventude; a força.

Querendo esclarecer minha semelhança com Pavel Zemanek, Helena usava palavras bastante confusas, mas sem sombra de dúvida enxergava essa semelhança, sentia-a e fazia obstinada questão dela. Não posso dizer que essas afirmações me ofendiam ou me feriam, estava apenas atordoado com seu insondável ridículo; aproximei-me da cadeira e comecei a me vestir lentamente.

"Eu te magoei, meu amor?" Helena percebeu meu desagrado, levantou-se e veio até onde eu estava; acariciou meu rosto e me pediu que não ficasse com raiva dela. Impediu que eu me vestisse. (Não sei por que razões misteriosas considerava minha calça e minha camisa como seus inimigos.) Disse que me amava de verdade, que não costumava desmoralizar esse verbo; que saberia encontrar a ocasião de me provar isso; que desde as minhas primeiras perguntas sobre seu marido ela adivinhara que era tolice falar dele; não queria a intromissão de um outro homem, de um estranho, em nossa relação; é, de um estranho, pois havia muito tempo seu marido não era mais nada para ela. "Pois, afinal de contas, meu bobinho, tudo já terminou com ele há mais de três anos. Não nos divorciamos por causa da menina. Vivemos um para cada lado.

Realmente como dois estranhos. Para mim, ele agora só representa um passado, um passado bem distante..."

"É verdade?", perguntei.

"É verdade, sim", respondeu.

"Não minta dessa maneira, é ridículo!", disse eu.

"Mas não estou mentindo! Vivemos sob o mesmo teto, mas não como marido e mulher; garanto, há muitos anos que não se fala mais nisso!"

O rosto suplicante de uma pobre mulher apaixonada me olhava. Repetiu muitas vezes que dizia a verdade, que não mentia; eu não tinha nenhuma razão para ter ciúmes de seu marido; seu marido fazia parte do passado; portanto, ela hoje não tinha sido infiel, não havendo a quem trair; e eu não precisava me atormentar: nossa tarde de amor tinha sido não apenas bela, mas também *pura*.

Tomado de um temor lúcido, compreendi de repente que no fundo não podia deixar de acreditar nela. Quando percebeu isso, aliviada, ela me pediu e tornou a pedir que eu dissesse em voz alta que tinha me convencido; depois se serviu de vodca e quis brindar comigo (recusei); beijou-me; apesar do meu horror, não pude desviar o olhar; seus olhos estupidamente azuis e sua nudez (móvel e agitada) me fascinavam.

Essa nudez, que eu não via como antes, era de súbito uma nudez *desnudada*; desnudada do poder excitante que envolvia todos os defeitos da sua idade, nos quais a história do casal Zemanek parecia estar concentrada e que por isso mesmo haviam me seduzido. Agora que ela estava diante de mim despojada, sem marido nem laços conjugais, apenas ela mesma, seus defeitos físicos tinham perdido bruscamente o encanto perverso e também não eram nada mais senão eles mesmos: simples defeitos físicos.

Helena ficava cada vez mais bêbada e cada vez mais contente; estava feliz porque eu acreditara em seu amor, não sabendo como manifestar sua sensação de felicidade: de repente, teve a ideia de ligar o rádio (dando-me as costas, abaixou-se em frente ao aparelho e girou o botão); estava tocando jazz; Helena se pôs novamente de pé, os olhos brilhantes; esboçou, desajeitada, os movimentos ondulantes de um twist (aterrado, eu olhava seus seios balançarem para a direita e para a esquerda). Teve um ataque de riso: "Que tal? Sabe, nunca dancei isso". Riu alto e veio me abraçar; queria que dançasse com ela; aborreceu-se com minha recusa; disse que não conhecia aquelas danças e que eu devia ensinar a ela; contava comigo para lhe ensinar muita coisa; queria tornar a ser jovem comigo. Pediu-me que dissesse que ela ainda era moça (o que fiz). Percebeu que eu estava vestido e que ela não; riu; isso lhe parecia curiosamente insólito; perguntou se o dono do apartamento não tinha um espelho grande em que ela pudesse nos ver. Como espelho só havia o vidro da estante de livros; ela tentou nos distinguir nele, mas a imagem não tinha nitidez; aproximou-se da estante e teve um novo ataque de riso diante dos títulos nas lombadas dos livros: *A Bíblia*, *A instituição* de Calvino, as *Provinciais* de Pascal, as obras de Hus; apanhou a *Bíblia*, colocou-se numa pose solene, abriu o livro ao acaso e começou a ler num tom de pregação. Queria saber se daria um bom padre. Respondi que aquela leitura sacra lhe ia muito bem, mas que seria melhor ela se vestir, porque Kostka devia estar chegando. "Que horas são?", perguntou. "Seis e meia", respondi. Ela apanhou meu pulso esquerdo, onde uso o relógio, e gritou: "Mentiroso! Quinze para as seis! Você quer se livrar de mim!".

Desejei que ela estivesse longe; que seu corpo (tão desesperadamente material) se desmaterializasse, derretesse, escorresse como um fio d'água, ou então desaparecesse como vapor pela janela — mas esse corpo estava ali, corpo que eu não tinha roubado de ninguém, em que não tinha derrotado nem destruído ninguém, corpo deixado de lado, abandonado pelo marido, corpo de que eu pretendera abusar, mas que tinha abusado de mim e que agora gozava impertinentemente esse triunfo, exultava, pulava de alegria.

Não pude encurtar meu estranho suplício. Por volta das seis e meia ela começou por fim a se vestir. Viu então no seu braço a marca vermelha dos meus golpes; acariciou-a; disse que aquilo seria uma lembrança minha até o nosso próximo encontro; mas se corrigiu bem depressa: certamente iríamos nos ver bem antes que aquela lembrança desaparecesse de sua carne! De pé, colada em mim (uma meia calçada, a outra na mão), quis que eu prometesse que nos veríamos bem antes; concordei com um sinal da cabeça; isso não bastou, ela exigiu minha palavra de que nos encontraríamos ainda *muitas vezes* antes disso.

Demorou muito a se vestir. Foi embora alguns minutos antes das sete horas.

5

Abri a janela, ansioso pela corrente de ar que varreria rapidamente toda e qualquer lembrança daquela tarde inútil, todo resíduo de cheiro ou de sensação. Guardei a garrafa, arrumei as almofadas no divã e, quando me pareceu que todos os traços tinham desaparecido, deixei-me cair na poltrona perto da janela, à espera (quase aflita) de Kostka: de sua voz de homem (eu tinha grande necessidade de uma voz de homem, grave), de seu tamanho, de seu peito *plano*, de sua conversa pacífica, à espera, também daquilo que ele me contaria sobre Lucie, que, ao contrário de Helena, tinha sido tão docemente imaterial, abstrata, tão distante dos conflitos, das tensões e dos dramas, e que, no entanto, influenciara minha vida: veio-me a ideia de que essa influência se exercia da mesma maneira que, segundo os astrólogos, os movimentos dos astros influenciam a vida humana; no fundo da poltrona (em frente à janela escancarada que expulsava o cheiro de Helena), pensava que tinha chegado ao fim do meu enigma supersticioso, adivinhando por que Lucie atravessara o céu desses dois dias: apenas para reduzir a nada a minha vingança, para transformar em bruma tudo o que me levara até ali; pois Lucie, essa mulher que eu tanto amara e que, inexplicavelmente, escapara-me no último momento, era a deusa da fuga, a deusa da vã procura, a deusa das brumas; aquela que continua segurando minha cabeça em suas mãos.

Sexta parte
KOSTKA

1

Não nos víamos fazia muito tempo, mas, na realidade, nós nos vimos poucas vezes. É estranho, porque, na minha imaginação, encontro com ele, Ludvik Jahn, com frequência, com muita frequência, dirigindo-lhe meus solilóquios, como ao meu principal adversário. De tal maneira me habituei à sua presença imaterial que ontem, encontrando inesperadamente com ele em carne e osso, depois de muitos anos, fiquei atônito.

Chamei Ludvik de meu adversário. Será que tenho o direito de chamá-lo assim? Por coincidência, todas as vezes que nos encontramos eu estava precisando de ajuda, e todas as vezes ele me socorreu. No entanto, sob essa aliança, sempre houve um abismo de desacordo. Não sei se, como eu, Ludvik conhece a dimensão desse desacordo. Em todo caso, ele dava mais importância à nossa ligação externa do que à nossa diferença interna. Irreconciliável com os inimigos exteriores e tolerante com as diferenças interiores. Comigo, não. Comigo é justamente o contrário. O que não quer dizer que eu não goste de Ludvik. Gosto dele como gostamos dos nossos adversários.

2

Conheci-o numa daquelas reuniões movimentadas com que as faculdades se agitavam em 47. O futuro da nação estava em jogo. Eu participava de todas as discussões, controvérsias e votações, do lado da minoria comunista, contra os que na época constituíam a maioria nas universidades.

Muitos cristãos, católicos e protestantes não me perdoavam. Consideravam uma traição eu ter me solidarizado com um movimento que tinha o ateísmo como bandeira. Os que encontro hoje por acaso acreditam que depois desses quinze anos tomei consciência do meu erro. Mas sou forçado a decepcioná-los. Até agora não mudei de atitude.

É evidente que o movimento comunista não tem Deus. No entanto, só os cristãos que se recusam a ver a trave que têm no olho podem censurar o comunismo por isso. Digo: os cristãos. Mas onde eles estão ao certo? À minha volta só vejo pseudocristãos que vivem exatamente como os incréus. Ora, ser cristão significa viver de outra maneira. Significa seguir o caminho de Cristo, *imitar* Cristo. Significa desligar-se dos interesses particulares, do bem-estar e do poder pessoais, voltar-se para os pobres, os humildes, para os que sofrem. É isso o que as Igrejas fazem? Meu pai era um operário que estava sempre desempregado, humilde em sua fé. Voltava para Deus seu rosto piedoso, mas a Igreja nunca olhou em sua direção. Ele permaneceu abandonado entre seus semelhantes, abandonado no seio da Igreja, sozinho com seu Deus, até a sua doença e a sua morte.

As Igrejas não compreenderam que o movimento operário era a escalada dos humilhados e dos necessitados, famintos de justiça. Elas não se preocupavam em instaurar, com eles e para eles, o reino de Deus sobre a Terra. Aliaram-se aos opressores e assim tiraram Deus do movimento operário. E pretendem censurar o movimento por não ter um Deus! Que farisaísmo! É claro que o movimento socialista é ateu, só que eu vejo nisso uma reprovação divina dirigida a nós! Reprovação por nossa falta de coração para com os miseráveis e os sofredores.

E o que devo fazer a esse respeito? Assustar-me com o

número decrescente de fiéis? Espantar-me com o fato de a escola ensinar às crianças um pensamento antirreligioso? Não. A verdadeira religião não tem nenhuma necessidade dos favores do poder temporal. O desinteresse leigo não tem outro efeito senão fortalecer a fé.

Ou deveria eu combater o socialismo porque ele é, por culpa nossa, ateu? Posso apenas deplorar o trágico desprezo que afastou o socialismo de Deus. Posso apenas me esforçar por denunciá-lo e trabalhar para corrigir o erro.

De mais a mais, por que essa inquietude, meus irmãos cristãos? Tudo acontece segundo a vontade de Deus, e às vezes eu me pergunto se não é intencionalmente que Deus revela à humanidade que o homem não poderia se sentar impunemente em seu trono e que, por mais justa que seja a ordem das coisas desse mundo, sem a sua participação essa ordem só poderia ser malsucedida e se corromper.

Lembro-me dos anos em que, em nosso país, as pessoas já se acreditavam a dois passos do paraíso. E como se sentiam orgulhosas: era o paraíso delas, chegariam a ele sem que ninguém precisasse ajudá-las do alto dos céus! Só que, depois, esse paraíso se evaporou sob os seus olhos.

3

Antes de fevereiro de 1948, meu cristianismo convinha aos comunistas. Eles gostavam muito de me ouvir explicar o conteúdo social do Evangelho, esbravejar contra esse velho mundo carcomido que desmoronava sob seus bens e suas guerras, demonstrar o parentesco entre o cristianismo e o comunismo. Para eles, tratava-se de atrair para a causa o maior número possível de pessoas e portanto também aqueles que tinham fé. Mas, depois de fevereiro, tudo começou a mudar. Como assistente, eu tinha tomado a defesa de muitos estudantes ameaçados de expulsão da faculdade por causa das ideias políticas de seus pais. Meu protesto me valera um conflito com a direção do estabelecimento. Vozes se elevaram para dizer que um homem com convicções religiosas tão definidas não podia educar a juventude socialista. Parecia que eu seria forçado a lutar para subsistir. Foi então que soube que o estudante Ludvik Jahn acabava de falar em minha defesa durante uma reunião plenária do Partido. Esquecer aquilo que eu havia representado para o Partido nas vésperas de fevereiro seria, segundo ele, pura ingratidão. E, quando censuraram meu cristianismo, ele protestou dizendo que na minha vida a religião era apenas uma fase transitória que eu superaria com a maturidade.

Fui lhe agradecer o apoio. Declarei no entanto que, como não tinha a intenção de enganá-lo, queria lembrar que era mais velho que ele e que não havia nenhuma esperança de eu "superar" a minha fé. Começamos uma discussão sobre a existência de Deus, sobre a finitude e a eternidade, a posição de Descartes em relação à religião, a questão de saber se Espinosa era materialista e muitas outras coisas. Não conseguimos nos entender. Para finalizar, perguntei a Ludvik se não estava arrependido de ter me apoiado, agora que eu lhe parecia irrecuperável. Ele me disse que minha crença religiosa era problema meu e que afinal ninguém tinha nada a ver com isso.

Não tive mais ocasião de encontrá-lo na faculdade. Nossos destinos iriam se revelar ainda mais próximos. Uns três meses depois da nossa conversa, Jahn foi expulso do Partido e da faculdade. E seis meses mais tarde chegou a minha vez de deixar a universidade. Fui despedido? Obrigado a me demitir? Eu não saberia dizer. É verdade que se multiplicaram as vozes contra a minha pessoa e as minhas convicções. É verdade que alguns colegas me deram a entender que eu deveria fazer uma espécie de declaração pública colorida de ateísmo. É verdade, enfim, que houve durante minhas aulas algumas intervenções agressivas por parte de estudantes comunistas que ofendiam a minha fé. Uma proposta a favor da minha partida estava no ar. Mas também não é menos verdade que eu continuava a contar com alguns amigos entre os comunistas da faculdade, amigos que gostavam de mim pela minha atitude antes de fevereiro. Talvez tivesse sido necessário pouco: apenas que eu começasse a me defender. Se fizesse isso, certamente contaria com o apoio deles. Só que não fiz.

4

"Sigam-me", disse Jesus a seus discípulos, e, sem reclamar, estes deixaram suas redes, seus barcos, suas casas, suas famílias e o seguiram. "Aquele que põe a mão no arado e olha para trás não merece o reino de Deus."

Se ouvimos o chamado de Cristo, devemos segui-lo sem condições. Tudo isso é mais do que conhecido pelo Evangelho, mas, na época moderna, essas palavras soam como um conto de fadas. Um chamado: com o que isso pode rimar na prosa de nossas vidas? Para onde deveríamos ir e quem deveríamos seguir ao largar nossas redes?

E, no entanto, a voz do chamado ecoa mesmo no nosso mundo, por menos aguçado que tenhamos o ouvido. O chamado, é claro, não nos é mandado pelo correio, como uma carta registrada. Ele chega disfarçado. Raramente com um disfarce cor-de-rosa e sedutor. "Não é à ação que escolherás que te deves dedicar, mas àquilo que acontecerá contra a tua escolha, contra o teu pensamento e contra o teu desejo, é aí que está o teu caminho, para o qual eu te chamo, caminho por onde me deves seguir, foi por ele que passou teu mestre...", escreveu Lutero.

Eu tinha muitas razões para me apegar ao meu cargo de assistente. Relativamente confortável, proporcionava muito tempo livre para eu continuar os estudos e garantiria para o resto dos meus dias uma carreira de professor universitário. Mas justamente o que me assustava era que eu me apegava ao cargo. Isso me assustava ainda mais porque eu via na época um grande número de pessoas de valor, pedagogos ou estudantes, afastadas de seu trabalho à força. Tinha medo de me agarrar a uma boa situação cujas perspectivas garantidas me separassem do destino precário de meus semelhantes. Compreendi que as sugestões que visavam me fazer deixar a faculdade eram um *chamado*. Ouvia alguém me chamar. Alguém que me prevenia contra o conforto da minha carreira, capaz de comprometer meu pensamento, minha fé e até minha consciência.

Minha mulher, que me dera um filho, na época com cinco anos, pressionava-me, é claro, de mil maneiras, para que eu me defendesse e fizesse tudo para continuar na faculdade. Pensava no menino, no futuro da família. Nada mais contava para ela. Quando olhava seus traços já enrugados, era assaltado pelo medo daquelas preocupações infinitas, preocupações com o amanhã e com o ano seguinte, preocupações com todos os dias e anos que viriam. Eu temia esse peso e ouvia em minha alma as palavras de Jesus: "Não temais o dia seguinte; pois o dia seguinte cuidará de si mesmo. A cada dia sua dor".

Meus inimigos achavam que eu iria me consumir em tormentos, e no entanto senti uma indiferença imprevista. Imaginavam que eu sentiria minha liberdade restringida, e foi justamente nesse momento que descobri para mim a verdadeira liberdade. Compreendi que o homem não tem nada a perder, que seu lugar é em toda parte, em toda parte onde Cristo foi, o que significa: em toda parte entre os homens.

A princípio surpreso e contrito, antecipei-me à maldade de meus adversários. Aceitei a pena que eles me infligiam como um chamado cifrado.

5

Os comunistas supõem, de maneira inteiramente religiosa, que o homem culpado em relação ao Partido pode conseguir absolvição se for trabalhar durante um certo tempo entre agricultores e operários. Dessa forma, no decorrer dos anos que se seguiram a fevereiro, muitos intelectuais tomaram o caminho das minas, das fábricas, dos estaleiros e das fazendas do Estado, de onde, depois de uma misteriosa purificação, podiam retornar às administrações, às escolas ou aos secretariados.

Quando ofereci à direção da faculdade ir embora sem pedir um cargo de pesquisador científico, desejando, ao contrário, um emprego no meio operário, de preferência como trabalhador especializado em algum lugar numa fazenda do Estado, meus colegas comunistas, amigos ou adversários, interpretaram a escolha não de acordo com a minha fé, mas com a fé deles: como manifestação de uma excepcional aptidão para a autocrítica. Tendo apreciado minha atitude, ajudaram-me a encontrar um lugar de primeira numa fazenda do Estado na Boêmia Ocidental, com um bom diretor e uma bela paisagem. Como salvo-conduto, fizeram-me uma ficha pessoal singularmente elogiosa.

Minha nova situação me encheu de uma alegria verdadeira. Senti-me renascer. A fazenda do Estado tinha sido criada numa comunidade abandonada, próxima à fronteira e apenas parcialmente repovoada desde a deportação dos alemães após a guerra. Em volta dela estendiam-se colinas, em sua maioria desmatadas, cobertas de pastagens. Pequenas casas de aldeia espalhavam-se no fundo dos vales. As brumas que vagavam por ali iam pousar como um biombo móvel entre mim e a terra habitada, de maneira que o mundo parecia no quinto dia da criação, quando Deus hesitava ainda se iria ou não confiá-lo aos homens.

Até as pessoas eram mais consistentes. Conviviam com a natureza, com as pastagens sem limites, com os rebanhos de vacas e ovelhas. Eu respirava bem na companhia delas. Logo tive ideias sobre como tirar o melhor partido da vegetação daqueles vales: adubagem, estocagem racional do feno, plantações experimentais de ervas medicinais, estufas. O diretor se mostrava reconhecido às minhas iniciativas, e eu, grato por ele ter me permitido ganhar meu pão desempenhando uma tarefa útil.

6

Estávamos em 1951. Setembro tinha sido frio, mas de repente esquentou em meados de outubro e o tempo continuou bom até a metade do mês de novembro. Os montes de feno que secavam na encosta dos campos espalhavam seu perfume ao redor. Na relva brilhava o frágil corpo dos lírios--verdes. Nos vilarejos dos arredores começavam a falar da jovem errante.

Alguns moleques de um vilarejo vizinho tinham ido passear nos campos ceifados. Contavam histórias com estardalhaço uns para os outros, quando viram uma moça que saía de um monte de feno, toda despenteada, com restos de folhas secas nos cabelos, uma moça que nenhum deles jamais vira por ali. Assustada, ela se voltou para todos os lados antes de fugir em direção à floresta. Até que tivessem a ideia de ir atrás dela, eles a perderam de vista.

A essa história acrescentava-se o relato de uma camponesa do mesmo lugar: uma tarde em que ela trabalhava no quintal, aparecera uma garota de uns vinte anos, com um casaco muito surrado, pedindo, de cabeça baixa, um pedaço de pão. "Aonde é que você vai assim?", perguntou a mulher. A moça respondeu que tinha um longo caminho pela frente. "E você vai a pé?" "Perdi o dinheiro que me restava", respondeu ela. A camponesa não insistiu e lhe deu pão e leite.

Depois nosso pastor também contou uma história: um dia, na montanha, ele tinha deixado seu pão e sua leiteira perto de uma árvore. Afastou-se um momento em direção ao rebanho e, quando voltou, o pão e o leite haviam desaparecido misteriosamente.

As crianças logo se apossaram dessas notícias, que sua imaginação multiplicava avidamente. Bastava que se anunciasse a perda de algum objeto para que elas encontrassem nesse fato a confirmação da existência da desconhecida. A água estava muito fria naquele começo de novembro; no entanto, eles a tinham visto, ao entardecer, tomando banho num lago próximo ao vilarejo. Uma outra vez, tinham ouvido à noite, em algum lugar ao longe, o canto agudo de uma voz feminina. Os adultos garantiam que era algum rádio num dos chalés das encostas, mas os garotos sabiam bem que era ela, a selvagem, que andava nas montanhas, desgrenhada, cantando.

Uma outra noite, eles tinham feito no campo uma fogueira de folhas secas e colocado algumas batatas na brasa. Depois olharam em direção à orla da floresta e uma menina gritou que a tinha visto escondida na penumbra, observando-os. Ao ouvir essas palavras, um garoto apanhou um torrão e o atirou na direção que a garota indicara. Curiosamente, não se ouviu nenhum grito, mas aconteceu outra coisa. Todas as crianças se aborreceram com o garoto que jogara a terra e por pouco não bateram nele.

É, era assim: nunca a habitual crueldade infantil se deixou despertar pela história da moça errante, apesar dos furtos sempre associados à sua pessoa. Desde o primeiro instante ela conquistara simpatias secretas. Será que os corações ficavam sensibilizados com a inocência daqueles roubos? Com sua tenra idade? Ou era a mão de um anjo que a protegia?

Por essa ou aquela razão, o torrão atirado despertara o amor das crianças pela moça errante. Ao abandonar a fogueira quase extinta, elas deixaram junto um pouco de batatas cozidas sob uma camada de pequenas brasas para conservá-las aquecidas, com um galho de pinheiro espetado em cima. Tinham até dado um nome à moça. Numa folha de caderno arrancada tinham rabiscado em letras grandes: "Escondidinha, isso é para você". Colocaram o papel perto das batatas com um pouco de terra sobre ele. Em seguida foram se esconder no mato para poder acompanhar a chegada da silhueta assustada. A tarde se transformou em noite e ninguém apareceu. As crianças tiveram enfim que sair do esconderijo e voltar para casa. Mas no dia seguinte, muito cedo, todas voltaram correndo ao campo. As batatas tinham desaparecido, assim como o papel e o galho.

A moça se transformou numa fada que as crianças mimavam. Deixavam-lhe um pequeno jarro de leite, pão, batatas, com pequenos bilhetes. Trocavam todo dia o lugar dos presentes. Evitavam colocar a comida num lugar fixo, como teriam feito com um mendigo. Brincavam com ela. De caça ao tesouro. Começando pelo lugar onde haviam deixado o primeiro monte de batatas assadas, afastaram-se pouco a pouco do vilarejo e penetraram no campo. Punham seus tesouros perto dos troncos das árvores, encostados numa pedra, perto de um cruzeiro, perto de uma roseira selvagem. Ninguém sabia desses esconderijos. Elas não esgarçaram uma só vez a teia desse jogo, nunca espreitaram a Escondidinha, nunca lhe interceptaram o caminho. Aceitaram-na invisível.

7

Essa história não durou muito. O diretor da nossa fazenda foi um dia, em companhia do presidente do Comitê Nacional da comuna, bem longe nas montanhas, a fim de inspecionar várias casas abandonadas que se pretendia transformar em dormitórios para os trabalhadores agrícolas que exerciam suas atividades longe da cidade. No caminho, foram surpreendidos por um temporal. Não havia nada nas proximidades, a não ser um bosque de pequenos ciprestes com um pequeno galpão na orla. Os dois correram para lá, tiraram a cavilha de madeira que servia de tranca e se precipitaram para dentro. A luz entrava tanto pela porta como pelas fissuras do teto. Num canto, o feno estava afundado como uma cama. Foi lá que eles se deitaram; escutaram o barulho das gotas no teto, respiraram o perfume embriagador e conversaram. De repente, mergulhando os dedos na parede de forragem que se erguia à sua direita, o presidente sentiu sob os talos secos uma superfície dura. Era uma pequena mala. Velha, de papelão barato. Não sei quanto tempo os dois homens hesitaram diante daquele mistério. Só sei que abriram a maleta, onde descobriram quatro vestidos de moça, vestidos novos, lindos. A boa qualidade das roupas formava, evidentemente, um contraste inesperado com o aspecto gasto da maleta e sugeria um possível roubo. Os vestidos cobriam um pouco de roupa de baixo de mulher e um maço de cartas amarrado com uma fita azul. Era tudo. Até agora eu nada soube dessa correspondência, ignoro até se o diretor e o presidente tomaram conhecimento de seu conteúdo. Sei apenas que ela lhes revelou o nome da destinatária: Lucie Sebetkova.

Depois que os dois meditaram muito sobre o achado, o presidente encontrou um segundo objeto dentro do feno. Uma leiteira lascada. A leiteira de esmalte azul cujo desaparecimento enigmático o pastor da fazenda contava no albergue todas as noites, havia quinze dias.

Depois o caso seguiu seu curso. O presidente ficou à espreita na mata, enquanto o diretor descia de volta ao vilarejo, de onde mandou um policial. Com o cair da noite, a moça voltou para seu refúgio perfumado. Eles a deixaram entrar, fechar a porta, esperaram ainda meio minuto e então entraram.

8

Os dois homens que pegaram Lucie no galpão de forragem eram homens de bem. O presidente, que fora operário agrícola, era um homem bom, pai de seis filhos. Quanto ao policial, um homem com grandes bigodes, era simples e ingênuo. Nem um nem outro teriam feito mal a uma mosca.

No entanto, senti um estranho sofrimento no momento em que soube como Lucie fora apanhada. Ainda hoje meu coração sufoca quando imagino o diretor e o presidente vasculhando sua maleta, segurando nas mãos toda a sua intimidade materializada, os doces segredos de sua roupa de baixo suja, olhando o que não deve ser olhado.

O mesmo sofrimento me envolve quando penso na outra imagem: a imagem daquele frágil esconderijo de feno, esconderijo sem possibilidade de fuga cuja única saída estava bloqueada por dois homenzarrões.

Mais tarde, conhecendo melhor a história de Lucie, compreendi com espanto que, por meio dessas duas imagens torturantes, a própria essência de seu destino se desvendava para mim. Essas duas imagens representavam uma *situação de estupro*.

9

Naquela noite, Lucie não dormiu mais no galpão, mas numa cama de ferro colocada numa oficina abandonada que servia de posto para o Corpo de Segurança. No dia seguinte, foi interrogada pelo Comitê Nacional. Soube-se que até então ela trabalhara em Ostrava, onde morava. Não conseguindo ficar lá por mais tempo, fugiu. Quando perguntaram detalhes mais precisos, esbarraram num silêncio obstinado.

Por que essa fuga até aqui, até a Boêmia Ocidental? Ela contou que seus pais moravam em Cheb. Por que não voltou para a casa deles? Descera do trem muito antes de chegar àquela cidade, tomada por um medo que beirava o pânico. Seu pai não sabia fazer outra coisa senão surrá-la.

O presidente do Comitê Nacional disse a Lucie que iam mandá-la de volta a Ostrava, de onde ela saíra sem pedir licença, o que não deveria ter feito. Lucie lhes disse que desceria na primeira estação. Eles se zangaram um pouco, mas não demoraram a compreender que isso não iria resolver nada. Então perguntaram se deviam mandá-la para sua casa em Cheb. Ela sacudiu a cabeça com veemência. Eles foram severos por um momento, depois o presidente cedeu à sua própria bondade. "Então o que é que você quer?" Ela perguntou se não podia ficar, procurar um trabalho ali mesmo. Eles encolheram os ombros e responderam que iam indagar na fazenda do Estado.

A mão de obra escassa causava ao diretor problemas constantes. Assim sendo, ele aceitou sem hesitar a proposta do Comitê Nacional. Depois disso, anunciou-me que eu iria enfim receber, para a estufa, a operária que pedia havia tanto tempo. No mesmo dia o presidente do Comitê Nacional veio me apresentar Lucie.

Lembro-me bem desse dia. O fim de novembro se aproximava e, depois de várias semanas ensolaradas, o outono começava a mostrar sua face de vento e de chuva. Garoava. Com um casaco marrom, uma maleta embaixo do braço, a cabeça baixa e os olhos indiferentes, ela estava ao lado do presidente. Ele segurava na mão a leiteira azul e dizia em tom solene: "Se você cometeu algum erro, nós a perdoamos e confiamos em você. Podíamos mandá-la de volta a Ostrava, mas vamos deixar que fique aqui. A classe operária precisa de gente honesta em todos os lugares. Trate de não decepcioná-la!".

Enquanto o presidente foi deixar no escritório a leiteira para o pastor, levei Lucie até a estufa, apresentei-a a suas duas companheiras de trabalho e lhe expliquei suas tarefas.

10

Na minha lembrança, Lucie ofusca tudo o que eu então vivia. Em sua sombra, mas ainda assim de maneira bastante nítida, recorta-se a silhueta do presidente do Comitê Nacional. Quando você estava ontem diante de mim, Ludvik, sentado nessa poltrona, eu não quis magoá-lo. Agora que você está de novo comigo da maneira que me é mais familiar, como uma imagem, como uma sombra, vou lhe dizer: aquele ex-operário agrícola que queria construir um paraíso para seus companheiros de miséria, aquele homem honesto que pronunciava com entusiasmo ingênuo as grandes palavras que são *perdão, confiança, classe operária*, estava muito mais próximo do meu coração e do meu pensamento do que você, embora nunca tivesse demonstrado nenhuma simpatia por mim.

Antigamente, você achava que o socialismo tinha crescido no tronco do racionalismo e do ceticismo europeus, fora da religião ou contra a religião, e que ele era inconcebível de outra maneira. Mas você pretende sustentar sempre, seriamente, que não existe meio de edificar uma sociedade socialista sem acreditar na primazia da matéria? Você está de fato seguro de que os homens que acreditam em Deus não podem nacionalizar as fábricas?

Estou absolutamente certo de que a linhagem espiritual que se vale da mensagem de Jesus conduz à igualdade social e ao socialismo de modo muito mais natural. E quando me lembro dos mais ardentes comunistas do primeiro período socialista em meu país, como por exemplo o presidente do comitê que entregou Lucie em minhas mãos, essas pessoas me parecem muito mais próximas dos zeladores religiosos do que de discípulos de Voltaire cheios de dúvidas. O período revolucionário depois de 1948 não tinha muita coisa em comum com o ceticismo nem com o racionalismo. Era o tempo da grande fé coletiva. O homem que, aprovando-a, caminhava com a época era habitado por sensações muito próximas daquelas que a religião proporciona: renunciava ao seu eu, ao seu interesse, à sua vida particular, por alguma coisa de mais elevado, de suprapessoal. É claro que as teses do marxismo têm uma origem profana, mas o alcance que lhes atribuíam era comparável ao alcance do Evangelho e dos mandamentos bíblicos. Criava-se um círculo de ideias intocáveis; portanto, na nossa terminologia, sagradas.

Essa época que está terminando, ou que já terminou, tem em si alguma coisa do espírito das grandes religiões. É pena que ela não tenha sabido levar até o fim o conhecimento religioso de si própria! Da religião, ela possuía os gestos e os sentimentos, mas, por dentro, continuava vazia e sem Deus. No entanto, eu achava sempre que o Senhor iria se compadecer, que ele se daria a conhecer, que no fim ele santificaria essa grande fé profana. Esperava em vão.

Essa época acabou traindo sua religiosidade e pagou o preço da herança racionalista que reclamou para si apenas porque não se conhecia. Há muitos séculos o racionalismo cético corrói o cristianismo. Ele o corrói, mas não o destruirá. Mas, quanto à teoria comunista, sua obra, entretanto, o racionalismo cético fará dela tábula rasa daqui a algumas décadas. Em você, Ludvik, ele já a destruiu. E você sabe disso.

11

Quando conseguem se refugiar no reino dos contos infantis, as pessoas podem ficar cheias de nobreza, de compaixão, de poesia. No reino da vida cotidiana, infelizmente, elas são dominadas por precauções, desconfianças e suspeitas. Foi assim que se comportaram com Lucie. Logo que ela saiu do mundo dos contos para crianças, transformando-se numa simples moça, dividindo as ocupações e o sono com as outras operárias, tornou-se instantaneamente alvo de uma curiosidade em que não faltava a maldade que os seres humanos dedicam aos anjos rejeitados pelos céus e às fadas rechaçadas de um conto.

De nada adiantou a Lucie ter uma natureza silenciosa. No fim de um mês, a fazenda do Estado recebeu de Ostrava o dossiê de seus empregos. Essas anotações nos revelaram que ela começou como aprendiz de cabeleireira em Cheb. Como consequência de uma infração aos bons costumes, passou um ano numa casa de correção e de lá foi para Ostrava. Suas qualidades como operária não podiam ser contestadas. No alojamento onde morava, sua conduta havia sido exemplar. Antes de desaparecer, cometera no entanto um delito insólito: fora apanhada roubando flores do cemitério.

As informações eram sumárias e, longe de esclarecer o segredo de Lucie, tornaram-no ainda mais enigmático.

Prometi ao diretor tomar conta de Lucie. Ela me atraía. Taciturna, dedicava-se ao trabalho. Havia tranquilidade em sua timidez. Não observei nela nenhum sinal de excentricidade, o que se poderia esperar de uma pessoa que vivera várias semanas perambulando. Ela disse que estava muito bem na fazenda e que não tinha intenção de ir embora. Doce, cedendo sempre em qualquer discussão, logo conseguiu a simpatia das companheiras. No entanto, seu laconismo indicava a existência de um destino doloroso e de uma alma magoada. O que eu mais desejava era que me contasse tudo, mas sabia que em sua vida ela já tivera de suportar perguntas demais e que qualquer pergunta devia lembrar-lhe um interrogatório. Assim, não perguntei nada e passei a lhe contar coisas. Falava-lhe todos os dias. Expliquei meu projeto de criar na fazenda uma plantação de ervas medicinais. Contei que antigamente os camponeses se tratavam fervendo ou macerando diferentes plantas. Falei da pimpinela, que foi usada contra a cólera e a peste, da saxífraga, que desintegra pedras na bexiga ou na vesícula. Lucie escutava. Gostava de plantas. Mas que santa simplicidade! Nada sabia sobre elas, era incapaz de dizer o nome de uma que fosse.

O inverno começou, e Lucie, à parte seus lindos vestidos de verão, não tinha o que vestir. Ajudei-a a fazer bom uso de seu dinheiro. Levei-a para comprar uma capa de chuva e um suéter, depois outras coisas ainda: sapatos, pijama, meias, um casaco grosso...

Perguntei-lhe um dia se acreditava em Deus. Sua resposta me pareceu notável. Não disse nem sim, nem não. Encolheu um pouco os ombros e disse: "Não sei". Perguntei se sabia quem era Jesus Cristo. Ela respondeu que sim. Na verdade, ignorava tudo sobre ele. Seu nome para ela era vagamente ligado à imagem do Natal, a duas ou três representações indefinidas que não faziam o menor sentido. Lucie até então não conhecera nem a fé, nem a descrença. Senti uma vertigem talvez idêntica àquela que experimenta um apaixonado quando descobre que nenhuma carne masculina o precedeu em sua amada. "Quer que eu fale dele?", propus. Ela fez um sinal de consentimento. As pastagens e as colinas já estavam sob a neve. Eu falava. Lucie ouvia...

12

Havia suportado peso demais em seus ombros frágeis. Tinha precisado de alguém que a ajudasse, mas ninguém soubera fazê-lo. A ajuda que a religião oferece a você, Lucie, é simples: entregue-se. Entregue-se com o fardo que a faz cambalear. Há um grande alívio na entrega de si. Sei que você não tinha a quem se entregar, pois desconfiava das pessoas. Mas existe Deus. Entregue-se a Ele. Você se sentirá leve.

Entregar-se significa largar a vida passada. Extirpá-la da alma. Confessar-se. Conte-me, Lucie, por que você fugiu de Ostrava? Por causa das flores sobre o túmulo?

Também.

Mas por que você as apanhou?

Era porque se sentia triste. Colocava-as num vaso no seu quarto no alojamento. Também as colhia na natureza, só que Ostrava é uma cidade escura e nos arredores não há natureza, apenas lixo das minas, tapumes, terrenos baldios, aqui e ali pequenos tufos de vegetação cobertos de fuligem. Flores bonitas, Lucie só encontrara no cemitério. Flores sublimes, flores solenes. Gladíolos, rosas ou lírios. E também crisântemos, com suas volumosas bolas de pétalas frágeis...

E como foi que pegaram você?

Ela ia sempre ao cemitério, gostava do lugar. Não só pelos buquês que trazia de lá, mas pela tranquilidade. A calma a aliviava. Cada túmulo era um pequeno jardim, e ela se demorava junto a cada um deles, com seu monumento, suas inscrições lacrimosas. A fim de que não a incomodassem, ela imitava os gestos de certos visitantes, pessoas de idade principalmente, que se ajoelhavam ao pé dos túmulos. Uma vez, estava distraída diante de um túmulo recente. O caixão fora enterrado poucos dias antes. A terra ainda estava mole, cheia de coroas e, na frente do túmulo, num vaso, havia um buquê de rosas. Lucie estava de joelhos, e o chorão acima dela era como uma abóbada celeste íntima e murmurante. Ela sentia uma felicidade indizível. No mesmo instante aproximou-se um senhor idoso com sua mulher. Talvez aquele fosse o túmulo de seu filho, de seu irmão, quem sabe? Viram uma moça desconhecida prosternada ao lado do túmulo. Espantaram-se. Quem poderia ser? Aquela aparição parecia esconder um segredo, um segredo de família, talvez algum parente que nunca tivessem visto, ou então uma amante do falecido... Eles pararam, sem ousar incomodá-la. Olharam-na de longe. Eis que ela se levanta, tira do vaso o buquê de belas rosas que eles mesmos haviam colocado ali recentemente, dá meia-volta e se afasta. Então eles correm atrás dela. Quem é você?, perguntaram. Ela não soube o que dizer, gaguejou embaraçada. Perceberam que ela ignorava tudo sobre o morto. Chamaram uma jardineira para socorrê-los. Obrigaram a moça a mostrar seus documentos. Repreenderam-na aos gritos e disseram que não havia nada mais abominável do que roubar os mortos. A jardineira confirmou que aquele não era o primeiro roubo de flores no cemitério. Chamaram um guarda, Lucie foi mais uma vez crivada de perguntas e confessou tudo.

13

"...e deixe que os mortos sepultem seus mortos", disse Jesus. As flores das sepulturas pertencem aos vivos. Você não conhecia Deus, Lucie, mas aspirava a Ele. Na beleza das flores naturais, você via a revelação do sobrenatural. Essas flores, você não queria para ninguém. Eram só para você. Para o vazio da sua alma. E eles a apanharam e a humilharam. Mas foi só por isso que você fugiu da cidade escura?

Ela ficou calada. Depois, com a cabeça, fez sinal que não. Alguém fez mal a você?

Ela aquiesceu com a cabeça.

Conte, Lucie!

O quarto era muito pequeno. No teto, sem abajur, nua, obscena, pendia, oblíqua, uma lâmpada em seu bocal. Contra a parede, uma cama, acima desta um quadro e, no quadro, a imagem de um belo homem ajoelhado, com uma longa túnica azul. Era o jardim de Getsêmani, mas isso Lucie não sabia. Para lá, então, ele a tinha levado, ela havia se defendido e gritado. Ele queria violá-la, arrancou suas roupas, ela se desvencilhou dele e fugiu para longe.

Quem era ele?

Um soldado.

Você o amava?

Não, ela não o amava.

Mas por que então você foi com ele para esse quarto, onde só havia uma lâmpada e uma cama?

Foi o vazio na sua alma que a atraíra até ele. E para preencher esse vazio, a infeliz não encontrou outra coisa senão um rapazola inexperiente que fazia o serviço militar.

De qualquer maneira, Lucie, não estou compreendendo bem. Se você o acompanhou até esse quarto onde só havia uma cama, por que fugiu depois?

Ele era mau e bruto, como todos os outros.

De quem você está falando, Lucie? Que outros?

Ela se calou.

Quem foi que você conheceu antes do soldado? Fale, Lucie! Conte!

14

Eles eram seis e ela estava sozinha. Seis, de dezesseis a vinte anos. Ela tinha dezesseis anos. Formavam um bando do qual se falava com respeito, como se fosse uma seita pagã. Naquele dia, haviam pronunciado a palavra *iniciação*. Tinham levado muitas garrafas de um vinho ordinário. Ela se associara à bebedeira com submissão cega, extravasando todo o seu amor frustrado pela mãe e pelo pai. Bebeu quando eles beberam, riu quando eles riram. Depois, eles lhe ordenaram que tirasse a roupa. Ela nunca fizera isso na presença deles. Mas como, diante de sua hesitação, o chefe do bando ficou nu primeiro, compreendeu que a ordem não era dirigida unicamente a ela e a executou com docilidade. Confiante neles, confiante até na grosseria deles. Eles eram seu abrigo, seu amparo, não poderia nem imaginar perdê-los. Eram sua mãe, eram seu pai. Eles beberam, riram e lhe deram outras ordens. Ela abriu as pernas. Tinha medo, sabia o que isso significava, mas obedeceu. Deu um grito e o sangue escorreu de dentro dela. Os rapazes gritavam, levantavam seus copos e despejavam o vinho espumante e ordinário nas costas do chefe, no corpo frágil de Lucie, entre suas coxas, clamavam vagas fórmulas de Batismo e de Iniciação, e então o chefe a deixou e se pôs de pé, enquanto um outro do bando tomava seu lugar, e assim cada um por vez, por ordem de idade, o caçula por último, ele tinha dezesseis anos como ela, e Lucie não aguentava mais de dor, queria descansar, queria ficar só, e, como ele era o mais jovem, teve a audácia de rejeitá-lo. Mas ele, exatamente por ser o mais jovem, não queria ser humilhado! Era membro do bando! Membro de pleno direito! Queria prová-lo e deu uma bofetada em Lucie, e ninguém levantou um dedo para defendê-la, porque todos sabiam que o caçula estava no seu direito e que exigia o que lhe era devido. As lágrimas de Lucie correram, mas ela não ousou resistir, e então abriu as pernas pela sexta vez...

263

Onde foi isso, Lucie?

Na casa de um dos rapazes do bando, os pais trabalhavam no turno da noite, a casa tinha uma cozinha e um quarto, no quarto havia uma mesa, um sofá e uma cama, em cima da porta, numa moldura, a inscrição: "Que Deus nos dê felicidade!", e, enquadrada na cabeceira da cama, uma bela mulher com um vestido azul apertava uma criança contra o seio.

A Virgem Maria?

Ela não sabia.

E depois, Lucie, o que aconteceu depois?

Depois tudo aconteceu de novo, muitas vezes, na mesma casa, depois em outras e também fora, nos bosques. Tornou-se um hábito para o bando.

E isso lhe dava prazer, Lucie?

Não, eles a tratavam cada vez pior, eram cada vez mais grosseiros, mas ela não tinha maneira de se livrar, nem de avançar, nem de recuar.

E como isso terminou, Lucie?

Uma noite, numa dessas casas vazias. A polícia chegou e levou todo mundo. Os rapazes do bando tinham cometido roubos. Lucie não estava a par, mas sabia-se que ela andava com o bando e que oferecia a eles tudo o que uma garota pode oferecer. Ela foi a vergonha de toda a cidade de Cheb e em casa foi espancada. Os rapazes foram condenados a penas diversas e ela foi enviada a uma casa de correção. Lá ficou durante um ano — até os dezessete anos. Depois disso, não quis voltar para a família de jeito nenhum. Foi assim que acabou indo parar na cidade escura.

15

Fiquei surpreso e perturbado quando anteontem, ao telefone, Ludvik me revelou que conhecia Lucie. Felizmente, ele a conhecia apenas de vista. Em Ostrava, tivera uma relação com uma moça que morava com ela num alojamento. Ontem, diante de mais uma pergunta dele, contei-lhe tudo. Havia muito tempo tinha necessidade de me libertar desse peso, mas não tinha com quem me abrir sem temor. Ludvik tem simpatia por mim e, ao mesmo tempo, está suficientemente distante de minha vida, e mais ainda da vida de Lucie. Portanto, eu não tinha o que temer pelo segredo dela.

Não, eu não revelara a ninguém as confidências de Lucie, exceto a Ludvik, ontem. No entanto, sobre a casa de correção e as flores no cemitério, todo mundo na fazenda soube da verdade, pelas fichas do departamento pessoal. Eles eram muito gentis com ela, mas lembravam-lhe sem parar seu passado. Para o diretor, ela era "a pequena ladra de sepulturas". Ele dizia isso sem maldade, mas tais afirmações tornavam os velhos pecados de Lucie perpetuamente presentes. Era sempre e constantemente culpada. Quando na verdade não tinha necessidade mais urgente do que a de uma absolvição total. É, Ludvik, de absolvição, eis do que ela precisava, desse depuramento misterioso que para você é desconhecido e incompreensível.

Na verdade, por si mesmas as pessoas não sabem perdoar, isso nem mesmo está ao alcance delas. São impotentes para anular um pecado cometido. Isso ultrapassa as forças meramente humanas. Fazer com que um pecado não conte, apagá-lo, diluí-lo no tempo, em outras palavras, transformar alguma coisa em nada, é um ato impenetrável e sobrenatural. Apenas Deus, porque escapa às leis deste mundo, porque é livre, porque sabe criar milagres, pode lavar os pecados, pode transformá-los em nada, pode absolvê-los. O homem não tem poder de absolver o homem, a não ser apoiando-se na absolvição divina.

Ora, Ludvik, como você não acredita em Deus, você não sabe perdoar. Você vive obcecado por essa reunião plenária em que mãos unânimes se levantaram contra você, aprovando a ruína de sua vida. Você nunca lhes perdoou isso. E não apenas a cada um deles. Eles eram uma centena, isto é, um número capaz de representar uma espécie de micromodelo da humanidade. Você jamais perdoou o gênero humano. Desde então, você lhe retirou sua confiança e lhe dedicou sua raiva. Mesmo que eu possa compreendê-lo, isso não muda nada no fato de que tal raiva dirigida aos homens é aterradora e pecaminosa. Ela se tornou sua maldição. *Pois viver num mundo em que nada é perdoado, em que a redenção é recusada, é como viver no inferno*. Você vive no inferno, Ludvik, e eu tenho pena de você.

16

Tudo o que na terra pertence a Deus pode também pertencer ao Diabo. Mesmo os movimentos dos amantes no amor. Para Lucie, eles se tornaram a esfera do odioso. Para ela, confundiam-se com os rostos selvagens dos adolescentes do bando e, mais tarde, com o rosto do soldado enraivecido. Ah, eu o vejo com tanta clareza como se o conhecesse! Ele mistura os clichês amorosos, melados e adocicados, com as brutalidades grosseiras do macho privado de fêmeas atrás dos fios de arame do quartel! E Lucie subitamente percebe que as palavras de ternura são apenas um véu enganador sobre o corpo bestial da grosseria. E o universo inteiro do amor desmorona diante dela e desliza para a lama da repugnância.

Identifiquei o abscesso, era por ali que eu tinha de começar. O vadio da costa que agita, frenético, uma lanterna com o braço, pode ser um louco, mas, à noite, quando as ondas castigam um barco sem rumo, esse homem é um salvador. O planeta em que vivemos é a zona fronteiriça entre o céu e o inferno. Nenhuma ação é boa ou má em si mesma. Apenas seu lugar na ordem das coisas a torna boa ou má. Da mesma maneira, Lucie, as relações carnais não têm em si mesmas nem virtude, nem vício. Se elas se harmonizam com a ordem estabelecida por Deus, se você ama com um amor fiel, até o amor sensual será uma bênção, e você será feliz. Pois Deus decretou: "O homem deixará seu pai e sua mãe, ligar-se-á à sua mulher e eles se tornarão uma só carne".

Dia após dia conversava com Lucie, repetindo-lhe cada vez que estava perdoada, que não tinha por que se torturar, que precisava desamarrar a camisa de força de sua alma, que ela devia repousar humildemente na ordem divina, em que mesmo o amor carnal encontraria seu lugar.

E as semanas passavam...

Então, um dia, chegou a primavera. As macieiras floresciam na encosta das colinas e suas copas, sob a brisa, pareciam sinos que balançavam. Fechei os olhos para ouvir seu som aveludado. Depois os abri e vi Lucie de blusa azul, com uma enxada na mão. Ela olhava para baixo, na direção do vale, e sorria.

Observei esse sorriso e me concentrei avidamente em sua leitura. Seria possível? Até aqui a alma de Lucie tinha sido uma fuga contínua, fuga diante do passado e diante do futuro. Tinha medo de tudo. Para ela, o passado e o futuro eram uma correnteza. Agarrava-se com angústia ao barco furado do presente, refúgio precário.

E eis que hoje ela sorria. Sem motivo. Sem mais nem menos. E esse sorriso me revelava que ela encarava o futuro com confiança. E eu me senti como um navegador desembarcando depois de meses de viagem. Fiquei feliz. Encostado num tronco retorcido, tornei a fechar os olhos. Escutava a brisa e o canto das macieiras brancas, escutava o trinado dos pássaros, e esse trinado se transformava diante dos meus olhos fechados em mil luzes levadas por mãos invisíveis como que para uma festa. Eu não via essas mãos, mas ouvia o som agudo das vozes e me parecia que eram crianças, um alegre cortejo de crianças... De repente, uma mão encostou no meu rosto, e uma voz: "O senhor é tão bom, sr. Kostka...". Eu não havia aberto os olhos novamente. Não tinha mexido a mão. Continuava vendo as vozes dos pássaros, transformadas numa farândola de lanternas, ouvindo o tilintar das macieiras. Mais fraca, a voz concluía: "Eu amo o senhor...".

Talvez eu devesse ter esperado esse momento e depois ter ido logo embora, uma vez que minha missão estava terminada. Mas, antes de compreender o que quer que fosse, a fraqueza me paralisou. Estávamos sozinhos nessa paisagem aberta, no meio das pobres macieiras; beijei Lucie e me deitei com ela na cama da natureza.

17

Aconteceu o que não deveria ter acontecido. Quando, pelo seu sorriso, vi a alma apaziguada de Lucie, percebi que atingira meu objetivo e que só me restava ir embora. Mas não o fiz. E depois foi ruim. Continuávamos a viver na mesma fazenda. Lucie desabrochava, parecia-se com a primavera que, à nossa volta, lentamente se transformava em verão. Mas eu, em vez de ficar feliz, enlouquecia com essa grande primavera feminina ao meu lado, que eu mesmo provocara e que agora me abria todas as suas pétalas, pétalas que eu sabia que não me pertenciam, que não deviam me pertencer. Eu tinha em Praga meu filho e minha mulher impaciente com as raras visitas que fazia a eles.

Tinha medo de interromper esse começo de intimidade, o que teria mortificado Lucie, mas não ousava aumentá-la, já que para mim estava claro que não tinha em absoluto esse direito. Desejava Lucie e, ao mesmo tempo, temia seu amor, porque não sabia o que fazer dele. Só à custa de um esforço extraordinário mantive a naturalidade de nossas conversas anteriores. Minhas dúvidas se interpuseram entre nós. Eu tinha a impressão de que minha ajuda espiritual a Lucie agora estava desmascarada. Que, na realidade, eu a desejara fisicamente desde o instante em que ela aparecera diante de mim. Que tinha agido como um sedutor disfarçado de padre consolador. Que todos aqueles belos sermões sobre Jesus e Deus não tinham feito outra coisa senão camuflar os apetites carnais mais baixos. Parecia-me que, ao dar livre curso à minha sexualidade, eu maculara a pureza do meu objetivo primeiro e desmerecera de Deus.

No entanto, mal chegando a essa ideia, meu pensamento girava sobre si mesmo: que petulância, eu me repreendia, que vaidosa pretensão querer parecer merecedor, querer agradar a Deus! Que significam os méritos humanos diante Dele? Nada, nada, nada. Lucie me ama e sua saúde está presa ao meu amor! Devo rejeitá-la no desespero, apenas por me preocupar com a minha própria pureza? Não iria eu, por isso mesmo, parecer desprezível a Deus? E se minha paixão é pecaminosa, o que é mais importante, a vida de Lucie ou minha inocência? De qualquer maneira, será o *meu* pecado, só *eu* o carregarei, só a mim esse pecado perderá!

No meio dessas reflexões e dúvidas, um golpe imprevisto vindo de fora. As instituições centrais forjaram uma acusação política contra meu diretor. Como ele se defendesse com unhas e dentes, acusaram-no, entre outras coisas, de se cercar de elementos suspeitos. Eu estava entre estes: expulso da universidade por causa de opiniões hostis ao Estado, clericalista. O diretor em vão tentara provar que eu não era clericalista e que não fora expulso da universidade. Quanto mais falava a meu favor, mais demonstrava nossa conivência e mais agravava o seu caso. Para mim, a situação se tornara insustentável.

Injustiça, Ludvik? Sim, é certamente essa a palavra que você pronuncia com mais frequência, ao escutar esse caso ou outros semelhantes. Mas eu não sei o que é injustiça. Se não houvesse nada acima das coisas humanas e se os atos não tivessem outro alcance a não ser aquele que seus autores lhes atribuem, a noção de injustiça seria legítima, e eu mesmo seria capaz de usá-la, ao me ver expulso de uma fazenda do Estado em que trabalhara com ardor. Talvez até tivesse sido lógico tentar uma providência contra essa injustiça e lutar com fúria pelos meus pequenos direitos humanos.

Mas acontece frequentemente que os acontecimentos comportam um outro sentido além daquele que está no espírito de seus cegos autores; muitas vezes eles não passam de instruções disfarçadas, vindas do alto, e as pessoas que permitem que eles aconteçam não são nada além de instrumentos de uma vontade superior de cuja existência nem sequer suspeitam.

Eu estava convencido disso, era o que acabava de acontecer. Por isso, aceitei os acontecimentos da fazenda como um alívio. Percebi neles uma diretriz clara: afaste-se de Lucie antes que seja tarde demais. Sua missão está cumprida. Os frutos dela não pertencem a você. O seu caminho é outro.

Portanto, agi como na faculdade de ciências dois anos antes. Despedi-me de uma Lucie aos prantos, desesperada, e fui ao encontro da catástrofe aparente. Eu mesmo propus abandonar a fazenda do Estado. É verdade que o diretor protestou, mas eu sabia que ele o fazia por polidez e que no íntimo estava aliviado.

Só que, dessa vez, o caráter voluntário da minha saída não comoveu ninguém. Não havia aqui amigos comunistas de antes de fevereiro para pavimentar meu caminho de saída com boas referências e bons conselhos. Deixei a fazenda como um homem que reconhecia não ser mais digno de efetuar para o Estado nenhum trabalho, por menos importante que fosse. Foi assim que me tornei operário da construção.

18

Era um dia de outono, em 1956. Pela primeira vez depois de cinco anos, encontrei Ludvik no vagão-restaurante do expresso Praga-Bratislava. Eu estava indo para o canteiro de obras de uma fábrica na região leste da Morávia. Ludvik terminara recentemente seu contrato nas minas de Ostrava. Acabava de deixar em Praga um pedido de autorização para terminar os estudos. Estava voltando para casa na Morávia. Por pouco não nos reconhecíamos. Então, ficamos surpresos com a coincidência de nossos destinos.

Lembro muito bem, Ludvik, com que atenção você me escutou quando lhe contei minha saída da faculdade, depois as intrigas na fazenda do Estado, que me transformaram em pedreiro. Agradeço-lhe a atenção. Você ficou furioso, falou de injustiça, de imbecilidade. Ficou até zangado comigo: censurou-me por não ter me defendido, por ter capitulado. Não se deve nunca e em nenhum lugar, disse você, sair voluntariamente. Nosso adversário deve ser obrigado a recorrer ao pior! De que adianta deixá-lo com a consciência em paz?

Você mineiro, eu pedreiro. Nossos destinos bem parecidos e nós tão diferentes! Eu perdoando, você irreconciliável, eu pacífico, você insubmisso. Por fora tão próximos e tão diferentes um do outro no fundo de nós mesmos!

Sobre esse distanciamento interior, você sabe muito menos do que eu. Ao me explicar com detalhes sua expulsão do Partido, estava convencido, como se fosse uma coisa perfeitamente natural, de que eu concordava com você, igualmente escandalizado com aquela falsidade dos camaradas que o haviam castigado porque tinha brincado com aquilo que para eles era sagrado. Havia por que se irritar?, você perguntava, sinceramente espantado.

Vou lhe dizer uma coisa: em Genebra, na época em que Calvino mandava, vivia um rapaz talvez parecido com você, um rapaz inteligente e brincalhão. Pegaram seus cadernos cheios de chacotas sobre Jesus Cristo e as Escrituras. Havia por que se irritar?, perguntou-se, sem dúvida, o rapaz que tanto se parecia com você. Afinal de contas, ele não fizera nada de mal, estava brincando, só isso. Ódio? Não conhecia. Não conhecia, sem dúvida, senão a zombaria e a indiferença. Foi executado.

Ah, não vá me julgar partidário de tamanha crueldade! Quero apenas dizer que nenhum grande movimento que pretende transformar o mundo tolera o sarcasmo ou a zombaria, porque tanto um quanto o outro são uma ferrugem que corrói tudo.

Examine apenas sua atitude, Ludvik. Eles o expulsaram do Partido, expulsaram-no da faculdade, incluíram-no entre os soldados politicamente perigosos e o mandaram por dois ou três anos para as minas. E você? Está amargo, convencido de ter sido alvo de uma enorme injustiça. Esse sentimento de injustiça determina até hoje todo o seu comportamento. Eu não o compreendo! Por que você fala de injustiça? Eles mandaram você para junto dos "negros" — os inimigos do comunismo. Certo! Mas isso foi uma injustiça? Não teria sido antes, para você, uma grande oportunidade? Você poderia ter agido no meio dos adversários! Existe missão mais importante e elevada? Então não envia Jesus seus discípulos "como cordeiros para o meio dos lobos"? "Não são os que estão com saúde que precisam de médico, são aqueles que estão doentes", disse Jesus. "Vim chamar não os justos, mas os pecadores..." Só que você não queria ir para o meio dos pecadores e dos doentes!

Você me dirá que a comparação é inadequada. Que Jesus mandava os discípulos "para o meio dos lobos" com sua bênção, você foi primeiro excomungado e declarado anátema, e só depois enviado para o meio dos inimigos, como inimigo; para o meio dos lobos, como lobo; para o meio dos pecadores, como pecador.

Mas você realmente nega seu pecado? Não sente mesmo nenhuma culpa em relação à sua comunidade? De onde vem esse orgulho? O homem devotado à sua fé é humilde e deve aceitar humildemente o castigo, mesmo injusto. Os humilhados serão engrandecidos. Os arrependidos serão absolvidos. Aqueles que foram prejudicados têm a oportunidade de provar sua fidelidade. Se você é amargo com os outros pela única razão de que eles puseram sobre seus ombros um fardo por demais pesado, é porque sua fé é fraca e porque você não saiu vencedor da prova que lhe foi imposta.

No litígio com o Partido, não estou do seu lado, Ludvik, porque sei que as grandes coisas nessa terra só podem ser criadas com uma comunidade de indivíduos que têm uma devoção sem limites, que humildemente dedicam a vida a um desígnio superior. Você, Ludvik, não tem uma devoção sem limites. Sua fé é frágil. E não poderia deixar de ser, já que você só se refere a si mesmo e à sua miserável razão!

Não sou ingrato, Ludvik, sei o que você fez por mim e também por tantos outros que o regime atual atingiu. Graças a suas relações que datam de antes de fevereiro com comunistas influentes, e muito também pela sua situação atual, você não poupa esforços, você intervém, você acode. Você me vê como amigo. Mas, vou lhe dizer pela última vez: olhe no fundo de sua alma! O motivo profundo de sua bondade não é o amor, é o ódio! O ódio por aqueles que o prejudicaram em outra época, levantando a mão naquela sala! Ignorando Deus, sua alma ignora o perdão. Você deseja a vingança. Você identifica aqueles que lhe fizeram mal no passado com aqueles que hoje fazem mal aos outros, e você se vinga. É, você se vinga! Você está cheio de ódio, mesmo quando ajuda os outros! Sinto isso. Sinto isso em cada uma de suas palavras. Mas o que produz o ódio, a não ser o ódio como revanche e uma sequência de revanches? Você vive no inferno, Ludvik, repito, no inferno, e tenho pena de você.

19

Se Ludvik ouvisse meu solilóquio, poderia achar que sou ingrato. Sei que ele me ajudou muito. Quando, em 56, encontramo-nos no trem, ele ficou penalizado com meu destino e logo começou a procurar um trabalho que me servisse, em que eu pudesse mostrar minha capacidade. Sua presteza e sua eficácia me surpreenderam. Na sua cidade natal, falou com um colega. Queria que eu ensinasse ciências naturais no liceu. Era muita audácia. Numa época em que a propaganda antirreligiosa estava no auge, contratar um crente como professor da escola secundária era quase impossível. Foi essa, aliás, a opinião de seu colega, que encontrou outra coisa: o serviço de virologia do hospital, onde há oito anos cultivo germes e bactérias em ratos e coelhos.

É isso. Sem Ludvik, eu não moraria aqui, nem Lucie.

Ela se casou alguns anos depois que deixei a fazenda. Não pôde ficar lá, pois seu marido procurava um trabalho urbano. Como os dois não sabiam onde iriam se fixar, ela acabou conseguindo que se mudassem para a cidade onde eu morava.

Em toda a minha vida não recebi presente melhor, recompensa mais preciosa. Minha ovelha, minha pombinha, a criança a quem eu devolvera a saúde, que alimentara com a minha alma, voltava para mim. Ela não me pede nada. Tem seu marido. Mas quer ficar perto de mim. Precisa de mim. Precisa me ouvir de vez em quando. Ver-me na missa de domingo. Encontrar-me na rua. Fiquei feliz e senti nesse momento que não era mais jovem, que estava mais velho do que imaginava e que talvez Lucie fosse a única obra da minha vida.

Isso é pouco, Ludvik? Não. É bastante, e eu estou feliz. Estou feliz. Estou feliz...

20

Ah, como gosto de me enganar! Insistir como um maníaco na certeza de que meu caminho é o melhor! Vangloriar-me do poder da minha fé diante de um incrédulo!

Sim, consegui fazer Lucie acreditar em Deus. Consegui tranquilizá-la, curá-la. Livrei-a do horror que tinha das coisas da carne. Finalmente me afastei de seu caminho. É, mas o que lhe proporcionei assim?

Seu casamento não deu certo. Seu marido é grosseiro, engana-a aos olhos de todo mundo, e comenta-se que a maltrata. Lucie nunca me confessou isso. Sabe a tristeza que eu sentiria. Esforça-se por me mostrar uma imagem feliz de sua vida. Mas numa cidade pequena não se pode esconder nada.

Ah, como gosto de me enganar! Interpretei as maquinações políticas contra o diretor da fazenda do Estado como um chamado cifrado de Deus para que eu fosse embora. Mas, entre tantas vozes, como reconhecer a de Deus? E se a voz captada na época fosse apenas a voz da minha covardia?

Pois eu tinha em Praga mulher e filho. Eles contavam pouco para mim, mas eu não tinha sido capaz de romper. Temia uma situação insolúvel. O amor de Lucie me assustava. Não sabia o que fazer com ele. Temia as complicações que traria.

Eu me fazia de anjo que lhe trazia a salvação e na verdade não passava de um aproveitador a mais. Depois de tê-la amado uma só e única vez, afastei-me dela. Procurava lhe trazer o perdão, quando era ela que devia me perdoar. Ela chorara de tristeza na hora de minha partida e no entanto, depois de alguns anos, instalou-se aqui, por mim. Conversava comigo. Dirigia-se a mim como a um amigo. Ela me perdoou. Aliás, tudo está claro. Isso não me acontecera muitas vezes na vida, mas essa moça me amava. Eu tinha a vida dela nas minhas mãos. Sua felicidade dependia de mim. E eu fugi. Nunca ninguém foi tão culpado em relação a ela.

Subitamente, veio-me a ideia de que invoco pretensos chamados divinos como simples pretextos para escapar de minhas obrigações humanas. As mulheres me dão medo. Temo o seu calor. Tenho medo de sua presença contínua. A perspectiva de viver com Lucie me assustou, da mesma forma que me assusta a ideia de dividir de maneira duradoura o sala e quarto da professora da cidade vizinha.

E por que, na verdade, há quinze anos larguei voluntariamente a universidade? Eu não amava a minha mulher, seis anos mais velha do que eu. Não podia mais suportar nem sua voz, nem seus traços, nem o tique-taque regular do relógio doméstico. Não tinha condições de viver por muito mais tempo com ela, e me era igualmente impossível apunhalá-la com um divórcio, porque era boa pessoa e nunca desmerecera de mim. Ouvi então de repente a voz salvadora do chamado sublime. Ouvi Jesus me exortar a largar minhas redes.

Ó, Senhor, será isso mesmo? Será que sou tão lamentavelmente ridículo? Diga que não é assim! Dê-me essa certeza! Faça-se ouvir, meu Deus! Mais alto! Mais alto! Nessa confusão de vozes misturadas, eu não consigo ouvi-Lo.

Sétima parte
LUDVIK — HELENA —
JAROSLAV

1

Voltando da casa de Kostka para o hotel tarde da noite, eu estava decidido a partir para Praga no dia seguinte de manhã bem cedo, já que não tinha mais nada a fazer ali: minha missão enganosa na minha cidade natal estava terminada. Por azar, a confusão que turbilhonava na minha cabeça era tal que fiquei me revirando na cama (rangente) uma grande parte da noite, sem conseguir pregar o olho; quando achava que finalmente tinha dormido, estremecia de novo, só tendo o verdadeiro sono chegado de madrugada. Por isso acordei muito tarde, por volta das nove horas, os ônibus e os trens da manhã já tinham partido e era preciso esperar até as duas da tarde pela próxima condução para Praga. Essa constatação não deixava de me desesperar: eu me via como um náufrago, e senti uma súbita e viva saudade de Praga, do meu serviço, da minha mesa de trabalho em casa, de meus livros. Mas não havia nada a fazer; tinha que aguentar firme e descer para o restaurante.

Entrei de mansinho, muito circunspecto, temendo a possível presença de Helena no lugar. Mas ela não estava lá (sem dúvida, com gravador a tiracolo, já corria pelo vilarejo vizinho aborrecendo os transeuntes com seu microfone e suas perguntas); em compensação, a sala fervia com uma clientela barulhenta, sentada, fumando diante de seus canecos de cerveja, seus cafés e seus conhaques. Pobre de mim, nem nessa manhã minha cidade natal me concedeu a graça de um desjejum decente!

Cheguei à calçada; céu azul, pequenas nuvens rasgadas, primeiro peso do ar, uma leve poeira suspensa, a rua que desemboca na grande praça com sua torre (é, aquela que parece um cavaleiro medieval sob seu elmo), todo esse cenário me rodeou com sua atmosfera de tristeza árida. Ao longe, ouvia-se uma voz embriagada cantando uma envolvente canção da Morávia (canção que parecia conter o feitiço da nostalgia, da planície e das longas cavalgadas dos ulanos recrutados à força) e no meu pensamento surgiu Lucie, essa história encerrada havia muito tempo, que agora se parecia com essa canção arrastada e interpelava meu coração, atravessado (como se fosse a planície) por muitas mulheres que não deixavam nada atrás de si, da mesma maneira que a poeira suspensa não deixa nenhum traço nessa esplanada, deposita-se entre os paralelepípedos e depois voa para mais longe com o sopro do vento.

Eu caminhava sobre os paralelepípedos poeirentos e sentia a pesada leveza do vazio que pesava sobre minha vida: Lucie, a deusa das brumas, outrora me privara dela própria, ontem transformara em nada minha vingança cuidadosamente premeditada e, logo depois, mudou até a lembrança dela mesma numa espécie de zombaria consternadora, numa espécie de grotesca impostura, já que as revelações de Kostka atestavam que durante todos esses anos eu me recordara de uma outra mulher, que na realidade eu nunca soubera quem era Lucie.

Desde sempre eu gostara de me repetir que Lucie era para mim uma espécie de abstração, uma lenda e um mito, mas agora percebia, atrás da poesia dessas palavras, uma verdade sem poesia: eu não conhecia Lucie; não sabia quem ela era de fato, quem era em si mesma e para si. Não enxergara (em meu egocentrismo juvenil) senão os aspectos de seu ser voltados diretamente para mim (para minha solidão, minha servidão, para meu desejo de ternura e de afeto); ela só existira para mim como parte da situação que eu tinha vivido; tudo que nela ia além dessa situação concreta da minha vida, tudo o que ela era em si, escapava-me. Mas, supondo que ela na verdade só existira para mim em função de uma determinada situação, era lógico que, tendo essa situação se transformado (tendo outra situação lhe sucedido, tendo eu mesmo envelhecido e mudado), também a *minha Lucie* tivesse desaparecido, já que ela era apenas aquilo que dela me escapava, aquilo que não me dizia respeito, aquilo que nela estava fora do meu alcance. Da mesma forma, era inteiramente lógico que depois de quinze anos eu não a tivesse reconhecido em absoluto. Havia muito tempo ela era para mim (e eu jamais a tinha considerado de outra maneira que não "para mim") uma outra pessoa, uma desconhecida.

O atestado da minha derrota me perseguira durante quinze anos e afinal me alcançara. Kostka (a quem eu jamais dera muita importância) significava mais para ela, fizera mais por ela, conhecia-a mais do que eu e soubera amá-la *melhor* (*mais* certamente não, pois a força do meu amor atingira o paroxismo): a ele, ela contara tudo — a mim, nada; ele a fizera feliz — eu, infeliz; ele conhecera seu corpo — eu, nunca. E no entanto, para conseguir na época esse corpo desesperadamente desejado, teria bastado uma coisa muito simples: compreendê-la, orientar-se por ela, amá-la, não apenas por aquela parte da sua personalidade que se dirigia a mim, mas também por tudo aquilo que não me dizia diretamente respeito, pelo que ela era em si e para si. Eu não sabia disso, e por isso fiz mal a nós dois. Uma onda de raiva contra mim mesmo me inundou, raiva contra a minha idade de então, contra a estúpida *idade lírica*, em que somos a nossos olhos um enigma grande demais para que possamos nos interessar pelos enigmas que estão fora de nós, em que os outros (mesmo os mais amados) são apenas espelhos móveis nos quais encontramos, espantados, a imagem do nosso próprio sentimento, da nossa própria emoção, do nosso próprio valor. É, durante esses quinze anos, pensei em Lucie apenas como no espelho que guardava minha imagem do passado!

De repente revi o quarto nu, com apenas uma cama, iluminado pela luz da rua que atravessava o vidro sujo, revi a recusa selvagem de Lucie. Tudo isso lembrava uma piada de mau gosto: pensei que fosse virgem e ela se defendia justamente porque não era virgem e, sem dúvida, tinha medo de que eu descobrisse a verdade. A menos que sua recusa tivesse outra razão (correspondendo à imagem que Kostka tinha de Lucie): suas primeiras experiências sexuais haviam-na marcado profundamente e a seus olhos tinham despojado o ato de amor do significado que lhe atribui a maioria das pessoas; tinham esvaziado o ato de amor de toda ternura, de todo sentimento de amor; para Lucie, o corpo era horrível e o amor, incorpóreo; entre a alma e o corpo se instalara uma guerra silenciosa e inflexível.

Essa interpretação (tão melodramática, mas tão plausível) me fazia recordar a deplorável discórdia (de que eu vivera muitas variantes) entre a alma e o corpo, e me lembrava (pois o triste aqui se misturava continuamente com o ridículo) uma aventura da qual eu rira bastante em outros tempos: uma boa amiga, mulher de costumes consideravelmente flexíveis (dos quais eu fizera uso várias vezes), ficou noiva de um certo médico, resolvida, dessa vez, a viver enfim o *amor*; mas, para senti-lo como um *verdadeiro* amor (diferente das dezenas de ligações que tivera), proibira ao noivo as relações íntimas até a noite de núpcias, passeava com ele nas alamedas vespertinas, segurava-lhe a mão, trocava beijos à luz dos lampiões, permitindo assim à sua alma (livre do peso do corpo) pairar alto nas nuvens e sucumbir às vertigens. Um mês depois do casamento, divorciou-se e se queixou amargamente de que o marido havia decepcionado seu grande sentimento, mostrara-se um amante medíocre e quase impotente.

Distante, interminável, o longo grito embriagado da canção morávia se confundia com o travo grotesco que essa história deixara com o vazio poeirento da cidade e com a minha tristeza, que me aguçava ainda mais a fome. Afinal me vi a dois passos da leiteria; empurrei a porta, mas estava fechada. Um cidadão que passava gritou: "Hoje a loja inteira está na festa!". "A Cavalgada dos Reis?" "É! Eles têm um ponto de venda lá."

Soltei uma praga, mas tive que me resignar; segui na direção da canção. As contrações do meu estômago me levavam em direção a essa quermesse do folclore, da qual fugira como quem foge da peste.

2

Cansaço. Cansaço desde a madrugada. Como se eu tivesse farreado a noite toda. No entanto dormi a noite inteira. Só que meu sono agora não passava de um sono chocho. Tentava não bocejar enquanto engolia o café da manhã. Nisso, as pessoas começaram a chegar. Amigos de Vladimir e depois toda espécie de curiosos. Um sujeito da cooperativa trouxe até nosso pátio um cavalo para Vladimir. No meio de toda essa gente apareceu Kalasek, o encarregado da cultura do Comitê Nacional do distrito. Há dois anos que estou em guerra com ele. Estava vestido de preto, tinha um ar solene e o acompanhava uma grã-fina. Uma moça de Praga, jornalista de rádio. Parece que tenho que acompanhá-los. A moça quer gravar umas entrevistas para uma reportagem sobre a Cavalgada.

Pro inferno! Não estou com a menor vontade de bancar o palhaço. A jornalista ficou entusiasmada por me conhecer e, claro, Kalasek colocou lenha na fogueira. Parece que é meu dever político acompanhá-los. Palhaço. Eu bem que resisti. Disse-lhes que era meu filho que fazia o rei e que eu queria ficar ali enquanto ele se arrumava. Mas Vlasta tinha me traído. Arrumar o filho era com ela. Só me restava sair e falar à rádio.

Dando-me por vencido, obedeci. A jornalista se instalara num dos locais pertencentes ao Comitê Nacional. Era lá que estava seu gravador, com um rapaz que cuidava dele. Como ela trabalhava com a língua, como a gastava! Falando, não parava de rir. Então, com o microfone embaixo do nariz, fez a primeira pergunta a Kalasek.

Ele tossiu um pouco e começou. A prática das artes populares era parte integrante da educação comunista. O Comitê Nacional do distrito tinha plena consciência disso. Era por essa razão que apoiava plenamente. Desejava-lhes pleno êxito e participava plenamente. Agradecia a todos aqueles que tinham participado. Esses organizadores entusiastas e essa entusiástica juventude escolar que... plenamente.

Cansaço, cansaço. As mesmas frases de sempre. Ouvir há quinze anos as mesmas frases de sempre. E ouvi-las da boca de um Kalasek, que não liga a mínima para a arte popular. A arte popular, para ele, é um meio. De se gabar de mais uma coisa. De levar a cabo uma diretiva. De acentuar seus méritos. Ele não mexeu um dedo pela Cavalgada dos Reis, deixando tudo o que pôde nas nossas costas. Apesar disso, a Cavalgada vai entrar no seu ativo. É ele que reina sobre a cultura no distrito. Um ex-balconista que não sabe distinguir um violino de uma guitarra.

A jornalista levara o microfone de volta aos lábios. Se eu estava satisfeito com a Cavalgada deste ano? Quase ri na cara dela: a Cavalgada dos Reis nem tinha começado! Mas foi ela que riu: um folclorista tão experiente como eu deveria saber como seria. É verdade que eles são assim, sabem tudo de antemão. O desenrolar das coisas futuras já é conhecido por eles. O futuro já aconteceu e, para eles, irá apenas se repetir.

Tive vontade de despejar tudo o que tinha no coração. Que a Cavalgada não seria igual às dos anos anteriores. Que a arte popular perdia cada vez mais adeptos. Que as autoridades a abandonavam. Que essa arte estava praticamente morta. Que ninguém devia se iludir por ouvir com frequência no rádio uma espécie de música popular. Todos esses conjuntos de instrumentos populares, esses grupos de cantos e danças populares, eram mais ópera ou opereta, música para passar o tempo, nunca arte popular. Uma orquestra de instrumentos populares com maestro, partitura e estante! Quase uma orquestração sinfônica! Que deturpação! O que os grupos e os conjuntos estão lhe mostrando, senhora jornalista, é simplesmente o velho pensamento musical romântico com empréstimos de melodia popular! A verdadeira arte do povo, cara senhora, está morta.

Quis despejar tudo isso no microfone, mas disse outra coisa. A Cavalgada dos Reis estava linda. O vigor da arte popular. O festival de cores. Eu participava plenamente. Agradecia a todos os participantes. O entusiasmo dos animadores e das crianças das escolas, que... plenamente.

Sentia vergonha de falar como eles queriam que eu falasse. Seria assim tão covarde? Ou tão disciplinado? Ou, então, tão cansado?

Estava bem contente de ter terminado meu discurso e de poder ir embora. Tinha pressa de chegar em casa. No pátio, um bando de curiosos e auxiliares de toda espécie se agitava, com laços e um monte de fitas na mão, em torno do cavalo. Eu pretendia ver Vladimir se vestir. Entrei em casa, mas a porta da sala de estar, onde o estavam vestindo, estava fechada à chave. Bati e chamei. De dentro, Vlasta me respondeu. Você não tem o que fazer aqui, o rei está se vestindo. Por Deus, disse eu, por que não posso entrar? É contra a tradição, retrucou a voz de Vlasta. Eu não via por que a presença paterna na hora de o rei se vestir contrariava a tradição; mas não tentei dissuadi-la. Agradava-me saber que eles estavam cativados pelo meu universo. Meu universo pobre e órfão.

Então voltei para o pátio, para conversar com aqueles que estavam enfeitando o cavalo. Era um pesado animal de tração, emprestado pela cooperativa. Paciente e inteiramente confiável.

Ouvi um alarido na rua através do portão de entrada. Pouco depois, chamaram e bateram. Tinha chegado a minha hora. Fiquei emocionado. Abri a porta e saí. A Cavalgada dos Reis estava lá, formada em frente à nossa casa. Cavalos enfeitados, cobertos de fitas. Montados por jovens com vistosos trajes tradicionais. Como vinte anos atrás. Como vinte anos antes, quando tinham vindo me buscar. Quando vieram pedir a meu pai que lhes desse o filho como rei.

À frente do cortejo, bem perto da nossa porta, os dois escudeiros permaneciam montados, vestidos de mulher, espada em punho. Esperavam Vladimir para acompanhá-lo e protegê-lo até de noite. Um cavaleiro se destacou da coluna, parou o cavalo e declamou:

> *Salve, salve! Ouvi todos vós!*
> *Amável pai, deixai que em grande brilho,*
> *Como rei, venha a nós o vosso filho!*

Prometeu que cuidariam muito bem de seu rei. Que fariam com que ele atravessasse sem dano as forças hostis. Que não o deixariam cair na mão dos inimigos. Que estavam dispostos a lutar por isso. Salve, salve.

Virei a cabeça: na penumbra do portão de entrada, já se destacava em seu cavalo coberto de fitas uma silhueta com os tradicionais enfeites femininos, mangas bufantes, fitas coloridas caindo-lhe sobre o rosto. O rei. Vladimir. Subitamente, esqueci o cansaço e a contrariedade e me senti bem. O velho rei envia ao mundo o jovem rei. Cheguei até ele.

Bem perto do cavalo, levantei-me na ponta dos pés, os lábios estendidos em direção a seu rosto mascarado. "Boa viagem, Vladimir", sussurrei-lhe. Ele não respondeu. Não se mexeu. E Vlasta me disse sorrindo: "Ele não tem o direito de responder. Durante o dia inteiro não deve dizer uma só palavra".

3

Cheguei à aldeia em menos de quinze minutos (na época da minha adolescência, era separada da cidade pelos campos; hoje forma com ela um só conjunto); a canção que um momento antes eu ouvira na cidade ecoava com força nos alto-falantes presos nas fachadas ou nos postes de iluminação (eterno idiota que sou: um momento antes tinha me deixado entristecer pela nostalgia e pela suposta embriaguez dessa voz longínqua, mas não passava de uma voz reproduzida, resultado de uma instalação técnica e de um par de discos arranhados!); na entrada da aldeia, haviam erguido um arco de triunfo e nele haviam colocado uma faixa larga que trazia, em letras ornamentais, a inscrição: BOAS-VINDAS A TODOS; aqui o tumulto era maior, a maioria das pessoas usava roupas comuns, mas uns três ou quatro velhos haviam tirado dos baús suas roupas regionais: botas de hussardo, culote branco e camisa bordada. Depois a rua se alargava, transformando-se numa grande praça aldeã: entre a calçada e o alinhamento das casas baixas se estendia um espaço verde, com algumas árvores pequenas e algumas barracas (para a festa de hoje) em que se vendiam cerveja, soda limonada, amendoim, chocolate, pão de mel, salsicha com mostarda e biscoitos; a leiteria municipal também tinha aqui uma barraca: leite, queijos, manteiga, iogurte e creme azedo; embora nenhuma barraca oferecesse destilados, quase todo mundo me pareceu embriagado; as pessoas esbarravam umas nas outras, acotovelavam-se diante dos vendedores, embasbacavam-se; de vez em quando um braço se levantava num gesto exagerado, alguém começava a cantar, mas era sempre um rebate falso, dois ou três compassos de música logo engolidos pela barulheira ambiente, dominada pelo disco do alto-falante. Por toda parte já se via no chão da praça (embora a festa tivesse apenas começado) copos de papel para cerveja e papéis sujos de mostarda.

Com sua bandeira de antialcoolismo, a barraca de laticínios desencorajava o público; tendo conseguido, quase sem demora, um copo de leite e um croissant, afastei-me das cotoveladas para degustar o leite em pequenos goles. Nesse momento se elevou um clamor do outro lado da praça: surgia a Cavalgada dos Reis.

Pequenos chapéus pretos de copa redonda e pena de galo, amplas mangas pregueadas das camisas brancas, boleros azuis e curtos com pompons de lã vermelha, serpentinas de papel penduradas nos arreios dos cavalos enchiam a praça; na barulheira das vozes humanas e da música do alto-falante, novos sons se intercalaram: o relinchar dos cavalos e os apelos dos cavaleiros:

> *Salve, salve! Ouvi todos vós,*
> *gente do vale e da costa,*
> *o que houve este domingo de Pentecostes.*
> *Temos um rei necessitado,*
> *porém mais que tudo honrado,*
> *mil cães lhe foram roubados*
> *do seu castelo sem nada...*

Para os ouvidos e os olhos nascia uma imagem confusa, na qual os elementos brigavam uns com os outros: folclore dos alto-falantes contra folclore a cavalo; cores das roupas e dos cavalos contra o marrom e o cinza das roupas mal cortadas dos espectadores; espontaneidade elaborada dos cavaleiros contra empenho laborioso dos homens de braçadeira vermelha, que, correndo entre os cavalos e o público, tentavam manter a multidão dentro dos limites razoáveis, tarefa nada fácil, não apenas por causa da indisciplina dos curiosos (felizmente, pouco numerosos), mas sobretudo porque não se tinha proibido o tráfego na rua; postados na frente e no fim do cortejo, os homens de braçadeira vermelha faziam sinal para que os carros diminuíssem a marcha; assim, entre os cavalos se infiltravam ônibus de turismo, caminhões e motocicletas barulhentas que enervavam os cavalos e atrapalhavam os cavaleiros.

Para dizer a verdade, na minha insistência em implicar com essa festa folclórica (com essa ou qualquer outra), eu tinha temido uma coisa diferente do que via: contara com o mau gosto, com a mistura de arte popular autêntica e estereotipada, com discursos inaugurais de oradores estúpidos, é, eu esperava pelo pior, pela pompa e pelo espalhafato, mas não esperava por aquilo que desde o começo marcava essa festa: uma triste e comovente *pobreza*; ela estava como que colada a tudo: ao pobre amontoado de barracas de feira, ao público esparso, inteiramente desordenado e distraído, ao conflito entre o tráfego de automóveis e a festa antiquada, aos cavalos que empinavam por qualquer coisa, ao alto-falante barulhento cuja inércia mecânica não parava de berrar seus dois refrões, encobrindo (com o barulho das motocicletas) o esforço dos jovens cavaleiros que, as veias do pescoço inchadas, gritavam seus versos.

Terminando o leite, joguei fora o copo, e a cavalgada, que já deslizara o suficiente pela praça, começou sua peregrinação de muitas horas pela aldeia. Eu conhecia tudo aquilo de longa data: no último ano da guerra, eu mesmo tinha cavalgado como escudeiro (com uma bela roupa de mulher e espada na mão), ladeando Jaroslav, que era o rei. Não tinha vontade de me deixar comover por minhas lembranças, no entanto (como se a pobreza do espetáculo tivesse me desarmado) também não queria me obrigar a dar as costas àquele quadro; segui lentamente o grupo a cavalo, que agora tomava toda a rua; no centro ia uma trindade: o rei, cercado por seus dois escudeiros com roupa de mulher e uma espada. Um pouco afastados, os outros cavaleiros da escolta real corriam em volta: os chamados *ministros*. O resto estava dividido em duas filas que cavalgavam ao longo dos dois lados da rua; aqui também os papéis eram divididos de modo preciso: havia os *porta-bandeiras* (a haste do estandarte era presa no cano das botas, de maneira que a franja do tecido vermelho tremulava na altura do flanco do cavalo), havia os *arautos* (recitando em cadência, diante de cada casa, um texto sobre o rei necessitado mas virtuoso, a quem tinham roubado mil cães do seu castelo onde ele não tinha nada) e, por último, os *pedintes* (cujo único papel consistia em pedir, estendendo uma cesta de vime: "Para o rei, mãezinha, para o rei!").

4

Eu lhe agradeço, Ludvik, só o conheço há oito dias e o amo como nunca amei ninguém, amo você e acredito em você, não penso em nada, simplesmente acredito em você, porque, mesmo que minha razão, meu sentimento e minha alma me enganassem, o corpo não tem maldade, o corpo é mais honesto do que a alma, e meu corpo sabe que nunca viveu o que viveu ontem, luxúria, fervor, crueldade, prazer, violências, meu corpo nunca jamais sonhou nada parecido; nossos corpos ontem se uniram num juramento e nossas cabeças agora devem apenas obedecer, só o conheço há oito dias e lhe agradeço, Ludvik.

Agradeço também porque você chegou no momento exato, porque você me salvou. O dia estava bonito hoje de manhã, o céu azul, eu repleta de azul, tudo correu bem desde cedo, fomos à casa dos pais para gravar a Cavalgada que vai buscar seu Rei e foi lá que ele me abordou de surpresa, levei um susto, não esperava que ele chegasse tão cedo de Bratislava, e não esperava também tanta crueldade, imagine, Ludvik, que ele cometeu a grosseria de vir com ela.

E eu, que como uma idiota imaginava que meu casamento não estava completamente acabado, que ainda poderia haver uma forma de salvá-lo, eu, idiota, que quase abri mão de você por causa desse casamento fracassado, quase recusei esse encontro aqui, eu, idiota, que estava quase me deixando enganar mais uma vez por aquela voz melosa que me disse que pararia para me apanhar quando voltasse de Bratislava, que tinha muita coisa para me dizer com toda a sinceridade, e, em vez disso, ei-lo que chega agarrado naquela guria, aquela guria de vinte e dois anos, treze anos mais moça do que eu, que desaforo sair perdendo só porque nasci mais cedo, dá vontade de urrar de impotência, só que isso não me era permitido naquelas circunstâncias, tive que sorrir e educadamente lhe apertar a mão, ah, Ludvik, obrigada por me dar forças.

Quando ela se afastou um pouco, ele disse que poderíamos discutir sinceramente, os três juntos, seria mais honesto, honestidade, honestidade, eu conheço a honestidade dele, há dois anos vem me enrolando com esse divórcio, ele sabe que não vai sair nada de nossas conversas a dois, por isso achava que eu perderia a cabeça diante da garota, que recuaria diante do papel vergonhoso de mulher enganada, que iria sucumbir, soluçar, capitular. Eu o detesto por esse golpe baixo no momento em que fazia uma reportagem, quando tinha necessidade de ficar tranquila, ele deveria ao menos respeitar meu trabalho, respeitá-lo um pouco, mas há anos e anos que isso é assim, grosserias, derrotas, humilhações contínuas, mas dessa vez me rebelei, sentia você por trás de mim, você e seu amor, sentia você ainda sobre mim e dentro de mim, e aqueles belos cavaleiros gritando, cheios de alegria, como se gritassem que existe você, que existe a vida, que existe o futuro, e senti em mim o orgulho que quase tinha perdido, esse orgulho me inundou, consegui dar um belo sorriso e lhe disse: não há nenhuma necessidade de eu lhes infligir minha presença até Praga, estou com o carro da rádio, e, quanto ao entendimento com que você se preocupa, isso pode ser resolvido bem depressa, posso muito bem apresentar a você o homem com o qual quero viver, não teremos nenhuma dificuldade em chegarmos todos a um acordo.

Talvez eu tenha cometido uma loucura, se foi esse o caso, pois bem, azar, certamente valeu a pena esse momento de orgulho delicioso, com isso sua amabilidade se multiplicou por cinco, ele ficou visivelmente satisfeito, mas teve medo de que eu tivesse falado por falar, fez-me repetir e por fim eu lhe disse o nome e o sobrenome dele. Ludvik Jahn, Ludvik Jahn, e por fim eu disse expressamente: não tenha medo, você tem a minha palavra quanto ao nosso divórcio, desisti de criar dificuldades, não se aflija, não quero mais saber de você, mesmo que você me queira. Ele respondeu que decerto continuaríamos bons amigos, eu sorri e lhe respondi que quanto a isso eu não tinha dúvidas.

5

Quando eu ainda tocava clarineta, antigamente, quando fazia parte do conjunto, quebrávamos a cabeça para tentar compreender o significado da Cavalgada dos Reis. Quando o rei Matias, derrotado, fugiu da Boêmia para voltar à sua Hungria, ele e sua cavalaria foram obrigados a se esconder dos perseguidores tchecos neste canto da Morávia, onde teriam sobrevivido, mendigando comida. A tradição dizia que a Cavalgada conservava a lembrança desse fato histórico do século XV, mas uma rápida consulta a documentos antigos bastou para revelar que esse costume era muito anterior à desastrosa aventura do soberano magiar. Qual é então sua origem, e qual o seu significado? Viria do paganismo, reminiscência das cerimônias nas quais os adolescentes passavam à condição de adultos? E por que o rei e seus escudeiros se vestem com roupas de mulher? Seria a lembrança do subterfúgio com o qual uma parte dos homens d'armas (os de Matias ou outros de época anterior) conseguiu fazer com que seu chefe, disfarçado dessa maneira, atravessasse o território inimigo? Ou seria a sobrevivência da antiga crença pagã no poder de proteção que teria o disfarce feminino contra os espíritos do mal? E por que o rei, do começo ao fim, é reduzido ao mutismo? E por que se diz Cavalgada dos Reis, quando o rei é um só? Qual o significado disso tudo? Não se sabe. Não faltam hipóteses, mas nenhuma pode ser comprovada. A Cavalgada dos Reis é um rito misterioso; ninguém sabe o seu sentido ou sua mensagem, mas, do mesmo modo que os hieróglifos do Egito antigo são mais belos para quem não sabe lê-los (e só os percebe como desenhos fantásticos), é possível que a Cavalgada dos Reis seja assim tão bonita porque o conteúdo do que comunica se perdeu há muito, o que faz com que os gestos, as cores, as palavras fiquem mais em evidência, chamando a atenção para si, para seu aspecto e sua forma.

Assim, a minha desconfiança inicial diante do começo confuso desse cortejo acabou desaparecendo, para minha surpresa, e de repente fiquei encantado com a imagem daquela tropa a cavalo que avançava lentamente de casa em casa; os alto-falantes, que havia pouco difundiam a voz estridente de uma cantora, tinham se calado, e não se ouvia nada (fora o barulho dos carros, que havia muito tempo eu me habituara a subtrair de minhas impressões acústicas), a não ser a estranha música do apelo dos arautos.

Eu tinha vontade de ficar ali, de fechar os olhos e de escutar apenas: no coração dessa cidade da Morávia, eu tinha consciência de que ouvia *versos*, no sentido mais primitivo dessa palavra, versos como nem o rádio, nem a televisão nem um palco de teatro me mostrariam, versos como um solene chamado rítmico aos confins da palavra e do canto, versos que cativavam o ouvinte apenas com a força de sua métrica, como sem dúvida teriam cativado os ouvintes os versos pronunciados nos anfiteatros antigos. Era uma música sublime e *polifônica*: cada arauto recitava num tom monocórdio, mas numa altura diferente, de maneira que, involuntariamente, as vozes se associavam em harmonia; além disso, os apelos dos arautos não eram simultâneos, cada um lançava seus versos num momento distinto, perto de uma casa diferente, de tal modo que as vozes, associando-se de um lado e de outro, compunham um cânone a várias vozes; uma terminava, uma segunda estava no meio e sobre essa já se inseria uma terceira em outra altura.

A Cavalgada dos Reis seguiu muito tempo pela rua principal (sempre intimidada pelos carros que passavam), e depois, num cruzamento, ela se separou; a ala direita continuou o percurso em linha reta, a ala esquerda virou numa ruazinha, logo atraída por uma casinha amarela de cerca baixa e um jardim coberto de flores coloridas. O arauto estava inspirado e fazia improvisações engraçadas: a casinha podia se orgulhar de sua bela *fonte* e a dona da casa tinha um filho que era um *bicho-papão*; de fato, havia uma bomba--d'água diante da entrada, e a gorda quarentona, sem dúvida encantada com o título conferido ao filho, ria da brincadeira entregando uma nota ao cavaleiro (pedinte) que mendigava: "Para o rei, mãezinha, para o rei!". A nota mal tinha desaparecido na cesta pendurada no cavalo e um novo arauto chegava gritando para a quarentona que ela era *moça e bonita*, mas que ele gostava mais ainda da sua boa *aguardente de mirabela*; virando a cabeça para trás, fingiu beber, com uma das mãos em concha junto aos lábios. Todos em volta riam, e a quarentona, sem graça mas encantada, afastou-se; sem dúvida preparara tudo, pois voltou a aparecer com uma garrafa e ofereceu bebida aos cavaleiros.

Enquanto eles bebiam e gracejavam, um pouco adiante, cercado por seus escudeiros, o rei permanecia espigado na sela, imóvel, grave, como talvez convenha que os reis permaneçam, graves, ausentes e solitários, em meio ao tumulto de seus exércitos. Os cavalos dos dois escudeiros estavam encostados em cada lado da montaria do rei, o que fazia com que os três cavaleiros quase se tocassem, bota contra bota (suas montarias tinham, no peitoral, um grande coração feito de pão de mel, coberto de espelhos minúsculos e de açúcar colorido, na testa rosas de papel, as crinas trançadas com fitas coloridas). Os três cavaleiros mudos estavam vestidos com suas roupas de mulher: saia larga, mangas bufantes engomadas, na cabeça uma touca ricamente ornamentada; só o rei usava, em vez dessa touca, um diadema de prata brilhante, de onde caíam três fitas compridas e largas, uma vermelha no meio e as outras duas azuis, que lhe cobriam todo o rosto, dando-lhe um ar estranho e patético.

Fiquei extasiado diante dessa trindade estática; vinte anos antes, estivera, como eles, montado num cavalo adornado, mas, como via *de dentro* a Cavalgada dos Reis, não tinha visto nada. Só agora a vejo realmente, e não consigo desviar os olhos: o rei está montado (a alguns metros de mim) e parece uma estátua enrolada numa bandeira, bem defendida; e, quem sabe, digo comigo de repente, talvez não seja um rei, mas uma rainha; talvez seja a rainha Lucie se manifestando com sua verdadeira aparência, porque sua *verdadeira* aparência é justamente a aparência *velada*.

Nesse momento me dei conta de que Kostka, que reunia em si a teimosia da reflexão e o delírio, era um original, de maneira que tudo o que ele contara era possível mas incerto; é verdade que conhecia Lucie e que talvez soubesse muito sobre ela, no entanto o essencial tinha lhe escapado: aquele soldado que queria possuí-la num quarto emprestado, na casa de um mineiro, era na verdade amado por Lucie; como poderia eu levar a sério a história de uma Lucie juntando flores em nome de alguma vaga tendência à religiosidade, quando eu me lembrava muito bem de que as colhia para mim? E, se ela não tinha dito uma palavra sobre isso a Kostka, nem tampouco sobre nossos ternos seis meses de amor, é que, mesmo diante dele, guardara um segredo inacessível, e portanto ele também não a conhecia; então, não era seguro que fora por causa dele que ela havia escolhido morar nesta cidade; podia ser que tivesse vindo parar ali por acaso, mas também era possível que fosse por minha causa, pois sabia que era a minha cidade. Eu sentia que a violação inicial de Lucie era verdade, mas tinha dúvidas quanto às circunstâncias precisas: a história se coloria, em alguns trechos, com o vermelho do olhar de alguém que se excitava com o pecado, em outros momentos com um azul tão azul que só podia vir de um homem acostumado a contemplar o céu; estava claro: no relato de Kostka a verdade se juntava à poesia e não era senão uma lenda a mais (talvez mais próxima da verdade, talvez mais bela ou mais profunda) que encobria a lenda antiga.

Eu olhava o rei velado e vi Lucie atravessar (irreconhecida e irreconhecível) majestosa (e ironicamente) minha vida. Depois (por uma estranha pressão externa) meu olhar se desviou para o lado, dando em cheio com o olhar de um homem que devia estar me olhando havia algum tempo e que sorria. "Olá!", disse ele, e infelizmente se dirigiu até mim. "Olá", respondi. Ele me estendeu a mão; apertei-a.

Nisso virou a cabeça e chamou uma moça que eu não notara: "Por que fica aí? Venha cá, quero te apresentar!". A moça (esbelta, graciosa, cabelos e olhos castanhos) me cumprimentou dizendo: "Brozova". Estendeu-me a mão e eu respondi: "Muito prazer. Eu sou Jahn". Ele, jovial, exclamou: "Meu caro, há quantos anos não o vejo!". Era Zemanek.

6

Cansaço, cansaço. Eu não conseguia me ver livre do cansaço. Agora que já possuía seu rei, a Cavalgada tinha partido em direção à praça, e eu me contentava em ir atrás. Respirava fundo para vencer o cansaço. Parava diante das casas dos vizinhos, que haviam posto o nariz para fora da porta e estavam boquiabertos. De repente tive a sensação de que chegara a minha vez de tomar jeito. Que tinham acabado as ideias de viagens e aventuras. Que eu estava irremediavelmente confinado nas duas ou três ruas onde passava minha vida.

Quando cheguei à praça, a Cavalgada já se afastava lentamente pela rua principal. Estava disposto a segui-la, mas de súbito vi Ludvik. Estava em pé na grama perto da rua, olhando os rapazes a cavalo com ar sonhador. Maldito Ludvik! Que fosse para o diabo! Até agora era ele que me evitava. Pois bem, hoje sou eu que vou evitá-lo! Girei nos calcanhares e fui me sentar num banco debaixo de uma das macieiras da praça. Ouviria, assim, sentado confortavelmente, o eco abafado dos apelos dos arautos.

Fiquei no banco escutando e olhando. A Cavalgada dos Reis se afastava pouco a pouco, miseravelmente espremida contra a beira da calçada pelos carros e pelas motos que passavam sem cessar. Era seguida por alguns desocupados. Quatro gatos-pingados. Cada dia há menos gente para assistir à Cavalgada dos Reis. Em compensação, há Ludvik. O que foi que ele veio fazer aqui? Que o diabo te carregue, Ludvik. Agora é tarde demais. Tarde demais para tudo. Você veio como um mau presságio. Sinal de azar. E justamente quando o meu Vladimir é rei!

Desviei os olhos. Na praça da aldeia não havia mais do que uma dúzia de retardatários em volta das barracas, em frente à entrada do bar. Quase todos bêbados. Os beberrões são os mais fiéis defensores dos programas folclóricos. Seus últimos defensores. De tempos em tempos lhes dá uma razão nobre para beber um trago.

Um velhinho, o vovô Pechacek, sentara-se a meu lado. Não é como nos velhos tempos. Concordei. Não é mais como era. Como deviam ser lindas essas Cavalgadas algumas décadas ou séculos atrás! Sem dúvida não eram tão coloridas como as de hoje em dia. Agora são um pouco exageradas, carnavalescas. Esses corações de pão de mel no peito dos cavalos! Essas toneladas de guirlandas de papel compradas nas lojas! Antigamente os trajes também eram coloridos, mas eram mais simples. Como enfeite, os cavalos tinham apenas um grande lenço vermelho amarrado no pescoço. O rei não usava essa máscara de fitas coloridas, só um simples véu. Além disso, segurava uma rosa entre os dentes. Para não falar.

É isso, vovô, antigamente era bem melhor. Não era preciso ninguém suplicar aos jovens para que concordassem em participar da Cavalgada sem resmungar. Não havia necessidade de todas essas reuniões preliminares, com bate-bocas infindáveis para saber quem se encarregará da organização, para quem reverterá o lucro! A Cavalgada brotava da vida do campo como de uma nascente. Galopava de aldeia em aldeia esmolando por seu rei mascarado. Às vezes encontrava um outro, de outra aldeia, e se travava uma batalha. Os dois lados defendiam seu rei furiosamente. Às vezes, no cintilar de facas e sabres, corria sangue. Quando a Cavalgada conseguia prender um rei estrangeiro, bebia no albergue até cair, às custas do pai desse rei.

O senhor tem razão, vovô. Quando eu fui rei, durante a Ocupação, não era como hoje. Mesmo depois da guerra, ainda valia a pena. Todos nós achávamos que iríamos fabricar um mundo novo. E que as pessoas voltariam a viver as antigas tradições. Que até a Cavalgada brotaria outra vez das profundezas da vida delas. Nós queríamos encorajar isso. Nós nos matávamos organizando festas populares. Só que não se pode organizar uma nascente. Ou ela brota por si, ou não existe. Veja bem, vovô, onde estamos: nossas pequenas canções, nossas cavalgadas e tudo o mais viraram bagaço. As últimas gotas, gotinhas, as últimas.

Ufa! Foi-se a Cavalgada. Sem dúvida virou numa rua transversal. Mas se ouviam ainda os apelos dos arautos. Eram esplêndidos. Fechei os olhos e por um momento imaginei que vivia num outro tempo. Num outro século. Muito antigo. Depois abri os olhos e disse comigo que era bom que Vladimir fosse o rei. Era o rei de um reino quase morto, mas esplêndido. Um reino a que eu seria fiel até o seu fim.

Levantei-me do banco. Alguém me cumprimentou. Era o velho Koutecky. Fazia muito tempo que não o via. Andava com dificuldade, apoiado numa bengala. Jamais gostara dele, mas tive pena de sua velhice. "Aonde vai assim?", perguntei-lhe. Disse-me que o pequeno passeio de domingo era bom para a saúde. "Gostou dessa Cavalgada?" Fez um gesto de pouco-caso: "Nem olhei". "Ora, por quê?", perguntei. Novo movimento da mão, mais irritado; no mesmo instante percebi por quê: Ludvik estava entre os espectadores. Koutecky, como eu, não queria encontrá-lo.

"Compreendo", disse-lhe. "Meu filho faz parte da Cavalgada, mas também não tive vontade de segui-los." "Seu filho lá? Vladimir?" "Claro, ele é o rei!" Koutecky disse: "Essa não, é curioso". "O que é que há de curioso?", perguntei. "É muito curioso mesmo!", disse Koutecky, olhinhos brilhando. "Afinal, o que há?", insisti. "O que há é que Vladimir está com o nosso Milos", disse Koutecky. Eu não sabia quem era Milos. Explicou-me que era seu neto, filho de sua filha. "Mas não é possível", protestei, "vi quando ele saiu de nossa casa em seu cavalo!" "Eu também o vi. Os dois saíram de nossa casa na moto de Milos", afirmou o velho. "Isso não tem pé nem cabeça!", disse eu, apressando-me porém em perguntar: "E para onde foram?". "Bom, se você não sabe, não sou eu que vou lhe contar!", disse Koutecky se despedindo.

7

Eu não contara com a possibilidade de encontrar Zemanek (Helena me assegurara que ele só viria apanhá-la à tarde) e para mim, sem dúvida, era extremamente desagradável encontrá-lo. Mas não podia fazer nada. Ele estava lá e não mudara nada: seus cabelos amarelos ainda eram amarelos, embora ele não os penteasse mais para trás em longas mechas onduladas. Agora eram curtos e caíam sobre a testa, de acordo com a moda; ainda andava de peito estufado e com a nuca para trás, continuava jovial e satisfeito, invulnerável, acompanhado das bênçãos dos anjos e de uma moça cuja beleza imediatamente me fez lembrar a penosa imperfeição do corpo com o qual eu passara a tarde da véspera.

Esperando que nossa conversa fosse das mais breves, passei a responder da maneira mais banal possível às banalidades que ele me dirigia: repetiu-me que não nos víamos fazia séculos, dizendo-se surpreso de me encontrar justamente ali, "neste fim de mundo"; eu lhe disse que nascera ali; ele então se desculpou dizendo que nesse caso, evidentemente, não era um fim de mundo; a srta. Brozova começou a rir. Não achei graça na brincadeira, disse apenas que não me espantava vê-lo ali porque, se bem me lembrava, sempre fora um apreciador do folclore; a srta. Brozova riu de novo e declarou que não tinham vindo para a Cavalgada dos Reis; perguntei se não gostava da Cavalgada; ela disse que não achava muita graça naquilo; perguntei por quê; ela encolheu os ombros e Zemanek me disse: "Meu caro Ludvik, os tempos mudaram".

Enquanto isso, a Cavalgada passara por mais uma casa e dois cavaleiros lutavam para controlar os cavalos, que começavam a ficar agitados. Um gritava com o outro, acusando-o de não saber controlar a montaria, e os xingamentos "besta!" e "idiota!" se misturavam comicamente ao ritual da festividade. A srta. Brozova suspirou: "Seria engraçado se eles disparassem!". Zemanek caiu na risada, mas os cavaleiros logo conseguiram acalmar os cavalos e o salve-salve dos arautos ressoou outra vez solenemente pela aldeia.

Seguindo passo a passo esse sonoro grupo ao longo dos pequenos jardins floridos, eu procurava em vão algum pretexto bem natural para me afastar de Zemanek; tinha que andar docilmente ao lado de sua bonita companheira e continuar a trocar frases: fiquei sabendo assim que em Bratislava, onde ainda estavam de manhã cedo, o tempo estava bonito como aqui; que tinham vindo no carro de Zemanek e que, mal tinham saído de Bratislava, haviam sido obrigados a trocar as velas do carro; e também que ela era uma das suas alunas. Eu soubera por Helena que ele dava cursos de marxismo-leninismo na universidade, mas apesar disso lhe perguntei o que ensinava. Ele respondeu *filosofia* (essa denominação de sua matéria me pareceu significativa; quatro ou cinco anos antes, ele ainda teria dito *marxismo*, mas desde então essa disciplina passara a gozar de um descrédito tal, sobretudo entre os jovens, que Zemanek, para quem ser admirado era sempre a preocupação principal, escondeu pudicamente o marxismo num termo mais geral). Fingi surpresa dizendo que me lembrava muito bem que Zemanek cursara biologia; minha observação escondia uma alusão irônica ao amadorismo frequente dos professores de marxismo, que eram promovidos a especialistas, não graças a seus conhecimentos científicos, mas a suas qualidades de propagandistas. A srta. Brozova interveio então para declarar que os professores de marxismo tinham na cabeça uma brochura política no lugar de cérebro, mas que ele, Pavel, era inteiramente diferente. Para Zemanek, essas palavras vinham a calhar; ele protestou um pouco, mostrando com isso sua modéstia, e provocando assim novos elogios por parte da moça. Desse modo, fiquei sabendo que seu amigo era um dos professores mais populares entre os estudantes, pelas mesmas razões que desagradava à direção: dizia sempre o que pensava, tinha peito e tomava sempre o partido dos jovens. Zemanek continuou a protestar um pouco e sua amiga me detalhou os diversos conflitos em que ele se envolvera nos últimos anos: quiseram mesmo afastá-lo do cargo, porque, sem dar importância aos programas antiquados, pretendia colocar os jovens a par de tudo que acontecia na filosofia moderna (era acusado de importar de contrabando a "ideologia do inimigo"); tinha salvado um rapaz que queriam expulsar da faculdade depois de uma molecagem (briga com um policial) que o reitor (hostil a Zemanek) apresentava como um delito *político*; depois dessa história, os estudantes organizaram uma votação secreta para saber qual o professor mais popular, e ele ganhara. Zemanek não protestava mais contra esse dilúvio de elogios, e eu disse à srta. Brozova (com ironia subentendida, mas infelizmente quase ininteligível) que eu a compreendia, já que me lembrava que também no meu tempo de estudante seu atual professor era dos mais conceituados. Ela se apressou em concordar: não era de espantar, quanto ao dom da palavra Pavel era inigualável, e, numa discussão, não havia ninguém como ele para nocautear o oponente! "É, isso é verdade", admitiu Zemanek, rindo, "mas se eu os levo a nocaute numa discussão, eles podem me derrotar por meios ainda mais eficazes!"

Na vaidade dessas palavras eu reencontrava Zemanek tal como o conhecera; mas o *conteúdo* delas me assustara: Zemanek parecia ter abandonado radicalmente sua atitude de outrora, e se eu agora vivesse em seu meio, seria, por bem ou por mal, seu aliado. Era horrível, eu não estava preparado para isso, ainda que essa mudança de atitude não fosse de estranhar; ao contrário, acontecia com muitas pessoas, toda a sociedade a vivia gradativamente. Mas de Zemanek eu não esperava isso; em minha memória ele permanecera petrificado na forma em que o vira pela última vez, e agora eu lhe negava por completo o direito de ser uma pessoa diferente daquela que eu conhecera.

Há pessoas que proclamam seu amor pela humanidade e outras que lhes objetam, com razão, que não se pode amar senão no singular, amar indivíduos; estou de acordo e acrescento que aquilo que vale para o amor vale também para o ódio. O homem, essa criatura que aspira ao equilíbrio, compensa o peso do mal que lhe atiraram nas costas com o peso de seu ódio. Mas tente concentrar o ódio na pura abstração dos princípios, na injustiça, no fanatismo, na barbárie, ou então, se você pensa até que a própria essência do homem é detestável, experimente odiar a humanidade! Ódios como esses são sobre-humanos, e é assim que o homem, querendo descarregar sua cólera (cujas forças limitadas conhece), acaba por concentrá-lo num indivíduo.

Daí o meu pavor. A qualquer momento, Zemanek poderia invocar sua metamorfose (que ele acabara, aliás, de me mostrar com uma celeridade suspeita) e pedir meu perdão. E era isso que me parecia horrível. O que iria lhe dizer? O que iria lhe responder? Como lhe explicar que não podia me reconciliar com ele? Como lhe explicar que ao fazer isso eu romperia meu equilíbrio interior? Como lhe explicar que um dos lados da minha balança interior seria bruscamente projetado no ar? Como lhe explicar que o ódio que tenho dele contrabalança o peso do mal que caiu sobre a minha juventude? Como lhe explicar que ele encarna esse mal? Como lhe explicar que tenho *necessidade* de odiá-lo?

8

Os corpos dos cavalos enchiam toda a rua. Vi o rei a alguns metros de mim. Estava no seu cavalo, afastado dos outros. Junto a ele, outros dois cavalos, outros dois rapazes: seus escudeiros. Eu estava desconcertado. Ele arqueava um pouco as costas, como Vladimir. Permanecia imóvel, quase apático. Seria ele? Talvez. Mas poderia também ser um outro.

Aproximei-me mais. Impossível que não o reconhecesse. Afinal, sua postura, o menor de seus gestos habituais, conheço tudo isso de cor! Eu o amo, e o amor tem seu instinto!

Fui me esgueirando até ele. Poderia chamá-lo. Nada mais simples. Mas seria inútil. O rei não deve falar.

A Cavalgada avançava uma casa. Ah, agora vou reconhecê-lo! O passo do cavalo vai obrigá-lo a fazer um movimento que o trairá. O animal levantou um joelho, o rei inclinou o corpo, mas esse gesto não o traiu. As fitas na frente de seu rosto continuavam desesperadamente opacas.

9

A Cavalgada tinha avançado mais algumas casas, um punhado de curiosos, (inclusive nós) tinha feito o mesmo, e nossa conversa abordou novos assuntos: a srta. Brozova tinha passado de Zemanek para sua própria pessoa, explicando o prazer que sentia em pedir carona. Falava disso com tal insistência (um pouco afetada) que compreendi imediatamente que aquilo que eu estava ouvindo era o *manifesto de sua geração*. A submissão a uma mentalidade de geração (a esse orgulho do rebanho) sempre me repugnou. Quando a srta. Brozova desenvolveu o raciocínio (ouvi-o umas cinquenta vezes) de que a humanidade se divide entre aqueles que dão carona (pessoas humanas, que gostam de aventura) e aqueles que não dão carona (pessoas desumanas, que têm medo da vida) chamei-a, brincando, de "teórica da carona". Ela me respondeu secamente dizendo que não era nem teórica, nem revisionista, nem sectária, nem desviacionista, que tudo isso eram palavras nossas, que nós tínhamos inventado, que nos pertenciam e que para eles eram estranhas.

"É", disse Zemanek, "eles são diferentes. Ainda bem que são diferentes! E seu vocabulário também, felizmente. Nossos sucessos não lhes interessam, nossos erros também não. Você não vai acreditar, mas, nos exames de admissão para a faculdade, esses jovens não sabem mais nem o que foram os processos de Moscou, Stálin para eles é apenas um nome. Imagine que a maioria deles não sabe nem mesmo que há dez anos ocorreram os processos políticos de Praga."

"É isso justamente que me parece abominável", disse eu.

"É verdade que isso não depõe nada a favor da instrução deles. Mas eles encontram nisso uma libertação. Eles se fecharam para o nosso mundo. Recusaram-no em bloco."

"Uma cegueira substitui a outra."

"Eu não diria isso. Admiro-os justamente porque são diferentes de nós. Eles gostam do próprio corpo. Nós negligenciamos os nossos. Eles gostam de viajar. Nós ficamos parados. Eles gostam de aventuras. Nós perdemos nosso tempo em reuniões. Gostam de jazz. Nós copiamos sem sucesso o folclore. Eles se preocupam consigo mesmos. Nós queríamos salvar o mundo. Com nosso messianismo, quase o destruímos. Com seu egoísmo, talvez eles o salvem."

10

Como é possível? O rei! Figura montada a cavalo, empertigada, com o rosto velado por fitas coloridas. Quantas vezes vi isso, imaginei isso! Minha mais íntima fantasia! E agora que ela está aí, transformada em realidade, toda a sua intimidade desapareceu. De repente não é senão uma larva pintada de cores berrantes que não sei o que esconde. Mas, afinal, o que pode existir de íntimo nesse mundo real, a não ser o meu rei?

Meu filho. O ser que me é mais próximo. Em pé, diante dele, ignoro se é ele ou não. O que sei então, se não sei nem isso? Do que posso ter certeza aqui na terra, se nem mesmo essa certeza posso ter?

11

Enquanto Zemanek se entregava ao elogio da nova geração, eu contemplava a srta. Brozova e constatava com tristeza que era bonita e simpática; sentia despeito por não ser minha. Ela andava ao lado de Zemanek, a cada três segundos segurava o braço dele, virava-se para ele, e eu me dava conta (como me tem acontecido com mais frequência a cada ano que passa) de que desde os tempos de Lucie não tinha havido nenhuma moça que eu tivesse amado e respeitado. A vida caçoava de mim enviando-me um lembrete do meu fracasso precisamente sob os traços da amante desse homem que eu pensava ter derrotado na véspera, numa grotesca luta sexual.

Quanto mais a srta. Brozova me agradava, mais eu registrava que ela pertencia totalmente a seus contemporâneos, para quem eu e as pessoas de minha geração éramos confundidos numa mesma multidão indistinta, marcados pelo mesmo jargão ininteligível, pelo mesmo pensamento superpolitizado, pelas mesmas angústias, pelas mesmas experiências estranhas de uma época negra e superada.

Nesse momento comecei a compreender: a semelhança entre mim e Zemanek não se limitava ao fato de que, tendo mudado de opiniões, ele se aproximara de mim; essa semelhança era mais profunda e abrangia nossos destinos *inteiros*: o olhar da srta. Brozova e de seus contemporâneos nos fez parecidos mesmo onde nos confrontávamos ferozmente. Eu sentia de repente que, se fosse forçado a relatar diante dela minha expulsão do Partido, o acontecimento iria lhe parecer distante e muito *literário* (sim, tema descrito muitas vezes em tantos maus romances) e nós dois seríamos para ela, nessa história, igualmente antipáticos, minhas ideias e as dele, minha atitude e a dele (ambas igualmente distorcidas e monstruosas). Acima de nossa disputa, que me parecia sempre tão viva e presente, eu via se fecharem as águas consoladoras do tempo, que, como todos sabem, apaga as diferenças entre épocas inteiras e portanto, com muito mais facilidade, entre dois pobres indivíduos. Mas me defendi com furor contra todo oferecimento de reconciliação que o tempo me oferecia; afinal de contas, não vivo na eternidade, estou ancorado nos meus trinta e sete anos e não quero romper a cadeia (como Zemanek, que se adaptou tão depressa aos mais jovens); não, quero continuar no meu destino e na minha idade, mesmo que os meus trinta e sete anos representem apenas um fragmento do tempo, ínfimo e fugaz, que já está sendo esquecido, que já foi esquecido.

E se Zemanek se voltar familiarmente para mim, se começar a falar do passado e a pedir paz, recusarei; é, recusarei essa paz, mesmo que por ela intervenham a srta. Brozova, todos os seus contemporâneos e o próprio tempo.

12

Cansaço. De repente tive a tentação de jogar tudo para o alto. De ir embora e de abandonar minhas preocupações.

Não quero mais ficar neste mundo de coisas materiais que não compreendo e que me enganam. Existe ainda um outro mundo. O mundo em que me sinto à vontade, em que me reencontro. E lá existe um caminho, um desertor, um rabequista errante e minha mãe.

Acabei reagindo. É preciso. É preciso que eu leve até o fim minha luta com o mundo das coisas materiais. É preciso que eu vá até o fundo de todos os erros e de todos os embustes.

Deveria eu perguntar a alguém? Aos rapazes da Cavalgada? E se todos rirem de mim? Voltei a pensar nessa manhã. Na hora em que o rei se vestia. E de repente soube aonde ir.

13

Temos um rei necessitado, porém mais que tudo honrado, proclamavam os cavaleiros, três ou quatro casas adiante, e nós seguíamos atrás das garupas ricamente enfeitadas com fitas azuis, rosas, verdes ou roxas, quando de repente Zemanek, apontando o dedo na direção deles, disse-me: "Ora, olhem lá Helena". Olhei na direção em que ele apontava, mas vi apenas os corpos coloridos dos cavalos. Zemanek mostrou de novo: "Lá!". Enxerguei-a de fato, meio escondida atrás de um cavalo, e corei; a maneira como Zemanek a mostrara para mim (ele não dissera "minha mulher", mas "Helena") provava que ele sabia que eu a conhecia.

De pé na beira da calçada, Helena segurava um microfone, ligado por um fio a um gravador que um jovem de blusão de couro e blue jeans, com fones nos ouvidos, levava a tiracolo. Paramos não muito longe deles. Zemanek disse (subitamente, como quem não quer nada) que Helena era uma mulher admirável, não apenas conservada, mas também muito capaz, e não o espantava nada que eu me entendesse bem com ela.

Senti meu rosto enrubescer: não havia agressividade nesse comentário; ao contrário, Zemanek o fizera num tom muito amável, e a srta. Brozova me olhava com um sorriso eloquente, como se se empenhasse em me fazer compreender que sabia de tudo e que eu tinha sua simpatia, ou melhor, sua cumplicidade.

Zemanek, descontraído, continuava a falar de sua mulher, esforçando-se por me mostrar (com indiretas e alusões) que sabia de tudo, mas que não tinha nada contra, dado seu liberalismo em relação à vida privada de Helena; para emprestar às suas palavras uma leveza despreocupada, apontou para o jovem que carregava o gravador e disse que aquele rapaz (os fones, observou ele, tornavam-no semelhante a um grande inseto) estava ameaçadoramente apaixonado por Helena havia já dois anos e que eu devia ficar atento. A srta. Brozova começou a rir e perguntou que idade ele tinha dois anos antes. Dezessete, precisou Zemanek, o suficiente para se apaixonar. Depois acrescentou, brincando, que Helena não se interessava por garotos, que era uma mulher virtuosa, mas que um garoto assim, quanto menos sucesso tem, mais interessado fica e mais energicamente ataca. A srta. Brozova (num tom de tagarelice sem importância) acrescentou que, diante do garoto, eu talvez fosse um forte adversário.

"Não estou tão certo assim", gracejou Zemanek.

"Não esqueça que eu trabalhei nas minas. Isso me deu músculos", respondi no mesmo tom de brincadeira, sem prestar atenção ao que essa referência poderia provocar naquela conversa fútil.

"Você trabalhou nas minas?", perguntou a srta. Brozova.

"É preciso tomar cuidado com esses garotos de vinte anos quando estão em grupo", continuou Zemanek, aferrado no seu assunto. "Podem arrebentar com um sujeito que não lhes agrade."

"Muito tempo?", insistiu a srta. Brozova.

"Cinco anos", respondi.

"E quando foi isso?"

"Há nove anos eu ainda estava lá."

"Então é uma história antiga, desde então seus músculos já se atrofiaram...", disse ela, a fim de acrescentar sua dose de gracejo ao bom humor geral.

Mas eu, naquele momento, estava pensando realmente nos meus músculos: dizia comigo que eles não tinham se atrofiado nada, que eu continuava em excelente forma e que poderia ganhar, de todas as maneiras possíveis, do louro com quem conversava — só que (e isso era o mais importante e o mais triste de tudo) tinha apenas esses músculos para acertar com ele minha velha dívida.

Imaginei mais uma vez que Zemanek se virava sorridente para mim e me pedia para esquecer tudo o que acontecera entre nós, e me senti numa cilada: o pedido de perdão era sustentado não apenas por sua mudança de opiniões, não apenas pelo tempo, não apenas pela srta. Brozova e seus contemporâneos, mas também por Helena (é, todos estão do lado dele e contra mim!), porque, perdoando o adultério de Helena, Zemanek comprara meu perdão.

Quando vislumbrei (em minha imaginação) aquele rosto de chantagista seguro de seus poderosos aliados, fui possuído por um desejo tal de esmurrá-lo que me via realmente fazendo isso. Os cavaleiros vociferavam por todo lado, a srta. Brozova contava não sei o quê, o sol estava maravilhosamente dourado e eu tinha diante dos olhos esgazeados o sangue que escorria do rosto dele.

Sim, isso se passava na minha imaginação; mas o que eu faria na verdade quando ele me pedisse perdão?

Com horror, compreendi que não faria nada.

Chegamos onde estavam Helena e o técnico, que acabava de tirar os fones de ouvido. "Vocês já se conheceram?", perguntou Helena, surpresa de me ver com Zemanek.

"Nós nos conhecemos há muito tempo", respondeu ele.

"Como?" Ela estava espantada.

"Desde os tempos de estudante: fizemos juntos a faculdade!", explicou Zemanek, e tive então a impressão de que eu acabara de atravessar uma das últimas passarelas por onde ele me levava ao local da infâmia (semelhante a uma forca), no qual iria me pedir perdão.

"Meu Deus! Existe cada coincidência...", disse Helena.

"Coisas que acontecem", disse o técnico, com medo de que esquecessem que ele também existia.

"É verdade, vocês dois, eu não apresentei vocês", lembrou-se ela, antes de me dizer: "Este é Jindra".

Estendi a mão a Jindra, e Zemanek se dirigiu a Helena: "Pois é, eu e a srta. Brozova tínhamos pensado em levar você de volta, mas agora compreendo que isso não iria lhe interessar, você prefere voltar com Ludvik...".

"Você vem conosco?", perguntou-me o rapaz de blue jeans, num tom que realmente não era amistoso.

"Você veio de carro?", perguntou-me Zemanek.

"Não tenho carro", respondi.

"Então você vai com eles", disse.

"Mas eu ando a cento e trinta! Se isso o assusta...", advertiu o rapaz de blue jeans.

"Jindra!", censurou-o Helena.

"Você pode voltar conosco", disse Zemanek, "só que acho que vai preferir sua nova amiga ao amigo antigo." Como que de passagem, ele me chamara *amigo*, e eu estava certo de que a reconciliação humilhante estava apenas a dois passos; Zemanek, aliás, calara-se um instante, como se hesitasse, como se quisesse incessantemente me chamar de lado para falar comigo a sós (eu tinha abaixado a cabeça, como se oferecesse minha nuca à guilhotina), mas eu me enganava: ele deu uma olhada no relógio e disse: "Na verdade, não temos mais muito tempo para chegar a Praga antes das cinco horas. Vamos, temos que nos despedir! Tchau, Helena!", apertou a mão de Helena, depois se despediu de mim e do técnico com um outro tchau e nos deu um aperto de mão. A srta. Brozova apertou também a mão de todo mundo e, de braços dados, os dois foram embora.

Foram embora. Eu não conseguia tirar os olhos deles: Zemanek andava empertigado, a cabeça loura levantada orgulhosamente (vitoriosamente), a moça morena a seu lado; mesmo de costas ela era bonita, tinha o andar leve, agradava-me; agradava-me de forma quase dolorosa, pois sua beleza que se afastava me manifestava sua indiferença glacial, a mesma que me manifestava todo o meu passado, do qual eu queria me vingar, mas que acabava de cruzar comigo sem me olhar, como se não me conhecesse.

Eu sufocava de humilhação e vergonha. Queria apenas desaparecer, ficar sozinho, apagar toda essa aventura, essa piada de mau gosto, apagar Helena e Zemanek, apagar o anteontem, o ontem e o hoje, apagar tudo isso, apagar até o último vestígio. "Você se importa se eu disser duas palavras em particular à camarada jornalista?", perguntei ao técnico.

Levei Helena um pouco para o lado; ela quis me explicar, gaguejando alguma coisa sobre Zemanek e sua amiga, desculpava-se de maneira confusa por ter sido obrigada a lhe contar tudo; nada mais me interessava agora; eu tinha um único desejo: ver-me longe dali, longe dali e daquela história; riscar aquilo tudo. Não me achava no direito de enganar Helena por mais tempo; ela era inocente em relação a mim e eu tinha agido de modo baixo, transformando-a numa simples coisa, numa pedra, que eu quisera (mas não soubera) atirar em outra pessoa. Eu sufocava com o fracasso ridículo da minha vingança e estava decidido a acabar com aquilo já, claro que um pouco tarde, mas antes que fosse ainda mais tarde. Não podia lhe explicar nada, porém: não apenas porque a verdade iria feri-la, mas também porque ela não compreenderia. Só me restava, portanto, repetir-lhe muitas vezes: estivemos juntos pela última vez, não tornaria a encontrá-la, não a amava e ela teria que entender isso.

Foi bem pior do que eu imaginava: Helena ficou lívida, começou a tremer; recusava-se a acreditar em mim, a me largar; experimentei um momento de suplício antes de conseguir me desvencilhar e desaparecer.

14

Por todo lado cavalo e fitas, e eu tinha ficado ali no meio, e fiquei um bom tempo, depois Jindra se aproximou de mim, pegou minha mão, apertou-a e me perguntou o que eu tinha e eu deixei aquela mão na dele e respondi nada, Jindra, não tenho nada, o que é que você quer que eu tenha, eu estava com uma voz que não era a minha, uma voz aguda, e emendei com uma estranha pressa, o que nos falta gravar, os apelos dos arautos, já temos, temos duas entrevistas, tenho ainda um comentário para gravar, e eu continuava assim a desfiar coisas nas quais me encontrava absolutamente incapaz de pensar, e ele continuava de pé, mudo ao meu lado e apertava meus dedos.

Até então ele nunca havia me tocado, era muito tímido, todo mundo no entanto sabia que ele era louco por mim, e agora estava apertando minha mão enquanto eu balbuciava a respeito do programa que estávamos fazendo, mas só pensando em Ludvik, e depois também, engraçado, eu me dizia com que cara devo estar diante de Jindra, abalada assim, devo estar feia, não, espero que não, não chorei, só estou nervosa, nada mais...

Escute, Jindra, agora me deixe um pouco, vou escrever meu texto, depois poderemos gravá-lo, ele segurou minha mão mais alguns minutos, perguntou ternamente o que é que você tem, Helena, o que está acontecendo, mas eu escapei dele, corri para o Comitê Nacional, onde tínhamos uma sala à nossa disposição, cheguei lá, estava sozinha no vazio da sala, desabada numa cadeira, a testa na mesa, e fiquei assim por um momento. Estava com uma horrível dor de cabeça. Abri a bolsa para apanhar um comprimido, mas por que abri, eu sabia muito bem que não tinha levado comprimidos, depois me lembrei que Jindra tem sempre com ele uma verdadeira farmácia, sua capa estava pendurada num cabide, explorei os bolsos, de fato desencavei um tubo, vamos ver, para dor de cabeça, dor de dente, ciática, nevralgia facial, para as dores da alma não existe remédio, mas pelo menos isso me aliviará a cabeça.

Fui até a torneira num canto da sala ao lado, deixei correr a água num vidro de mostarda e engoli dois comprimidos. Dois bastam, talvez façam efeito, mas para a dor da alma não existe remédio, a menos que engula todos os comprimidos desse tubo de analgésicos porque em dose maciça é tóxico, e o tubo de Jindra está quase cheio, pode bastar.

A ideia mal aflorou, simples ideia de um segundo, mas essa ideia voltava sem parar e me obrigava a me perguntar por que era que eu vivia, de que servia perseverar, mas na realidade não é verdade, não pensava em nada disso, não pensava absolutamente, nesse momento imaginava apenas que não viveria e de repente era muito gostoso, tão estranhamente gostoso que tive vontade de rir, e talvez tenha mesmo começado a rir.

Coloquei outros dois comprimidos na língua, não estava de modo nenhum decidida a me envenenar, contentava-me em apertar o tubo na palma da mão pensando *minha morte está na minha mão* e me sentia nas nuvens, de tanta facilidade, como se com um pequeno passo depois do outro eu me aproximasse de um abismo sem fundo, não para me lançar nele, mas apenas para olhá-lo. Fui encher novamente o vidro de água, engoli os comprimidos e voltei para nossa sala, a janela estava aberta, ao longe se ouvia sem cessar o salve-salve, com o barulho dos carros, dos malditos caminhões, das malditas motocicletas, motocicletas que estragam tudo o que é belo, tudo em que acreditei e por que vivi, esse barulho era insuportável, e insuportável era também a fraqueza impotente das vozes que chamavam, por isso fechei a janela e senti de novo aquela dor longa e insistente na minha alma.

Em toda a minha vida nunca Pavel me fez tanto mal quanto você, Ludvik, num só minuto, perdoo Pavel, compreendo-o assim como ele é, sua chama queima rápido, ele tem que procurar um novo alimento, espectadores e um público novo, muitas vezes me feriu, mas agora, através da minha dor, é sem raiva, maternalmente, que eu o vejo, esse fanfarrão, esse cabotino, eu acho graça do esforço dele durante todos esses anos para fugir dos meus braços, ah, vá embora, Pavel, vá embora, eu entendo você, mas você, Ludvik, eu não entendo, você veio disfarçado, veio me ressuscitar para depois, ressuscitada, me destruir, você, só você, eu o amaldiçoo e ao mesmo tempo suplico que volte, que volte e que tenha pena.

Meu Deus, talvez seja só um terrível mal-entendido, pode ser que Pavel tenha lhe dito alguma coisa quando vocês estavam sozinhos, como é que eu posso saber, eu lhe perguntei isso, ou supliquei que me explicasse por que não me ama mais, não queria largá-lo, segurei-o quatro vezes, mas você não queria ouvir nada, repetia apenas terminou, terminou, terminou definitivamente, terminou sem apelo, está bem, terminou, concordei por fim, e eu falava com uma voz de soprano como se fosse outra pessoa, uma garota antes da puberdade, e disse a você com essa voz aguda *então eu lhe desejo uma boa viagem*, engraçado, não sei absolutamente porque lhe desejei boa viagem, mas isso me voltava aos lábios sem parar, eu lhe desejo uma boa viagem, então eu lhe desejo uma boa viagem...

Sem dúvida você não sabe como o amo, certamente você não sabe como o amo, deve imaginar que sou apenas uma mulherzinha que procura uma aventura, e não imagina que você seja meu destino, minha vida, tudo... Talvez você me encontre aqui, deitada sob um lençol branco, então você compreenderá que matou o que tinha de mais precioso na sua vida... ou então chegará, meu Deus, quando eu ainda estiver viva e ainda poderá me salvar, e se ajoelhará perto de mim e cairá em prantos e eu, eu acariciarei suas mãos, seus cabelos, e o perdoarei, perdoarei tudo...

15

Não houve mesmo outra saída, eu tive que varrer essa história lastimável, essa brincadeira de mau gosto que não se contentava consigo mesma, mas se multiplicava monstruosamente em outras e outras brincadeiras de mau gosto, eu queria anular todo esse dia surgido por inadvertência, pelo simples motivo de que eu tinha acordado tarde demais e perdido o trem, mas queria também anular tudo aquilo que havia levado àquele dia, toda minha estúpida conquista erótica, que também repousava exclusivamente num erro.

Apressei-me, como se ouvisse atrás de mim os passos de Helena me perseguindo, e pensei: mesmo que me fosse possível apagar da minha vida esses poucos dias inúteis, de que isso me adiantaria, já que *toda* a história da minha vida foi concebida no erro, com a brincadeira do cartão-postal? Percebi com espanto que as coisas concebidas por erro são tão reais quanto as coisas concebidas pela razão e pela necessidade.

Como gostaria de revogar toda a história da minha vida! Com que direito, porém, poderia revogá-la, se os erros dos quais ela nasceu não foram erros *meus*? Na verdade, *quem* tinha se enganado quando a brincadeira do meu cartão foi levada a sério? Quem tinha se enganado quando o pai de Alexej (hoje reabilitado mas nem por isso menos morto) foi preso? Tais erros eram tão corriqueiros, tão comuns, que não representavam exceções nem "enganos" na ordem das coisas, mas, ao contrário, *constituíam* essa ordem. Então quem teria se enganado? A própria História? A divina, a racional? Mas por que seria preciso imputar-lhe *erros*? As coisas só se apresentam assim à minha razão de homem, mas se a História possui realmente sua própria razão, por que essa razão deveria se importar com a compreensão dos homens e ser séria como uma professora primária? E se a História brincasse? Nesse instante compreendi que me era impossível anular minha própria brincadeira, quando eu mesmo e toda a minha vida estávamos incluídos numa brincadeira muito maior (que me suplantava) e totalmente irrevogável.

Encostado num muro da praça (que voltara a ser silenciosa, já que a Cavalgada dos Reis contornava o outro lado da aldeia), um grande painel anunciava com letras vermelhas que naquele dia, às quatro horas da tarde, o conjunto com címbalo iria dar um concerto no jardim do café-restaurante. Ao lado do painel, estava a porta do restaurante; como faltavam quase duas horas para a partida do ônibus e estava na hora do almoço, entrei.

16

Era incrível essa vontade de me aproximar do abismo um pouquinho mais, eu queria me debruçar na grade de proteção para olhar, como se a vista fosse me consolar e me dar paz, como se lá embaixo, no fundo do abismo, já que em outro lugar não havia sido possível, pudéssemos nos encontrar, estar juntos, sem mal-entendido, protegidos das maldades humanas, do envelhecimento, dos sofrimentos, e para sempre... Voltei para a sala ao lado, tinha tomado apenas quatro comprimidos, a bem dizer nada, estava ainda muito longe do abismo, não tinha nem chegado perto da grade. Virei o resto dos comprimidos na palma da mão. Nesse momento ouvi a porta do corredor se abrir, sobressaltei-me, joguei todos os comprimidos dentro da boca e me apressei em engoli-los de uma vez só, eram muitos ao mesmo tempo e, embora tomasse grandes goles de água, minha garganta relaxada queimava.

Era Jindra, perguntou-me como ia o trabalho e de repente virei outra pessoa, não estava mais confusa, perdera aquela estranha voz de soprano, estava consciente e resoluta. Jindra, foi ótimo você ter vindo, tenho uma coisa a lhe pedir. Ele ficou rubro e disse que, para mim, em qualquer circunstância, faria qualquer coisa, e que estava contente de me ver melhor. Sim, estou me sentindo bem agora, espere só um minuto, quero escrever uma coisa, sentei-me e apanhei uma folha de papel e a caneta. Meu adorado Ludvik, amei-o com toda a minha alma e com todo o meu corpo, e meu corpo e minha alma não têm mais razão para viver. Digo-lhe adeus, amo você — Helena. Nem reli o que escrevi, Jindra estava sentado à minha frente, olhava para mim, não sabia o que eu estava escrevendo, dobrei o papel, quis colocá-lo num envelope, mas não houve meio de achar um, Jindra, você não teria um envelope?

Tranquilamente, Jindra se aproximou do armário junto à mesa, abriu-o e começou a vasculhá-lo, em condições normais eu teria lhe dito que não se mexe no que é dos outros, naquele instante eu tinha pressa, muita pressa daquele envelope, ele me trouxe um, com timbre do Comitê Nacional da localidade, enfiei minha carta dentro, colei-o e escrevi Ludvik Jahn, você se lembra, Jindra, aquele homem que estava conosco há pouco, com meu marido e aquela moça, sim, o moreno alto, no momento não posso sair daqui e precisaria que você o encontrasse e lhe entregasse isso.

Ele segurou minha mão de novo, pobre menino, o que estaria imaginando, como estaria interpretando minha agitação, longe de suspeitar o que estava acontecendo, só percebia que eu estava com problemas, segurava-me a mão, de repente me senti terrivelmente digna de pena, ele se curvou em minha direção e me abraçou e me deu um beijo na boca, eu quis resistir, mas ele me apertava com força e me passou pela cabeça a ideia de que era o último homem que eu beijava na minha vida, que era meu último beijo, e, subitamente desvairada, beijei-o também, apertei-o contra mim e entreabri os lábios e senti sua língua na minha língua, e seus dedos em meu corpo, e senti uma espécie de vertigem, que agora eu era completamente livre e que nada mais importava, pois todos haviam me abandonado e meu universo tinha desmoronado, de modo que eu era mesmo totalmente livre e podia fazer o que quisesse, livre como aquela técnica que tínhamos posto no olho da rua, nada mais me separava dela, jamais conseguiria colar de novo meu velho mundo em cacos, ser fiel, por que, e a quem, agora eu era completamente livre, tal qual aquela técnica que trabalhava conosco, aquela putinha que trocava de cama todas as noites, se eu continuasse viva também trocaria de cama toda noite, apreciava a língua de Jindra na minha boca, era livre, sabia que podia fazer amor com ele, tinha vontade de fazer, não importava onde, em cima da mesa, no chão, agora, sem mais tardar, depressa, fazer amor uma última vez, antes do fim, mas Jindra já se empertigara e, sorrindo orgulhoso, disse que ia já e voltaria logo.

17

Entre as cinco ou seis mesas da pequena sala mergulhada na fumaça e cheia de gente, um garçom corria, levando num braço estendido uma bandeja enorme com uma pirâmide de pratos onde reconheci de relance escalopes à milanesa com salada de batatas (aparentemente, o único prato dominical); depois, abrindo caminho sem delicadeza, ele se enfiou num corredor. Segui-o e descobri que esse corredor terminava numa porta aberta para o jardim, onde também se comia. No fundo, debaixo de uma tília, havia uma mesa desocupada; instalei-me nela.

Por cima dos telhados da aldeia, os apelos comoventes, os salve-salve, chegavam de tão longe que ali, naquele jardim cercado pelos muros das casas vizinhas, pareciam quase irreais. E essa irrealidade aparente me fez pensar que tudo o que me cercava não era o presente, mas o passado, um passado velho de quinze ou vinte anos, que os salve-salve eram o passado, Lucie era o passado, Zemanek era o passado e Helena era a pedra que eu tinha querido atirar nesse passado; esses três dias não tinham sido senão um teatro de sombras.

O quê? Só esses três dias? Minha vida inteira foi sempre superpovoada de sombras, e nela o presente provavelmente ocupava um lugar muito pouco digno. Imagino uma esteira rolante (o tempo) com um homem (eu) que corre em cima dela no sentido inverso; mas a esteira se move mais depressa do que eu, o que faz com que me carregue lentamente para o oposto do objetivo a que me dirijo; esse objetivo (estranho objetivo situado *atrás*!) é o passado dos processos políticos, o passado das salas onde as mãos se levantam, o passado dos soldados de insígnias negras e de Lucie, passado pelo qual continuo enfeitiçado, passado que me esforço por decifrar, desemaranhar, deslindar, e que me impede de viver como um homem deve viver, olhando para a frente.

E o elo com o qual quero me ligar ao passado que me hipnotiza é a vingança, mas a vingança, como constatei nesses últimos dias, é tão vã quanto a minha corrida na esteira rolante. Sim, é então, na grande sala da faculdade, quando Zemanek declamava a *Reportagem escrita sob a forca*, sim, é então e somente então que eu devia ter avançado para ele e tê-lo esmurrado. Adiada, a vingança se transforma em embuste, em religião pessoal, em mito cada dia mais afastado de seus próprios atores, que, no mito da vingança, continuam inalterados, embora na realidade (a esteira não para de rolar) eles não sejam mais o que eram: um outro Jahn tem diante de si um outro Zemanek, e a bofetada que eu lhe devo não pode ser ressuscitada, nem reconstituída, está perdida para sempre.

Eu cortava em meu prato o grande escalope à milanesa e escutava o som do salve-salve flutuando acima dos telhados da aldeia, melancólico e quase imperceptível; em meu espírito reapareceu o rei mascarado com sua Cavalgada e fiquei emocionado com a ininteligibilidade dos gestos humanos:

Há muitos séculos que, como hoje, nas aldeias da Morávia, rapazes montam a cavalo para partir com uma mensagem estranha cujas palavras, escritas num idioma desconhecido, não entendem, mas pronunciam com uma fidelidade comovente. Homens muito antigos provavelmente quiseram dizer alguma coisa de muito importante e renascem hoje em seus descendentes, como os oradores surdos-mudos que desfiam suas arengas para o público com gestos esplêndidos e incompreensíveis. Nunca se irá decifrar sua mensagem, não apenas por falta de uma pista, mas também porque as pessoas não têm paciência para escutá-la, numa época que vê uma quantidade tal de mensagens antigas e novas que seus conteúdos, que se encobrem uns aos outros, não podem ser entendidos. A História hoje não é senão a malha fina do lembrado acima do oceano do esquecido, mas o tempo avança e chegará a época dos milênios passados que a memória limitada dos indivíduos não mais poderá abraçar; assim, séculos e milênios cairão por lances inteiros, séculos de quadros e de música, séculos de descobertas, de batalhas, de livros, e isso será ruim, porque o homem perderá a noção de si mesmo, e sua história, inatingível, inabarcável, se reduzirá a alguns sinais esquemáticos desprovidos de sentido. Milhares de Cavalgadas dos Reis surdas-mudas partirão ao encontro de pessoas distantes, com suas mensagens queixosas e incompreensíveis, e ninguém encontrará tempo para escutá-las.

Eu estava sentado num canto do jardim do restaurante, diante de meu prato vazio, sem perceber tinha comido meu pedaço de vitela, e me sentia fazendo parte (já, desde esse momento!) desse inevitável e enorme esquecimento. O garçom apareceu, tirou meu prato, com uma sacudida de guardanapo espanou as migalhas da toalha e se dirigiu prontamente a uma outra mesa. Um desgosto me invadiu por esse dia, não apenas por causa de sua inutilidade, mas pela ideia de que mesmo essa inutilidade seria esquecida, apesar da mosca que zumbia na minha têmpora, da poeira dourada que a tília em flor espalhava na toalha e até daquele serviço lento e medíocre, tão revelador de um estado de coisas da sociedade em que vivo, que será também esquecida, apesar de todos os seus erros e todas as suas injustiças, que me obcecavam, me consumiam, que eu me esforçava em corrigir, sancionar, retificar, em vão, já que aquilo que foi feito está feito, irreparavelmente.

É, agora eu via com clareza: a maioria das pessoas se entrega à miragem de uma dupla crença: acredita na *perenidade da memória* (dos homens, das coisas, dos atos, das nações) e na *possibilidade de reparar* (os atos, os erros, os pecados, as injustiças). Uma é tão falsa quanto a outra. A verdade se situa justamente no oposto: tudo será esquecido e nada será reparado. O papel da reparação (tanto pela vingança quanto pelo perdão) será representado pelo esquecimento.

Ninguém irá reparar as injustiças cometidas, mas todas as injustiças serão esquecidas.

Mais uma vez pousei um olhar atento sobre esse mundo antecipadamente esquecido, sobre a tília, sobre as pessoas sentadas à mesa, sobre o garçom (exausto, depois de servir o almoço), sobre esse restaurante que (desagradável, visto da rua), daqui do jardim, graças a um fundo formado por uma parreira, era bastante acolhedor. Eu olhava a porta aberta do corredor por onde o garçom (com o coração cansado desse lugar já deserto e devolvido ao silêncio) acabava de desaparecer e por onde apareceu um rapaz de blusão de couro e blue jeans; ele entrou no jardim e olhou em volta; quando me viu, veio em minha direção; precisei de alguns momentos para reconhecê-lo: era o técnico de Helena.

Sinto sempre angústia quando uma mulher apaixonada e não correspondida ameaça uma volta; quando o rapaz me entregou o envelope ("É da parte da sra. Zemanek"), meu primeiro movimento foi portanto adiar de uma maneira ou de outra a leitura da carta. Convidei-o a sentar; ele aceitou (com o cotovelo na mesa, a testa franzida, o ar contente, ele contemplava a folhagem da tília iluminada pelo sol), coloquei o envelope na minha frente e perguntei: "Vamos tomar alguma coisa?".

Ele encolheu os ombros; propus vodca; ele recusou, explicando que iria dirigir e que a lei proíbe o consumo de álcool pelos motoristas; acrescentou que, no entanto, me veria beber com prazer. Eu não sentia a menor vontade de beber, mas como tinha diante de mim aquele envelope que não me interessava abrir, qualquer coisa me convinha. Pedi ao garçom, que passava por perto, que me trouxesse uma vodca.

"O que é que Helena quer de mim, você sabe?", perguntei.

"Como é que eu poderia saber? Leia a carta!", foi a resposta.

"É urgente?", perguntei.

"O que é que você acha? Que fui obrigado a decorá-la, para o caso de ser assaltado no caminho?", disse ele.

Com a ponta dos dedos peguei o envelope (oficial, com timbre impresso: Comitê Nacional local), depois coloquei o envelope na toalha, diante de mim, e, sem saber o que falar, disse: "É pena você não beber!".

"Afinal de contas, é também pela *sua* segurança...", disse ele. Entendi a indireta, que aliás não era gratuita: o garoto se aproveitava do fato de estar sentado comigo para esclarecer as condições da viagem de volta e suas chances de ir sozinho com Helena. Era muito amável; em seu rosto (pequeno, pálido, pintado de sardas, com o nariz curto e arrebitado) lia-se tudo o que se passava nele; era um rosto transparente porque incorrigivelmente infantil (digo incorrigivelmente por causa desses traços de uma delicadeza anormal que, com a idade, não se tornam mais viris e até fazem de um rosto de velho um rosto envelhecido de criança). Tal aspecto infantil não pode agradar a um rapaz de vinte anos, de modo que só lhe resta disfarçá-lo por todos os meios possíveis (como fazia no passado — ah, o eterno teatro de sombras! — o comandantezinho): pela maneira de vestir (blusão de couro com ombreiras, elegante, bem cortado) e pelo comportamento (muita segurança, uma certa vulgaridade e, em alguns momentos, uma indiferença desenvolta). Essa camuflagem estudada fracassava a todo instante: o rapaz enrubescia, colocava mal a voz, que falhava com a menor perturbação (percebi isso desde o primeiro contato), e não dominava nem os olhos, nem a gesticulação (sem dúvida tinha tentado me mostrar sua indiferença sobre eu fazer ou não a viagem de volta a Praga com eles, mas, como eu acabara de lhe dizer que ficaria aqui, seu olhar se alegrou de uma maneira visível demais).

Quando o garçom, distraído, trouxe para a nossa mesa

dois copos de vodca em vez de um, o técnico fez um gesto dizendo que não tinha importância, que me faria companhia: "Afinal, não vou deixar você beber sozinho!". E levantou o copo: "Então, à sua saúde!".

"À sua!", respondi, e brindamos. Continuamos a conversa, e eu soube que ele estava prevendo a partida para dentro de duas horas, visto que Helena tinha a intenção de organizar aqui todo o material já gravado nas fitas e, se fosse o caso, gravar seu depoimento pessoal, a fim de que tudo pudesse ser transmitido pela rádio no dia seguinte. Perguntei se o seu trabalho com Helena estava indo bem. Enrubescendo mais uma vez, respondeu que Helena se desincumbia bem, só que era um pouco dura demais com as pessoas da equipe, porque estava sempre disposta a passar do horário de trabalho, sem se preocupar em saber se os outros tinham pressa de voltar para casa. Perguntei se também tinha pressa de voltar para casa. Ele disse que não, que o trabalho o divertia. Depois, aproveitando minhas perguntas sobre Helena, perguntou-me como quem não quer nada: "Aliás, como foi que você conheceu Helena?". Contei-lhe, e ele tentou saber mais: "Helena é legal, não é?".

Sobretudo quando se tratava de Helena, ele exibia uma expressão de satisfação, o que atribuí ainda ao esforço de dissimulação, já que todo mundo devia saber de sua desesperada adoração por Helena, e ele tinha que fazer o possível para não ser tachado de mal-amado, essa pecha considerada infamante. Mesmo não levando muito a sério a serenidade do rapaz, ela aliviava um pouco o peso da carta que estava diante de mim, e assim acabei apanhando-a e abrindo o envelope: "Meu corpo e minha alma... não têm mais razão para viver... Digo-lhe adeus...".

Vendo o garçom do outro lado do jardim, gritei: "A conta!". Ele fez que sim com a cabeça, mas, fiel à sua órbita, logo desapareceu no corredor.

"Vamos, não temos tempo a perder!", disse eu ao rapaz. Levantei-me e atravessei o jardim; ele me seguiu. Passamos pelo corredor e chegamos à porta do restaurante, de maneira que o garçom teve que correr atrás de nós, querendo ou não.

"Um escalope, uma sopa, duas vodcas", ditei-lhe.

"O que aconteceu?", perguntou o rapaz.

Depois de pagar a conta, pedi que ele me levasse depressa até Helena. Apressamos o passo.

"Mas o que aconteceu?", perguntou.

"É longe?", perguntei por minha vez.

Ele apontou para a frente, e eu comecei a correr. O Comitê Nacional era uma casa de um andar, caiada, com uma porta e duas janelas. Entramos; vimo-nos numa desagradável sala administrativa: embaixo da janela, duas mesas juntas; sobre uma delas o gravador, um bloco de anotações e uma bolsa (sim, a de Helena); diante das duas mesas havia duas cadeiras e, num canto, um cabide de metal. Penduradas nele estavam duas capas de chuva: uma de mulher e a outra de homem.

"É aqui", disse o rapaz.

"Foi aqui que ela lhe entregou a carta?"

"Foi."

Só que agora a sala estava desesperadamente vazia; gritei: "Helena!", e me assustei com o som incerto e angustiado de minha voz. Nenhuma resposta. Chamei de novo: "Helena!", e o rapaz me perguntou:

"Ela se...?"

"É o que parece", respondi.

"Dizia isso na carta?"

"Justamente", disse eu. "Não emprestaram a vocês outras salas, além dessa?"

"Não", disse.

"E no hotel?"

"Liberamos os quartos hoje de manhã."

"Nesse caso, ela sem dúvida está aqui", declarei, e ouvi a voz estrangulada do rapaz: "Helena!".

Empurrei uma porta que dava para a sala ao lado; era outro escritório: mesa, cesta para papéis, três cadeiras, um armário e um cabide (igual ao da primeira sala: uma haste de metal sobre três pés, dividindo-se em cima em três braços; não havia nenhuma roupa dependurada; parecia órfão, com aquela silhueta vagamente humana; sua nudez metálica e seus braços levantados de modo ridículo me enchiam de angústia); afora a janela acima da mesa, só havia paredes; nenhuma porta; os dois escritórios eram, pelo jeito, as duas únicas peças da pequena casa.

Voltamos para a primeira sala; peguei o bloco e comecei a folheá-lo; eram anotações difíceis de ler, uma descrição da Cavalgada dos Reis (a julgar pelas poucas palavras que pude decifrar); nenhuma mensagem, nenhuma outra palavra de adeus. Abri a bolsa: encontrei um lenço, um porta-níqueis, um batom, um estojo de pó de arroz, dois cigarros soltos, um isqueiro; nenhum sinal de tubo de comprimidos nem de frasco vazio de veneno. Refleti febrilmente sobre o que Helena teria escolhido e, entre todas as suposições, o veneno se revelou o mais provável; mas deveria haver um tubo ou um frasco pequeno. Fui até o cabide remexer nos bolsos da capa de Helena: estavam vazios.

"Será que ela não está no sótão?", perguntou de súbito o rapaz com impaciência, achando com certeza que minhas buscas na sala, embora não tivessem durado mais que alguns segundos, não podiam ajudar em nada. Corremos para o corredor, onde havia duas portas: por uma delas, envidraçada na parte de cima, sem enxergar bem, percebia-se um pátio; abrimos a segunda, mais próxima, vimos uma escada sombria, com degraus de pedra cobertos por uma camada de pó e fuligem. Subimos; a única abertura no teto (coberta por um vidro sujo) deixava passar uma luz fosca, lívida. O lugar estava cheio de quinquilharias (caixas, material para jardinagem, pás, enxadas, ancinhos, pilhas de documentos e uma velha cadeira desmantelada); tropeçamos.

Quis chamar: "Helena!", mas tive medo; apavorava-me o silêncio que se seguiria. O rapaz também não chamou. Reviramos toda aquela quinquilharia e apalpamos silenciosamente os cantos escuros; eu sentia o quanto ambos estávamos aflitos, e o mais apavorante era o nosso mutismo, que equivalia a reconhecer que não esperávamos mais uma resposta da boca de Helena, que apenas procurávamos seu corpo pendurado ou deitado.

Não tendo encontrado nada, voltamos ao escritório. Mais uma vez, percorri com o olhar a mobília, as mesas, as cadeiras, o cabide que segurava duas capas e depois, na sala ao lado: mesa, cadeiras e o outro cabide com seus braços nus desesperadamente levantados. O rapaz chamava (inutilmente) Helena! e eu (inutilmente) abri o armário, que mostrou suas prateleiras cheias de papelada, material de escritório, fita colante e réguas.

"Meu Deus, deve haver ainda um lugar! Banheiro! Um porão!", disse eu, e voltamos ao corredor mais uma vez; o rapaz abriu a porta do pátio. Este era minúsculo, havia uma gaiola para coelhos num canto; adiante se estendia um jardim invadido por ervas daninhas, com árvores frutíferas (num canto distante do meu pensamento, tive tempo de fixar a beleza desse lugar: os pedaços de céu azul presos entre as folhagens, os troncos rugosos e retorcidos e, entre eles, a luz de alguns girassóis); na extremidade do jardim, percebi na sombra idílica de uma macieira um pequeno banheiro. Corri para lá.

O trinco que girava num grande prego enfiado no batente estreito da porta (para se poder fechar pelo lado de fora, colocando-o em posição horizontal) estava virado para cima. Enfiando os dedos na fresta entre a porta e o umbral, bastou um ligeiro puxão para eu constatar que o banheiro estava fechado por dentro; o que só podia significar uma coisa: Helena estava lá. Eu disse em voz baixa: "Helena! Helena!". Ninguém respondeu; só se ouvia o roçar dos galhos da macieira, que um sopro de vento fazia balançar contra as paredes do banheiro.

Eu sabia que esse silêncio do lado de dentro anunciava o pior, mas também que só restava arrancar a porta e que era eu que teria de fazê-lo. Enfiei de novo os dedos na fresta entre a porta e o umbral e puxei com toda a minha força. A porta (presa não por um gancho, mas, como acontece muitas vezes no campo, por um simples pedaço de barbante) cedeu com facilidade e se escancarou. Diante de mim, Helena estava sentada no assento de madeira, no meio da fedentina. Estava lívida, mas viva. Olhou-me assustada, tentando puxar a saia que, apesar de seus esforços, mal chegava ao meio das coxas; segurava a beirada da saia com as duas mãos e apertava as pernas uma contra a outra. "Meu Deus! Vá embora!", exclamou, angustiada.

"O que aconteceu?", gritei. "O que você tomou?"

"Vá embora! Me deixe!"

Atrás de mim apareceu o rapaz, e Helena gritou:

"Vá embora, Jindra, vá embora, ande!" Levantou-se um pouco, a mão estendida para a porta, mas me postei entre ela e o batente de maneira que, cambaleante, teve que se sentar novamente na privada.

No mesmo segundo, tornou a se levantar e se atirou sobre mim com uma força desesperada (realmente *desesperada*, pois só lhe restava um pouquinho após aquele grande esgotamento). Agarrada nas lapelas do meu paletó, ela me empurrava para fora; estávamos os dois na porta do banheiro. "Seu animal, seu animal, seu animal!", berrava ela (se é que se pode chamar de berro esse esforço furioso para soltar uma voz enfraquecida) e me sacudia; largou-me bruscamente e começou a fugir pela relva em direção ao pequeno pátio. Queria escapar, mas foi traída: saíra do banheiro numa confusão tal que não pudera recompor sua roupa, de maneira que a calcinha (aquela mesma que eu vira na véspera, de lastex, que servia ao mesmo tempo de liga) tinha ficado enrolada no joelho, atrapalhando seu andar (é verdade que a saia tinha voltado para o lugar, mas as meias estavam franzidas na barriga das pernas e se via a beirada superior, mais escura, com as ligas); ela deu alguns passos miúdos, ou melhor, alguns pulinhos (estava com sapatos de salto alto), mal andou alguns metros, e caiu (caiu na relva ensolarada, sob os galhos de uma árvore, ao pé de um grande e brilhante girassol); tomei-lhe a mão para ajudá-la a ficar de pé; ela se soltou com uma sacudidela e, como eu mais uma vez me inclinasse sobre ela, começou a esmurrar furiosamente o ar em torno de si, atingindo-me várias vezes; fui obrigado a segurá-la com todas as minhas forças, levantá-la e apertá-la nos braços como numa camisa de força. "Animal, animal, animal!", gritava sem parar, enquanto me martelava as costas com a mão livre; quando eu lhe disse (com a doçura que me foi possível): "Helena, calma", ela me cuspiu no rosto.

Sem soltá-la, eu dizia: "Não vou largá-la enquanto você não me disser o que tomou".

"Vá embora! Vá embora!", repetia com raiva, mas de repente se calou, cessou toda resistência e me disse: "Me deixe", com uma voz tão profundamente mudada (fraca e cansada) que afrouxei o abraço e a olhei aterrorizado, vi seu rosto crispado num esforço abominável, maxilares contraídos, olhos perdidos, o corpo que se encolhia e se dobrava para a frente.

"O que foi?", perguntei, e ela, sem dizer uma palavra, virou-se e se dirigiu ao banheiro; nunca esquecerei seu andar: a lentidão dos pequenos passos irregulares, das pernas travadas; ela tinha talvez quatro metros a percorrer, mas teve que parar muitas vezes, e cada parada revelava (pelas contorções de todo o seu corpo) o combate cruel que sustentava contra suas entranhas enlouquecidas; finalmente chegou ao banheiro, segurou a porta (que tinha ficado escancarada) e a fechou atrás de si.

Eu continuava no lugar onde a tinha feito levantar; e então, quando ouvi do banheiro uma respiração forte, um estertor de sofrimento, afastei-me. Só nesse momento me dei conta da presença do rapaz plantado a meu lado. "Fique aí", ordenei. "Tenho que encontrar um médico."

Entrei no escritório; já na porta vi o telefone numa das mesas, mas o catálogo não estava em lugar algum; puxei a gaveta do meio, estava fechada à chave, da mesma forma que as gavetas laterais; a mesa em frente também estava fechada. Passei para a outra sala; nela, a mesa só tinha uma gaveta, aberta, é verdade, mas contendo apenas algumas fotos e uma espátula de cortar papel. Eu não sabia o que fazer; senti (sabendo que Helena estava viva e sem dúvida fora de perigo) uma súbita lassidão; fiquei um instante sem me mexer e, embrutecido, fitava o cabide (cabide metálico, magro, que levantava os braços como um soldado que se rende); depois (não sabendo o que fazer) abri o armário; em cima de uma pilha de pastas, reconheci a capa azul-esverdeada do catálogo; levei-o para perto do telefone e achei o hospital. Depois de discar o número, ouvia o sinal de chamada quando o rapaz entrou correndo.

"Não chame ninguém! Não precisa!", gritou ele.

Eu não entendia.

Ele me arrancou o telefone da mão e o recolocou no gancho.

"Estou dizendo que não vale a pena..."

Quis que ele me explicasse o que estava acontecendo.

"Não é um envenenamento!", disse aproximando-se do cabide; revistou um dos bolsos de sua capa e encontrou um tubo; destampou-o e o virou; estava vazio.

"Foi isso que ela tomou?", perguntei.
Ele concordou silenciosamente.
"Como é que você sabe?"
"Ela me disse."
"Esse tubo é seu?"
Ele confirmou que sim. Tomei-o de suas mãos; trazia o nome de um analgésico.
"Você acha que analgésico em tal quantidade é inofensivo?", vociferei.
"Não era analgésico", ele disse.
"Então o que é que tinha aí dentro?", gritei.
"Comprimidos laxativos", revelou.
Berrei: que ele não podia me fazer de bobo, eu precisava saber o que era e não achava graça em suas impertinências. Ordenei-lhe que me respondesse imediatamente.

Ouvindo-me gritar, ele gritou também: "Eu estou dizendo a você que é um laxativo! Será que todo mundo precisa saber que eu sofro de prisão de ventre?". Assim, o que eu tomara por uma piadinha idiota era verdade.

Olhei-o com seu pequeno rosto enrubescido, seu nariz chato (pequeno, mas suficientemente grande para acomodar uma boa quantidade de sardas) e tudo ficou claro: a marca no tubo era para esconder o ridículo de seus problemas intestinais, assim como o blue jeans e o blusão de couro disfarçavam o ridículo de sua figura infantil; ele tinha vergonha de si mesmo e carregava como uma tara sua adolescência tenaz; nesse momento eu gostei dele; seu pudor (essa nobreza da adolescência) salvara a vida de Helena e minhas noites de sono no decorrer dos próximos anos. Com uma gratidão abestalhada, eu olhava suas orelhas de abano. Sim, ele salvara a vida de Helena; mas ao preço de uma imensa humilhação; eu sabia disso, e sabia também que fora uma humilhação inútil, sem nenhum sentido e sem sombra de justiça: um novo irreparável na cadeia dos irreparáveis; sentia-me culpado, e uma imperiosa (ainda que imprecisa) exigência interior me impeliu a correr ao encontro dela, livrá-la de seu ultraje, rebaixar-me diante dela, atribuir-me toda a culpa e toda a responsabilidade por aquela história absurdamente feroz.

"Não chega de me olhar?", perguntou o rapaz à queima-roupa. Não respondi e passei por ele me dirigindo ao corredor; fui em direção à porta do pátio.

"O que é que você vai fazer lá?" Por trás, ele agarrou o ombro do meu casaco e tentou me segurar contra seu corpo; nossos olhares se enfrentaram um segundo; segurando-lhe o pulso, afastei sua mão do meu ombro. Passando à minha frente, ele fechou meu caminho. Cheguei para perto dele e fiz menção de afastá-lo. Então, balançando o braço, arremessou o punho no meu peito.

O golpe foi fraco, mas ele pulou para trás e se colocou de novo à minha frente, numa cândida posição de guarda de boxe; em seu rosto se misturavam o medo e a audácia irrefletida.

"Você não tem o que fazer junto dela!", gritou-me. Não me mexi. O rapaz provavelmente falava a verdade: eu não podia reparar o irreparável. Vendo que eu estava sem resposta, vociferou: "Ela acha você nojento! Você enche o saco dela! Ela me disse isso! É, você enche!".

Com os nervos tensos, choramos com mais facilidade, mas também rimos com facilidade; suas últimas palavras fizeram o canto da minha boca tremer. Isso o deixou furioso; dessa vez ele me atingiu nos lábios e quase não consegui me esquivar de outro soco. Depois recuou novamente, como num ringue, os punhos diante do rosto, em que só se viam suas grandes orelhas rosadas demais.

"Está bem, chega! Eu vou embora", disse.

Ele gritou ainda nas minhas costas: "Cagão! Cagão! Sabia que você estava metido nisso! Eu te pego, pode deixar! Seu puto! Babaca!".

Saí para a rua. Estava vazia, como ficam as ruas depois de uma festa; só o vento levantava suavemente a poeira e a soprava diante de si sobre o chão plano, tão deserto quanto a minha cabeça, minha cabeça oca e embotada, onde por muito tempo nenhuma ideia surgiu.

Só mais tarde vi que tinha na mão o tubo vazio de analgésicos; examinei-o: estava gasto pelo uso e pela sujeira: fazia muito tempo que devia estar sendo usado como disfarce para os laxativos do rapaz.

Depois de mais um longo momento, o tubo me lembrou outros tubos, os dois tubos de barbitúrico de Alexej, e compreendi então que o rapaz não salvara absolutamente a vida de Helena: afinal de contas, mesmo que o tubo contivesse de fato analgésicos, isso não lhe teria causado nada mais do que uma dor de estômago; além disso, o rapaz e eu estávamos por perto; o desencanto de Helena ajustara suas contas com a vida mantendo uma boa distância da fronteira da morte.

18

Ela estava na cozinha, diante do forno. De costas. Como se nada houvesse. "Vladimir?", retorquiu, sem se virar. "Você não o viu com os próprios olhos? Por que é que está me perguntando?" "Você está mentindo", disse-lhe eu. "Vladimir partiu essa manhã na garupa da moto do neto de Koutecky. Vim dizer a você que já sei. Já sei por que foi conveniente para vocês aquela moça da rádio. Já sei por que eu não devia ficar na sala enquanto o rei se vestia. Sei por que ele obedeceu à regra do silêncio antes mesmo de tomar seu lugar na Cavalgada. Vocês combinaram tudo muito bem."

Minha certeza a desconcertou. Mas ela se refez rápido e quis se defender atacando. Foi um ataque curioso. Curioso até porque os adversários não estavam frente a frente. Ela estava de costas, debruçada sobre a sopa de macarrão, que fervia. Sua voz estava calma. Quase indolente. Como se apenas minha incompreensão a obrigasse agora a formular em voz alta uma evidência antiga e banal. Se eu queria ouvi-la, muito bem. Desde o começo Vladimir demonstrara má vontade em ser o rei. E Vlasta não se espantava com isso. Antigamente, os rapazes não precisavam de ninguém para fazer a Cavalgada. Agora, um monte de organizações se ocupa disso, até o Comitê distrital do Partido. Hoje as pessoas não podem fazer nada por conta própria, quando sentem vontade. Tudo precisa ser dirigido de cima. Antes eram os rapazes que escolhiam o rei. Dessa vez, de cima, recomendaram Vladimir, para agradar seu pai, e todos tiveram que obedecer. Vladimir sentia vergonha de ser filho de empistolado, ninguém gosta de filho de empistolado.

"Você quer dizer que Vladimir tem vergonha de mim?" "Ele não quer ser filho de empistolado", repetiu Vlasta. "É por isso que ele é unha e carne com os Koutecky? Com aqueles idiotas, aqueles burgueses atrasados?", perguntei. "É, é por isso!", respondeu Vlasta. "Por causa do avô, Milos não tem o direito de estudar. Só porque o velho era dono de uma empresa. Enquanto o nosso Vladimir tem todas as portas abertas. Pela única razão de você ser o pai dele. É constrangedor para o garoto. Será que você compreende ao menos isso?"

Pela primeira vez em minha vida, senti raiva dela. Eles tinham me enganado. Friamente, dia após dia, todos os dois tinham me observado esperando a Cavalgada. Tinham observado minha impaciência, minha exaltação. Tranquilamente tinham me observado, tranquilamente tinham me enganado. "Vocês tinham necessidade de me enganar assim?"

Vlasta punha sal no macarrão e dizia que eu não era fácil. Que eu vivia dentro do meu universo. Era um sonhador. Eles não tinham nada contra os meus ideais, mas Vladimir era diferente. Minhas canções, para ele, são grego. Não gosta delas. Acha que são chatas. É preciso que eu entenda. Vladimir é um homem moderno. Puxou isso do meu pai. Ele tinha senso de progresso. Em sua comunidade, tinha sido o primeiro a comprar um trator, já antes da guerra. Depois confiscaram tudo dele. De qualquer maneira, desde que suas terras passaram a pertencer à cooperativa, não rendem tanto.

"Estou pouco ligando para suas terras! Quero saber aonde é que Vladimir foi. Foi às corridas de motocicleta em Brno. Confesse!"

Ela continuava de costas, punha sal no macarrão e continuava sua ladainha. Vladimir é como o avô. Tem o queixo e os olhos dele. E a Cavalgada dos Reis para ele é grego. É, já que eu queria saber, ele tinha ido para as corridas. Por que não? As motos o interessavam mais do que as éguas enfeitadas com fitas. Por que não? Vladimir é um homem moderno.

Motos, guitarras, motos, guitarras. Um mundo estúpido e estranho. Perguntei-lhe: "O que é um homem moderno, diga-me, por favor?".

Ela continuava de costas, pondo sal no macarrão, e respondeu que por pouco ela não teria podido arrumar nossa casa de uma maneira moderna. Quantas preleções eu fizera por causa do abajur moderno! E aquele lustre moderno, eu também não aceitava! Como se todo mundo não achasse bonito aquele abajur moderno! Todo mundo está comprando esse tipo de abajur.

"Pare!", disse-lhe eu. Mas era impossível fazê-la parar. Ela havia desembestado. Suas costas estavam viradas para mim. Costas miúdas, franzinas, magras. Talvez fosse isso que me irritasse mais. Essas costas. Essas costas que não têm olhos. Essas costas estupidamente seguras de si. Essas costas com as quais não é possível eu me entender. Resolvi fazê-la calar. Virá-la para mim. Só que ela me repugnava demais. Não queria tocá-la. Conseguiria de outra maneira. Abri o armário e apanhei um prato. Deixei que caísse. Ela se calou na mesma hora. Mas não se virou. Um outro prato, e outros ainda. Ela continuava de costas. Encolhida em si mesma. Em suas costas, eu lia seu medo. É, ela tinha medo, mas era dura e não se entregava. Parou de mexer a sopa e apertou, sem se mexer, o cabo da colher de pau. Como se ele pudesse salvá-la. Eu a odiava e ela me odiava. Ela não se mexia e eu não despregava os olhos dela enquanto continuava a deixar cair, da prateleira para o chão, mais e mais peças de louça. Eu a detestava e, com ela, toda a sua cozinha. Sua cozinha padrão moderno, com seus móveis modernos, seus pratos modernos, seus copos modernos.

Não me sentia nervoso. Olhava calmamente, com tristeza e cansaço, o ladrilho cheio de cacos, de panelas e de caçarolas espalhadas. Jogava no chão minha casa. Minha casa amada, meu refúgio. A casa colocada sob o terno bastão da minha pobre serva. A casa que era povoada de histórias, de canções de corajosos duendes. Olhe, eis as três cadeiras que usamos nos nossos almoços. Ah, esses pacíficos almoços de família que tinham visto um crédulo pai de família ser adulado, enganado. Peguei uma a uma as cadeiras e lhes quebrei os pés, depois as coloquei ao lado das panelas e dos copos quebrados. Virei a mesa por cima disso tudo. Vlasta continuava imóvel, em frente ao seu fogão, sempre de costas.

Saí da cozinha para ir ao meu quarto. Lá estavam o globo rosa pendurado no ar, o abajur e o horrível divã moderno. Em cima do harmônio, meu violino em seu estojo preto. Apanhei-o. Às quatro horas teríamos nossa apresentação no jardim do restaurante. Mas era apenas uma hora. Aonde iria?

Ouvi um soluço vindo da cozinha. Vlasta estava chorando. Seus soluços eram pungentes, e no fundo de mim senti bastante pena. Não poderia ter chorado dez minutos antes?

Eu poderia ter cedido à minha velha ilusão e tornado a encontrar minha pobre serva. Mas já era tarde demais.

Saí de casa. O chamado da Cavalaria tremelicava sobre os telhados. Temos um rei necessitado porém mais que tudo honrado. Para onde ir? As ruas eram da Cavalgada, a casa de Vlasta, os bares dos bêbados. E o meu lugar, onde é que é? Sou o velho rei, abandonado e banido. Rei honrado e mendigo. Rei sem sucessor. O último rei.

Ainda uma chance, depois do vilarejo estão os campos. O caminho. E dez minutos adiante, a água do rio Morava. Deitei na ribanceira. A caixa do violino embaixo da nuca. Fiquei muito tempo assim. Uma hora, talvez duas. Com a ideia de ter chegado ao fim. Tão subitamente, tão inopinadamente. Era isso. Não via continuação. Sempre vivi em dois mundos ao mesmo tempo. Acreditava na harmonia entre eles. Era uma ilusão. De um desses mundos estava agora banido. Do mundo real. Só me restava o outro, o imaginário. Mas este, o mundo imaginário, não me bastava para viver. Mesmo que lá me esperassem. Mesmo que o desertor me chamasse, mesmo que guardasse sempre para mim um cavalo e um véu vermelho. Ah, como eu o compreendia agora! Agora sabia por que ele tinha me proibido de tirar meu véu, preferindo me contar tudo ele mesmo! Só agora entendia por que o rei devia ficar mascarado! Não para que não fosse visto, mas para que não visse nada!

Era-me impensável levantar e andar. Impensável dar um passo. Às quatro horas eles vão se afligir. Mas eu não terei forças para me levantar, para ir até lá. Só me sinto bem aqui. Aqui, perto do rio. Aqui a água corre lentamente, há milênios. Corre lentamente e eu, lenta e longamente, continuarei deitado aqui.

Depois, alguém falou comigo. Era Ludvik. Eu esperava um novo golpe. Mas não tinha mais medo. Nada mais podia me surpreender.

Ele se sentou na relva ao meu lado e perguntou se eu não iria dali a pouco ao concerto daquela tarde. "Por acaso você vai querer ir?", perguntei. "Claro", disse ele. "Foi por isso que você veio de Praga?" "Não", respondeu, "não foi. Mas as coisas acabam sendo diferentes do previsto." "É", disse eu, "inteiramente diferentes!" "Há uma hora que ando pelos campos. Não imaginava encontrar você aqui." "Eu também não." "Quero lhe fazer um pedido", disse ele em seguida, sem me olhar nos olhos. Exatamente como Vlasta. Ele não me olhava nos olhos. Mas nele isso não me perturbava. Era-me até agradável. Percebia nisso pudor. E esse pudor me aliviava e curava. "Tenho um pedido a lhe fazer", disse ele. "Você não quer me deixar tocar com vocês daqui a pouco?"

19

Ainda faltavam algumas horas para a partida do ônibus; portanto, movido pela inquietação, saí do vilarejo em direção aos campos, tentando varrer da cabeça todas as lembranças daquele dia. Não era fácil: meu lábio ferido pelo soco do rapaz ardia, e, ressurgida, a silhueta de Lucie me lembrava de que, sempre que tentara acertar contas com a injustiça, era a mim mesmo que eu acabava expondo como fomentador de erros. Afastei todas essas ideias, já que tudo o que elas repetiam sem parar eu agora sabia muito bem; esforcei-me em manter a cabeça fria e que nela penetrassem somente os apelos distantes (já pouco audíveis) dos cavaleiros, música que me transportava para fora de mim e dessa maneira me consolava.

Num grande círculo, pelos atalhos, contornei o vilarejo e, chegando à margem do Morava, andei ao longo do rio; na outra margem havia alguns gansos, um bosque no horizonte e, fora isso, nada mais que os campos. E então, ainda um pouco distante de mim, notei um homem deitado na relva da ribanceira. Quando cheguei mais perto, eu o reconheci: deitado de barriga para cima, o rosto voltado para o céu, tinha embaixo da cabeça um estojo de violino (em volta, eram campos planos e infinitos, os mesmos de muitos séculos, só que aqui eram espetados de torres de aço que sustentavam os pesados cabos de uma linha de alta-tensão). Teria sido fácil evitá-lo: ele fitava o céu e não me via. Mas dessa vez não era dele que eu queria fugir. Aproximei-me e lhe dirigi a palavra. Ele levantou os olhos para mim (olhos que me pareceram tímidos e assustados) e notei (eu o revia de perto pela primeira vez, depois de muitos anos) que, da espessa cabeleira que em outros tempos acrescentava alguns centímetros à sua grande estatura, não ficara mais do que um tufo bem ralo, com três ou quatro tristes mechas longas que, inutilmente, tentavam cobrir o crânio; esses cabelos perdidos me lembraram os anos de nossa separação e de repente lamentei esse tempo, esse longo tempo em que não o vira, em que o evitara (apenas audíveis, os apelos dos cavaleiros chegavam de longe), e senti por ele um impulso brusco de amor culpado. Estendido a meus pés, ele se levantara apoiando-se num dos cotovelos; era grande e desajeitado, e a caixa de seu instrumento era preta e pequena como um caixão de recém-nascido. Lembrei-me de que seu conjunto (que também fora meu no passado) devia dar um concerto antes do fim da tarde e lhe perguntei se podia tocar com eles.

Formulei esse pedido antes mesmo de tê-lo avaliado realmente (como se as palavras tivessem vindo mais depressa do que a ideia), formulei-o ainda atordoado, no entanto em uníssono com meu coração; na verdade, eu estava cheio de amor por esse mundo que eu havia desertado no passado, esse mundo distante e antigo em que os cavaleiros e seu rei mascarado contornam o vilarejo, em que se usam camisas brancas plissadas e em que se cantam canções, esse mundo que para mim se confunde com a imagem da minha cidade natal, da minha mãe (minha mãe confiscada) e da minha juventude; todo o dia, em silêncio, esse amor crescera em mim para explodir agora, quase em prantos; eu amava esse velho mundo e lhe pedia que me desse refúgio.

Mas como assim, e com que direito? Não era verdade que ainda anteontem eu evitara Jaroslav, apenas porque seu personagem encarnava para mim a irritante música do folclore? Nessa manhã mesmo não me aproximara da festa folclórica com mal-estar? De onde vinha essa queda súbita das barreiras que durante quinze anos me proibiram a evocação feliz da juventude passada no conjunto com címbalo e os retornos regulares e comovidos à minha cidade natal? Seria por ter ouvido, algumas horas antes, Zemanek debochar da Cavalgada dos Reis? Seria possível que *ele* tivesse me inspirado a repulsa pela canção popular e que agora também *ele* a tivesse devolvido pura a mim? Seria eu apenas o centro de uma agulha de bússola e ele a ponta? Estaria eu ligado a ele de maneira tão ignominiosa? Não, não era apenas graças ao deboche de Zemanek que eu podia de repente amar de novo esse mundo; podia amá-lo porque essa manhã eu o reencontrara (inopinadamente) na sua pobreza; na sua pobreza e sobretudo na sua *solidão*; ele estava abandonado pela pompa e pela publicidade, abandonado pela propaganda política, pelas utopias sociais, pelos grupos de funcionários da cultura, estava abandonado pela adesão afetada das pessoas da minha geração, abandonado (também) por Zemanek; essa solidão o purificava; cheia de censuras a mim, ela o purificava como alguém que não vai durar muito; ela o iluminava com uma irresistível *beleza final*; essa solidão devolvia esse mundo a mim.

O concerto devia ser realizado no jardim do restaurante onde um pouco antes eu tinha almoçado e lido a carta de Helena; quando Jaroslav e eu chegamos lá, encontramos já instaladas algumas pessoas idosas (esperando pacientemente a tarde musical) e mais ou menos o mesmo número de bêbados cambaleando de uma mesa para a outra; no fundo, haviam colocado algumas cadeiras em torno de uma tília e, apoiado no tronco, um contrabaixo ainda na sua mortalha cinza; a dois passos, o címbalo estava aberto, um homem de camisa branca plissada, sentado, passeava em surdina suas leves baquetas sobre as cordas, os outros membros do conjunto estavam de pé, um pouco afastados, e Jaroslav fez as apresentações: o segundo violino é um médico do hospital local; o contrabaixo é inspetor de assuntos culturais do Comitê Nacional do distrito; o clarinetista (que terá a bondade de me emprestar seu instrumento, nós nos revezaremos), professor primário; o tocador de címbalo, projetista na fábrica; à parte este último, de quem eu me lembrava, um grupo renovado por completo. Depois que Jaroslav me apresentou solenemente como um veterano do conjunto, um de seus fundadores, portanto clarinetista de honra, sentamos nas cadeiras em volta da árvore e começamos a tocar.

Fazia muito tempo que eu não segurava uma clarineta nas mãos, mas como conhecia bem a música com que começamos, venci depressa o medo, tanto que, uma vez colocados os instrumentos em posição de descanso, os músicos se desfizeram em cumprimentos, recusando-se a acreditar que eu não tocava havia tanto tempo; o garçom (aquele mesmo com quem acertara afobadamente a conta do almoço) veio então colocar para nós, embaixo dos galhos, uma mesa, sobre a qual dispôs seis copos de vinho e um garrafão de vime; lentamente, começamos a beber. Depois de quatro, cinco músicas, fiz sinal para o professor; tomando de volta sua clarineta, ele repetiu que eu estava me saindo brilhantemente; contente com esse elogio, fui me encostar no tronco da tília; o sentimento de uma calorosa camaradagem me inundou e eu agradeci sua ajuda no final desse dia acerbo. E eis que de repente Lucie ressurgiu diante dos meus olhos e eu achei que enfim compreendia por que ela me aparecera no salão de barbeiro e depois no dia seguinte, na casa de Kostka, no relato que era ao mesmo tempo lenda e verdade: talvez ela tivesse querido me dizer que seu destino (destino de moça marcada) era parecido com o meu; que nós dois sem dúvida tínhamos ficado frustrados por não termos nos compreendido, mas que as histórias de nossas vidas eram irmãs e unidas, sendo ambas *histórias de devastação*; assim como tinham devastado em Lucie o amor carnal, além de privarem a existência dela de um valor elementar, minha vida também fora espoliada dos valores sobre os quais ela quisera se apoiar e que eram, por sua origem, inocentes; sim, inocentes: o amor físico, apesar de devastado na vida de Lucie, é inocente, da mesma maneira que os cantos de meu país, o conjunto com címbalo e minha cidade natal, que eu detestava, são inocentes, e Fucik, cujo retrato me embrulhara o estômago, também é inocente em relação a mim, e a palavra "camarada", que me soara como uma ameaça, assim como a palavra "você", e a palavra "futuro", e muitas outras palavras. O erro estava em outra coisa, e ele era tão grande que sua sombra abrangia num círculo imenso o universo inteiro das coisas (e das palavras) inocentes, e as devastava. Nós vivíamos, Lucie e eu, num mundo devastado; e porque não soubemos nos apiedar dele, dele nos desviamos, agravando assim a sua infelicidade e a nossa. Lucie, tão amada, tão mal-amada, foi isso que você veio me dizer no fim desses anos? Pleitear a compaixão por um mundo devastado?

Terminada a música, o professor me devolveu a clarineta, declarando que naquele dia não pegaria mais nela, que eu tocava melhor que ele e que merecia ficar com ela, já que não se sabia quando eu iria voltar. Percebendo num relance o olhar de Jaroslav, respondi que o que mais desejava era voltar o mais cedo possível. Jaroslav me perguntou se eu dizia isso seriamente. Respondi que sim e nós atacamos a música seguinte. Já havia algum tempo que Jaroslav tinha deixado sua cadeira; a cabeça inclinada para trás, apoiava o violino, contra todos os princípios, bem baixo contra o peito, e, enquanto tocava, ia e vinha continuamente; o segundo violino e eu também nos levantávamos a todo instante, sobretudo quando queríamos dar o maior impulso possível à improvisação. Nesses momentos que exigem fantasia, precisão e uma profunda cumplicidade, Jaroslav se transformava na alma de todos nós, e eu admirava o músico maravilhoso escondido nessa espécie de gigante que, igualmente (e acima de todos os outros), era um dos valores devastados da minha vida; ele me tinha sido roubado e eu (para meu grande pesar e vergonha) deixara que ele me fosse arrebatado, apesar de ele ter sido talvez meu mais fiel, meu mais ingênuo, meu mais inocente companheiro.

Nesse meio-tempo, o público se transformara pouco a pouco: aos que estavam sentados em volta das mesas e que desde o começo nos acompanhavam com atenção inteiramente calorosa tinha se juntado um grupo de rapazes e moças que, instalados nas mesas livres, começaram a pedir (aos gritos) canecos de cerveja ou vinho, e (à medida que subia o nível do álcool) se empenhavam em manifestar a necessidade selvagem que tinham de ser vistos, ouvidos, reconhecidos. O ambiente então não demorou a mudar, tornou-se mais barulhento e mais agitado (rapazes vacilavam entre as mesas, chamavam-se uns aos outros ou gritavam para suas amigas), a tal ponto que me surpreendi, distraído de nossa música, a olhar muitas vezes na direção do jardim e a observar com franca hostilidade as caras daqueles fedelhos. Diante daquelas cabeças de cabelos compridos que cuspiam ostensivamente à direita e à esquerda jatos de saliva e palavras, eu sentia ressurgir meu antigo ódio pela idade da imaturidade e tive a impressão de ver apenas atores em quem se tinham colado máscaras que pretendiam representar uma virilidade estúpida, uma grosseria arrogante: e não considerava como circunstância atenuante a possível presença, sob a máscara, de um outro rosto (mais humano), pois o horrível, justamente, é que os rostos mascarados eram furiosamente fiéis à barbárie e à vulgaridade das máscaras.

Jaroslav, é óbvio, compartilhava dos meus sentimentos, pois de súbito abaixou o violino, declarando-nos que não tinha nenhum prazer em tocar para tal plateia. Sugeriu que partíssemos, que fôssemos para os campos, pelo pequeno atalho, como antigamente; o tempo está bom, o crepúsculo não demora, a noite será quente, o céu estará estrelado, basta pararmos perto de uma roseira selvagem e tocaremos apenas para nós, para nosso prazer, como fazíamos em outros tempos; agora adquirimos o hábito (um hábito bobo) de só tocar para sessões organizadas, e ele começava a ficar farto disso.

A princípio todos concordaram, quase com entusiasmo, já que cada um sentia que sua paixão pela música exigia um ambiente mais íntimo, mas o contrabaixo (inspetor de assuntos culturais) objetou em seguida, dizendo que, de acordo com o que tinha ficado acertado, tínhamos que tocar até as nove horas, os camaradas do distrito e também o gerente do café contavam com isso, tinha sido planejado assim, devíamos consequentemente cumprir nossa obrigação como tínhamos combinado, senão o desenrolar das festividades seria perturbado; poderíamos tocar na natureza uma outra vez.

Nesse momento se acenderam as lâmpadas suspensas em longos fios estendidos entre as árvores; como ainda não estava escuro, a tarde mal começava a cair, em vez de espalhar uma luz viva, elas ficavam no espaço acinzentado como grandes lágrimas imóveis, lágrimas brancas que não podiam ser enxugadas e que não podiam cair; uma espécie de melancolia súbita, inexplicável, caiu sobre nós, e ninguém estava em condições de resistir a ela. Jaroslav disse novamente (dessa vez quase implorando) que não aguentava mais, que queria ir embora para os campos, para perto da roseira selvagem, tocar para o seu próprio prazer; depois fez um gesto resignado, apoiou o violino contra o peito e continuou.

Sem nos ocuparmos mais do público, tocávamos agora com maior concentração do que no começo; quanto mais desenvolto e grosseiro era o ambiente do jardim, quanto mais ele nos cercava com sua indiferença barulhenta, fazendo de nós uma ilhota abandonada, mais a melancolia nos dominava e mais mergulhávamos dentro de nós mesmos, tocando portanto mais para nós do que para os outros, esquecendo os outros, como se a música fosse um recinto protetor em que, entre os bêbados ruidosos, estávamos como que numa redoma de vidro suspensa nas profundezas das águas geladas.

"Se as montanhas fossem de papel — se a água se transformasse em tinta — e as estrelas em escribas — se todo o vasto mundo quisesse escrever — ninguém chegaria ao fim — do testamento do meu amor", cantava Jaroslav, sem desgrudar o violino do peito, e eu estava feliz com essas canções (na redoma de vidro das canções) em que a tristeza não é superficial, o riso não é um ríctus, o amor não é risível, o ódio não é tímido, nas quais as pessoas amam de corpo e alma (sim, Lucie, de corpo e alma), nas quais a felicidade as faz dançar e o desespero faz com que se atirem no Danúbio, em que portanto o amor continua sendo amor, a dor, dor, e em que os valores ainda não estão devastados; e me parecia que no interior dessas canções se encontrava a minha saída, minha marca original, o *lar* que eu traíra, mas que era *ainda mais* meu lar (já que o lamento mais pungente vem do lar traído); mas eu compreendia ao mesmo tempo que esse lar não era deste mundo (mas que lar é esse, se não é deste mundo?), que tudo o que cantávamos era apenas uma lembrança, um monumento, a conversa imaginária daquilo que não existe mais, e sentia que o chão desse lar fugia sob os meus pés e que eu escorregava, com a clarineta nos lábios, na profundeza dos anos, dos séculos, numa profundeza sem fundo (onde amor é amor e dor é dor), e me dizia com espanto que meu único lar era justamente essa ladeira, essa queda, indagadora e ávida, e me abandonava a ela e à volúpia da minha vertigem.

Depois olhei para Jaroslav, para verificar em seu rosto se eu estava sozinho em minha exaltação; e notei (uma lâmpada presa num galho da tília clareava seu rosto) que ele estava estranhamente pálido; não cantarolava mais enquanto tocava, tinha a boca apertada; os olhos amedrontados se haviam tornado ainda mais apavorados; tocava notas desafinadas; a mão que segurava o cabo do violino estava escorregando. Depois ele parou de tocar e caiu na cadeira; fui para o seu lado e me ajoelhei. "O que é que você está sentindo?", perguntei. Sua testa estava molhada de suor e ele agarrava o braço esquerdo. "Está doendo muito", disse ele. Os outros não haviam percebido o mal-estar de Jaroslav e se entregavam a seu transe musical, sem primeiro violino e sem clarineta; o cimbalista, aproveitando o silêncio destes dois, fazia miséria com seu instrumento, acompanhado apenas pelo segundo violino e pelo contrabaixo. Aproximei-me do segundo violino (que Jaroslav me apresentara como médico) e o levei até meu amigo. Só se ouviam o címbalo e o baixo, enquanto o segundo violino tomava o pulso esquerdo de Jaroslav; e por muito, muito tempo, ele o segurou em sua mão; depois, levantou-lhe as pálpebras e examinou os olhos; em seguida tocou a testa úmida. "O coração?", perguntou ele. "O braço e o coração", respondeu Jaroslav, verde. Alertado também, o contrabaixista encostou seu instrumento na tília e se juntou a nós, de modo que se ouvia apenas o címbalo, sozinho, porque o cimbalista não desconfiava de nada e tocava, feliz, um solo. "Vou telefonar para o hospital", disse o segundo violino.

Segurei-o: "O que é, afinal?". "Ele está com o pulso muito fraco. Está suando frio. Certamente um infarto." "Droga!", exclamei. "Não se impressione, ele vai sair dessa", consolou-me, antes de correr para o restaurante. As pessoas que teve que afastar para poder passar já estavam muito bêbadas até para perceber que nossa orquestra havia parado de tocar; estavam ocupadas apenas consigo mesmas, com sua cerveja, com bobagens e discussões que, do lado oposto do jardim, acabavam de provocar uma briga.

Por fim o címbalo também se calou e nós cercamos Jaroslav, que me olhou e disse que tudo isso era porque tínhamos ficado ali, que ele não queria ficar, que queria ir para os campos, sobretudo porque eu tinha vindo, sobretudo porque eu tinha voltado, poderíamos muito bem tocar para as estrelas. "Não fale tanto", disse-lhe eu, "você precisa de calma." E achei que sem dúvida ele escaparia desse infarto, como o segundo violino havia previsto, mas que depois seria uma vida inteiramente diferente, uma vida sem devoções apaixonadas, sem desempenhos entusiasmados na orquestra, o segundo tempo, tempo depois da derrota, e fui invadido pela ideia de que um destino muitas vezes termina bem antes da morte, que o momento do fim não coincide com o da morte, que o destino de Jaroslav chegara ao fim. Arrasado por uma tristeza profunda, acariciei sua cabeça calva e os longos cabelos finos que tentavam tristemente cobrir sua calvície, e constatei com pavor que essa viagem à minha cidade natal, em que quisera atingir o odiado Zemanek, levava-me, para terminar, a carregar nos braços meu companheiro prostrado (é, via-me nesse momento segurando-o nos braços, segurando-o e carregando-o, imenso e pesado, como se carregasse meu próprio erro obscuro, via-me carregando-o através de uma multidão, via-me em prantos).

Continuamos em torno dele mais ou menos dez minutos, depois o segundo violinista reapareceu, fazendo-nos um sinal; ajudamos Jaroslav a se levantar e, segurando-o por debaixo dos braços, mergulhamos com ele no barulho dos fedelhos bêbados que estavam na calçada, junto à qual esperava, com todas as luzes acesas, uma ambulância.

Concluído em 5 de dezembro de 1965

MILAN KUNDERA nasceu na República Tcheca. Desde 1975, vive na França.

OBRAS PUBLICADAS PELA COMPANHIA DAS LETRAS

A arte do romance
A brincadeira
A cortina
A festa da insignificância
A identidade
A ignorância
A imortalidade
A insustentável leveza do ser

A lentidão
O livro do riso e do esquecimento
Os testamentos traídos
Risíveis amores
A valsa dos adeuses
A vida está em outro lugar
Um encontro

1ª edição Companhia das Letras [1999] 1 reimpressão
1ª edição Companhia de Bolso [2012] 2 reimpressões

Esta obra foi composta pela Verba Editorial em Janson Text
e impressa pela Gráfica Bartira em ofsete
sobre papel Pólen Soft da Suzano S.A.

A marca FSC® é a garantia de que a madeira utilizada na fabricação do papel deste livro provém de florestas que foram gerenciadas de maneira ambientalmente correta, socialmente justa e economicamente viável, além de outras fontes de origem controlada.